जवाहरलाल नेहरू

जवाहरलाल नेहरू का जन्म 14 नवम्बर, 1889 को इलाहाबाद में एक परम्परानिष्ठ कश्मीरी परिवार में हुआ। पिता बैरिस्टर थे और उनके पूर्वज कश्मीर से आए थे। उन्होंने भारतीय विद्वानों से हिन्दी और संस्कृत सीखी। आयरिश-फ्रेंच मूल के एफ.टी. ब्रूक्स नेहरू के आरम्भिक अध्यापकों में रहे। मई, 1905 में विलायत गए। इंग्लैंड के एक प्रसिद्ध स्कूल में दाखिला लिया। 1910 में लंदन के 'इनर टेम्पुल' में वकालत की पढ़ाई करने गए। 1912 में 'बार' में शामिल। भारत वापसी। हमेशा के लिए।

1915 में पहला सार्वजनिक भाषण। 1916 में होमरूल लीग से जुड़ाव। लखनऊ कांग्रेस में भाग लिया। फरवरी, 1916 में कमला नेहरू के जीवनसाथी बने।

अप्रैल, 1919 में जलियाँवाला बाग हत्याकांड। कांग्रेस द्वारा गठित जाँच समिति में शामिल। 1920 में अवध के रायबरेली, फैजाबाद, प्रतापगढ़ जिलों में चल रहे किसान-आन्दोलन में शामिल।

दिसम्बर, 1921 में पहली जेल यात्रा। मई, 1922 में उन्हें फिर 18 महीने के लिए गिरफ्तार किया गया। लखनऊ जिला जेल। यह जेल-यात्रा जवाहरलाल के वैचारिक जीवन में एक महत्त्वपूर्ण मुकाम रखती है। इस बार उन्होंने जेल में रहकर खूब अध्ययन किया। पाँच बार 'श्रीमद्भागवत गीता' को पढ़ डाला और लोकमान्य बाल गंगाधर तिलक की 'गीता रहस्य' भी पढ़ी, प्रेमचन्द का 'प्रेमाश्रम' पढ़ा। इसी समय उन्होंने अनेक महत्त्वपूर्ण ग्रंथ पढ़े।

ब्रुसेल्स में फरवरी, 1927 में आयोजित हुई 'साम्राज्यवाद के विरुद्ध अन्तरराष्ट्रीय कांग्रेस' में शामिल। 'लीग अगेन्स्ट इम्पीरियलिज्म' की कार्यकारिणी समिति के सदस्य।

साइमन कमीशन का विरोध किया। 1929 में कांग्रेस के लाहौर अधिवेशन के अध्यक्ष। 1930 में दांडी मार्च में भाग लिया। दिसम्बर, 1931 से अगस्त, 1933 तक एक लम्बी जेल-यात्रा।

1934 में 'ग्लिम्पसेज ऑफ वर्ल्ड हिस्ट्री' का प्रकाशन। फरवरी, 1934 में फिर गिरफ्तार। डेढ़ साल जेल में। 1936 में 'आत्मकथा' लिखी।

1936 और 1937 में लखनऊ और फैजपुर के कांग्रेस अधिवेशनों में अध्यक्ष हुए। भारत सरकार अधिनियम, 1935 के मुताबिक प्रान्तों में हुए चुनावों में भारत का दौरा किया, वोट माँगने की कला सीखी। 1940 में चार वर्ष की सजा, लेकिन दिसम्बर, 1941 में रिहा। अगस्त, 1942 में भारत छोड़ो आन्दोलन। 32 महीने जेल में। इसी समय 'डिस्कवरी ऑफ इंडिया' लिखी।

दिसम्बर, 1946 में संविधान सभा के सदस्य। 15 अगस्त, 1947 को भारत के प्रधानमंत्री बने। 27 मई, 1964 को प्रधानमंत्री रहते हुए उनका देहान्त हुआ।

विचार का आईना

कला ✦ साहित्य ✦ संस्कृति

जवाहरलाल नेहरू

सम्पादक
रमाशंकर सिंह

श्रृंखला सम्पादक
बद्री नारायण

लोकभारती पेपरबैक्स

लोकभारती पेपरबैक्स में
पहला संस्करण : 2023
दूसरा संस्करण : 2026

लोकभारती पेपरबैक्स : उत्कृष्ट साहित्य के लोकप्रिय संस्करण

लोकभारती प्रकाशन
पहली मंजिल, दरबारी बिल्डिंग, महात्मा गांधी मार्ग
प्रयागराज-211 001
द्वारा प्रकाशित

शाखाएँ : 1-बी, नेताजी सुभाष मार्ग, दरियागंज, नई दिल्ली-110 002
अशोक राजपथ, साइंस कॉलेज के सामने, पटना-800 006
1, अनमोल सोराबजी संतुक लेन, धोबी तलाव, मरीन लाइंस, मुम्बई-400 002

वेबसाइट : www.lokbhartiprakashan.com
ई-मेल : info@lokbhartiprakashan.com

बी.के. ऑफसेट
नवीन शाहदरा, दिल्ली-110 032
द्वारा मुद्रित

मूल्य : ₹250

VICHAR KA AINA
Kala sahitya sanskriti
JAWAHARLAL NEHRU
Edited by Rama Shankar Singh

ISBN : 978-93-92186-82-0

दो शब्द

कला, साहित्य, संस्कृति, लोकभारती प्रकाशन की एक अनूठी पुस्तक शृंखला है जिसमें भारत के मनीषियों, रचनाकारों एवं चिन्तकों के कला, साहित्य एवं संस्कृति पर केन्द्रित आलेखों, विचारों एवं साहित्य और अभिव्यक्ति की अनेक विधाओं में अभिव्यक्त चिन्तनपूर्ण गद्यों का संकलन किया गया है।

आज के बाजारवाद के दौर में कला, साहित्य एवं संस्कृति को बचाए रखने के लिए यह जरूरी है कि हम अपने लेखकों, कवियों, मनीषियों, राजनीतिक द्रष्टाओं के कला, साहित्य एवं संस्कृति विषयक विमर्शों को याद करें एवं उनसे अपने को जोड़ें। ये विमर्श ही हमारी रचनाशीलता पर उपस्थित खतरों से हमें बचा पाएँगे। आज तो हमारी सामाजिकता पर भी खतरे उपस्थित हो गए हैं। मुझे तो लगता है कि कला, साहित्य एवं संस्कृति न हो तो समाज नहीं, समाज नहीं तो हम नहीं। फिर प्रश्न उठता है कि कला, साहित्य एवं संस्कृति को सत्ता एवं बाजार से कैसे बचाया जाए। मुझे तो लगता है कि खुद साहित्य, कला एवं संस्कृति में निहित, प्रवाहित, अभिव्यक्त हो रहे विचार ही साहित्य, कला एवं संस्कृति को बचा पाएँगे। उन विचारों को जितना स्मरण एवं पाठ किया जाएगा, उतना ही कला, साहित्य एवं संस्कृति के बचने के स्पेस हम निर्मित कर पाएँगे।

यह शृंखला न केवल हिन्दी वरन् अनेक विश्व भाषाओं में इसलिए विशिष्ट है क्योंकि इसमें भारतीय लोक एवं समाज चिन्तन की वैचारिक छाया भी मौजूद है। इस शृंखला में शामिल चिन्तकों एवं लेखकों का चयन एक अत्यन्त संवेदनशील विद्वानों के समूह ने किया है। साथ ही इसमें हरेक खंड के सम्पादक अपने-अपने क्षेत्र के महत्त्वपूर्ण नाम हैं।

शृंखला का यह खंड भारत के पूर्व प्रधानमंत्री एवं आजादी के संघर्ष के अगुआ जवाहरलाल नेहरू पर केन्द्रित है, जिसे युवा

इतिहासकार श्री रमाशंकर सिंह ने किया है। इन आलेखों से नेहरू जी की भाषा, संस्कृति एवं व्यापक मानवीय रचनाशीलता के सम्बन्ध में संवेदनशील अन्त:दृष्टि से हमारा परिचय होता है। आजादी के बाद भारतीय राष्ट्र की आत्मशक्ति इन्हीं अन्त:दृष्टियों से बनी है। जिसमें लोक एवं स्थानीय संस्कृति का विवेक शामिल है। रमाशंकर सिंह ने अत्यन्त श्रम एवं सुचिन्तित बौद्धिक योजना से इसे आपके लिए तैयार किया है, उम्मीद है पाठकों को यह संकलन पसन्द आएगा।

विश्वास है लोहिया जी के ये आलेख पाठकों को भारतीय समाज के वर्तमान चुनौतियों एवं उनके उभरने में हमारी मदद करेगी।

—बद्री नारायण
गोविन्द वल्लभ पंत सामाजिक विज्ञान संस्थान
प्रयागराज-211019

भाषा, सत्य और राजमर्मज्ञता
जवाहरलाल नेहरू की सांस्कृतिक दृष्टि

"मिल्टन ने एक बार कहा था कि मुझे किसी मनुष्य की भाषा से परिचित कराइए और मुझे उसके बारे में कोई और जानकारी नहीं होगी तो मैं आपको बता दूँगा कि वह कौन है? कोई मनुष्य वीर है, डरपोक है या साहसिक है, रचनात्मक है या नहीं। भाषा मनुष्य के सोचने-विचारने के बारे में जानने का सबसे सूक्ष्म तरीका है। इसी प्रकार स्थापत्य और सभी सृजनात्मक कलाएँ हैं।...यह हमारी अन्दरूनी दुनिया के बारे में बताती हैं।"

यह भाषण जवाहरलाल नेहरू (1889-1964) ने ललित कला अकादमी द्वारा आयोजित स्थापत्य कला की एक संगोष्ठी में 17 मार्च, 1959 को दिया था। मिल्टन की यह बात वे इससे पहले भी 1 अक्टूबर, 1954 को उद्धृत कर चुके थे जिसमें उन्होंने उपर्युक्त बातों के साथ यह भी कहा था कि भाषा मनुष्य के विचार और कार्य का दर्पण है और हमें इंजीनियर और लेखक भी चाहिए क्योंकि उनके बिना देश 'भौतिक और बौद्धिक' रूप से आगे नहीं बढ़ पाएगा। उस समय देश की हर भाषा में एक नवीन वातावरण और साहित्यिक बहसों का समय था। साहित्य एक ऐसे संघर्ष से गुजर रहा था जिसमें वह राज्य से संरक्षण की उम्मीद तो कर रहा था लेकिन इतना भी नहीं कि उसका दम घुटने लगे। सबकी आवाज़ को जगह देने के लिए साहित्य गुंजाइशें तलाश रहा था। देश के पढ़े-लिखे और जागरूक नागरिक यह अच्छी तरह से जान रहे थे कि भारत कोई समरूप राष्ट्र नहीं है, न ही कोई समरूप विचार भारत को प्रकट करने में सक्षम है। भारत पश्चिम की नकल नहीं बन सकता था और न ही वह यूरोप के राष्ट्रों जैसा 'एक राष्ट्र एक भाषा' का विचार अपना सकता था। देश बंदूक और ताकत के बल पर किसी खास सांस्कृतिक नजरिये को बढ़ावा नहीं दे सकता था। नेहरू ने पोलिश भाषा का उदाहरण देते हुए उस

दिन कहा कि रूस की जारशाही ने पोलिश भाषा को प्रतिबन्धित कर दिया था लेकिन इससे पोलिश भाषा मर नहीं गई। इसने महान लेखकों को जन्म दिया। "एक जीवित भाषा अनष्टप्राय है, इससे कोई फर्क नहीं पड़ता है कि कोई सरकार इसके साथ क्या करती है।"

वास्तव में नेहरू भाषा को जनता और राष्ट्र के जीवन से अलग नहीं मानते थे और उसमें सरकारी दखलअंदाजी के खिलाफ थे। उन्होंने कहा कि कि हिन्दी किसी भाषा की प्रतिद्वंद्वी नहीं है और यह समय की अक्षम्य बर्बादी होगी अगर किसी एक भाषा का लेखक दूसरी भाषा को नीचा दिखाने का प्रयास करे।...साहित्य कोई लाठी नहीं है जिसके द्वारा जनता को एक खास दिशा में सोचने को बाध्य किया जाए। नेहरू जारशाही का नाम ले ही चुके थे और उनका यह भाषण हजारों बरस पहले हुए अशोक की याद दिलाता है जब उसने कहा था कि हमेशा दूसरे सम्प्रदायों का आदर करना चाहिए क्योंकि ऐसा करने से व्यक्ति अपने सम्प्रदाय की उन्नति और दूसरे सम्प्रदायों का उपकार करता है। इसके विपरीत आचरण से वह अपने सम्प्रदाय को नुकसान पहुँचाता है। एक बन रहे राष्ट्र के एकीकरण में सबसे बड़ी समस्या भाषाओं की विविधता और धर्मों की बहुलता थी। उन सबकी अपनी विश्वदृष्टियाँ थीं और एक दूसरे से टकरा जाती थीं। उनकी किसी भी विशिष्टता को खतम किए बिना एक समरस और सुन्दर देश बनाना एक सामूहिक चुनौती थी। इसे न केवल नेहरू बल्कि उनके कई समकालीन समझ रहे थे। जो बात हिन्दी साहित्य के निबन्धकारों ने नेहरू से बहुत पहले कही थी कि साहित्य जनता की स्वाभाविक चित्तवृत्ति का विकास है, वह विचार 1930 के बाद काफी चुनौतीपूर्ण होता गया था।

25 जुलाई, 1937 को मोहम्मद अली जिन्ना को लिखे अपने पत्र में नेहरू ने कहा कि एक जीवित भाषा अपनी जीवनशक्ति कायम रखती है, यह उन लोगों की भावनाओं को प्रकट करती है जो इसे बोलते हैं। इसकी जड़ें आम जनता में होती हैं भले ही इसका ऊपरी ढाँचा किसी खास आभिजात्य संस्कृति को प्रकट करे। इसके आगे उन्होंने जिन्ना को भरोसा दिलाने की कोशिश की कि कांग्रेस अल्पसंख्यकों की संस्कृति, भाषा और लिपि की सुरक्षा करेगी। अभी 1940 का साल नहीं आया था और इसके बावजूद मुस्लिम लीग मुस्लिमों को, 'उनकी भाषा और संस्कृति खतरे में है' यह कहकर, एक काल्पनिक बहिष्करण और पीछे छूट जाने के खतरे की तरफ आगाह करके धार्मिक आधार पर गोलबन्द कर रही थी। उसने धर्म को भाषा, राष्ट्र

और नृजातीयता से जोड़ दिया था। दूसरी ओर धर्म, भाषा और राष्ट्र के जटिल यूरोपीय अनुभव नेहरू की निगाह से ओझल न थे, और वे भारत को बेहतर ढंग से समझ भी रहे थे इसलिए वे इन जटिलताओं को एक सामूहिक भागीदारी से सुलझाने की लगातार कोशिश कर रहे थे। खैर, मुस्लिम लीग ने जब पाकिस्तान नामक एक देश बनवाने में सफलता प्राप्त कर ली, देश बन गया तो उसने धर्म, भाषा और राष्ट्र को एक समरूप इकाई में ढाल देने का प्रयास लाठी के बल पर ही किया। इसके कारण पूर्वी पाकिस्तान के नागरिकों को एक सांस्कृतिक सदमे से गुजरना पड़ा और पाकिस्तान से निकलकर एक नया देश बना—बांग्लादेश। भाषा ने धर्म को पीछे धकेल दिया।

जब देश का संविधान बन रहा था और संविधान सभा में पूरे देश से लोग इकट्ठा हुए तब यह बात कही और स्पष्ट हुई कि देश कई-कई मुखों से कई भाषा बोलता है। महात्मा गांधी सहित कांग्रेस ने इसे बहुत पहले ही स्वीकार कर लिया था कि देश के प्रशासनिक विभाजन का एक आधार भाषा भी हो सकती है लेकिन भारत की संविधान सभा ने तो भानुमती का पिटारा खोल दिया था। नेहरू संविधान सभा में दो हैसियत से जाते थे : एक, सामान्य सदस्य के रूप में और दूसरे, प्रधानमंत्री के रूप में। इन दोनों भूमिकाओं में उन्होंने उन बातों को विधिक रूप से दोहराने का प्रयास किया जिसे वे एक स्वतंत्रता संग्राम सेनानी के रूप में कहते आए थे। वे अपनी किसी वाचिक या राजनीतिक भंगिमा से ऐसा कोई सन्देश नहीं देते थे जिससे कोई व्यक्ति या व्यक्तियों का समूह अपने को बेगाना समझने लगे। भाषा के नाजुक मुद्दे पर भी उन्होंने यही किया। उन्होंने महात्मा गांधी के हवाले से अपनी बात शुरू की। इसके दो कारण थे : महात्मा गांधी का हिन्दी प्रेम और इसके पीछे छिपी नैतिक शक्ति। संविधान सभा में उन्होंने कहा, अंग्रेजी से हमारा बहुत हितसाधन हुआ है और उसके द्वारा हमने बहुत कुछ सीखा है तथा उन्नति की है किन्तु किसी विदेशी भाषा से कोई राष्ट्र महान नहीं हो सकता। आखिर क्यों? क्योंकि कोई भी विदेशी भाषा लोगों की भाषा नहीं हो सकती। उससे दो श्रेणियाँ स्थापित हो जाती हैं। एक श्रेणी उन लोगों की जो विदेशी भाषा की शैली के अनुसार विचार करते हैं और कार्य करते हैं और एक श्रेणी उन लोगों की जो दूसरी ही दुनिया में बसते हैं। इसलिए राष्ट्रपिता ने हमें यह शिक्षा दी कि हम अपना अधिक से अधिक काम अपनी ही भाषा में करने का प्रयास करें। इसके आगे उन्होंने जो बातें कहीं, वे

ज्यादा महत्त्वपूर्ण हैं। उन्होंने भाषा को लोकतंत्र से जोड़ते हुए हिन्दी प्रेमियों को लगभग चेतावनी देते हुए कहा : क्या आपका दृष्टिकोण जनतंत्रात्मक होने जा रहा है अथवा प्रभुत्व मूलक? मैं यह प्रश्न हिन्दी के प्रेमियों से पूछता हूँ क्योंकि यहाँ तथा अन्यत्र मैंने जो भाषण सुने हैं, उनमें से कुछ की यह ध्वनि थी कि हिन्दी भाषी प्रदेश ही सभी बातों के लिए भारत का केन्द्र रहा है और अन्य प्रदेश तो भारत के सीमावर्ती प्रदेश रहे हैं। यह दृष्टिकोण गलत ही नहीं खतरनाक भी है... यदि लोग अथवा लोगों का कोई वर्ग किसी भाषा का विरोध करे तो आप उसे जबरदस्ती उनके गले के नीचे नहीं उतार सकते। आपको इसमें सफलता नहीं मिल सकती। आप जानते हैं कि सम्भव है कोई विदेशी विजेता तलवार के बल से इस प्रकार का प्रयास करे किन्तु इतिहास इसका प्रमाण है कि उसे फिर भी कभी सफलता नहीं मिली। भारत के जनतंत्रात्मक वातावरण में तो इसकी सम्भावना ही नहीं है। आपको भारत के उन विभिन्न प्रान्तों तथा समूहों का सद्‌भाव प्राप्त करना है जिनकी मातृ-भाषा हिन्दी नहीं है। आपको उन लोगों की भी सद्‌भावना प्राप्त करनी है जो किसी अन्य रूप में हिन्दी को अर्थात उर्दू या हिन्दुस्तानी को, बोलते हैं। चाहे आप जीतें या न जीतें किन्तु यदि आप कोई ऐसा प्रयास करेंगे जो अन्य लोगों को प्रभुत्व स्थापित करने अथवा जबरदस्ती किसी चीज को स्वीकार कराने के लिए किया हुआ प्रयास प्रतीत होगा तो आपका वह प्रयास निष्फल रहेगा।

नेहरू देश की भाषायी और सांस्कृतिक भंगिमा और अपने आचरण में बार-बार यह प्रकट करना चाह रहे थे कि भारत का मूल स्वर बहुलता का है। वे वास्तव में भारत के इतिहास और उसकी स्मृतियों को उसके सबसे प्राथमिक रूप में धारण करते थे। 1962 में किसी दिन रघुवीर सहाय ने अपनी डायरी में लिखा : शान से बूढ़े होना एक कला है। इस 15 अगस्त को जब प्रधानमंत्री लाल किले पर झंडा फहरावेंगे तो वह कुछ और बुढ़ा चुके होंगे। आलंकारिक भाषा में कहा जाए तो वह लाल किले से भी ज्यादा उमर के हैं क्योंकि इतिहास की न जाने कितनी धाराओं को वह अपने में आत्मसात् किए हुए हैं। इतिहास की इन धाराओं का आत्मसातीकरण आसान न था। नेहरू को अपने जीवन में ही बार-बार इसके कारण सार्वजनिक आलोचना की सान पर चढ़ना पड़ा लेकिन इसमें वे बेदाग निकल आते थे। उनके पास अपने व्यक्तिगत जीवन और सार्वजनिक उपलब्धियों की इतनी पूँजी थी कि हर आलोचना उनको थोड़ा-सा और चमका देती थी। उनकी

मृत्यु के एक दशक बाद ही, 1975-77 में, उनका नाम बदनाम करने की कोशिशें हुईं। इसके साथ ही नेहरू को उनके जीवनकाल में ही राजधानी दिल्ली में इतना ज्यादा आभिजात्य बना दिया गया कि 'जनता के नेहरू' लगभग गायब हो गए। यह काम नेहरू के प्रशंसकों ने किया (वैसे यह काम वे आज भी करते हैं, प्रशंसक अपने प्यारे किरदार का हमेशा भला ही नहीं करते हैं)। एक दूसरे छोर पर 'नॉन-नेहरूवियन' विद्वानों ने नेहरू की हर उस उपलब्धि और विचार को नकार देना चाहा जिससे बीसवीं शताब्दी का भारत बन रहा था।

धर्मपाल ने नेहरू और थोड़ा आगे बढ़ते हुए रवीन्द्रनाथ टैगोर के बारे में कहा कि वे भारत को एक 'आत्मदैन्य' वाली छवि के अधीन ही देख रहे थे। भारत का जो 'स्वधर्म' था, उससे दूर ले जाने में उनकी भूमिका थी। उन्होंने लिखा कि रवीन्द्रनाथ ठाकुर जैसी सर्जनात्मक प्रतिभाओं ने एक विचित्र आत्मग्लानि, आत्मदैन्य और उसी के साथ यूरोपीय लक्ष्यों की पूर्ति में भारत का आत्मगौरव देखने का बौद्धिक परिवेश रचा और जवाहरलाल जैसे पश्चिमी व्यक्तित्वों को उभरना और प्रतिष्ठित होना सम्भव हुआ। वास्तव में धर्मपाल नेहरू के 'उभरने और प्रतिष्ठित होने' को कुछ उसी तरह से तात्कालिक मानते हैं जिस तरह से यह लोकप्रिय मिथक है कि नेहरू की जगह सरदार वल्लभभाई पटेल भारत के प्रधानमंत्री होते तो 'बात कुछ और होती'। नेहरू क्या, उस दौर के किसी स्वतंत्रता संग्राम सेनानी के जीवन चरित को कोई यदि व्यापक सन्दर्भ में देखे तो वह लक्षित कर सकता है कि वह भारत के बहुलतावादी स्वर को न तो उपेक्षित कर सकता है और न ही उसे देश-दुनिया से काट सकता है। नेहरू ने भाषा के बारे में जो बार-बार कहा, वह तो यूरोपीय मानस के प्रतिकूल ही कहा है। वह भाषा को उसकी स्वाभाविकता में ही स्वीकार करते थे। लगभग दो हजार साल पहले हुए अशोक को भारत के लोग भूल चुके थे। उसकी लिपियों को यूरोपीय मुद्राशास्त्रियों ने पढ़ा। बाद में उसकी भाषा और लिपि की बहुलता को रेखांकित किया गया। भारत की आजादी की लड़ाई भी ऐसी ही थी—बहुलवादी, अनेक-अनेक मुखों से बोलती हुई। ऐसे में टैगोर और नेहरू भला कैसे आत्मग्लानि और आत्मदैन्य के शिकार हो गए? उन्होंने तो अपने कार्य और विचार से भारत में एक सांस्कृतिक आत्मविश्वास भरा।

नेहरू की पढ़ाई-लिखाई एक परम्परानिष्ठ देश में शुरू हुई जिसे उनके जन्म के कुछ समय पहले उपनिवेश में तब्दील कर दिया गया

था और जहाँ उन्नति के सारे रास्ते उपनिवेश की बौद्धिक संरचना से होकर गुजरते थे। उपनिवेश ने भारत की शिक्षा व्यवस्था के साथ क्या किया था, इसकी एक धारदार पड़ताल धर्मपाल अपनी किताब में कर चुके थे। जवाहरलाल नेहरू और उनके समकालीनों ने आजादी की लड़ाई में बार-बार इस तथ्य की ओर ध्यान दिलाया कि किस प्रकार भारत को बर्बाद किया गया है। आजादी के बाद नेहरू उसी भारत की वापसी नहीं चाह रहे थे जिसका एक पैर इतिहास के दलदल में फँसा हो और दूसरा आगे की तरफ जाए बल्कि वे इतिहास से गौरव हासिल करते हुए भारत के भविष्य को बदलना चाह रहे थे। रवीन्द्रनाथ टैगोर शान्तिनिकेतन में भला क्या कर रहे थे? क्या वह आत्मग्लानि और आत्मदैन्य की कोई विस्तृत परियोजना थी या भारत को उसका अपना अन्तस्थल खोजने की एक दार्शनिक और शैक्षिक पहल। धर्मपाल यह बात भूल जाते हैं कि नेहरू उसी भौतिक और बौद्धिक भारत के लिए जिये और लड़े जिसका वे सदियों से हकदार रहे हैं।

नेहरू ने उपनिवेश के मूल देश ब्रिटेन को अंग्रेजी के द्वारा जाना था लेकिन ठीक उसी समय उसकी बनावट की चीरफाड़ भी कर दी। वे जानते थे भारत के हिस्से में शेक्सपियर वाला ब्रिटेन नहीं आया है बल्कि वह ब्रिटेन आया है, जिसने भारत को हर तरह से गुलाम बनाया है। नेहरू यूरोप तो गए लेकिन वहाँ से भारत को कहीं अधिक समझने के काबिल होकर आए। नेहरू पर यूरोपीय प्रतिश्रुति का आरोप बढ़-चढ़कर लगाया जाता रहा है। अम्बिकादत्त शर्मा भारतीय मानस का वि-औपनिवेशीकरण करना तो चाहते हैं लेकिन उनके निशाने पर जवाहरलाल नेहरू आ जाते हैं। उनका मानना है कि स्वातंत्र्योत्तर कालीन वैचारिक आत्मघात के लिए उत्तरदायी तो पूरे बुद्धिजीवी वर्ग को ठहराया जा सकता है लेकिन उनमें भी सर्वाधिक हैं पं. जवाहरलाल नेहरू। एक स्वस्थ सोच-समझ वाला व्यक्ति अपनी संस्कृति और समाज व्यवस्था का कटु आलोचक हो सकता है और उसे होना भी चाहिए, लेकिन क्या वह अपने देश को किसी दूसरे देश से किसी भी कीमत पर बदलना चाहेगा। अपने इतिहास को किसी और के इतिहास में परिणत करना चाहेगा जिसे परम्परा की सनातन काल यात्रा में योगक्षेम के प्रतिज्ञाबद्ध उत्तराधिकार बोध के साथ पाया गया हो। यह सम्भव है कि हमारे प्रथम प्रधानमंत्री जिनकी काबिलियत पर, कहा जाता है कि गांधी जी भी फिदा रहते थे और हम सब आज भी उन पर गर्व करते हैं, उन्हें इस देश के जातीय अनुभव और सांस्कृतिक

अस्मिता के एकात्मक गुणसूत्रों का ठीक-ठीक पता नहीं था। ...यशदेव शल्य ने उन पर टिप्पणी करते हुए कहा है कि पंडित नेहरू की दृष्टि आधुनिक पश्चिम निर्धारित थी और सांस्कृतिक भारत उनके लिए सुदूर परदेश था। ...अवश्य ही उन्हें देश से प्रेम था, किन्तु राजनीतिज्ञ देश से, सांस्कृतिक देश से नहीं। वर्ष 2019 में भारतीय उच्च अध्ययन संस्थान, शिमला में दिए गए इस भाषण ने वहाँ मौजूद विद्वानों के बीच काफी सरगर्मी पैदा की थी और प्रोफेसर शर्मा से इन पंक्तियों के लेखक ने भी अपना पक्ष रखा था। पुस्तक रूप में छपकर आने से इस पर ठीक से विचार करना सम्भव हो सका है कि यह देखा जाए कि जो बात प्रोफेसर शर्मा कह रहे हैं, उसका आधार क्या है? तो जो बात धर्मपाल कह रहे थे, उस बात को प्रोफेसर शर्मा आगे ही बढ़ा रहे हैं लेकिन जैसा हम ऊपर देख चुके हैं कि नेहरू के बारे में यह समझ एकांगी है। यह न भारत के सभ्यतागत इतिहास से मेल खाती है और न ही आजादी के आन्दोलन के अनुभवों और स्वप्नों से मेल खाती है। यह मत भूलें कि विचारक नेहरू को स्वतंत्रता संग्राम सेनानी नेहरू से अलग नहीं किया जा सकता है। उनका भारत का विचार या 'भारत बोध' वायवीय नहीं है बल्कि वह करोड़ों-करोड़ भारतीय जनों से अन्तर्क्रिया से उपजा है। नेहरू की भारतमाता अथवा उसका स्वरूप वह नहीं हो सकता है जिसके बारे में धर्मपाल और अम्बिकादत्त शर्मा अपने भाषणों में कह रहे हैं।

इस बारे में हिन्दी के चिंतक नामवर सिंह का कहना कहीं ज्यादा सुसंगत है। वे कहते हैं : पंडित नेहरू ने जिस सामासिक संस्कृति की बात कही, उसमें ज्यादा महत्त्वपूर्ण बात यह है कि स्वयं पंडित नेहरू का व्यक्तित्व अनेक प्रकार की संस्कृतियों, सभ्यताओं और संस्कारों का कुंज था, जब वे भारत की संस्कृति की सामासिकता का जिक्र करते थे तो लगभग अपने व्यक्तित्व की सामासिकता और भारतीय संस्कृति की सामासिकता दोनों को एक साथ आमने-सामने रखकर देखते थे। नेहरू को प्रायः संस्कृत सहित भारतीय भाषाओं का दुश्मन करार दिया जाता है लेकिन इसके बारे में किसी सबूत को पेश नहीं किया जाता है बल्कि कहा जाता है कि उन्होंने वह 'माहौल' बनाया जिसके कारण संस्कृत की अवनति हुई। नेहरू लिख रहे थे : "यूरोपीय मानस पर लैटिन और ग्रीक के प्रभाव की तुलना में भारतीय मानस पर संस्कृत का प्रभाव कहीं अधिक गहरा रहा था। वह यहाँ की मिट्टी की भाषा थी और जाति की आस्था, परम्पराओं, पुराण, शास्त्र और

दार्शनिक पृष्ठभूमि के साथ घनिष्ठ रूप से बँधी हुई थी। इस बात से सम्भवत: हमारी राष्ट्रीय भाषाओं के पूर्ण विकास में विलम्ब के कारण की व्याख्या हो जाती है।...प्रोफेसर सेन ने प्राचीन काल के लेखकों के बारे में बहुत से ब्योरे दिए हैं। मुझे बंगला भाषा के विकास की प्रगति में दिलचस्पी रही है और विशेषकर इसके हाल के दिनों के विकास में जब उसमें पश्चिमी प्रभावों के विरुद्ध प्रतिक्रिया हो रही थी। इस विकास कथा में राममोहन राय, ईश्वरचन्द्र विद्यासागर, माइकेल मधुसूदन दत्त, बंकिमचन्द्र चटर्जी, रमेशचन्द्र दत्त, शरत्चन्द्र चटर्जी और कुछ दूसरे ढंग से काजी नजरुल इस्लाम की तरह खड़े थे। पर इन सबको आच्छादित करता हुआ यह महत्त्वपूर्ण परिवार सामने आया जो साहित्य चित्र कला संगीत और कला के हर रूप में महान था—टैगोर परिवार। इस लम्बे उद्धरण को देने का उद्देश्य यही है कि हम देख सकें कि नेहरू ने भारत की भाषाओं के माध्यम से भारतीय सभ्यता और संस्कृतियों में अन्तर्निहित सच को कितनी-कितनी छवियों में देखा और उस पर आचरण किया था। उन्होंने यह बात साहित्य अकादेमी से प्रकाशित 'बांग्ला साहित्य का इतिहास' की भूमिका लिखते हुए कही थी।

वास्तव में नेहरू भारत की भाषायी विविधता और उसकी समृद्ध सांस्कृतिक विरासत से न केवल गहरे तक जुड़े थे बल्कि उसे राष्ट्र निर्माण की प्रक्रिया का अंग भी मानते थे। वर्ष 1956 में जब भंडारकर ओरियंटल रिसर्च इंस्टीट्यूट द्वारा महाभारत के तीन खंडों का प्रकाशन किया ज़ा रहा था, तब नेहरू पुणे के इस प्रतिष्ठित संस्थान में मौजूद थे। नेहरू ने कहा कि महाभारत ने समय के साथ हिन्दुस्तान में लाखों लोगों को प्रभावित किया है, वह उनके जीवन और संस्कृति का अनन्य हिस्सा बन चुका है। उन्होंने कहा कि वे संस्थान की इस परियोजना के लिए और भंडारकर इंस्टीट्यूट के लिए कभी भी आर्थिक संसाधनों की कमी नहीं होने देंगे। संस्कृत भाषा पर बोलते हुए नेहरू ने कहा कि यद्यपि हजार से भी ज्यादा वर्षों से संस्कृत हिन्दुस्तान में लोगों की बोलचाल की भाषा नहीं रह गई है, फिर भी संस्कृत की जीवनीशक्ति और भारतीय संस्कृति से इसका जुड़ाव अद्भुत है। संस्कृत की इसी जीवनीशक्ति और इसकी दृढ़ता की चर्चा वे 'डिस्कवरी ऑफ इंडिया' में कर चुके थे।

नेहरू ने अपनी सार्वजनिक भाषा को अपनी शिक्षा, स्वतंत्रता आन्दोलन, विभिन्न जेल यात्राओं और सबसे बढ़कर भारत देश के

निवासियों से बिना शर्त के प्रेम में अर्जित की थी। नेहरू ने बार-बार देशवासियों से अपने सम्बन्ध को पुनर्नवा किया। एक क्षण के लिए भी वे उससे दूर हो ही नहीं सकते थे। किसी इतिहासकार के द्वारा यह बात रेखांकित किए जाने से पहले देश की जनता ने यह रेखांकित कर लिया था। फणीश्वरनाथ 'रेणु' के उपन्यास 'मैला आँचल' में एक फगुआ है : गावत गांधी राग मनोहर/ चरखा चलावे बाबू राजेन्दर/... वीर जमाहिर शान हमारो/वल्लभ है अभिमान हमारो/ जयप्रकाश जैसो भाई रे! होरिया आई फिर से। लगभग तैंतीस वर्ष के एक नौजवान उपन्यासकार के चरित्रों के बीच में नेहरू आ धमके थे, किसी को धकियाते हुए नहीं बल्कि सबके बगलगीर होते हुए। भारत की आजादी का कोई चेहरा बनता था तो उसमें नेहरू शामिल थे। उसमें सरदार पटेल, डॉ. राजेन्द्र प्रसाद और जयप्रकाश नारायण भी शामिल थे। नेहरू ने और उस दौर की जनता ने कभी भी इस प्रकार की विशिष्टता का दावा भी नहीं किया जिसमें केवल नेहरू हों। यह एक सामूहिक विश्वास का प्रतिफलन था जिसे उन्होंने देश की जनता से अर्जित किया था। इसी कारण अपने जीवित रहते हुए ही नेहरू लोककंठ में बस गए।

प्रस्तुत पुस्तक में उनके कुछ उन लेखों को प्रस्तुत करने की कोशिश की गई है जो उनकी सांस्कृतिक वैचारिकी को किसी पाठक के समक्ष रखती हैं। इसमें उनके भाषा, राजभाषा और हिन्दी भाषा सम्बन्धी विचारों को प्रकट करने वाले लेखों, किताबों के हिस्से और सार्वजनिक व्याख्यानों को रखा गया है। पुस्तक के आकार और कलेवर की सीमा है जबकि भाषा और संस्कृति का दायरा बहुत बड़ा है, उसे एक संकलन में समाहित करना आसान नहीं है। इस पुस्तक को तैयार करते समय ध्यान रखा गया है कि जवाहरलाल नेहरू के विचारों की एक झलक पाठक को मिल सके।

—रमाशंकर सिंह

सन्दर्भ

1. सेलेक्टेड वर्क्स ऑफ जवाहरलाल नेहरू (1959), सीरीज 2, वॉल्यूम 47, मार्च 1959, जवाहरलाल नेहरू मेमोरियल फंड, नई दिल्ली, पृ. 402-403
2. सेलेक्टेड वर्क्स ऑफ जवाहरलाल नेहरू (2000), सीरीज 2, वॉल्यूम 27, 1 अक्टूबर, 1954 से 31 जनवरी, 1955, जवाहरलाल नेहरू मेमोरियल फंड, नई दिल्ली, पृ. 398-400
3. वही।

4. रोमिला थापर (2014), अशोक और मौर्य साम्राज्य का पतन, ग्रंथ शिल्पी, दिल्ली, पृ. 258
5. डोरोथी नॉर्मन (1965), नेहरू : द फर्स्ट सिक्सटी इयर्स, वॉल्यूम 1, एशिया पब्लिशिंग हाउस, बम्बई, पृ. 519-20
6. वही
7. भारतीय संविधान सभा के वाद-विवाद की सरकारी रिपोर्ट, हिन्दी संस्करण (2015), लोक सभा सचिवालय, नई दिल्ली, पृ. 2196-2207
8. रघुवीर सहाय (2019) दिल्ली मेरा परदेस : राजधानी में नेहरू के अन्तिम वर्षों में मनुष्य की परिस्थिति का हवाला, राजकमल प्रकाशन, नई दिल्ली, पृ. 150
9. श्रीनाथ राघवन (2013), सर्वपल्ली गोपाल : इम्पीरियलिस्ट, नेशनलिस्ट, डेमोक्रेट्स, परमानेंट ब्लैक, रानीखेत, पृ. 172
10. धर्मपाल (1994), भारत का स्वधर्म, वाग्देवी प्रकाशन, बीकानेर, पृ. 26
11. धर्मपाल (1994)।
12. अम्बिकादत्त शर्मा (2020), भारतीय मानस का वि-औपनिवेशीकरण : प्रामाणिक संस्कृतात्मा के प्रत्यभिज्ञान की कार्ययोजना, सेतु प्रकाशन और रज़ा फाउंडेशन द्वारा संयुक्त रूप से प्रकाशित, दिल्ली, पृ. 51-52
13. https://samalochan.blogspot.com/2018/07/blog-post_29.html 15 अगस्त, 2021 को देखा गया।
14. सुकुमार सेन (2020), बांग्ला साहित्य का इतिहास, साहित्य अकादेमी, दिल्ली।
15. पुरुषोत्तम अग्रवाल (2021), कौन हैं भारतमाता : इतिहास, संस्कृति और भारत की संकल्पना, अनुवाद : पूजा श्रीवास्तव, राजकमल प्रकाशन, नई दिल्ली में इस प्रश्न पर व्यापक विचार-विमर्श किया गया है कि भारत नामक विचार किस प्रकार के ऐतिहासिक घात-प्रतिघात से स्वरूप ग्रहण कर रहा था। इसके साथ ही यह भी देखें : शुभनीत कौशिक का लेख : महाभारत और संस्कृत को लेकर नेहरू की क्या थी राय? https://www.newsplatform.in/big-news/mahabharat-sanskrit-nehru-opinion/ 12 जून, 2021 को देखा गया।
16. फणीश्वरनाथ 'रेणु' (2015), मैला आँचल, नौवीं आवृत्ति, राजकमल प्रकाशन, नई दिल्ली, पृ. 93
17. संतोष कुमार चतुर्वेदी (2014), भोजपुरी लोकगीतों में स्वाधीनता आन्दोलन, लोकभारती प्रकाशन, इलाहाबाद, पृ. 159

क्रम

कला

साहित्य

संस्कृति

कला

महिला विद्यापीठ, इलाहाबाद में भाषण

कुलपति महोदय, भाइयो और बहनो,

विद्यापीठ का शिलान्यास करने को कहकर आपने मुझे जो आदर दिया है, उसके लिए मैं आपको धन्यवाद देता हूँ। आपके निमंत्रण को पाकर मुझे कुछ आश्चर्य हुआ और उसे स्वीकार करने में दुविधा हुई। मैंने हमेशा सोचा है कि इस प्रकार की विधियाँ सम्पन्न करना ऊँचे अधिकारियों और आदरणीय नेताओं का काम है। मैं इनमें से किसी भी कोटि में नहीं आता। मैंने यह भी पाया है कि ऐसे अवसरों पर बढ़िया घिसी-पिटी बातें कहने का आम रिवाज है, जिनका कोई मतलब नहीं होता। लेकिन आपको शायद पता है कि स्वभाव से विद्रोही होने के कारण मैं बाबा आदम के जमाने की घिसी-पिटी चीजों का प्रेमी नहीं हूँ और सम्भव है कि मैं जो बातें कहूँ, वह यहाँ आपमें से बहुतों को अच्छी न लगे। मैंने इस निमंत्रण को कुछ इसलिए स्वीकार कर लिया, क्योंकि जब मैं म्यूनिसिपल बोर्ड का अध्यक्ष था, उस समय इस संस्था से मेरा सम्बन्ध था, लेकिन मेरा मुख्य आकर्षण तो यह है कि महिलाओं की शिक्षा और महिलाओं के अधिकारों में मेरी दिलचस्पी रही है।

एक बड़े फ्रांसीसी आदर्शवादी, चार्ल्स फोरियर ने एक बार कहा था, "किसी मुल्क में किस अंश तक सभ्यता है, इसका निर्णय महिलाओं की सामाजिक और राजनैतिक स्थिति से किया जा सकता है।" और अगर हमें आज हिन्दुस्तान का निर्णय करना है तो हमें वैसा उसकी महिलाओं को देखकर करना होगा। हम जो भविष्य का निर्माण करेंगे, उसका निर्णय भी भारतीय महिलाओं की स्थिति को देखकर ही होगा। मुझे आपके सामने स्वीकार करना चाहिए कि भारतीय महिलाओं की आज की स्थिति से मुझे बेहद असन्तोष है। हम लोग सीता और सावित्री के बारे में बहुत-कुछ सुनते हैं। भारत में ये नाम बड़ी श्रद्धा से लिये जाते हैं और यह ठीक ही है। लेकिन मेरी भावना है कि पुराने जमाने के ये नाम मुख्य रूप से हमारी वर्तमान कमियों को छिपाने और भारत में आज महिलाओं की गिरावट के मूल कारणों पर हमले को रोकने के लिए किये जाते हैं।

इस संस्था की रिपोर्ट में हवाला दिया गया है कि इसकी स्थापना महिलाओं को विशेष शिक्षा देने के लिए की गई थी। लोग कहा करते थे कि आदमी का काम

आजीविका चलाना था और महिलाओं की जगह घर में थी और उनका आदर्श एक समर्पित पत्नी का होना चाहिए, अधिक नहीं। स्त्री का मुख्य आनन्द होशियारी के साथ बच्चों का पालन-पोषण और अपने पूज्य बुजुर्गों की सेवा करना होना चाहिए। इसका क्या मतलब है? इसका मतलब यह है कि स्त्री का केवल एक ही धन्धा है और वह धन्धा है विवाह और हमारा मुख्य काम उसे इसी धन्धे के लिए तैयार करना है। इस धन्धे में भी उसकी स्थिति गौण है। उसे हमेशा निष्ठावान, सहयोगी-साथी और अपने पति और दूसरों के पीछे चलनेवाला और आज्ञाकारी गुलाम रहना है। पता नहीं, आपमें से किसी ने इब्सन का 'डॉल्स हाउस' (गुड़ियाघर) पढ़ा है। अगर पढ़ा हो तो जब मैं इस सम्बन्ध में 'गुड़िया' शब्द का इस्तेमाल करता हूँ तो आप ठीक से समझ लेंगे।

भारत का भविष्य गुड़ियों और खिलौनों से नहीं बन सकता और अगर आप देश की आधी आबादी को बाकी की आधी आबादी के हाथ का महज खिलौना और दूसरों के ऊपर बोझ बना देंगे तो आप किस तरह प्रगति कर सकेंगे? इसलिए मैं कहता हूँ कि आप इस समस्या का बहादुरी से मुकाबला कीजिए और बुराई की जड़ पर चोट कीजिए। हमारे सामने पर्दा, बालविवाह और बहुत-से क्षेत्रों में महिलाओं को अधिकारों से वंचित कर देना है। आप किसी भी देश में जाइए, आपको चमकते चेहरोंवाले लड़के और लड़कियाँ खेलते और दिमाग और शरीर से मजबूत बनते हुए दिखाई देंगे। यहाँ उसी उम्र के बच्चों को पर्दे में और करीब-करीब पिंजरों में बन्द रखा जाता है और बहुत हद तक उनकी आजादी छीन ली जाती है। जिस समय उनके शरीर और बुद्धि का विकास होना चाहिए, उनका विवाह कर दिया जाता है और इस तरह उन्हें कुंठित और जीवन-भर के लिए दुखी बना दिया जाता है।

अगर वास्तव में इस 'विद्यापीठ' का उद्‌देश्य महिलाओं की प्रगति करना है तो उन्हें इन बुरी प्रथाओं पर आक्रमण करना चाहिए। लेकिन यहाँ पर जो महिलाएँ मौजूद हैं, उन्हें मैं याद दिलाना चाहूँगा कि कहीं के भी लोग, जमात, वर्ग और देश, अत्याचारी की दया पर निर्भर रहकर अपनी निर्योग्यताओं को दूर नहीं कर सके हैं। भारत उस समय तक स्वतंत्र नहीं होगा जब तक कि हम इंग्लैंड पर अपनी इच्छा-शक्ति का दबाव डालने के लिए काफी मजबूत नहीं होंगे और महिलाएँ भी भारत के पुरुषों की महज मेहरबानी पर आश्रित रहकर अपने पूरे अधिकार प्राप्त नहीं कर सकेंगी। उन्हें उनके लिए लड़ना पड़ेगा और सफल होने से पहले अपनी इच्छा-शक्ति का पुरुषों पर प्रयोग करना होगा।

इसलिए मैं आशा करता हूँ कि 'विद्यापीठ' उन महिलाओं को बाहर, प्रान्तों और देश में भेजेगा, जो वर्तमान अन्याय और अत्याचारी सामाजिक प्रथाओं के विरुद्ध विद्रोह करती हैं और जो अपनी प्रगति में बाधक लोगों से संघर्ष करेंगी, महिलाएँ देश की उतनी ही सैनिक हैं, जितने कि सर्वोत्तम पुरुष हैं।

प्रयाग महिला विद्यापीठ में भाषण

कई वर्ष हुए—हाल के बरसों में इतना कुछ हुआ है कि वक्त का सही अन्दाज करना भी मैं भूल गया हूँ और कुछ बरस भी लम्बा अरसा लगता है—महिला विद्यापीठ के हॉल का शिलान्यास करने की इज्जत मुझे बख्शी गई थी। तब से मैं सियासत और सीधी कार्रवाई की धूल और उथल-पुथल में फँसा रहा और हिन्दुस्तान की आजादी की लड़ाई ने मेरे दिमाग को भर रखा है। महिला विद्यापीठ से मेरा ताल्लुक ही टूट गया। पिछले चार महीनों में जब मैं जेल की दीवारों के बाहर फैली हुई दुनिया में रहा तो बहुत बुलाहटें आईं और मुख्तलिफ पब्लिक सरगर्मियों में शिरकत करने की दावत मुझे दी गई। मैंने उन बुलाहटों पर कान नहीं दिया और इन सरगर्मियों से अपने को अलग रखा है, क्योंकि मेरे कान सिर्फ एक पुकार के लिए खुले थे और मेरी सारी ताकत एक मकसद की तरफ मुखातिब थी। वह पुकार थी, हिन्दुस्तान की हमारी दुखी और सदियों से पीड़ित मातृभूमि की, और खास तौर से हमारे मुसीबतजदा और शोषित अवाम की, और वह मकसद है हिन्दुस्तान के लोगों की मुकम्मल आजादी।

इसलिए इस खास मसले को छोड़कर दूसरे और मामूली कामों में पड़ने से मैंने इनकार किया है, अगरचे अपने सीमित दायरों में उनमें से कुछ काम महत्त्वपूर्ण जरूर थे। लेकिन जब श्री संगमलाल मेरे पास आए और मुझ पर महिला विद्यापीठ के दीक्षान्त समारोह के मौके पर बोलने के लिए जोर डाला तो उनकी अपील की मुखालफत करना मेरे लिए मुश्किल हो गया क्योंकि उस अपील के पीछे मैंने हिन्दुस्तान की लड़कियों और नौजवान औरतों को देखा, जिन्दगी की दहलीज पर, युगों लम्बी गुलामी से अपने को आजाद करने की कोशिश में लगी हुई और भविष्य की तरफ संकोच के साथ और फिर भी जैसा जवानी का कायदा है उम्मीद की आँखों से देखती हुई।

इसलिए मैं राजी हो गया, मगर आरजी तौर पर और झिझक के साथ, क्योंकि मुझे यकीन नहीं था कि कोई ज्यादा जरूरी पुकार मुझे और कहीं नहीं बुला लेगी। और अब मैं देखता हूँ कि बंगाल के मुसीबतजदा सूबे से वह जरूरी पुकार आ गई है और मुझे वहीं जाना चाहिए। मुझे डर है कि महिला विद्यापीठ के कन्वोकेशन

के वक्त मैं नहीं लौट पाऊँगा। मुझे इस सबका दु:ख है और मैं यही कह सकता हूँ कि अपना यह सन्देश पीछे छोड़ जाऊँ।

अगर हमारे मुल्क को उठना है तो वह ऐसा कैसे कर सकता है, जबकि आधा मुल्क हमारी स्त्री जाति पीछे रह जाए और अज्ञान और अशिक्षा में डूबी रहे? हमारे बच्चों का भारत के आत्मनिर्भर और कुशल नागरिक के रूप में विकास कैसे हो सकता है अगर उनकी माताएँ खुद आत्मनिर्भर और कुशल नहीं हैं? हमारा इतिहास हमें बहुत-सी होशियार औरतों के बारे में बताया है और बहुत-सी ऐसी औरतों के बारे में, जिन्होंने सच्चाई और बहादुरी से मौत का सामना किया। हम उनकी मिसालों को खजाने की तरह सँजोकर रखते हैं और प्रेरणा लेते हैं और फिर भी हम जानते हैं कि हिन्दुस्तान में और दूसरी जगहों पर औरतों की हालत बड़ी तकलीफदेह रही है। हमारी तहजीब, हमारे रीति-रिवाज, हमारे कानून, इन सबको मर्दों ने बनाया है और उन्होंने इस बात का हमेशा ध्यान रखा कि अपने को ऊँची पोजीशन में बनाए रहें और औरतों के साथ किसी असबाब और खेल की चीज-जैसा बरताव करें और अपने फायदे और मौज के लिए उसका शोषण करते रहें। इस लगातार दबाव की वजह से औरतें तरक्की नहीं कर सकी हैं और न अपनी लियाकत का पूरा विकास कर पाई हैं। और ऊपर से मर्दों ने उनके पिछड़ेपन के लिए उन्हीं को कसूरवार ठहराया है।

रफ्ता-रफ्ता पश्चिम के कुछ देशों में औरतें किसी हद तक आजादी हासिल करने में कामयाब हो गई हैं, मगर हिन्दुस्तान में हम अब भी पीछे हैं, अगरचे तरक्की की उमंग यहाँ भी पैदा हो गई है। बहुत-सी सामाजिक बुराइयों से हमें लड़ना है। विरासत में मिले बहुत-से रीति-रिवाजों को हमें तोड़ देना है, जो हमें जंजीरों की तरह बाँध देते और नीचे ढकेलते हैं। पौधों और फलों की तरह मर्द और औरतें आजादी की धूप और ताजी हवा में ही फल-फूल सकते हैं। विदेशी हुकूमत के गलाघोंटू माहौल और गहरे अँधेरे में वे मुरझा जाती हैं और उनकी बाढ़ मारी जाती है।

इसलिए हम सबके सामने जो पहला सवाल है वह यही है कि हिन्दुस्तान को कैसे आजाद करें और हिन्दुस्तान के अवाम पर लदे हुए बहुत-से बोझों को कैसे दूर करें। मगर हिन्दुस्तान की औरतों को एक और काम भी करना है और वह यह कि मर्दों के बनाए रीति-रिवाजों और कानूनों के अत्याचार से अपने को कैसे आजाद करें। यह दूसरा संघर्ष उन्हें अपने-आप चलाना होगा, क्योंकि इसमें मर्द उनकी मदद नहीं करनेवाले हैं।

इस कन्वोकेशन में मौजूद बहुत-सी लड़कियों और जवान औरतों ने अपनी पढ़ाई पूरी कर ली होगी, अपनी डिग्री ले ली होगी और उन्होंने एक ज्यादा बड़े दायरे में सरगर्मियों के लिए अपने को तैयार कर लिया होगा। इस फैली हुई दुनिया में वह अपने साथ क्या आदर्श लेकर जाएँगी, कौन-सी भीतरी प्रेरणा उनको गढ़ेगी

और उनके कामों की निगरानी करेगी? मुझे डर है कि उनमें से बहुत-सी तो घर-गृहस्थी के रोजमर्रा के नीरस काम-काज में उलझ जाएँगी और आदर्शों या दूसरी जिम्मेदारियों की तरफ उनका खयाल शायद ही कभी जाएगा। बहुत-सी महज रोटी कमाने की फिक्र करेंगी। बेशक यह दोनों बातें जरूरी हैं। लेकिन अगर महिला विद्यापीठ ने अपनी छात्राओं को सिर्फ इतना ही सिखाया है तो वह अपने मकसद में नाकामयाब हैं। क्योंकि कोई विश्वविद्यालय अपने को अगर जायज ठहराना चाहता है तो उसे चाहिए कि सच्चाई और आजादी तथा इंसाफ के हक में ऐसे सूरमा-सवारों को तालीम दे और उन्हें दुनिया में भेजे, जो दमन और बुराई के खिलाफ बेधड़क लड़ सकें। मुझे उम्मीद है कि आप में से कुछ तो इस तरह की होंगी, कुछ ऐसी जरूर होंगी जो नीचे की कोहरे से ढकी और गैर-सेहतमन्द घाटियों में रहने के बजाय पहाड़ों पर चढ़ना पसन्द करेंगी और जोखिम और खतरे का सामना करेंगी।

लेकिन हमारी यूनिवर्सिटियाँ तो पहाड़ों पर चढ़ने के लिए बढ़ावा ही नहीं देतीं। वे तलहटियों और घाटियों में हिफाजत में रहना पसन्द करती हैं। वे पहल करने को और आजादी को बढ़ावा नहीं देतीं। हमारे विदेशी शासकों की सच्ची औलाद की तरह वे अफसर की हुकूमत और ऊपर से लादे गए अनुशासन को पसन्द करती हैं। क्या इसमें कोई ताज्जुब है कि उनकी पैदावार मायूस करनेवाली, बेतासीर और बौनी है और हमारी बदलती हुई दुनिया में नाकाबिल है?

हमारी यूनिवर्सिटियों की नुक्ताचीनी करनेवाले बहुत-से लोग हुए हैं और उनकी ज्यादातर नुक्ताचीनी वाजिब है। सचमुच शायद ही किसी के मुँह से हिन्दुस्तानी यूनिवर्सिटियों के लिए कोई अच्छी बात निकलती हो। लेकिन उन लोगों ने भी यूनिवर्सिटी को तालीम का एक ऊँचे दर्जे का जरिया माना है। वह अवाम को नहीं छूता। तालीम तभी असली और कौमी हो सकती है, जब उसकी जड़ें भीतर धरती में हों और वह नीचे अवाम तक पहुँचती हों। आज यह मुमकिन नहीं है—हमारी विदेशी हुकूमत की वजह से और पुरानी दुनिया के हमारे समाजी तौर-तरीकों की वजह से भी। लेकिन आपमें कुछ जो विद्यापीठ के बाहर जाएँगी और दूसरों की तालीम में मदद देंगी, उन्हें इसे ध्यान में रखना चाहिए और तब्दीली के लिए काम करना चाहिए।

कभी-कभी यह कहा जाता है और मेरा यकीन है कि विद्यापीठ खुद इस पर जोर देता है कि औरत की तालीम मर्द की तालीम से बिलकुल अलग तरह की हो। उसे उसके घरेलू फर्ज को पूरा करने के लिए तालीम देनी चाहिए और बड़े पैमाने पर अपनाए गए शादी के धन्धे के लिए। मैं मानता हूँ कि औरतों की तालीम के इस महदूद और एकतरफा नजरिये से मैं इत्तिफाक नहीं कर सकता। मुझे यकीन हो गया है कि इनसानी कामों के हर विभाग में औरतों को अच्छी-से-अच्छी तालीम देनी चाहिए और सारे धन्धों और दायरों में उन्हें एक कारगर हिस्सा लेने की ट्रेनिंग मिलनी

चाहिए। इससे पहले कि औरतों को कुछ आजादी हासिल हो सके, उन्हें खास तौर से यह आदत छोड़ देनी होगी कि शादी लगभग एक धन्धा है और औरत के लिए एक ही माली पनाह है संन्यासी से ज्यादा माली हालात पर आजादी मुनहसिर होती है और अगर औरत माली तौर से आजाद और अपने पाँवों पर खड़ी नहीं हैं तो उसे अपने शौहर या किसी और पर मुनहसिर रहना होगा। और मुनहसिर रहनेवाले कभी आजाद नहीं हुआ करते। मर्द और औरत का ताल्लुक मुकम्मल आजादी और मुकम्मल दोस्तों व सहयोग का होना चाहिए, जिससे एक को दूसरे पर जरा भी मुनहसिर न रहना पड़े।

विद्यापीठ की डिग्री पानेवाली और दीगर महिलाओं, आप जब बाहर आएँगी तो आप क्या करेंगी? क्या आप बहाव में बह जाएँगी और हालत जैसी भी है, चाहे वह कितनी भी खराब हो, उसे मंजूर कर लेंगी? क्या आप जो कुछ अच्छा और मुनासिब है उसके लिए हमदर्दी के पवित्र और निकम्मे इजहार पर सन्तोष कर लेंगी और कुछ नहीं करेंगी? या आप अपनी तालीम को जायज साबित करेंगी और जिन बुराइयों ने आपको घेर रखा है उनकी जोरदार मुखालफत करते हुए अपना जौहर दिखाएँगी? पर्दा—एक वहशियाना जमाने की वह बदनुमा निशानी जो हमारी जाने कितनी बहनों के जिस्म और दिमाग को कैद रखती है—क्या आप उसे फाड़ नहीं डालेंगी और उसकी चिन्दियों को जला नहीं देंगी? छुआछूत और जात-पाँत, जो इनसानियत को नीचे गिराती हैं और एक तबके के जरिये दूसरे के शोषण में मदद करती हैं—क्या आप उनका मुकाबला नहीं करेंगी और उनको खत्म करके इस मुल्क में बराबरी का एक पैमाना कायम करने में मदद नहीं करेंगी? ब्याह-शादी के हमारे कायदे और हमारे बहुत-से पुराने बेतुके रीति-रिवाज जो हमें पीछे घसीटते हैं और खास तौर से हमारे मुल्क की औरतों को कुचलते हैं, क्या आप उनका सामना नहीं करेंगी और उन्हें मौजूदा हालात के बराबर नहीं लाएँगी? खुले मैदान में खेल-कूद और कसरतों और शाइस्ता जिन्दगी के जरिये मुल्क की औरतों की जिस्मानी तरक्की के लिए क्या आप पूरी ताकत और पक्के इरादे के साथ नहीं लड़ेंगी, ताकि हिन्दुस्तान मजबूत, तन्दुरुस्त और खूबसूरत औरतों और खुशी बच्चों से भर जाए? और सबसे बढ़कर क्या आप कौमी और समाजी आजादी के आन्दोलन में जिसने आज हमारे मुल्क को झकझोर डाला है, अपना बहादुराना पार्ट अदा नहीं करेंगी?

मैंने यह बहुत सारे सवाल आपके सामने पेश कर दिये हैं लेकिन उनके जवाब हजारों बहादुर लड़कियाँ और औरतें पहले ही दे चुकी हैं, जिन्होंने पिछले चार सालों में आजादी के हमारे आन्दोलन में एक नुमाया पार्ट अदा किया है। यह देखकर किसके रोंगटे नहीं खड़े हो गए कि हमारी बहनें, जिन्हें पब्लिक के काम में पड़ने की आदत नहीं थी, अपने घरों की महफूज पनाह छोड़कर आजादी की लड़ाई में अपने भाइयों के साथ कन्धे-से-कन्धा मिलाकर खड़ी हो गईं? उन्होंने बहुत-से लोगों

को शर्मिन्दा कर दिया, जो अपने को मर्द बताते थे और उन्होंने दुनिया के सामने एलानियाँ जाहिर कर दिया कि हिन्दुस्तान की औरतें अपनी लम्बी नींद से जाग उठी हैं और अपने हकों से उन्हें कोई महरूम नहीं रख सकता।

हिन्दुस्तान की औरतों के शानदार जवाब मिल चुके हैं और इसलिए मैं आपको, महिला विद्यापीठ की लड़कियों और नौजवान औरतों को, मुबारकबाद देता हूँ और यह जिम्मेदारी आपके सुपुर्द करता हूँ कि आजादी की उस मशाल को लगातार जलता रखिएगा, जब तक उसकी रोशनी इस पुराने और बहुत प्यारे देश में सब तरफ न फैल जाए।

पुराना हिन्दुस्तानी रंगमंच

यूरोप को पुराने हिन्दुस्तानी नाटक-साहित्य का जब से पता लगा, तभी से इस तरह के सुझाव दिये जाने लगे कि या तो इसकी शुरुआत ही यूनानी नाटकों से हुई, या इस पर यूनानी नाटकों का गहरा असर पड़ा। इस मत में कुछ सच-जैसी दिखनेवाली बात थी, क्योंकि उस वक्त तक किसी कदीम नाटक का पता न चला था और सिकन्दर के हमले के बाद यूनान के अधिकार में आए राज्य हिन्दुस्तान की सरहद पर कायम हो चुके थे। ये राज्य कई सदियों तक बने रहे और यूनानी नाटकों के खेल होते रहे होंगे। इस मसले की यूरोपीय विद्वानों ने सारी उन्नीसवीं सदी में छानबीन की और इस पर बहस-मुबाहसे हुए। अब यह बात आम तौर पर कबूल कर ली गई है कि हिन्दुस्तानी रंगमंच, अपने मूल में और विचारों और विकास में बिलकुल स्वतंत्र रहा है। इसकी शुरुआत का पता लगाएँ, तो हम ऋग्वेद तक पहुँच जाएँगे, जिसमें कुछ नाटकीय ढंग की बातचीत मिलती है। रामायण और महाभारत में नाटकों का जिक्र आता है। कृष्ण की लीलाओं के नाच और संगीत से इसकी शुरुआत होती है और उसी से इसकी रूप-रेखा बनती है। ईसा से पहले की छठी-सातवीं सदी का मशहूर वैयाकरण पाणिनि नाटक के कुछ रूपों का उल्लेख करता है।

नाट्य-कला पर एक पुस्तक—'नाट्यशास्त्र' कहा जाता है कि तीसरी सदी ईसवी में लिखी गई, लेकिन यह जाहिर है कि यह इसी मजमून की और पहले की रचनाओं के आधार पर लिखी गई है। ऐसी किताब उसी वक्त तैयार हो सकती है, जब नाटक की कला की खासी तरक्की हो चुकी है और आम लोगों के सामने खेल बराबर रचाये जाते रहे हैं। इससे पहले बहुत काफी साहित्य इस पर तैयार हो चुका रहा होगा और इसके पीछे कई सदियों का रफ्ता-रफ्ता विकास जान पड़ता है। हाल में छोटा नागपुर की रामगढ़ की पहाड़ियों में एक ऐसे कदीम नाट्यघर का पता चला है, जिसकी तारीख ईसा से पहले की दूसरी सदी बताई जाती है। यह मार्के की बात है कि 'नाट्यशास्त्र' में जो रंगमंच का आम बयान मिलता है, उससे इस नाटकघर का नक्शा मेल खाता है।

अब यकीन किया जाने लगा है कि ईसा से पहले की तीसरी सदी में नियमित रूप से लिखे गए संस्कृत नाटक पूरी-पूरी तरह प्रतिष्ठित हो चुके थे, बल्कि कुछ

विद्वानों का खयाल है कि यह बात ई.पू. पाँचवीं सदी में ही हो गई थी। जो नाटक मिलते हैं, उनमें और पहले के नाटककारों और नाटकों के हवाले अक्सर आते हैं, जिनका अभी तक पता नहीं चला है। ऐसे खोये हुए नाटककारों में एक भास था, जिसकी बाद के नाटककारों ने बड़ी तारीफ की है। इस सदी के शुरू में इसके तेरह नाटकों का एक संग्रह खोज में हाथ आया। अब तक मिले संस्कृत नाटकों में अश्वघोष के नाटक हैं। अश्वघोष ईसवी संवत् के ठीक पहले या बाद हुआ था। दरअसल ये नाटकों के कुछ टुकड़े मात्र हैं, जो ताड़ पत्र पर अंकित हैं, और एक ताज्जुब की बात है कि गोबी रेगिस्तान के किनारे तुरफान में पाए गए हैं। अश्वघोष एक धर्मपरायण बौद्ध था और इसने 'बुद्ध-चरित' भी लिखा है, जो बुद्ध की जीवनी है और मशहूर है और बहुत जमाने से हिन्दुस्तान, चीन और तिब्बत में आम-पसन्द रहा है। किसी जमाने में इसका तरजुमा चीनी जबान में हो चुका है और इसका तरजुमा करनेवाला एक हिन्दुस्तानी था।

जहाँ तक पुराने हिन्दुस्तानी नाटकों के इतिहास की बात है, इन खोजों ने हमारे सामने एक नया ही दृश्य ला दिया है और हो सकता है कि अगर और खोजें हों और नई रचनाएँ मिलें,तो हिन्दुस्तानी संस्कृति के इस मनोरंजक विकास पर और रोशनी पहुँचे, क्योंकि जैसाकि सिल्वाँ लेवी ने अपनी पुस्तक 'ला थियेत्र इंदियान' (हिन्दुस्तानी रंगमंच) में लिखा है—"नाटक में उदय हुई सभ्यता की महत्तम अभिव्यक्ति होती है। यह असली जिन्दगी का बयान करता है। यह एक चमत्कारी रूप में सारभूत तथ्यों को गौण बातों से अलग करके हमारे सामने एक प्रतीक के रूप में रखता है। हिन्दुस्तान की मौलिकता की उसकी नाट्य-कला में पूरी-पूरी अभिव्यक्ति हुई है—इस कला में हिन्दुस्तान की रूढ़ियों, सिद्धान्तों और संस्थाओं का मिला-जुला सार पाया जाता है।"

यूरोप ने प्राचीन हिन्दुस्तानी नाटकों के बारे में तब जाना, जब सन् 1789 में सर विलियम जोन्स ने कालिदास के 'शकुन्तला' का अनुवाद प्रकाशित किया। इस खोज से यूरोप के विचारशील लोगों में हलचल पैदा हो गई और इस पुस्तक के कई संस्करण निकले। सर विलियम जोन्स के अनुवाद के सहारे जर्मन, फ्रेंच, डेनिश और इटालियन में भी इसके अनुवाद हुए। गेटे पर इसका गहरा असर हुआ और उसने 'शकुन्तला' की जी खोलकर तारीफ की। 'फौस्ट' में प्रस्तावना जोड़ने का विचार कहा जाता है, उसके मन में कालिदास की प्रस्तावना को पढ़कर उठा और यह संस्कृत नाटकों की साधारण परम्परा के अनुसार ही लिखी गई थी।

कालिदास संस्कृत-साहित्य का सबसे बड़ा कवि और नाटककार माना गया है। प्रोफेसर सिल्वाँ ने लिखा है—"हिन्दुस्तानी कविता और साहित्य के क्षेत्र में कालिदास का नाम चमक रहा है। नाटक, महाकाव्य और विरह गीत आज भी इस कलाकार की प्रतिभा और सूझ-बूझ का सबूत दे रहे हैं। सरस्वती के वरद पुत्रों

में यह अद्वितीय है, और इसे ही ऐसी महान रचना करने का सौभाग्य प्राप्त हुआ है, जिससे हिन्दुस्तान का आदर बढ़ा है और खुद मानवता ने अपने को पहचाना है। उज्जयिनी में 'शकुन्तला' के जन्म पर जो आलोक हुआ था, उसने कई लम्बी सदियों बाद पश्चिम की दुनिया को भी तब आलोकित किया, जब विलियम जोन्स ने इसका उसे परिचय कराया। कालिदास ने अपने लिए उज्ज्वल तारों के बीच स्थान कर लिया है, जहाँ हर एक नाम इनसानी भावना के एक युग की नुमाइंदगी करता है। इन नामों का सिलसिला इतिहास की रचना करता है, बल्कि यों कहिए कि खुद इतिहास बन जाता है।"

कालिदास ने नाटक भी लिखे हैं, और कुछ लम्बे काव्य रचे हैं। उसका वक्त ठीक-ठीक नहीं तय हो पाया है, लेकिन अनुमान है कि वह चौथी सदी ईसवी के अन्त के लगभग, उज्जयिनी में, गुप्त खानदान के चन्द्रगुप्त (द्वितीय) विक्रमादित्य के जमाने में था। परम्परा कहती है कि वह इस दरबार के नवरत्नों में से एक था और इसमें कोई शक नहीं कि उसकी प्रतिभा को लोगों ने पहचाना और उसकी अपनी जिन्दगी में पूरी कद्र हुई। वह उन भाग्यवानों में से था, जिन्हें जिन्दगी में आदर मिला, और जिन्होंने सुन्दरता और कोमलता को—जिन्दगी की कड़ाइयों और रूखेपन के मुकाबले में—ज्यादा अनुभव किया। उसकी रचनाओं में जिन्दगी के लिए प्रेम और प्रकृति की सुन्दरता के लिए एक उमंग मिलती है।

कालिदास की एक बड़ी कविता है 'मेघदूत'। एक प्रेमी है, जिसे पकड़कर अपनी प्रेयसी से अलग कर दिया गया है, बरसात के मौसम में एक बादल से अपनी गहरी चाह का सन्देसा उसके पास पहुँचाने के लिए कहता है। इस कविता की और कालिदास की, अमरीकी विद्वान राइडर ने जी खोलकर तारीफ की है। वह कविता के दो हिस्सों का हवाला देते हुए कहते हैं—'पहले आधे में बाहरी प्रकृति का बयान है, लेकिन उसमें इनसानी जज्बे पिरोये हैं; दूसरे आधे में इनसानी दिल की तस्वीर है, लेकिन यह तस्वीर प्रकृति की सुन्दरता के चौखटे में मढ़ी हुई है। यह काम इतनी होशियारी से किया गया है कि यह कहना मुश्किल हो जाता है कि कौन-सा आधा हिस्सा ज्यादा अच्छा है। जो लोग इस मुकम्मिल कविता को मूल में पढ़ते हैं, उनमें से कुछ एक हिस्से को, कुछ दूसरे को ज्यादा पसन्द करते हैं। पाँचवीं सदी में कालिदास ने वह बात समझ ली थी, जिसे यूरोप ने उन्नीसवीं सदी तक न समझा और जिसे वह अब भी एक अधूरे ढंग से समझ रहा है, यानी दुनिया आदमी के लिए नहीं बनी है और यह कि वह अपना पूरा रुतबा तभी हासिल करता है, जबकि वह उस जिन्दगी की शान और कीमत समझ लेता है, जो इनसानी जिन्दगी से जुदा है। कालिदास ने इस हकीकत को पा लिया था या उसकी दिमागी ताकत का शानदार सबूत है, यह ऐसा गुण है कि जो ऊँचे दर्जे की कविता के लिए उतना ही जरूरी है, जितना कि बाहरी रूप-रेखा की पूर्णता। कविता में प्रवाह

कोई दुर्लभ बात नहीं, दिमागी समझ-बूझ भी बहुत असाधारण चीज नहीं, लेकिन दोनों का मेल जब से कि दुनिया शुरू हुई, शायद आधा दर्जन से ज्यादा बार नहीं देखा गया। चूँकि कालिदास में यह मधुर मेल मौजूद था, इसलिए उसकी गिनती ऐनाक्रिया, होरेस और शेली की पंगत में नहीं, बल्कि सोफोक्लीज, बर्जिल और मिल्टन की पंगत में है।"

कालिदास से शायद बहुत पहले एक और मशहूर नाटक रचा गया था—शूद्रक का 'मृच्छकटिक'। यह एक कोमल और एक हद तक कृत्रिम नाटक है, फिर भी इसमें कुछ ऐसी असलियत है कि उसका हम पर असर होता है और इससे हमें उस जमाने की तहजीब और विचारों की झाँकी मिलती है। 400 ई. के लगभग, चन्द्रगुप्त द्वितीय के ही जमाने में, एक दूसरा मशहूर नाटक रचा गया। यह विशाखदत्त का 'मुद्राराक्षस' था। यह एक खालिस राजनैतिक नाटक है, जिसमें प्रेम या किसी पौराणिक कथा का आधार नहीं लिया गया है। इसमें चन्द्रगुप्त मौर्य के जमाने का हाल है और उसका प्रधानमंत्री चाणक्य जिसने 'अर्थशास्त्र' लिखा था, इसका नायक है। कुछ मानों में यह नाटक आज के जमाने पर बहुत मौजूँ आता है।

राजा हर्ष भी जिसने सातवीं सदी ईसवी के शुरू में एक नया साम्राज्य कायम किया, एक नाटककार था और हमें उसके लिखे हुए तीन नाटक मिलते हैं। 700 ई. के लगभग भवभूति हुआ है, जो संस्कृत-साहित्य का एक और उज्ज्वल नक्षत्र था; उसका अनुवाद करना सहज नहीं क्योंकि उसके नाटक की सुन्दरता उसकी भाषा में है लेकिन वह हिन्दुस्तानी में बहुत लोकप्रिय है और सिर्फ कालिदास को उससे बड़ा समझा जाता है। विल्सन ने जो ऑक्सफोर्ड यूनिवर्सिटी में संस्कृत के प्रोफेसर थे, इन दोनों के बारे में लिखा है कि "भवभूति और कालिदास के श्लोकों से ज्यादा मधुर और सुन्दर और शानदार भाषा की कल्पना करना मुमकिन नहीं।"

संस्कृत नाटक की धारा सदियों तक बहती रही, लेकिन नवीं सदी के मुरारी के बाद उसकी खूबियों में जाहिरा कमी आई। यह कमी और सिलसिलेवार उतार हमें जिन्दगी के और कामों में भी दिखाई पड़ता है। यह राय दी गई है कि नाटकों का यह ह्रास कुछ अंशों में इस वजह से हो सकता है कि भारतीय-अफगान और मुगल जमानों में इसे राजदरबार की सरपरस्ती नहीं हासिल हुई और इस्लाम मजहबवालों ने कला के इस रूप यानी नाटक को यों नहीं पसन्द किया कि इसका ताल्लुक राष्ट्रीय धर्म से था क्योंकि यह साहित्यिक नाटक—हम उसके आमपसन्द पहलुओं को छोड़ देते हैं, जो जारी रहे—ऐसा था कि ऊँचे वर्ग के लोगों के लिए लिखा गया था और उन्हीं की सरपरस्ती का इसे सहारा था। लेकिन इस दलील में ज्यादा दम नहीं है, अगरचे यह मुमकिन है कि ऊपर की सियासी तब्दीलियों ने थोड़ा-बहुत दूर का असर डाला हो। सच बात तो यह है कि संस्कृत नाटक का ह्रास इन सियासी तब्दीलियों से बहुत पहले दिखाई पड़ने लगता है और ये तब्दीलियाँ भी कुछ सदियों

तक सिर्फ उत्तरी हिन्दुस्तान में हुईं और अगर इस नाटक में कोई दम बाकी रहा था, तो यह दक्खिन में पनप सकता था। भारतीय अफगानों, तुर्कों और मुगल शासकों का कारनामा—कुछ थोड़ी मुद्दतों को छोड़कर, जब कट्टरपन गालिब आया है, यह रहा है कि उन्होंने हिन्दुस्तान की संस्कृति को यकीनी तौर पर बढ़ावा दिया है और अक्सर उसमें नये रुख पैदा किये हैं और अपनी बातें जोड़ी हैं। हिन्दुस्तानी संगीत को बड़े उत्साह से ज्यों-का-त्यों मुसलमानी दरबारों में और अमीरों के यहाँ उठा लिया गया है, और इसके कुछ सबसे बड़े उस्ताद मुसलमान हुए हैं। साहित्य और कविता को भी बढ़ावा मिला है और मशहूर हिन्दी कवियों में मुसलमान भी हुए हैं। बीजापुर के सुल्तान इब्राहीम आदिलशाह ने हिन्दी में संगीत पर एक किताब लिखी है। हिन्दुस्तान कविता और संगीत दोनों में ही हिन्दू देवी-देवताओं के जिक्र भरे पड़े हैं, लेकिन उन्हें कबूल किया गया और पुराने रूपक और अलंकार चलते रहे। यह कहा जा सकता है कि मूर्तियों का बनाना छोड़कर कला का कोई भी रूप नहीं है, जिसे मुस्लिम शासकों ने (कुछ अपवादों को छोड़कर) दबाने की कोई कोशिश की हो।

संस्कृत नाटक का ह्रास यों हुआ कि उन दिनों हिन्दुस्तान में दूसरी दिशाओं में भी उतार आया हुआ था और रचना-शक्ति घट रही थी। अफगानों और तुर्कों के दिल्ली में तख्तनशीन होने के बहुत पहले ही यह उतार शुरू हो गया था। बाद में संस्कृत को अमीरों की इल्मी जबान की हैसियत से फारसी से मुकाबला करना पड़ा। लेकिन एक साफ वजह यह मालूम पड़ती है कि संस्कृत नाटकों की जबान में और उस जमाने की रोजमर्रा की जबान में एक बढ़ती हुई खाई पैदा हो रही थी। 1000 ई. तक बोली जानेवाली आम जबानें, जिनसे हमारी मौजूदा जबानें निकली हैं, अदबी शक्ल अख्तियार करने लग गई थीं।

फिर भी इन सब बातों के बावजूद संस्कृत नाटक तमाम मध्ययुग में और हाल तक लिखे जाते रहे, यह एक अचरज पैदा करनेवाली बात है। सन् 1892 में शेक्सपियर के 'मिडसमर नाइट्स ड्रीम' का संस्कृत-भावानुवाद निकला। पुराने नाटकों की पांडुलिपियाँ बराबर मिल रही हैं। इनकी एक सूची, जो प्रोफेसर सिल्वाँ लेवी ने 1890 में तैयार की थी, 377 नाटकों और 189 नाटककारों के नाम देती है। एक और हाल की फेहरिस्त में 650 नाटकों के नाम दिये गए हैं।

पुराने नाटकों की (कालिदास और दूसरों के) भाषा मिली-जुली है, यानी उसमें संस्कृत और एक या ज्यादा प्राकृतों का इस्तेमाल हुआ है। ये प्राकृतें संस्कृत की ही बोलचाल का रूप हैं। एक ही नाटक में पढ़े-लिखे लोग संस्कृत बोलते हैं और साधारण अनपढ़ लोग और आम तौर से औरतें प्राकृत बोलती हैं, हालाँकि इसके अपवाद भी मिलेंगे। श्लोक या गीत, जिनकी बहुतायत है, संस्कृत में हैं। इस मिली-जुली भाषा की वजह से शायद नाटक आम तमाशबीनों को ज्यादा पसन्द

होता था। यह साहित्यिक भाषा और आमपसन्द कला के अलग-अलग तकाजों के बीच का एक समझौता था। सिल्वाँ लेवी, इसका कुछ मानों में फ्रांसीसी दुखान्त नाटकों से मुकाबला करते हैं, जो अपने विषयों के चुनाव की वजह से आम लोगों से अलग जा पड़ा था और जिसने असली जिन्दगी से मुड़कर एक रस्मी समाज पैदा कर लिया था।

लेकिन इस ऊँचे दर्जे के साहित्यिक रंगमंच से अलग हमेशा एक आम लोगों का रंगमंच रहा है, जिसकी बुनियाद में हिन्दुस्तान के महाकाव्यों और पुराणों की कथाएँ होती थीं, और इन मजमूनों से देखनेवाले वाकिफ हुआ करते थे; और उन्हें तमाशे से मतलब होता, नाटकीय तत्त्वों की जाँच से नहीं। ये खेल लोगों की बोली में होते, इसलिए अलग-अलग इलाकों में अलग-अलग बोलियाँ इस्तेमाल की जाती थीं। दूसरी तरफ संस्कृत नाटक ऐसे थे, जिनका सारे हिन्दुस्तान में चलन था, क्योंकि संस्कृत सारे हिन्दुस्तान की भाषा थी।

इसमें कोई शक नहीं कि ये संस्कृत नाटक खेले जाने के लिए लिखे जाते थे, क्योंकि इनमें तफसील से अभिनय-संकेत दिये गए हैं और देखनेवालों को बिठाने के भी कायदे थे। कदीम यूनान की चलन के खिलाफ यहाँ पत्नियाँ खेल में हिस्सा लेती थीं। यूनानी और संस्कृत दोनों में प्रकृति के सम्बन्ध में एक सूक्ष्म चेतना मिलती है, एक ऐसा भाव मिलता है कि मनुष्य प्रकृति का अंग है। इनमें संगीत का जबरदस्त पुट है और कविता जिन्दगी का एक लाजिमी अंग जान पड़ती है, जिसमें भरपूर मानी हैं और महत्त्व है। यह अक्सर स्वर से पढ़ी जाती थी। यूनानी नाटकों को पढ़ते हुए बहुत-से ऐसे रीति-रिवाजों और विचार के तरीकों के हवाले आते हैं, जिनसे खयाल यकायक पुराने हिन्दुस्तानी रीति-रिवाजों पर जा पहुँचता है। यह सब होते हुए भी यूनानी नाटक संस्कृत नाटक से मूल में जुदा हैं।

यूनानी नाटक का खास आधार दुःखान्त (ट्रैजिडी) है, पाप की समस्या है। आदमी क्यों दुःख उठाता है? दुनिया में पाप क्यों है? धर्म और ईश्वर की पहेली है। आदमी कितना तरस के काबिल है, जिसकी दो दिन की जिन्दगी है और जो शक्तिशाली भाग्य के खिलाफ अन्धी और बिना मकसद की कोशिशों में लगा हुआ है—"यह वह नियम है जो कायम रहता है, बदलता नहीं युगों तक।" आदमी को दुःख झेलकर सीखना चाहिए और अगर वह भाग्यवान है, तो वह इस कोशिश से ऊपर उठेगा :

"सुखी वह है जिसने थका देनेवाले समुन्दर पर तूफानों से छुटकारा पा लिया है और जो सुरक्षित बन्दरगाह में पहुँच गया है।"

"सुखी वह है, जो अपनी कोशिशों से ऊपर उठकर आजाद हो गया है।"

"क्योंकि जिन्दगी की कला एक अजब ढंग से गढ़ी गई है कि एक और दूसरा, अपने भाई को धन और शक्ति में पीछे छोड़ जाता है।"

"और करोड़ों आदमी बहते और उतराते रहते हैं, और करोड़ों उम्मीदों के खमीर से उनमें तूफान आता रहता है।"

"और या तो उनकी इच्छा पूरी होती है, या पूरी होने से रह जाती है, और आशाएँ या तो मर जाती हैं या बनी रहती हैं।"

"लेकिन जमाने के गुजरने के साथ, जो भी यह जान सकता है कि जीना ही सुखी होना है, उसने अपना स्वर्ग पा लिया है।"

आदमी मुसीबत झेलकर ही सीखता है; वह सीखता है कि जिन्दगी का सामना कैसे करना चाहिए; लेकिन वह यह भी सीखता है कि आखिरी रहस्य बना रह जाता है और इनसान अपने सवालों के जवाब नहीं पाता है, न अच्छाई और बुराई की पहेली को हल कर पाता है।

"रहस्य के अनेक रूप हैं और बहुत-सी चीजें, जिन्हें ईश्वर ने पैदा किया है, आशा और भय से परे हैं और जिस अन्त की आदमी को तलाश है, वह आता नहीं, और जहाँ किसी आदमी का खयाल नहीं जाता था, वहाँ एक रास्ता मौजूद है।

यूनानी 'ट्रैजिडी' के मुकाबले की जोरदार और उस शान की कोई चीज संस्कृत में नहीं है। दरअसल यहाँ 'ट्रैजिडी (दु:खान्त) जैसी कोई चीज है ही नहीं क्योंकि इसकी मनाही रही है, इस तरह के बुनियादी सवालों पर विचार नहीं किया गया है क्योंकि नाटककारों ने धार्मिक विश्वासों को, जैसे वे प्रचलित थे, मान लिया है। इसमें पुनर्जन्म और कार्यकारण के सिद्धान्त हैं। बिना कारण के आकस्मिक या पाप पर विचार ही नहीं हो सकता था क्योंकि जो कुछ अब होता है, वह पूर्व-जन्म की किसी पहली घटना का लाजिमी नतीजा है। अन्धे तरीके पर काम करनेवाली अन्धी ताकतों की, जिनके खिलाफ आदमी लड़ता है, अगरचे उसकी लड़ाइयों का कोई फल नहीं निकलता, यहाँ गुंजाइश ही नहीं है। फलसफी और विचारक इन सीधी-सादी व्याख्याओं से सन्तुष्ट न होते थे, और वे बराबर इनके पीछे रहस्य क्या है, इसकी खोज में रहते थे और आखिरी कारण और पूरी तफसील जानना चाहते थे। लेकिन जिन्दगी इन्हीं विश्वासों के सहारे चलती थी और नाटककार उनकी कुरेद नहीं किया करते थे। ये नाटक और संस्कृत काव्य आम तौर पर साधारण हिन्दुस्तानी धारणा को मानकर चलते थे और इस धारणा से विद्रोह के कोई ऐसे चिन्ह नहीं हासिल होते हैं।

नाटकों की रचना के बारे में कड़े नियम बने हुए थे और उन्हें तोड़ सकना आसान न होता था। फिर भी किस्मत के आगे दीनता से सिर नहीं झुकाया गया है—नायक हमेशा हिम्मतवाला आदमी होता है, जो कठिनाइयों का मुकाबला करता है। चाणक्य अवज्ञा के साथ 'मुद्राराक्षस' में कहता है—'मूर्ख भाग्य के भरोसे रहते हैं' वे अपने ऊपर भरोसा करने के बजाय मदद के लिए सितारों की तरफ देखते हैं : कुछ बनावट आ जाती है, नायक हमेशा नायक बना रहता है, दुष्ट हमेशा दुष्टता के काम करता है : बीच का ताव-भाव नहीं मिलता।

फिर भी जबरदस्त नाटकीय मौके आते हैं, दिल पर असर पैदा करनेवाले दृश्य दिखाए गए हैं और जिन्दगी की एक पृष्ठभूमि है, जो सपने की तस्वीर की तरह जान पड़ती है, यानी जो असली भी है और बेबुनियाद भी और इन सबको कवि की कल्पना शानदार भाषा में बुनकर रख देती है। ऐसा जान पड़ता है—चाहे दरअसल ऐसा न रहा हो—कि हिन्दुस्तान की जिन्दगी उस वक्त ज्यादा शान्तिमय, ज्यादा पायदार थी और मानो उसने अपनी जड़ों का पता लगा लिया था और मसलों का हल पा गई थी। यह जिन्दगी धीरे-धीरे गम्भीर भाव से बहती जाती है, और तेज हवा के थपेड़ों और गुजरते हुए तूफान भी सिर्फ उसकी सतह को हिला जाते हैं। यूनानी 'ट्रैजिडी' के खौफनाक तूफानों जैसी कोई चीज यहाँ नहीं है। लेकिन उसमें बड़ी मानवता है, एक सुन्दर सामंजस्य है, और एक व्यवस्थित एकता है। सिल्वाँ लेवी ने लिखा है कि नाटक अब भी हिन्दुस्तानी प्रतिभा का सबसे अच्छा आविष्कार है।

प्रोफेसर ए. बैरीडेल कीथ भी कहते हैं कि "संस्कृत नाटक को यथार्थ में हिन्दुस्तानी काव्य की सबसे ऊँची उपज समझा जा सकता है, जिसमें हिन्दुस्तानी साहित्य के सावधान रचनाकारों की साहित्यिक कला की अन्तिम कल्पना का निचोड़ आ गया है। दरअसल ब्राह्मण जिसे इस और दूसरे मामलों में बहुत बुरा-भला कहा गया है, हिन्दुस्तान के दिमागी बड़प्पन के मूल में रहा है। जिस तरह से उसने हिन्दुस्तानी फलसफा पेश किया, उसी तरह अपने दिमाग की एक दूसरी कोशिश से उसने नाटक के सूक्ष्म और प्रभावशाली रूप का विकास किया।"

शूद्रक के 'मृच्छकटिक' का एक अनुवाद 1924 में न्यूयार्क में मंच पर खेला गया। 'नेशन' पत्र के नाटकीय समालोचक, मि. जोजेफ उड क्रच ने उसके बारे में लिखा था—"अगर दर्शक को 'विशुद्ध कला रंगमंच' का, जिसकी सिद्धान्तवादी लोग चर्चा करते रहते हैं, सच्चा नमूना कहीं देखने को मिल सकता है, तो वह यहाँ पर मिलेगा और यहीं पर उसे पूरब के सच्चे ज्ञान पर विचार करने का मौका मिलेगा, जो गूढ़ सिद्धान्तों में नहीं रखा हुआ है, बल्कि एक विशेष कोमलता में है, जो परम्परागत ईसाई मत की कोमलता से, जिसे इब्रानी मत की कट्टर पवित्रता ने बिगाड़ रखा है, कहीं ज्यादा गहरी और सच्ची है।...एक बिलकुल गढ़ा हुआ नाटक है, लेकिन जो दिल पर असर डालता है, क्योंकि वह वास्तविकता का चित्रण नहीं करता, बल्कि खुद वास्तविक है इसका लिखने वाला जो भी रहा हो, और चाहे वह चौथी सदी में हुआ हो चाहे आठवीं में, वह एक भला और बुद्धिमान आदमी था और उसकी बुद्धिमानी या भलमनसाहत उपदेशक के होंठों से या तेज चलने वाले कलम से निकलने वाली नहीं, बल्कि दिल से उपजने वाली है। यौवन और प्रेम की नूतन सुन्दरता के लिए उसकी कोमल सहानुभूति ने उसके शान्त स्वभाव को अपना पुट दिया है, और वह इतना प्रौढ़ हो चुका है कि यह समझे कि एक हल्की-फुल्की और गढ़ंत घटनाचक्र वाली कहानी भी कोमल मानवता और निश्चित

भलाई का वाहन बन सकती है। इस तरह का नायक सिर्फ ऐसी सभ्यता पैदा कर सकता है, जिसमें पायदारी आ गई हो, जब किसी सभ्यता ने अपने सभी मामलों पर विचार कर लिया हो, तभी वह ऐसे शान्त और सरल नतीजे पर पहुँच सकती है। मैकबेथ और ओथेलो चाहे जितने बड़े और हिला देनेवाले चरित्र हों, बर्बर नायक हैं, क्योंकि शेक्सपियर का भावुक आवेग एक ऐसा आवेग है, जिसे एक नई जगी हुई चेतना और बर्बर युग की बहुत-सी नैतिक धारणाओं के संघर्ष ने पैदा किया है। हमारे जमाने का यथार्थवादी नाटक भी इसी तरह की उलझनों का नतीजा है, लेकिन जब मसले स्थिर हो जाते हैं, जब दिमाग से किये गए फैसलों के जरिये आवेग शान्त हो जाते हैं, तब रूप मात्र रह जाता है। यूनान और रोम को छोड़कर यूरोप में किसी पिछले जमाने में, हमें इससे ज्यादा सभ्य कृति नहीं मिल सकती है।

एडवर्ड थॉम्पसन को
[गंगा की महिमा]

इलाहाबाद
7 अप्रैल, 1940

प्रिय एडवर्ड,

7 मार्च का आपका खत मिला। यह जानकर खुशी हुई कि अक्टूबर या उससे पहले ही आप भारत आएँगे। उस वक्त आप मुझे कहाँ पाएँगे या मेरे पास पहुँच भी सकेंगे या नहीं, यह मैं नहीं जानता। लेकिन जो भी हो, भारत यहाँ मौजूद रहेगा और गंगा भी।

गंगा के बारे में एक फिल्म बनाने का आपका खयाल लुभावना है। यह काम मैं ज्यादा बुद्धिमान रणजीत को सौंप रहा हूँ, लेकिन थोड़ा-बहुत कल्पनाशील होने की वजह से इसके बारे में मैं भी कुछ कहना चाहता हूँ बदकिस्मती से रणजीत बीमार है और बिस्तर पर है। लेकिन मैंने उनसे इसका जिक्र कर दिया है और वह इसके बारे में बहुत जोश में है। उनके दिमाग में फौरन खयालात की बाढ़ आ गई और नीचे मैं जो कुछ लिख रहा हूँ दरअसल वह उन्हीं से मिली हुई चीज है।

चूँकि गंगा इतिहास है, इसलिए ऐतिहासिक पहलू सामने लाना चाहिए। परम्परा, मिथक, कला, संस्कृति और इतिहास के साथ गंगा का गहरा सम्बन्ध है। आप उसे हर जगह प्रकट होती देखेंगे। इस विषय के साथ पूरी तरह से न्याय करना बड़ा कठिन है, लेकिन इतिहास और परम्परा की अनदेखी किसी तरह नहीं की जा सकती है। उसके अन्धविश्वास वाले पहलू पर जोर देने की जरूरत नहीं है। फिर भी, भारत के मिथक को समझने के लिए गंगा के मिथकीय आरम्भ का जिक्र किया जा सकता है, यानी शिव के जटामंडित मस्तक पर गंगा के गिरने का। जाहिर है कि जटामंडित मस्तक हिमालय का प्रतिनिधित्व करता है। मैं समझता हूँ कि सबसे अच्छे ढंग से इसे उन मूर्तियों को लेकर तैयार किया जा सकता है, जिनकी यहाँ बहुतायत है।

उसके बाद कुछ मशहूर ऐतिहासिक दृश्य दिखाए जाने चाहिए, जैसे आर्यों का आना और गंगा के पास पहली बार उनका पहुँचना और इस तेजस्वी नदी को देखकर खुश होना सर मोहम्मद इकबाल के गीत 'सारे जहाँ से अच्छा हिन्दोस्तां

हमारा' में दो मशहूर सतरें हैं। उनमें आर्यों के आने का जिक्र है। फिल्म में इन सतरों का इस्तेमाल करना अच्छा होगा। सतरें ये हैं :

ऐ आब-रूद-ए-गंगा वो दिन है याद तुझ को
उतरा तिरे किनारे जब कारवाँ हमारा

पाकिस्तान आन्दोलन के इन दिनों में इस बात पर गौर करना दिलचस्प है कि मुस्लिम लीग के एक नेता ने इसके बारे में क्या कहा था।

उसके बाद कितनी ही लड़ाइयाँ हैं, जो गंगा के आसपास हुई थीं। चन्द्रगुप्त मौर्य के जमाने में ग्रीकों के हमले को गंगा के आसपास ही कहीं रोका गया था, शायद वह जगह इलाहाबाद से बहुत दूर नहीं थी। चन्द्रगुप्त के जमाने की जिन्दगी के दृश्य दिखाना बहुत अच्छा होगा। कन्नौज उस जमाने में बहुत बड़ा शहर था, जो अपने मालों के लिए बहुत मशहूर था। कन्नौज की तलवारों का जिक्र सोहराब और रुस्तम के बयानों में आया है। साथ ही मैं समझता हूँ, शाहनामा में भी जहाँ अलेक्जेंडर के हमले का जिक्र है।

इसमें पहले रामायण और महाभारत की कहानियों को गूँथा जा सकता है। बाद में अशोक के जमाने का जिक्र हो सकता है, जिसकी राजधानी गंगा के किनारे पाटलिपुत्र में थी।

भारत का साहित्य गंगा के जिक्र से भरा हुआ है और बर्मा और हिन्द चीन और दीगर जगहों के गीतों में उसका नाम पाया जाता है। हर्ष के जमाने में चीनी यात्री ह्वेनसांग ने इलाहाबाद के कुम्भ मेले का जिक्र किया है, जो उस वक्त भी पुराने वक्तों से चला आ रहा एक उत्सव था। बेशक, ऐसी अनगिनत ऐतिहासिक घटनाएँ हैं, जिनका इस्तेमाल किया जा सकता है। गंगा घाटी, खास तौर पर दोआबा, यानी गंगा और यमुना के बीच का इलाका, इतिहास और परम्परा और गीतों से भरा हुआ है। अगर आप यमुना को लें, जो निहायत खुबसूरत और रमणीय है, तो आपको मथुरा और वृन्दावन के आसपास पूरी कृष्ण-कथा और ब्रजभाषा के मधुर गीत मिल जाएँगे।

इस जाँच-पड़ताल के लिए कोई निश्चित समय बताना मुश्किल है। जाड़ों में गंगा सिकुड़ जाती है और बहुत-सी जगहों में देखने लायक कुछ खास नहीं रह जाता। सही वक्त बरसात का मौसम होगा, लेकिन बड़े मेले ज्यादातर जाड़ों में ही लगते हैं। उनमें सबसे बड़ा इलाहाबाद का कुम्भ मेला है, जो बारह बरस में एक बार लगता है। आपकी खुशकिस्मती है कि अगले साल यह मेला जनवरी-फरवरी में लग रहा है।

मैं नहीं जानता कि आप गंगोत्री पहुँच सकेंगे या नहीं, जहाँ से गंगा निकली है। यह एक मुश्किल सफर है और जहाँ रेल की लाइन खतम हो जाती है, वहाँ से पन्द्रह दिनों तक पैदल चलना पड़ता है। इसका ज्यादातर रास्ता आपको घोड़े पर

तय करना होगा, क्योंकि वहाँ गाड़ी की सड़क नहीं है। शायद यह रास्ता आप एक हफ्ते में भी तय कर सकते हैं, बशर्ते कि आप तेज घुड़सवारी करें। मैं खुद वहाँ नहीं गया हूँ, मगर दो साल पहले, मैं गढ़वाल में, गंगा के किनारे, काफी दूर-दूर तक घूमा था और बाद में हवाई जहाज से उड़कर बदरीनाथ चला गया था, और आसमान से गंगा को देखा था।

हरिद्वार और उसके आसपास की जगह भी महत्त्वपूर्ण है, जहाँ से गंगा पहाड़ों से बाहर निकलती है।

वहाँ ठहरने की दिक्कत नहीं है। आम तौर पर वहाँ इंस्पेक्शन हाउस या डाक बँगले हैं। पटना जैसी जगह में थर्ड क्लास के होटल भी हैं। लेकिन दोस्तों के साथ ठहरने का इन्तजाम कर लेना आसान है।

मैंने अभी-अभी यमुना के किनारे पर लगे कैम्प में एक हफ्ते से कुछ ज्यादा गुजारा था और इस नदी से मेरा ज्यादा-से-ज्यादा लगाव होता रहा है।

मुझे उम्मीद है कि आप 'गैजेंज' नाम नहीं इस्तेमाल करेंगे। मैं इसे नापसन्द करता हूँ।

वैज्ञानिक दृष्टिकोण का विकास

संस्कृति ऐसे शब्दों में से एक है जिसका कुछ भी मतलब हो सकता है, जिसमें हर चीज का संवर्द्धन शामिल है—इतिहास का, समाज का और हर तरह के मानवीय क्रिया-कलाप का।

उदाहरण के लिए, इस देश के कुछ लोग शिक्षा को भारत में ब्रिटिश साम्राज्यवाद का प्रदर्शन कहकर उसकी निन्दा करते हैं। मैं समझता हूँ कि भारत में ऐसा कोई व्यक्ति नहीं है, जो इस तथ्य को न जानता हो कि शिक्षा की वर्तमान प्रणाली बुरी है और जिस आधार पर यह टिकी है वह दुहरा बुरा है। बहरहाल, इसे बदलने और इसमें सुधार करने की लगातार कोशिशें हो रही हैं।

मुझे शिक्षा की वर्धा-योजना आधुनिक ढंग पर शिक्षा के सुधार की दिशा में असाधारण प्रयत्न जान पड़ती है। मेरे मत से शिक्षा की जो भी प्रणाली इस देश में प्रचलित की जाए, उसे छात्र के शरीर और मस्तिष्क दोनों ही के कार्य-कलापों को संघटित करना चाहिए।

संस्कृति का दरअसल मतलब क्या है? व्यक्तिगत संस्कृति, सामाजिक और राष्ट्रीय विकास तथा उनके जैसी और तमाम बातें। विकास भी आम तौर पर दो रूप धारण करता है। एक तो व्यक्तियों का विकास है जो निहायत जरूरी है, और जब व्यक्तियों का विकास होता है तो वे सामाजिक गुट बनाते हैं। स्वभावत: जितने अधिक विकसित व्यक्ति होंगे, हमारे सामाजिक गुट भी उतने ही ऊँचे होंगे। दूसरी

ओर, जब हम कोई सामाजिक गुट विकसित करते हैं तो उससे व्यक्तियों के विकास में सहायता मिलती है, क्योंकि एक की दूसरे के प्रति प्रतिक्रिया होती है। इसलिए हमें ध्यान रखना होगा कि दोनों प्रकार के विकास साथ-साथ हों।

सामान्यत: धार्मिक वृत्ति व्यक्तिगत विकास का मार्ग रही है। वह इस आशा से व्यक्ति का विकास करने का प्रयत्न करती है कि व्यक्ति के विकास का प्रभाव सामाजिक गुट पर पड़ेगा। हर देश में ऐसी स्थिति रही है, चाहे वह किसी भी धर्म का पालन करता हो और समस्या का सामना करने के लिए जो भी उपाय निकाले गए हों।

जो भी हो, आधुनिक प्रणाली वातावरण को सुधारने पर जोर देती है, ताकि एक विशेष वातावरण में रहनेवाला व्यक्ति अपनी पूरी क्षमता के अनुकूल विकसित हो सके। बहरहाल, ये दोनों प्रणालियाँ समकालीन नहीं रही हैं। शायद किसी खास वातावरण के सुधार पर जोर देना आज ज्यादा जरूरी है। क्योंकि यदि वातावरण बुरा है तो आप अधिक प्रगति नहीं कर सकते। हमें सामाजिक संस्कृति के आधार पर और वह किस प्रकार का वातावरण विकसित करता है इस पर फिर से विचार करना होगा। उदाहरण के लिए, यदि आप नि:स्वार्थ भाव और सद्‌गुणों को विकसित करने का प्रयास करें तो उसका क्या लाभ है, जबकि आपके चारों ओर जो सामाजिक ढाँचा है, वह स्वार्थ के आधार पर टिका हुआ है और जीवन पर बुरा प्रभाव डालता है?

आज की दुनिया की ओर देखिए, अन्तर्राष्ट्रीय दुनिया की ओर। वह अत्यन्त विस्मयकारक, अनैतिक और बुरी है। आप उच्च नैतिकता के प्रभावों की आशा कैसे कर सकते हैं। जबकि वातावरणों पर अनैतिकता का निरन्तर दबाव पड़ रहा है, जिसके परिणामस्वरूप सब ओर गिरावट आई है। यह गिरावट अन्तर्राष्ट्रीय और व्यक्तिगत स्तर पर हुई है।

आज यूरोप के, अमरीका और सारी दुनिया के बहुसंख्यक विचारशील व्यक्तियों में मानसिक पक्षाघात की गहरी भावना है। ऐसा इसलिए है कि वे अनुभव करते हैं कि उनकी सम्मिलित शक्ति की अपेक्षा बुराई की शक्तियाँ अधिक ताकतवर हैं। बुराई की शक्तियों का संकेत फासिज्म और प्रतिक्रिया से मिलता है और यह वातावरण उन्हें भलाई से बहुत दूर रहने को मजबूर करता है।

इस स्थिति से उबरने का रास्ता कैसे ढूँढ़ा जाए? आपके लिए इतनी ही कल्पना काफी नहीं है कि समस्या इतनी सरल है कि आप कुछ नारों के जरिये इसे सुलझा लेंगे। हर तरह की सरकार या राज्य, चाहे वह फासिस्ट हो, साम्राज्यवादी हो या साम्यवादी, अनिवार्य रूप से ऐसा वातावरण बनाने का प्रयत्न करता है जो उसे बनाए रखने में सहायता दे। वह अनिवार्य रूप से, शिक्षा-प्रणाली के द्वारा अपने नागरिकों में अपना प्रभाव फैलाने की कोशिश करता है।

इसलिए अन्तत: आपको निर्णय करना है कि किस प्रकार का राज्य या समाज आप चाहते हैं। यह कहना कि आप साम्राज्यवाद को नापसन्द करते हैं, नकारात्मक

बयान है। हमें निश्चय करना है कि हम किस प्रकार का वाद चाहते हैं। यह विचारों के कुछ आधारभूत सिद्धान्तों और विभिन्न प्रकार के क्रियाकलापों की स्वतंत्रता पर निर्भर है। चूँकि विभिन्न प्रकार की जटिल स्थितियाँ समाज और व्यक्ति को प्रभावित करती हैं, इसलिए हम जिन परिस्थितियों की कामना करते हैं, सम्भवत: उन्हें विकसित करने में सहायक नहीं हो सकते।

इसलिए, हमें विचारों की स्वतंत्रता तो होनी ही चाहिए। हमें एक जनतांत्रिक प्रणाली चाहिए जो जहाँ तक कर सके, काम करती रहे। लेकिन साथ ही हमें यह भी नहीं भूलना चाहिए कि विचार की स्वतंत्रता के परिणामस्वरूप कुछ कठिनाइयाँ भी उत्पन्न होती हैं। सामान्यत: यह हमें कठिनाइयों तक नहीं ले जाता, क्योंकि जो लोग विचार और कार्य की स्वतंत्रता का लाभ उठाते हैं, वे काफी अनुशासित होते हैं। उनके विचार अग्रगामी और उनका दृष्टिकोण दायित्वपूर्ण होता है।

ऐसा लगता है कि आज संसार के बहुत-से देशों में जनतांत्रिक प्रणाली बहुत धीमी गति से काम कर रही है। इससे परिणाम शीघ्र प्राप्त नहीं होते जबकि शीघ्र परिणाम आवश्यक है। इस तरह हम देखते हैं कि जिन देशों में जनतंत्र का अस्तित्व बहुत बरसों से रहा है, इस शती में वहाँ भी इसने भली-भाँति काम नहीं किया। इन कठिनाइयों का सामना होने पर हम मनचाही सूक्तियों का सहारा लेकर कोई जवाब ढूँढ़ने की कोशिश करते हैं, जिससे दरअसल कोई फायदा नहीं होता। वे सिर्फ विचारों की दूसरी धाराओं की ओर हमारा ध्यान मोड़ देते हैं।

आज मानवता अभूतपूर्व परिवर्तनों और संक्रमण-काल से गुजर रही है। हमें याद रखना चाहिए कि हम इतिहस के निहायत गैरमामूली दौर से गुजर रहे हैं। यह विस्मयकारी रूप से परिवर्तनों की अवधि रही है! इतिहास की अपनी जानकारी से मुझे सन्देह है कि क्या कोई ऐसा समय रहा है, जो ऐसे क्रान्तिकारी परिवर्तनों से भरा हो, जैसा यह काल है जो 1914 के महायुद्ध के आरम्भ के साथ शुरू हुआ था और जो आज तक जारी है।

यह एक या दो बरसों का सवाल नहीं है। परिवर्तनों का यह संकट, आनेवाले बहुत बरसों तक हमारे साथ बना रहनेवाला है।

आजकल आप योजना के बारे में बहुत बातें सुनते हैं, खास तौर से औद्योगिक और आर्थिक जीवन में। लेकिन जो उससे भी ज्यादा महत्त्वपूर्ण है, वह है जीवन के विभिन्न क्रिया-कलापों का नियोजन। जिनका भार देश अपने ऊपर लेता है, जिससे प्रत्येक काम दूसरे काम से मेल खा सके। लेकिन समस्या के प्रति नजरिया हमारा अपना होना चाहिए।

आज भारत में दो प्रकार की शक्तियों और समस्याओं में संघर्ष चल रहा है। यह कमोबेश मनोवैज्ञानिक संघर्ष है। राजनैतिक, आर्थिक तथा अन्य संघर्ष भी है। लेकिन एक मनोवैज्ञानिक संघर्ष भी है, दिमागों का संघर्ष। बहुत-सी ताकतें हमें

अलग-अलग दिशाओं में खींच रही हैं। अतीत की अनेक शक्तियों ने हमें बल दिया है। कुछ अन्य हमारे लिए बोझ भी साबित हुई हैं।

अब उन विभिन्न शक्तियों पर नजर डालिए जिनके कारण इस देश में एक मिली-जुली संस्कृति विकसित हुई है। प्रत्येक संस्कृति समान रूप से एक मिली-जुली संस्कृति है, क्योंकि कोई भी संस्कृति इस अर्थ में शुद्ध राष्ट्रीय संस्कृति नहीं है कि उस पर बाहरी प्रभाव नहीं पड़ा है। निश्चित ही, राष्ट्रीय संस्कृति जैसी एक चीज का आभास है, जिसका कुछ प्रभाव देश पर है, लेकिन सामान्यत: इस संस्कृति पर भी अन्य दिशाओं का बहुत प्रभाव है, हालाँकि भारत उन देशों में से एक है, जहाँ हजारों वर्षों से मिली-जुली संस्कृति रही है। जिन विदेशी संस्कृतियों ने हमारे देश पर आक्रमण किया, उन्हें पचा जाने की बड़ी ताकत इसमें रही है।

आखिर में भारत को उसका सामना करना पड़ा, जिसे हम पश्चिम से आई संस्कृति कहते हैं, जिसका आधार विज्ञान और आधुनिक उद्योग है और जिसने सारे ताने-बाने को अस्त-व्यस्त कर दिया है। पिछले लगभग एक सौ बरसों के दौरान, भारत में विविध संस्कृतियों के बीच संघर्ष रहा है। पश्चिमी संस्कृति और हमारी अपनी संस्कृति के बीच भी संघर्ष है। मेरे कहने का यह मतलब नहीं है कि दोनों में सार्वजनिक रूप से तत्त्वत: कोई संघर्ष है, लेकिन फिर भी एक भीतरी संघर्ष है। अगर राजनैतिक विजेताओं के रूप में पश्चिमी संस्कृति हमारे यहाँ न आई होती तो कोई संघर्ष न होता।

और मामलों की तरह, हम इसे भी बहुत असानी से अपना लेते, हमें इस राजनैतिक विजय से अलग इसे पहचानना चाहिए, क्योंकि विज्ञान का राजनैतिक विजयों से कोई सम्बन्ध नहीं है। यह कुछ ऐसी चीज है, जो युग की भावना का प्रतिनिधित्व करती है। इसमें कोई सन्देह नहीं हो सकता कि यदि हम विज्ञान के सबक से लाभ न उठाएँगे तो राष्ट्रीय या व्यक्तिगत रूप से उन्नति नहीं कर सकते।

जो भी हो, जब हम विज्ञान की बात सोचते हैं तो हमारे सामने एक समस्या आ खड़ी होती है। विज्ञान के बारे में हमें उद्योग या राजनीति में प्रयुक्त विज्ञान के रूप में नहीं, बल्कि उसके व्यापक अर्थ में सोचना होगा। विज्ञान क्या है? यह समस्याओं को देखने की एक प्रणाली है, सत्य को प्राप्त करने की एक पद्धति है। यह प्रयोग पर निर्भर एक ऐसा तरीका है, जिसके द्वारा हम किसी चीज को अस्वीकार कर देने को तैयार होते हैं, अगर हम उसे स्थापित या सिद्ध नहीं कर सकते।

निश्चय ही, कभी-कभी विज्ञान के नितान्त विश्वसनीय नियम भी टूट रहे हैं। आइन्स्टीन के सिद्धान्त के द्वारा न्यूटन का गुरुत्वाकर्षण सिद्धान्त बदल गया है।

मैं जोर इस बात पर देना चाहता हूँ कि विज्ञान का अर्थ जीवन की सभी समस्याओं के प्रति एक प्रकार की दृष्टि है। इसका उपयोग हमें अपने परिवार, अपने धर्म और अन्य सभी बातों में करना चाहिए। अपने जीवन के अन्य विभागों को विज्ञान से अलग रखकर आप अपने उद्योग-धन्धों में विज्ञान को लागू नहीं कर

सकते। सारी स्कीम ही अवैज्ञानिक है। इसलिए अगर हम उन विभिन्न समस्याओं पर विचार करना चाहते हैं, जो व्यक्तिगत रूप में और सामाजिक गुट के रूप में हमारे सामने हैं, तो उन समस्याओं पर विचार करने का सही रास्ता विज्ञान के तरीकों को अपनाना है। यदि हम अपनी सामाजिक और आर्थिक प्रणालियों की जाँच करें तो हम देखेंगे कि ये अत्यन्त असंगत रूप से विकसित हुई हैं। अगर एक ओर उत्पादन की अधिकता है, तो दूसरी ओर बेहद तकलीफ और कमी है।

लीग ऑफ नेशंस शान्ति और सहयोग की घोषणा करता है, लेकिन उसी लीग के सदस्य लड़ाई की तैयारियाँ कर रहे हैं और छेड़छाड़ की लड़ाई में उलझे हुए हैं। ये ही वे लोग हैं, जो अपने लाभ की इच्छा से, खाने-पीने की चीजों का दाम बढ़ाए रखने के लिए खाद्य पदार्थों को नष्ट कर रहे हैं। अगर हम इन सारे मसलों को हल करना चाहते हैं तो हमें वैज्ञानिक और सुसंगत रूप से उनको हाथ में लेना होगा और अपने सामने एक उचित लक्ष्य रखना होगा।

मैं समाजवादी हूँ क्योंकि मुझे लगता है कि विश्व-समस्याओं के लिये समाजवाद एक वैज्ञानिक दृष्टिकोण है। यह जरूरी नहीं है कि मैं प्रत्येक दूसरे समाजवादी से सहमत होऊँ, लेकिन आम तौर पर समाजवादी रुख वैज्ञानिक है और उससे मुझे बहुत अधिक प्रेरणा मिलती है। यह इतिहास की समस्याओं और इतिहास को समझने में मेरी सहायता करता है। यदि मैं वैज्ञानिक दृष्टिकोण से इतिहास पर नजर डालता हूँ तो तुझे वर्तमान स्थिति को समझने में सहायता मिलती है, क्योंकि वर्तमान की जड़ें अतीत में होती हैं।

इसलिए मैं चाहता हूँ कि आप विभिन्न सांस्कृतिक तथा अन्य समस्याओं पर विचार करें और अपने व्यक्तिगत जीवन में वैज्ञानिक दृष्टि का प्रयोग करें, खास तौर से इसलिए क्योंकि आप में अपने व्यक्तिगत जीवन में इस दृष्टि को त्याग देने की प्रवृत्ति है। जब आप वैज्ञानिक दृष्टि अपनाएँगे तो अपने व्यक्तिगत आदर्शों और हमारे सार्वजनिक जीवन के आदर्शों के बीच एक कशमकश देखेंगे। निश्चय ही यह कशमकश आपको अपने जीवन में सुखी नहीं बनाएगी। नैतिक जीवन का सच्चा आनन्द किसी बड़े उद्देश्य के लिए काम करना, उसे समझना, उसे पूरा करने के लिए मस्तिष्क और व्यक्तित्व की सारी संघटित शक्ति और सारा सामर्थ्य लगाना है। इस तरह के प्रयत्न से आपको सन्तोष और सच्चा आनन्द प्राप्त होगा।

कार्टूनिस्ट की भूमिका

शंकर के कार्टूनों के लिए हममें से कितने हैं, जो रोज-ब-रोज इन्तजार करते हैं। कितने हैं, जो उस दिन की खबरें देखने से पहले उनके कार्टून के लिए अखबारों के पन्ने पलट देते हैं? उस कार्टून से हमें आनन्द ही नहीं मिलता, बल्कि मौजूदा घटनाओं को बारीकी से देखने की नई निगाह भी मिलती है क्योंकि सच्चा कार्टूनिस्ट महज मनोरंजन ही नहीं कराता, बल्कि वह एक घटना की अन्दरूनी अहमियत को दिखाता है और थोड़ी-सी दक्ष रेखाओं से दूसरों पर उसकी छाप डाल देता है। शंकर में वह दुर्लभ गुण है। दूसरी जगहों की निसबत हिन्दुस्तान में यह और भी दुर्लभ है। बिना तनिक भी ठेस या दुर्भावना के वह कलाकार की चतुराई से उन लोगों की कमजोरियों और कमियों को दिखा देते हैं, जो सार्वजनिक मंच पर अपने को प्रदर्शित करते हैं। यह हम सबकी सेवा है, जिसके लिए हमें उनका एहसान मानना चाहिए, क्योंकि हममें आडम्बर बढ़ने और अपने में ही केन्द्रित हो जाने का डर रहता है—और यह अच्छा है कि हमारे अहंकार का वक्त-बेवक्त पर्दाफाश रहे। इसलिए मैं शंकर का अभिनन्दन करता हूँ और उम्मीद करता हूँ कि वह लम्बे अरसे तक हमारे दिमागों को रोशन करते रहेंगे, हमारा मनोरंजन करते रहेंगे और हमें एकाध सीढ़ी नीचे लाते रहेंगे।

राष्ट्रीय पताका-सम्बन्धी प्रस्ताव

जवाहरलाल नेहरू, सदस्य, संयुक्त प्रान्त, सामान्य : अध्यक्ष महोदय निम्न प्रस्ताव को पेश करने का मुझे गौरव प्राप्त हुआ है।

निश्चय किया जाता है कि भारत का राष्ट्रीय झंडा तिरंगा होगा जिसमें गहरे केसरिया, सफेद और गहरे हरे रंग की बराबर-बराबर की तीन आड़ी पट्टियाँ होंगी। सफेद पट्टी के केन्द्र में चरखे के प्रतीक स्वरूप गहरे नीले रंग का एक चक्र होगा। चक्र की आकृति उस चक्र के समान होगी जो सारनाथ के अशोक कालीन सिंह स्तूप के शीर्ष भाग पर स्थित है।

चक्र का व्यास सफेद पट्टी की चौड़ाई के बराबर होगा राष्ट्रीय झंडे की चौड़ाई और लम्बाई का अनुपात साधारणत: 2 : 3 होगा।

श्रीमान जी, यह प्रस्ताव साधारण भाषा में है। इसकी भाषा थोड़ी सी लाक्षणिक भी है और जो शब्द मैंने पढ़े हैं उनमें तेज और उत्साह नहीं है। फिर भी मुझे विश्वास है कि इस हाउस में बहुत-से सदस्य उस तेज और उत्साह का अनुभव कर रहे होंगे जिसका इस समय मैं अनुभव कर रहा हूँ। क्योंकि इस प्रस्ताव तथा झंडे के पीछे, जिनको हाउस के समक्ष स्वीकार करने के लिए पेश करने का मुझे गौरव है, एक इतिहास है—राष्ट्रीय जीवन के एक अल्पकाल का घटनाओं से परिपूर्ण इतिहास है। कभी-कभी थोड़े-से समय में हम शताब्दियों के मार्ग को तय कर लेते हैं। किसी व्यक्ति का केवल जीवन व्यतीत करना इतना महत्त्व नहीं रखता है जितने कि उस व्यक्ति द्वारा अपने अल्पकालीन जीवन में किये गए कार्य महत्त्व रखते हैं। किसी राष्ट्र का केवल अस्तित्व ही इतना महत्त्व नहीं रखता है जितने कि उस राष्ट्र द्वारा अपने जीवन के विभिन्न काल में किये गए कार्य महत्त्व रखते हैं। मैं यह कहने का साहस करता हूँ कि पिछले 25 वर्ष में भारत संगठित रहा और उसने संगठित होकर कार्य किया और जिन भावनाओं से भारतीय जनता परिपूरित है वह कुछ वर्षों का क्षणिक आवेश ही नहीं है बल्कि उसमें बहुत-कुछ अधिक है। उनका नाम इतिहास में आ चुका है और इतिहास को उन्होंने स्वयं गौरवान्वित किया है। वही इस देश में हमारी पैतृक सम्पत्ति है। इस कारण इस प्रस्ताव को पेश करते समय मुझे घटनाओं से परिपूर्ण उस इतिहास का खयाल आता है जिसमें हम सबने विगत

25 वर्ष गुजारे हैं। अनेकों स्मृतियाँ मुझे घेरे हुए हैं। इस महान राष्ट्र ने स्वतंत्रता के लिए जो महान युद्ध किया मुझे उसकी सफलताएँ और असफलताएँ याद आती हैं। मुझे याद है और इस हाउस के अनेक सदस्यों को याद होगा कि हम किस प्रकार इस झंडे को केवल गौरव और उत्साह से ही नहीं वरन् शरीर में एक स्फूर्ति और उत्तेजना समेत मानते थे। कभी-कभी जब हम पराजित और निरुत्साह हो जाते थे तब इस झंडे का दर्शन आगे बढ़ने के लिए उत्साह दिलाता था। उस समय हममें से अनेक लोग जो आज यहाँ उपस्थित नहीं हैं—हमारे अनेक साथी जो संसार से कूच कर गए हैं इस झंडे को थामे रहते थे और बहुत-से तो मृत्युपर्यन्त इस झंडे को थामे रहे और मरते-मरते झंडे को ऊँचा रखने के लिए दूसरे को सौंप गए। इस कारण इन सादा शब्दों से जो भाव प्रकट होता है उससे कहीं अधिक भाव इनमें भरा हुआ है। लोगों का स्वतंत्रता के लिए युद्ध, उसमें सफलताएँ तथा असफलताएँ, मुकदमे और आपत्तियों के साथ-साथ मैं इस प्रस्ताव को पेश करते समय तत्सम्बन्धी कुछ विजय—उस युद्ध के अन्त में विजय के भाव इन शब्दों में भरे हुए हैं।

अब मैं पूर्णतया अनुभव करता हूँ, जैसाकि यह हाउस भी अनुभव करेगा कि हमारी इस विजय में अनेक प्रकार से रुकावटें डाली गईं। ऐसी भी अनेकों घटनाएँ हुई हैं, विशेषकर पिछले कुछ महीनों में जिससे हमें दुःख पहुँचा है और जिन्होंने हमारे हृदय पर आघात किया है। हमने देखा कि हमारी प्यारी जन्मभूमि में से कुछ भाग काट दिये गए। हमने अनेक मनुष्यों को असहाय कष्ट भोगते देखा, अनेक को बेघर-बार अनाथ पागलों की तरह भटकते देखा। हमने और भी बहुत-सी बातें देखीं जिनको इस हाउस में दुहराने की आवश्यकता नहीं है, लेकिन हम उन्हें भूल नहीं सकते हैं। इन तमाम दुःखों ने हमारे मार्ग में बाधाएँ डाली हैं। विजय प्राप्त कर लेने पर भी हमारे लिए ये बाधाएँ हैं। हमें अभी और आगे बड़ी-बड़ी समस्याओं का सामना करना है। फिर भी मेरे खयाल से यह सच है—मैं तो इसे सच ही समझता हूँ—कि यह समय विजय का है और हमारे समस्त संघर्षों का परिणाम इस समय विजय है। (वाह, वाह)

अनेक घटनाएँ जो हो चुकी हैं उन पर बहुत पश्चात्ताप तथा खेद प्रकट किया गया है। उन घटनाओं के कारण मैं दुखी हूँ, हम सब मन में दुखी हैं। लेकिन विजय के दूसरे पहलू से हमें जो कुछ भी हुआ है—उसको पहचानना है—क्योंकि विजय में हर्ष है। यह कोई छोटी बात नहीं है कि उस महान तथा शक्तिशाली सरकार ने जिसने देश में साम्राज्यशाही का आधिपत्य जमा रखा था, अपना शासन समाप्त करने का निर्णय कर लिया है। इसी की ओर हमारा लक्ष्य था। हमने उस उद्देश्य को प्राप्त कर लिया है अथवा शीघ्र ही प्राप्त कर लेंगे, इसमें कोई संशय नहीं है। हमारे उद्देश्य की पूर्ति ठीक उसी प्रकार नहीं हुई जिस प्रकार कि हम चाहते थे। हमारे कार्यों में जो मुसीबतें तथा और बातें आईं उन्हें हम नहीं चाहते थे। पर हमें याद

रखना चाहिए कि ऐसा बहुत कम होता है कि लोग जिस स्वप्न को देखें उसकी पूर्ति हो जाए। ऐसा बहुत कम होता है कि जिन उद्देश्यों तथा लक्ष्यों को लेकर हम चलते हैं, उनकी पूर्ण प्राप्ति किसी व्यक्ति के जीवन में अथवा राष्ट्र के जीवन में हो जाए।

हमारे सामने अनेक उदाहरण हैं। हमें सुदूर अतीत काल में नहीं जाना है। हमारे पास वर्तमान अथवा निकटवर्ती अतीत के उदाहरण हैं। कुछ वर्ष पूर्व एक महान युद्ध हुआ—वह संसार-युद्ध जिसने मानवता पर भयानक विपत्तियाँ ढायीं, यह युद्ध स्वतंत्रता, लोकतंत्र तथा और बहुत-सी बातों के लिए लड़ा गया था। इस युद्ध का अन्त उन लोगों की विजय के रूप में हुआ जो कहते थे वे स्वतंत्रता तथा लोकतंत्र के हामी हैं। फिर भी युद्ध समाप्त होने भी न पाया था कि नये युद्ध और संघर्षों की अफवाहें उड़ने लगीं।

तीन दिन पूर्व एक पड़ोसी देश में राष्ट्र के नेताओं की पाशविक हत्याओं ने इस हाउस, इस देश तथा संसार को थर्रा दिया। आज समाचार-पत्रों से यह मालूम होता है कि एक साम्राज्यवादी सत्ता ने दक्षिण-पूर्व एशिया के एक मित्र देश पर हमला किया है। इस संसार में अभी स्वतंत्रता बहुत दूर है और समस्त राष्ट्र छोटे या बड़े रूप में अपनी-अपनी स्वतंत्रता के लिए संघर्ष कर रहे हैं। यदि हम जिसके लिए प्रयत्नशील थे, प्राप्त नहीं हुआ तो कोई आश्चर्य की बात नहीं है। इसके लिए शर्मिन्दा होने की कोई बात नहीं है, क्योंकि मेरे खयाल से जो कुछ हमने प्राप्त किया है वह कम नहीं है। वह बड़ी पर्याप्त वस्तु है, महान वस्तु है। कोई मनुष्य उसे खोने का प्रयत्न न करे केवल इसलिए कि और भी बहुत-सी ऐसी बातें हुईं जिन्हें हम नहीं चाहते थे। हम इन दो चीजों को अलग-अलग समझें। इस महान संसार में किसी देश की ओर देखिए। ऐसा कौन-सा देश है—बड़े-बड़े शक्तिशाली देशों में भी—जो आज भयानक समस्याओं से परिपूर्ण न हो, जो आज किसी-न-किसी रूप में चाहे राजनैतिक हो तथा आर्थिक हो, उस स्वतंत्रता को प्राप्त करने का प्रयत्न न कर रहा हो जो किसी-न-किसी तरह उसके अधिकार से परे है। इतने बड़े प्रसंग में भारत की समस्याएँ भयानक प्रतीत नहीं होती हैं। ये समस्याएँ हमारे लिए कोई नई नहीं हैं अतीत में हमने अनेकों अप्रिय बातों का सामना किया है, पर हम पीछे नहीं हटे। हम और भी अनेकों अप्रिय बातों का सामना करेंगे जो अभी या भविष्य में हमारे सामने आएँगी और हम न उनसे विमुख होंगे, न घबराएँगे और न पद-त्याग करेंगे। (घोर हर्ष-ध्वनि)

इसलिए ऐसे वातावरण में भी मैं किसी उत्साहहीन प्रवृत्ति को लेकर इस राष्ट्र की जो कुछ इसने प्राप्त किया है, प्रशंसा करने के लिए खड़ा नहीं हुआ हूँ। (पुन: तालियाँ) यह ठीक और उचित है कि इस समय हमें इस प्राप्ति के संकेत और स्वतंत्रता के संकेत को स्वीकार करना चाहिए। यह स्वतंत्रता अपने पूर्ण रूप में और समस्त मानवता के लिए क्या वस्तु है? स्वतंत्रता क्या है, और स्वतंत्रता के लिए

संघर्ष क्या है, और उसका अन्त क्या है? जैसे ही आप एक कदम आगे बढ़ाते हैं और कुछ सफलता प्राप्त कर लेते हैं, आपके सामने आगे और कर्तव्य आते हैं। इस देश में अथवा संसार में जब तक एक भी व्यक्ति परतंत्र है तब तक पूर्ण स्वतंत्रता नहीं होगी। जब तक देश के किसी भी व्यक्ति के लिए पुरुष, स्त्री अथवा बच्चे के लिए भुखमरी, कपड़ों की कमी, जीवन के लिए आवश्यक उपकरणों की कमी और उन्नति के लिए अवसर की कमी है तब तक पूर्ण स्वतंत्रता न हो सकेगी। हम उसके लिए प्रयत्न करेंगे। शायद हम उसमें सफल न हो सकें क्योंकि यह एक महान कार्य है। लेकिन हम उस कार्य को पूरा करने के लिए भरसक प्रयत्न करेंगे और आशा करते हैं कि हमारे उत्तराधिकारियों को, जब वे आएँगे, अनुसरण करने के लिए सरल मार्ग मिले। लेकिन स्वतंत्रता के मार्ग का कोई अन्त नहीं है। जैसे-जैसे हम आगे बढ़ते हैं और कभी-कभी मिथ्याभिमान में पूर्णता प्राप्त करने का प्रयत्न करते हैं, लेकिन वह कभी प्राप्त नहीं होती। यदि कठोर परिश्रम करें तो हम धीरे-धीरे अपने लक्ष्य के निकट पहुँच जाते हैं। जब हम लोगों को अधिक सुखी बनाते हैं तो कई प्रकार से हम उनके स्वास्थ्य में उन्नति करते हैं और हम अपने लक्ष्य की ओर अग्रसर होते हैं। मैं नहीं जानता कि इसका कहीं अन्त होता भी है या नहीं, लेकिन हम किसी लक्ष्य की ओर अग्रसर होते हैं जिसका कभी अन्त नहीं होता।

मैं आपको यह झंडा भेंट करता हूँ। यह प्रस्ताव इस झंडे की व्याख्या करता है। मुझे विश्वास है कि आप इसे स्वीकार करेंगे। किसी विधिवत् प्रस्ताव द्वारा तो नहीं वरन् सार्वजनिक प्रयोग तथा सम्मान द्वारा और अधिकतर उन बलिदानों द्वारा जो पिछले दस वर्षों में इस झंडे के इर्द-गिर्द हुए। एक प्रकार से इसे स्वीकार कर लिया गया है। हम एक प्रकार से उस जनसाधारण की स्वीकृति की पुष्टि कर रहे हैं। यह वह झंडा है जिसका अनेक प्रकार से वर्णन किया गया है। कुछ लोग इसके महत्त्व को न समझकर साम्प्रदायिक रूप से सोचने लगे और यह विश्वास करने लगे कि अमुक भाग अमुक सम्प्रदाय का द्योतक है इत्यादि। लेकिन मैं यह कह सकता हूँ कि जब इस झंडे का रूप विचारा गया था उस समय इसके साथ कोई साम्प्रदायिक चीज न थी। हमने झंडे के एक ऐसे नमूने पर विचार किया था जो सुन्दर हो, क्योंकि राष्ट्र का प्रतीक देखने में सुन्दर होना चाहिए। हमने उस झंडे का विचार किया जो अपने पूरे रूप में तथा पृथक्-पृथक् भागों में राष्ट्र की प्रवृत्ति और परम्परा की उस मिश्रित रूप का जो हजारों वर्षों से भारत में प्रचलित है—प्रतीक स्वरूप हो। अत: हमने यह झंडा रखा। शायद मैं पक्षपात कर रहा हूँ, लेकिन मैं नहीं समझता कि यदि केवल कलात्मक दृष्टि से देखा जाए तो यह झंडा देखने में बहुत सुन्दर जँचे, परन्तु फिर भी इसमें अन्य अनेकों सुन्दर बातों का सादृश्य है—आत्मा-सम्बन्धी तथा मन-सम्बन्धी बातों का जो कि व्यक्तिगत जीवन तथा राष्ट्र के जीवन को महत्त्व प्रदान करती है—क्योंकि कोई भी राष्ट्र केवल भौतिक वस्तुओं के आधार

पर जीवित नहीं रहता। यद्यपि वे बड़ी महत्त्वपूर्ण हैं यह आवश्यक है कि हम संसार की अच्छी वस्तुएँ प्राप्त करें, संसार की भौतिक वस्तुएँ प्राप्त करें और हमारे लोगों के पास जीवन के आवश्यक उपकरण उपलब्ध हों। यह बहुत ही आवश्यक है। तो भी राष्ट्र और भारत-जैसा राष्ट्र जिसका अतीत बहुत प्राचीन है, अन्य उपकरणों पर भी जीवित रहता है—और वे हैं आध्यात्मिक उपकरण। यदि हजारों वर्षों से भारतवर्ष इन आदर्शों तथा आध्यात्मिक बातों से सम्पर्क रखे हुए न होता तो भारत क्या होता? अतीत काल में उसने बड़े-बड़े कष्ट और निरादर सहे, लेकिन उस निरादृत दशा में भी किसी प्रकार भारत ने अपना सर ऊँचा ही रखा, अपने विचार उच्च ही रखे और आदर्श ऊँचे ही रहे। इस प्रकार हम उस महान युग में से निकले हैं और आज हम अपने अतीत को गौरव सहित धन्यवाद देने में समर्थ हैं तथा इससे भी अधिक अपने उस भविष्य को जो आनेवाला है, जिसके लिए हम कार्य करने जा रहे हैं और हमारे उत्तराधिकारी कार्य करेंगे। जो यहाँ एकत्रित हुए हैं उनको यह गौरव प्राप्त है कि वे एक ऐसे विशेष प्रकार से जो स्मरणीय रहेगा, इस परिवर्तन को अंकित कर रहे हैं। मैंने आरम्भ में यह कहा था कि इस प्रस्ताव को पेश करने का मुझे गौरव है। अब, श्रीमान जी, मैं इस विशेष झंडे के सम्बन्ध में भी कुछ शब्द कहूँ। यह देखा जाएगा कि उस झंडे से जिसे हममें से बहुत विगत वर्षों से प्रयोग में ला रहे थे इस झंडे में कुछ थोड़ा अन्तर है। रंग वही है गहरा केसरिया, सफेद और गहरा हरा। सफेद पट्टी में पहले चरखा था जो भारत के जनसाधारण का प्रतीक स्वरूप था जो जन-समुदाय का प्रतीक स्वरूप था, उनके उद्योग का प्रतीक स्वरूप था और जो हमें महात्मा गांधी जी के सन्देश द्वारा प्राप्त हुआ था। इस विशेष चरखे के प्रतीक को इस झंडे में थोड़ा-सा बदल दिया है—उसे हटाया नहीं गया है। यह अन्तर क्यों किया गया? साधारणतया झंडे पर एक ओर का चिन्ह ऐसा होना चाहिए जो दूसरी ओर से ठीक वैसा ही दिखाई दे, अन्यथा एक कठिनाई उपस्थित हो जाती है कि यह नियम के विरुद्ध है। चरखा जिस रूप में झंडे पर पहले था, उसका चक्र एक ओर था और तकुआ दूसरी ओर। यदि आप झंडे को दूसरी ओर से देखें तो चक्र इस ओर आ जाता था और तकुआ उस ओर। यदि ऐसा नहीं होता तो वह अनुपात में नहीं है क्योंकि चक्र लट्ठे की ओर होना चाहिए न कि झंडे के सिरे की ओर यह व्यावहारिक कठिनाई थी। इसलिए यथेष्ट विचार करने के बाद हमने वास्तव में यह धारणा की कि उस महान चिन्ह को, जिसने लोगों में उत्साह भरा है, रखा जाए, लेकिन कुछ परिवर्तन के साथ और वह यह कि चक्र को रखा जाए और अन्य शेष भाग को नहीं रखा जाए—अर्थात् तकुए और माल को जो कि गड़बड़ी पैदा कर रहा था। चरखे का महत्त्वपूर्ण भाग चक्र वहाँ है ही, इस प्रकार चरखे और चक्र की प्राचीन परम्परा, कायम रही। लेकिन चक्र किस प्रकार का होना चाहिए। हमारे दिमागों में अनेकों चक्र आए पर विशेषकर एक प्रसिद्ध चक्र जो कि अनेकों

स्थानों पर था और जिसको हम सबों ने देखा है—अशोक की प्रमुख लाट के सिरे पर का तथा अन्य स्थानों का चक्र। वह चक्र भारत की प्राचीन सभ्यता का चिन्ह है—वह और भी अनेक बातों का प्रतीक है जिनको इस काल में भारत ने अपनाया। अत: हमने सोचा कि इस चक्र का चिन्ह वहाँ होना चाहिए और वही चक्र दिखाई देता है। मैं स्वयं तो बहुत प्रसन्न हूँ कि इस प्रकार अप्रत्यक्ष रूप से हमने इस झंडे के साथ केवल उस प्रतीक को ही नहीं अपनाया बल्कि एक प्रकार से अशोक के नाम को भारत के ही नहीं वरन् संसार के इतिहास के एक बड़े महान नाम को भी अपनाया। यह अच्छी बात है कि इस झगड़े-फसाद और असहिष्णुता के समय हमारा विचार उस बात की ओर हुआ जिसका प्राचीन काल में भारत हामी था और मैं आशा तथा विश्वास करता हूँ कि भूल और त्रुटियाँ करने पर तथा समय-समय पर निरादृत होने पर भी इस समस्त काल में प्रधान रूप से भारत इस विचार का हामी रहा। क्योंकि यदि भारत किसी महान लक्ष्य को न अपनाता तो मेरे विचार से भारत जीवित भी न रहता और न इस दीर्घकाल तक अपनी सभ्यतामूलक परम्पराओं को जारी रख सकता था। वह अपनी सभ्यता मूलक परम्परा को जारी रखने में दृढ़ न रहा बल्कि परिवर्तन करता रहा लेकिन उसके मुख्य सार को सदैव पकड़े रहा, नई प्रगति तथा नये प्रभावों के अनुसार अपने को ढालता रहा। भारत की यही परम्परागत प्रथा रही सदैव नई कलियाँ और पुष्प खिलाता रहा—सदैव सत्य बातों को ग्रहण करता रहा जो उसे प्राप्त हुईं। कभी-कभी बुरी बातें भी ग्रहण की परन्तु अपनी प्राचीन सभ्यता के प्रति सच्चा रहा। समस्त नये प्रभावों द्वारा हजारों वर्षों से हमारे ऊपर असर पड़ा लेकिन हमने भी उनको खूब प्रभावित किया, क्योंकि आपको याद होगा कि अतीत काल का भारत कोई छोटा-संकीर्ण देश नहीं था जो कि अन्य देशों को तुच्छ समझता हो। भारत अपने समस्त प्राचीन ऐतिहासिक काल में केवल अन्य देशों से अपना सम्पर्क ही न रखता रहा बल्कि वह एक अन्तर्राष्ट्रीय केन्द्र था जो अपने लोगों को अपने सन्देश देने तथा दूसरों के सन्देश लेने के लिए सुदूर देशों में भेजता था। यद्यपि अनेकों परिवर्तन हुए फिर भी भारत ने जिस आधार को ग्रहण किया उस पर अटल रहने के लिए वह यथेष्ट शक्तिशाली रहा। यह कहा जाता है कि भारत की शक्ति इसी मजबूत आधार में है। उसमें एक और आश्चर्यजनक गुण है, वह जिस बात को अपनाना चाहता है अपना लेता है। किसी बात को वह इसलिए नहीं त्यागता कि वह उसकी ग्रहणशक्ति के परे है, वह तो हर-एक बात को ग्रहण कर लेता है। किसी भी व्यक्ति या राष्ट्र का यह सोचना मूर्खतापूर्ण है कि वह शेष संसार को दे सकता है उससे कुछ ले नहीं सकता। जब कोई राष्ट्र या कौम इस प्रकार सोचने लग जाती है तो वह रुक्ष हो जाती है, प्रगतिहीन हो जाती है, अवनति तथा विनाश को प्राप्त होती है। वास्तव में यदि भारत के इतिहास की खोज की जाए तो भारत की अवनति का काल वह होगा जबकि उसने अपने

आपको सबसे पृथक् कर लिया और बाहरी दुनिया की ओर देखना या उससे कुछ ग्रहण करना बन्द कर दिया। भारत का स्वर्णकाल वह था जबकि उसने सुदूर देशों में दूसरों को अपनाने के लिए अपने हाथ बढ़ाए, अपने राजदूत तथा गुप्तचर भेजे, अपने सौदागर और व्यापारिक एजेंट उन देशों को भेजे तथा दूसरे देशों के राजदूतों तथा गुप्तचरों का स्वागत किया।

चूँकि मैंने अशोक का उल्लेख किया है, मैं आपको यह बताना चाहूँगा कि भारतीय इतिहास में अशोक-काल वास्तव में इतिहास का अन्तर्राष्ट्रीय काल था, वह संकीर्ण राष्ट्रीय काल न था। यह वह काल था जबकि भारतीय राजदूत सुदूर विदेशों में गए—साम्राज्य अथवा साम्राज्यवाद के रूप में नहीं, बल्कि शान्ति सदाचरण और शुभकामना का सन्देशा लेकर।

इसलिए जिस झंडे को आपको भेंट करने का सम्मान मुझे प्राप्त हुआ है, मैं आशा करता हूँ और मुझे विश्वास है कि वह झंडा साम्राज्य का, साम्राज्यवाद का, किसी व्यक्ति पर आधिपत्य जमाने का नहीं है वरन् वह एक स्वतंत्रता का झंडा है और वह भी केवल हमारी ही स्वतंत्रता का नहीं वरन् उन समस्त मनुष्यों की जो भी इसे देखेंगे, उनकी स्वतंत्रता का चिन्ह है। (तालियाँ) मुझे आशा है कि यह दूर-दूर तक पहुँचेगा, केवल वहीं नहीं जहाँ कि भारतवासी दूत तथा मंत्री के रूप में रह रहे हैं बल्कि समुद्र पार जहाँ कि भारतीय जहाजों द्वारा यह ले जाया जाएगा चाहे जहाँ कहीं भी यह पहुँचे यह मैं आशा करता हूँ कि उन लोगों को स्वतंत्रता का सन्देश देगा, मित्रता का सन्देश देगा और यह सन्देश देगा कि भारत संसार के प्रत्येक देश में मैत्रीपूर्ण सम्बन्ध रखना चाहता है और जो लोग स्वतंत्रता चाहते हैं उनकी सहायता करना चाहता है। (वाह, वाह) मैं आशा करता हूँ कि इस झंडे का सब जगह यही सन्देश होगा। मैं आशा करता हूँ कि स्वतंत्रता प्राप्त करने के पश्चात् हम वह कार्य नहीं करेंगे जो कि दुर्भाग्य से अन्य अनेक ने अथवा कुछ औरों ने किया है अर्थात्, नई शक्ति प्राप्त करते ही यकायक साम्राज्यवाद के रूप को ग्रहण करना। यदि ऐसा हुआ तो हमारे स्वतंत्रता के संघर्ष का भयानक अन्त होगा लेकिन ऐसा संकट है इसलिए मैं इस हाउस को याद दिलाने का साहस करता हूँ यद्यपि इस हाउस को इस प्रकार याद दिलाने की कोई आवश्यकता नहीं है। जो देश एकदम बन्धनहीन होता है उसमें इस प्रकार से हाथ-पैर फैलाने तथा दूसरे पर बौछारें करने के संकट की सम्भावना होती है। यदि हम ऐसा करेंगे तो हम उन अन्य राष्ट्रों के समान हो जाएँगे जो कि लगातार एक प्रकार से संघर्षमय जीवन बिता रहे हैं तथा संघर्ष की तैयारी कर रहे हैं। दुर्भाग्यवश आज का संसार ही ऐसा है।

किसी सीमा तक विगत कुछ महीनों से वैदेशिक नीति की जिम्मेदारी मुझ पर ही है और सदैव मुझसे यहाँ या दूसरी जगह यह पूछा जाता है कि "आपकी वैदेशिक नीति क्या है? युद्धरत संसार में आप किस दल के साथी हैं?" आरम्भ में

तो मैं यह कहने का साहस करता हूँ कि हम किसी दल के पक्ष में नहीं हैं। हमारा विचार है कि जहाँ तक हो सके हम शान्ति स्थापित करनेवालों के रूप में कार्य करें और किसी प्रकार से सफल होने के लिए हम यथेष्ट शक्तिशाली नहीं हैं। लेकिन फिर भी हम संसार में राजनैतिक दलों की उलझनों से बचना चाहते हैं। हमारे इस प्रपंचमय संसार में ऐसा करना पूर्णतया सम्भव नहीं है लेकिन निश्चय ही हम इस उद्देश्य के लिए भरसक प्रयत्न कर रहे हैं।

इस प्रस्ताव में यह बताया गया है कि झंडे की चौड़ाई और लम्बाई का अनुपात साधारणतया 2 : 3 होगा। आपने 'साधारणतया' शब्द पर ध्यान दिया होगा। अनुपात के लिए कोई पूर्ण सिद्धान्त नहीं है, क्योंकि वही झंडा किसी विशेष अवसर पर किसी ऐसे अनुपात का हो जो कि और भी अधिक उपयुक्त हो या किसी अन्य अवसर पर किसी अन्य स्थान में इस अनुपात में थोड़ा-सा परिवर्तन करना पड़े इसलिए इस अनुपात की कोई अनिवार्यता नहीं है। लेकिन साधारणतया 2 : 3 का अनुपात एक ठीक अनुपात है। कभी-कभी 2 : 1 का अनुपात इमारतों पर झंडा फहराने के लिए उपयुक्त होता है। अनुपात कुछ भी हो यह विषय इतना मुख्य नहीं है कि आपेक्षिक लम्बाई या चौड़ाई क्या हो, खास चीज तो उसका नमूना है।

श्रीमान जी, अब मैं आपके सामने केवल प्रस्ताव ही उपस्थित नहीं करूँगा बल्कि स्वयं झंडे को भेंट करूँगा।

आपके सामने ये दो झंडे हैं, एक रेशम का जिसे मैं पकड़े हुए हूँ और दूसरा जो उस ओर है, वह खादी का है।

मैं इस प्रस्ताव को पेश करता हूँ।

साहित्य

बन्दी जीवन की भूमिका

[जेल में कविता : अज्ञेय]

कई महीनों से इन कविताओं की पांडुलिपि मुझे लगातार अपने वादे की याद दिलाती हुई मेरे पास थी कि मुझे भूमिका के रूप में कुछ लिखना है। इस दौरान मैंने कई विषयों पर लिखा है, लेकिन यह भूमिका लिखना मेरे लिए अजीब तरह से मुश्किल रहा है। मैं कविता का निर्णायक अथवा आलोचक नहीं हूँ इसलिए कुछ हिचकिचाहट थी। लेकिन मैं कविता से प्यार करता हूँ और इन छोटी कविताओं में से कई ने मुझे बहुत प्रभावित किया। वे मेरी स्मृति में अटक गईं और उन्होंने मेरे जीवन की यादें ताजा कर दीं—और उस अजीब और भुतही दुनिया की भी, जिसमें समाज द्वारा अपराधी मानकर बहिष्कृत लोग अपनी तंग और सीमित जिन्दगी को प्यार करते थे। वहाँ हत्यारे थे, डाकू और चोर भी थे लेकिन हम सब जेल की उस दु:खभरी दुनिया में साथ-साथ थे, हमारे बीच एक जज्बाती रिश्ता था। अपनी एकाकी कोठरियों में ही हम चहलकदमी करते—पाँच नपे-तुले कदम इस तरफ और पाँच नपे-तुले कदम वापस, और दु:ख से संवाद करते रहते। दोस्त-अहबाब और आसरा खयालों में ही मिलता और कल्पना के जादुई कालीन पर ही हम अपने माहौल से उड़ पाते। हम दोहरी जिन्दगी जी रहे थे—जेल की जोरे-हुक्म और तंग, बन्द और वर्जित जिन्दगी और जज्बात की, अपने सपनों और कल्पनाओं, उम्मीदों और अरमानों की आजाद दुनिया। उन सपनों का बहुत-सा इन कविताओं में है, उस ललक का जब बाँहें उसके लिए फैलती हैं जो नहीं है और एक खालीपन हाथ आता है। कुछ वह शान्ति और तसल्ली जिन्हें हम उस दु:खभरी दुनिया में भी किसी तरह पा लेते थे। कल की उम्मीद हमेशा थी, कल जो शायद हमें आजादी दे। इसलिए मैं इन कविताओं को पढ़ने की सलाह देता हूँ और शायद वे मेरी ही तरह दूसरों को भी प्रभावित करेंगी।

—जवाहरलाल नेहरू

इलाहाबाद
अक्टूबर, 1938

'बांग्ला साहित्य का इतिहास' के मूल संस्करण की प्रस्तावना

[सुकुमार सेन की किताब]

कई महीने पहले प्रोफेसर सुकुमार सेन ने बांग्ला साहित्य के इतिहास पर अपनी पुस्तक की प्रूफ-कॉपी भेजी और मुझसे उसकी प्रस्तावना लिखने के लिए कहा। मेरी तात्कालिक प्रतिक्रिया इस प्रस्ताव के अनुकूल नहीं थी। मुझे यह धृष्टता लगी कि बांग्ला साहित्य की इतनी कम जानकारी होते हुए मैं एक विद्वान की पुस्तक की प्रस्तावना लिखूँ।

परन्तु साथ ही में विषय से आकर्षित हुआ और मेरे मन में अपने इस महान साहित्य के सम्बन्ध में कुछ जानकारी हासिल करने की उत्कंठा पैदा हुई। मैंने प्रोफेसर सुकुमार सेन की पुस्तक की प्रूफ कॉपी अपने पास रख ली और उसे यात्रा में साथ ले जाने लगा। जब-जब मुझे समय मिलता था, मैं उसमें डुबकी लगा लेता था। इस तरह कई महीने बीत गए और मैं प्रोफेसर सेन तथा साहित्य अकादेमी के प्रति क्षमा-प्रार्थी हूँ, जिसके तत्त्वावधान में यह पुस्तक लिखी गई है।

साहित्य अकादेमी द्वारा भारत की विभिन्न भाषाओं के साहित्य के ऐतिहासिक अध्ययनों के प्रकाशन की व्यवस्था का विचार अच्छा था। साहित्य अकादेमी का मुख्य कार्य भारत की इन तमाम महान भाषाओं को प्रोत्साहित करना और एक-दूसरे के निकट लाना है। उनकी जड़ें और प्रेरणाएँ बहुत-कुछ एक जैसी रही हैं। जिस मानसिक आबोहवा में ये विकसित हुई हैं, वह भी समान रही हैं। उन सभी ने पश्चिमी विचारों और प्रभाव के एक ही प्रकार के संघात का सामना किया है। यहाँ तक कि दक्षिण भारतीय भाषाएँ भी, अपने भिन्न-भिन्न स्रोतों के बावजूद, समान परिस्थितियों में विकसित हुई हैं। इसलिए कहा जा सकता है कि इन महान भाषाओं में से प्रत्येक भाषा केवल भारत के किसी भाग की भाषा नहीं है बल्कि तत्त्वत: भारत की भाषा है, जो इस देश के विचारों, संस्कृति और विकास का, उसके अनेक रूपों में प्रतिनिधित्व करती है।

हम लोगों में से बहुतों के लिए अपनी विभिन्न भाषाओं के साहित्य की सीधी जानकारी रखना सम्भव नहीं होगा। लेकिन यह निश्चय ही वांछनीय है। हर भारतीय

को, जो शिक्षित होने का दावा करता है, अपनी भाषा के अतिरिक्त दूसरी भाषाओं के बारे में भी जानना चाहिए। उसे उन भाषाओं की कालजयी और प्रसिद्ध पुस्तकों से परिचित होना चाहिए और इस प्रकार अपने भीतर भारतीय संस्कृति के व्यापक और बहुमुखी आधारों को आत्मसात् करना चाहिए।

इस प्रक्रिया में सहायता करने के लिए साहित्य अकादेमी हमारी भाषा की प्रसिद्ध पुस्तकों का अनुवाद दूसरी भाषाओं में प्रकाशित कर रही है और उसके तत्त्वावधान में भारतीय साहित्यों के इन इतिहासों का प्रकाशन हो रहा है। इस प्रकार अकादमी हमारे सांस्कृतिक, ज्ञान के आधार को व्यापक और गहरा बना रही है और लोगों को भारतीय चिन्तन और साहित्यिक पृष्ठभूमि की तात्त्विक एकता का बोध करा रही है।

प्राचीन समय में संस्कृत अपनी गहनता, समृद्धि और भव्यता के कारण हमारी प्रादेशिक भाषाओं पर छा गई और उनके विकास को अवरुद्ध कर दिया। बाद में फारसी भी कुछ-कुछ इस विकास के मार्ग में आया। यूरोप में यूरोपीय देशों की राष्ट्रीय भाषाओं के सन्दर्भ में लैटिन और ग्रीक की भी यह भूमिका रही थी। रेनेसाँ के समय और उसके बाद ही राष्ट्रीय भाषाओं का विकास धीरे-धीरे आरम्भ हुआ। जाहिर है कि यूरोपीय मानस पर लैटिन और ग्रीक के प्रभाव की तुलना में भारतीय मानस पर संस्कृत का प्रभाव कहीं अधिक गहरा था। वह यहाँ की मिट्टी की भाषा थी और जाति की आस्था, परम्पराओं, पुराण, शास्त्र और दार्शनिक पृष्ठभूमि के साथ घनिष्ठ रूप से बँधी हुई थी।

इस बात से सम्भवत: हमारी राष्ट्रीय भाषाओं के पूर्ण विकास में विलम्ब के कारण की व्याख्या हो जाती है। फिर यह बात कि हमारी वर्तमान भाषाओं की शुरुआत कितनी पुरानी है, दिलचस्प भी है और कुछ विस्मित करनेवाली भी। तमिल, निस्सन्देह सबसे अलग है, और उसका इतिहास बहुत पुराना है। प्रोफेसर सेन की पुस्तक पढ़ते हुए मुझे प्राकृत और अपभ्रंश से बांग्ला के क्रमश: विकास की बात में गहरी दिलचस्पी रही है। जैसाकि सामान्यत: होता है (बाङ्ला में भी) हमें आरम्भ में भक्तिपरक और प्रगीतात्मक पद और रहस्यात्मक काव्य मिलता है, और उसके बाद समाख्यान-काव्य। धीरे-धीरे साहित्यिक गद्य का विकास होता है, और फिर नाटक और अन्तत: कथा-साहित्य का प्रोफेसर सेन ने प्राचीन काल के लेखकों के बारे में बहुत-से ब्योरे दिये हैं। मुझे बांग्ला भाषा के विकास की प्रगति में दिलचस्पी रही है और विशेषकर इसके लगभग हाल के दिनों के विकास में, जब उसमें पश्चिमी प्रभावों के विरुद्ध प्रतिक्रिया हो रही थी। इस विकास-कथा में राममोहन राय, ईश्वरचन्द्र विद्यासागर, माइकेल मधुसूदन दत्त, बंकिमचन्द्र चटर्जी, रमेशचन्द्र दत्त, शरत्चन्द्र चटर्जी और कुछ दूसरे ढंग से काजी नजरुल इस्लाम, शिखरों की तरह खड़े थे। पर इन सबको आच्छादित करता हुआ यह महत्त्वपूर्ण

परिवार सामने आया, जो साहित्य-चित्रकला, संगीत और कला के हर रूप में महान था—टैगोर-परिवार।

बंगाल से बाहर हममें से अधिकांश लोगों के लिए, रवीन्द्रनाथ ठाकुर का नाम लगभग बांग्ला साहित्य के उत्कर्ष का पर्याय हो गया है। मेरी पीढ़ी के लोग उनके विराट् व्यक्तित्व के प्रभाव में बड़े हुए हैं और सचेत या अचेत रूप से उसके हाथों गढ़े हुए हैं। वह एक ऐसा व्यक्तित्व था, जो भारत के किसी प्राचीन ऋषि के सदृश हमारे प्राचीन विवेक में गहराई तक गया था। साथ ही, वर्तमान समस्याओं से जूझ रहा था और भविष्य की ओर देख रहा था। उसने बांग्ला में लिखा, परन्तु उसके मानस की व्यापकता को भारत के किसी भाग तक परिसीमित नहीं किया जा सकता। वह तत्त्वत: भारतीय था और उसके साथ ही सम्पूर्ण मानवता को घेरे हुए था। वह एक साथ राष्ट्रीय और अन्तर्राष्ट्रीय था और उसके साथ मिलने पर, या उसका लिखा हुआ पढ़ने पर ऐसी अनुभूति होती थी, मानो हम मानवीय अनुभव और विवेक के उच्च पर्वत-शिखर के सामने खड़े हों। यह अनुभूति अत्यन्त विरल होती है।

अपनी महानता के बावजूद, रवीन्द्रनाथ एकान्त में रहनेवाले व्यक्ति न थे। उन्होंने जीवन को स्वीकार किया था और वे उसे पूरी तरह जीना चाहते थे, और एक अर्थ में उनके सभी क्रिया-कलापों का सम्बन्ध किसी-न-किसी रूप में जीवन से था। उन्होंने एक मित्र को लिखा भी था, "सत्य तभी शुभ और हितकर होता है जब वह मनुष्य के जीवन से किसी-न-किसी रूप में सम्बद्ध हो।"

रवीन्द्रनाथ ने उस प्रक्रिया में भी औरों की अपेक्षा अधिक सहायता की—जिसका वर्णन प्रोफेसर सेन ने लेखनी की भाषा और जबान की भाषा के बीच विद्यमान खाई पर सेतु-निर्माण की प्रक्रिया कहकर किया है। भारत में बहुत-से लेखकों को अभी भी पाठ पढ़ना बाकी है। महान साहित्य यह है, जिसे लोग समझें, न कि वह जो पांडित्यपूर्ण, रहस्यात्मक और दुर्बोध हो।

जिन लोगों की रुचि भारतीय साहित्य में है, मैं उन सबसे इस पुस्तक की प्रशंसा करना चाहता हूँ।

सर्किट हाउस, देहरादून
13 नवम्बर, 1959

—जवाहरलाल नेहरू

हमारा साहित्य

दो बरस से कुछ अधिक हुए, जब मैं कुछ महीनों के लिए जेल के बाहर रहा था, मैं भाई शिवप्रसाद जी से मिलने बनारस गया था। इस सिलसिले में मुझे अवसर मिला कि मैं कुछ मित्रों से जो हिन्दी साहित्य से सम्बन्ध रखते हैं, मिलूँ और इस मौके को मैंने खुशी से पकड़ा। साहित्य के बारे में कुछ हमारी थोड़ी बातें हुईं। मैं डरते-डरते बोला क्योंकि मैं इस मामले में बहुत कम जानता था और इसलिए कुछ कहने का साहस नहीं रखता था। बाद में मैंने आश्चर्य के साथ सुना कि हमारी आपस की बातचीत कुछ अखबारों में किसी ने छपवा दी है। मैं नहीं जानता कि क्या छपा था, क्योंकि मैंने उसे देखा नहीं। इसलिए मैं नहीं कह सकता कि वह सही था या गलत। फिर यह सुनने में आया कि हिन्दी के समाचार पत्र मुझसे बहुत नाराज हैं और बनारस की मेरी बातों पर बहुत मुबाहिसा हो रहा है। मैं और कामों में लगा था और इधर ध्यान नहीं दे सका और जल्द फिर से जेल चला गया।

दो बरस हुए उस समय मैंने क्या कहा था, उसको दोहराने की आवश्यकता नहीं है। उसमें कोई खासियत नहीं थी। न यह बात बहस-तलब है कि मेरा हिन्दी साहित्य का ज्ञान कितना है। वह तो बहुत कम है। कुछ थोड़ा पुराना साहित्य पढ़ा, कुछ नया, कुछ कोशिश की यह समझने की कि हिन्दी साहित्य में आजकल क्या-क्या विचारधाराएँ हैं, क्या सवाल उसके सामने पेश है, किधर उसकी निगाह है। लेकिन यह थोड़ा-सा पढ़ना या सोचना मुझे अधिकार नहीं देता कि मैं जाननेवालों के सामने अपनी अनजान आवाज उठाऊँ और ऐसी हालत में अगर मैं औरों की नुक्ताचीनी की कोशिश करूँ तो वह तो सरासर मेरी नालायकी होगी।

फिर भी मैं बेहयाई से हिम्मत करता हूँ कि इस विषय पर कुछ शब्द लिखूँ, इस आशा से कि औरों की मदद से मैं कुछ सीख सकूँ।

कुछ दिन हुए, 'विशाल भारत' के एक लेख में मैंने पढ़ा कि "अनेक लोगों की दृष्टि से इसका (हिन्दी का) साहित्य काफी ऊँचा हो गया है। इसके लेखकों की तुलना शेक्सपियर से लेकर टाल्स्टॉय और बर्नार्ड शा तक समय-समय पर होती रही है।" यह पढ़कर मुझे खुशी हुई। मुझे मालूम था कि हिन्दी साहित्य में एक नई जागृति हुई है और वह आगे बढ़ रहा है, लेकिन मैं नहीं जानता था कि वह इतनी

दूर तक पहुँच गया है। मेरी यह प्रबल इच्छा हुई कि मैं इन शेक्सपियर इत्यादि के तुल्य लेखकों को पढ़ूँ और इस बारे में मैंने कुछ मित्रों से अनुरोध किया कि वे मुझे ये पुस्तकें भेजें। कुछ किताबें मेरे पास आईं थी और मैंने उनको पढ़ा, लेकिन मेरी आशाएँ पूरी नहीं हुईं। शायद ठीक पुस्तकें मेरे पास न आई हों और इस बारे में और लोग मेरी सहायता कर सकें। अगर 'विशाल भारत' के सम्पादक महोदय और हिन्दी साहित्य के पंडित एक सौ या पचास चुनी हुई किताबों की फेहरिस्त बनावें तो बहुतों को उससे सहायता मिलेगी। ये पुस्तकें ऐसी हों जो पिछले तीस या पैंतीस बरस में लिखी गई हों, यानी इस बीसवीं शताब्दी की हों।

साहित्य क्या चीज है, उस पर हर भाषा में बहस रहती है और बहुत तरह की रायें होती हैं। इस बहस में मैं नहीं पड़ना चाहता। लेकिन अधिकतर लोग कदाचित् यह मान लें कि उसमें दो प्रश्न उठते हैं—विषय का और उसका प्रतिपादन। दोनों ही की जरूरत है।

मेरी पहली कठिनाई यह है कि जिन विषयों में मुझे दिलचस्पी है उसमें मुझे हिन्दी में पुस्तकें अभी तक कम मिली हैं। मैं आजकल की दुनिया को समझना चाहता हूँ—जो ऊपरी वाकयात होते हैं और जिनका हाल हम कुछ समाचार-पत्रों में पढ़ते हैं, उनके पीछे देखना चाहता हूँ ताकि मैं समझूँ कि वह क्यों हुए? क्या अन्दरूनी ताकतें दुनिया के लोगों को इधर-उधर ढकेल रही हैं, क्या खयाल उनके दिमागों में भरे हैं, क्या जज्बात उनके दिलों में हैं, क्या बड़े-बड़े सवाल संसार भर को और हमारे देश को परेशान कर रहे हैं? मेरा दिमाग उस परेशानी में खुद फँसा है, उन सवालों के जवाब ढूँढ़ता रहता है, उन कठिन गाँठों को खोलने की कोशिश करता है। इसलिए हर समय रोशनी की तलाश रहती है जो अँधेरे में उजाला करे और ठीक रास्ता दिखाए जिस पर हम इत्मीनान से आगे बढ़ें।

दुनिया को समझने के लिए सिर्फ राजनीति को समझना काफी नहीं है—अधिकतर तो वह एक कठपुतली का तमाशा है जिसके पीछे छिपी, और अक्सर खुली ताकतें हैं जो उसको चलाती हैं। अर्थशास्त्र के सब पहलुओं को जानने की आवश्यकता हो जाती है और आजकल तो सोने और चाँदी और नाना प्रकार के सिक्कों ने अजीब खेल कर रखा है। बड़ी मशीन कल-कारखानों ने जो दुनिया में जबरदस्त क्रान्ति पैदा की है—राष्ट्रवाद, लोकतंत्रवाद, पूँजीवाद, साम्यवाद, यह सब क्या है और दुनिया पर क्या असर कर रहे हैं? अन्तर्राष्ट्रीयता का प्रभाव कितना बढ़ रहा है। यह सब मामूली सवाल हैं जिस पर बहुत लोग कुछ-न-कुछ कहने और लिखने को शायद तैयार हो जाएँ। लेकिन मोटी बातें दोहराने से ज्यादा फायदा नहीं होता। अगर हम असल में इन सबको समझना चाहते हैं तो गहराई में जाना पड़ेगा और ऐसी पुस्तकें हमें चाहिए।

फिर यह भी आवश्यक हो जाता है कि हम और देशों का आधुनिक हाल पढ़ें और जानें—यूरोप के देशों का, रूस का, अमरीका का, चीन, जापान, मिस्र इत्यादि

का। आजकल का हाल समझना करीब-करीब असम्भव है जब तक कि हम पुराना हाल न जानें। जो प्रश्न इस समय हमारे सामने हैं उन सभी की जड़ पुराने जमाने में है इसलिए सारी दुनिया का इतिहास जानना हमारे लिए जरूरी हो जाता है न कि एक या दो देशों का।

हमें यह भी याद रखना है कि आजकल की दुनिया और सारा हमारा जीवन विज्ञान से बँधा हुआ है। इसलिए विज्ञान के सिद्धान्त और उसके नये विचार तो हमको समझने ही हैं। मुझे इनमें बहुत दिलचस्पी रही है, खासकर नुक्ता नहीं फिजिक्स और जो उसके नये खयालात—रिलेटिविटी और क्वांटम थ्योरी है और बायोलॉजी, सोशिओलॉजी, मनोविज्ञान या साइकोलॉजी और साइको-एनालेसिस।

इन सब मजमूनों पर आजकल यूरोप और अमेरिका में हजारों किताबें हर साल निकल रही हैं। उनमें बहुत मामूली किस्म की हैं, कुछ फिजूल हैं, लेकिन काफी ऊँचे दर्जे की भी हैं। विदेशी अखबारों में और पत्रिकाओं में भी इन मजमूनों पर बहुत अच्छे लेख निकला करते हैं। मैं आशा करता हूँ कि हिन्दी में जो इन पर नई पुस्तकें हैं, उनकी फेहरिस्त तैयार की जाएगी। जाहिर है कि स्कूल और कॉलेज के विद्यार्थियों के लिए जो किताबें इम्तिहान पास करने को लिखी जाती हैं, उनकी ऐसी फेहरिस्त में आवश्यकता नहीं है।

मैंने कविता, उपन्यास और नाटक का ऊपर जिक्र नहीं किया या ऐसी और पुस्तकें जिनमें शायद शुद्ध साहित्य कहा जावे। ऐसी पुस्तकों के नाम भी फेहरिस्त में होने जरूरी हैं। कुछ मैंने ऐसी किताबें पढ़ीं और वह पसन्द भी आईं। कविताएँ अक्सर बहुत अच्छी होती हैं, बहुत मीठी होती हैं। लेकिन कभी-कभी मिठास इस कदर होती है कि शीरे की चिपक-सी उनमें आ जाती है। मेरे दुर्भाग्य से मुझे कोई ऐसा उपन्यास अभी तक नहीं मिला है, जिसका मुकाबला मैं मशहूर विदेशी उपन्यासों से करूँ। नाटक मैंने अभी तक कोई माकूल नहीं पाया। मेरे अज्ञान से और मेरे अपरिचित होने से तो कोई नतीजा नहीं निकलता सिवा इसके कि मेरी तालीम में कसर है। इस कसर को मैं औरों की सहायता से कुछ पूरा करना चाहता हूँ।

एक और बात में मैं मदद चाहता हूँ—हिन्दी संसार में आजकल क्या विचारधाराएँ हैं हिन्दी पत्रिकाओं और पुस्तकों से यह अवश्य मालूम होता है कि साहित्य में एक जागृति है और एक ढूँढ़ है, लेकिन फिर भी उनसे साफ-साफ इस प्रश्न का उत्तर नहीं मिला। मैं समझता था कि साहित्य सम्मेलन में इन बातों पर विचार होगा। मैं नहीं जानता कि कहाँ तक यह हुआ। 1935 के अधिवेशन में समाचार-पत्रों से यह मालूम होता था कि सबसे बड़ा प्रश्न एक लाख रुपये की थैली का था। इसलिए मैं अभी तक इस जरूरी मसले को, जो कि किसी भी साहित्य की जान है, नहीं समझ सका और यह मेरे लिए शर्म की बात है और देशों के और अन्य भाषाओं के बारे में मैं कुछ-न-कुछ कह सकता हूँ कि वहाँ साहित्य के प्रश्नों पर क्या गौर

और मुबाहसा आजकल हो रहा है—अमरीका में, इंग्लैंड में, फ्रांस में, रूस में, जर्मनी में, चीन में, टर्की में। लेकिन अपने देश और अपनी मातृभाषा के बारे में मैं यह नहीं कह सकता।

मैं अपना मतलब साफ कर दूँ यह दिखाकर कि और देशों में क्या प्रश्न साहित्य के संसार को परेशान कर रहे हैं। सब देशों में साहित्यकारों की बहुत सभाएँ और सम्मेलन हैं—कुछ राष्ट्रीय हैं, कुछ अन्तर्राष्ट्रीय हैं। कुछ अरसा हुआ, जून 1935 में पेरिस में, एक बड़ा अन्तर्राष्ट्रीय साहित्य सम्मेलन हुआ था। जिसमें लोग बहुत सारे यूरोप और अमरीका से आए थे। उसका नाम था—इंटरनेशनल कांग्रेस ऑफ राइटर्स फार द डिफेंस ऑफ कल्चर।' इस कांग्रेस की विषय-सूची से मालूम होता है कि यूरोप और अमरीका के साहित्य-संसार में कितने प्रश्नों पर गौर हो रहा है, इस विषय-सूची की एक नकल मैं नीचे देता हूँ। मैंने अंग्रेजी में ही दे दी है—इसलिए कि मैं उसका ठीक अनुवाद नहीं कर सकता, मैं आशा करता हूँ कि सम्पादक जी अनुवाद करवा देंगे।

इस विषय-सूची के मजमूनों पर हिन्दी के साहित्याचार्यों की क्या राय है, यह जानकर मुझे और बहुत लोगों को फायदा होगा। मैं आशा करता हूँ कि वह अपनी राय देंगे।

भाषा का सवाल वाङ्मय

हाल के महीनों में हिन्दी और उर्दू के बीच फिर से पुरानी बहस उठ खड़ी हुई है और उसके साथ ही बड़ी तेजी आ गई है और उसको लेकर आरोप और प्रत्यारोप लगाए जा रहे हैं। यह मुख्य रूप से ऐसा था कि जिस पर शान्ति और विद्वत्ता के साथ विचार और शास्त्रीय बहस होती। ऐसा न करके उसे खींचकर बाजार के स्तर पर खड़ा कर दिया गया है और साम्प्रदायिक भावना उसके चारों ओर पैदा हो गई है। अनिवार्य रूप से, पक्षधरों में से बहुत-से, जो लड़ाई के मैदान में आए हैं, उनका विद्वत्ता या भाषा के प्रति सहज प्रेम से कोई वास्ता नहीं है। उनका सरोकार तो मुख्य रूप से सरकारी आदेशों और अदालत के विधि-विधानों में से है। जिन्हें भाषा से संस्कृति के प्रतीक, कल्पित विचारों को शब्दों और वाक्यों के ताने-बाने में बुनने वाली, विचारों को स्पष्ट करने वाली, अर्थों के बढ़िया भाव प्रदर्शित करने वाली, उसके साथ के संगीत और लय को सुनवाने वाली, उसके शब्दों के आकर्षक इतिहास और सम्बन्धों को बताने वाली, जीवन के सभी पक्षों का चित्र प्रस्तुत करने वाली—इन सबसे और ऐसे और बहुत-से कारणों से प्रेम है, उन्हें इस भद्दी बहस से अचरज हुआ और वे इससे दूर रहे।

और फिर भी हम इससे दूर नहीं रह सकते या इसे दरगुजर नहीं कर सकते, क्योंकि भाषा का सवाल हमारे लिए एक अहम् सवाल है। यह इसलिए अहम् नहीं है, क्योंकि अज्ञानी लोग चिल्लाते हैं कि हिन्दुस्तान बोलियों का जमघट है और सैकड़ों उसकी भाषाएँ हैं। अपने चारों ओर निगाह डालनेवाला देख सकता है कि हिन्दुस्तान में उसके बड़े आकार का खयाल करते हुए बहुत कम भाषाएँ हैं और वे एक-दूसरे के साथ बहुत ही निकटता से जुड़ी हुई हैं। हिन्दुस्तान की एक प्रमुख और व्यापक रूप से फैली हुई भाषा है, जो कि उसकी विभिन्नताओं के होते हुए लम्बे-चौड़े क्षेत्र तक फैली है और उसके भक्तों की संख्या करोड़ों है। फिर भी समस्या तो है ही और उसका मुकाबला करना होगा।

फिलहाल इसका सामना उसके साम्प्रदायिक और राजनीतिक नतीजों के कारण करना होगा। लेकिन यह एक आरजी मामला है और गुजर जाएगा। असली समस्या रह जाएगी। वह यह कि आम जनता की शिक्षा और लोगों के सांस्कृतिक विकास

के हिसाब से हमें क्या नीति अपनानी चाहिए? और हिन्दुस्तान की एकता को कैसे बढ़ावा दे सकते हैं और फिर भी अपनी विरासत की कीमती अनेकता को कैसे बनाए रख सकते हैं?

जनता के लिए भाषा का सवाल बड़ा प्रयोजन रखता है। करीब-करीब तीन सौ साल पहले मिल्टन ने फ्लोरेंस पर अपने एक दोस्त को लिखते हुए इस पर जोर दिया था और कहा था, "और न इस बात को कम अहम् समझना चाहिए कि लोगों की भाषा, शुद्ध या अशुद्ध, क्या है या उसके बोलने में औचित्य का प्रचलित अंश क्या है—क्योंकि किसी देश के कुछ शब्द गन्दे और अपमानजनक भले ही हों, कुछ इस्तेमाल से बिगड़ गए और गलत बोले जाते हों, और वे हल्के इशारे से नहीं, क्या ऐलान करते हैं कि उस मुल्क के निवासी काहिल हैं, सुस्ती से जमुहाई लेनेवाले हैं और उनके दिमाग कितनी भी गुलामी के लिए पहले से तैयार हैं? दूसरी तरफ हमने यह कभी नहीं सुना कि कोई साम्राज्य या राज्य जब तक कि उसकी भाषा के लिए उसकी अपनी पसन्दगी और चिन्ता बनी है, जब तक मामूली अंशों में किसी का फला-फूला न हो।"

एक जिन्दा भाषा में धड़कन होती है, ताकत होती है; वह हमेशा बदलती रहती है, हमेशा बढ़ती रहती है और जो लोग उसे बोलते और लिखते हैं, उनकी तस्वीर दिखाती रहती है। उसकी जड़ें जनता में होती हैं, भले ही उसकी बनावट थोड़े ही लोगों की संस्कृति की नुमाइंदगी करती हो। ऐसी हालत में हम उसे प्रस्तावों से ऊपर के हुक्म से अपनी पसन्दगी के हिसाब से कैसे बदल सकते हैं या बना सकते हैं? और फिर भी मैं देखता हूँ कि चारों तरफ यह भावना फैली है कि हमारी इच्छा मजबूत हो तो हम एक भाषा को एक खास किस्म से व्यवहार करने के लिए मजबूर कर सकते हैं। यह सच है कि आज के हालत में जनता की शिक्षा और अखबार, सभी पुस्तकें, सिनेमा और रेडियो के द्वारा जनता में प्रचार के जरिये भाषा को पुराने जमाने की निसबत आसानी से बदल सकता है। और फिर भी वह बदलाव और कुछ नहीं, उन तब्दीलियों का आईना है, जो उसे इस्तेमाल करनेवाले लोगों में तेजी से हो रही हैं। अगर किसी भाषा का लोगों से सम्पर्क नहीं रहता तो उसकी शक्ति समाप्त हो जाती है और वह जिन्दगी, ताकत और आनन्द की चीज, जो कि वह होनी चाहिए, न रहकर बनावटी और बेजान हो जाती है। किसी एक खास दिशा में भाषा के विकास के लिए जोर-जबरदस्ती करने का नतीजा यह होता है कि भाषा बिगड़ जाती है और उसकी आत्मा कुचल जाती है।

भाषा के बारे में राज्य की क्या नीति होनी चाहिए? कांग्रेस ने थोड़े में, लेकिन साफ-साफ और निश्चित रूप से, बुनियादी अधिकारों के प्रस्ताव में इसका उल्लेख किया है, "अल्पसंख्यकों और दूसरे भाषायी क्षेत्रों की संस्कृति, भाषा एवं लिपि की रक्षा की जाएगी,' इस ऐलान से कांग्रेस बँधी है और किसी भी अल्पसंख्यक या

भाषायी वर्ग को इससे अधिक आश्वासन की जरूरत नहीं हो सकती। इससे आगे, कांग्रेस ने अपने संविधान और बहुत-से प्रस्तावों में कहा है कि मुल्क की सामान्य भाषा जबकि हिन्दुस्तानी होनी चाहिए, उनके अपने इलाकों में सूबे की भाषा की प्रमुखता रहनी चाहिए। प्रस्ताव के जरिये किसी भाषा को लादा नहीं जा सकता, और कांग्रेस की यह इच्छा, कि वह एक सामान्य भाषा विकसित करें और हमारा ज्यादातर काम सूबाई भाषाओं में हो, एक पाक इच्छा ही रह जाएगी, और लोगों की जमात गुजर करेगी, अगर वह मौजूदा हालात और स्थिति की आवश्यकताओं से मेल नहीं खाती। इस तरह हमें देखना होगा कि वह किस तरह से मेल खाती है।

हमारी विशाल प्रान्तीय भाषाएँ, बोलियाँ या देशी जबानें नहीं हैं, जैसाकि न जानकार लोग उन्हें कहते हैं। वे पुरानी भाषाएँ हैं और उनकी कीमती विरासत है, उनमें से हर-एक को लाखों लोग बोलते हैं और उनका जनता और ऊपर के तबकों के जीवन, संस्कृति और विचारों के साथ अटूट सम्बन्ध है। जाहिर है कि शिक्षा और संस्कृति के क्षेत्र में जनता उसकी अपनी भाषा के माध्यम से ही बढ़ सकती है। इसलिए यह लाजिम है कि हम प्रान्तीय भाषाओं पर जोर दें और अपना ज्यादातर काम उन्हीं के द्वारा करें। दूसरी भाषा का इस्तेमाल करने का नतीजा यह होगा कि थोड़े-से पढ़े-लिखे लोग जनता से अलग-थलग हो जाएँगे और जनता का विकास रुक जाएगा। जब वे कांग्रेस ने अपना काम करने के लिए सूबों की इन भाषाओं का इस्तेमाल शुरू किया है, जनता के साथ तेजी से हमारा सम्पर्क बढ़ा है और सारे मुल्क में कांग्रेस की ताकत और इज्जत में इजाफा हुआ है, कांग्रेस का सन्देश बहुत दूर-दराज गाँवों में पहुँचा है और जनता की राजनीतिक चेतना में बढ़ोतरी हुई है। इसलिए हमारी शिक्षा और नागरिकों के काम की पद्धति प्रान्तीय भाषाओं पर आधारित होनी चाहिए।

ये भाषाएँ क्या हैं? बेशक हिन्दी और उर्दू के खास पहलुओं और उसकी जुदा-जुदा बोलियों के साथ हिन्दुस्तानी, बंगाली, मराठी और गुजराती भाषाएँ हैं, जो हिन्दी की बहिनें हैं और उसके साथ जुड़ी हैं। दक्षिण में तमिल, तेलुगू, कन्नड़ और मलयालम हैं। इनके अलावा उड़िया, असमिया, सिन्धी हैं, उत्तर-पश्चिम में पंजाबी और पश्तो हैं। इन एक दर्जन भाषाओं में पूरा हिन्दुस्तान आ जाता है औरं इनमें हिन्दुस्तानी का फैलाव सबसे ज्यादा है और वह एक विशेष अखिल भारतीय रूप का दावा भी रखती है।

प्रान्तीय भाषाओं के क्षेत्र का बिना तनिक भी उल्लंघन किये संचार का हमारा एक सामान्य अखिल भारतीय माध्यम होना ही चाहिए। कुछ लोगों का खयाल है कि अंग्रेजी वह काम कर सकती है और कुछ हद तक अंग्रेजी ने हमारे ऊपरी तबके और अखिल भारतीय राजनीतिक ध्येय के लिए यह काम किया भी है। लेकिन अगर हम जनता के लिहाज से सोचें तो जाहिर है कि यह नामुमकिन है। हम एकदम विदेशी

भाषा में लाखों-करोड़ों लोगों को शिक्षित नहीं कर सकते। अंग्रेजी लाजिमी तौर पर हमारे लिए एक अहम् भाषा रहेगी, क्योंकि गुजरे जमाने में हमारा उनसे रिश्ता रहा है और इसलिए भी कि दुनिया में उसकी आज भी अहमियत है। बाहरी दुनिया के साथ सम्पर्क रखने के खयाल से वह हमारे लिए विशेष माध्यम रहेगी, हालाँकि हमें भी उम्मीद है कि वह इस उद्देश्य के लिए अकेली माध्यम नहीं होगी। मेरा खयाल है कि हमें विदेशी भाषाओं, जैसे फ्रेंच, जर्मन, रूसी, स्पेनिश, इटालियन, चीनी और जापानी को भी बढ़ावा देना चाहिए, लेकिन अंग्रेजी ऐसी अखिल भारतीय भाषा, जिससे लाखों-करोड़ों लोग परिचित हों, नहीं बन सकती।

अखिल भारतीय भाषा सिर्फ एक अकेली हिन्दुस्तानी ही हो सकती है। उसे अब भी 12 करोड़ लोग बोलते हैं और कई करोड़ दूसरे लोग उसे समझ लेते हैं। इस समय जो उसे बिलकुल नहीं जानते, वे विदेशी भाषा की निसबत कहीं आसानी से सीख सकते हैं। हिन्दुस्तान की सारी भाषाओं में बहुत-से समान शब्द हैं, लेकिन ज्यादा महत्त्व की बात इन भाषाओं की सामान्य सांस्कृतिक पृष्ठभूमि, विचारों की एकता और बहुत-से भाषायी रिश्ते हैं। इससे एक हिन्दुस्तानी के लिए दूसरी भारतीय भाषा को सीखना कुछ आसान हो जाता है।

हिन्दुस्तानी क्या है? सरसरी तौर पर हम कहते हैं कि इस शब्द में हिन्दी और उर्दू दोनों शामिल हैं, जो दोनों लिपियों में बोली और लिखी जाती हैं और हम उन दोनों के बीच सुनहरा अनुपात निकालने की कोशिश करते हैं और अपने इस विचार को हम हिन्दुस्तानी कहते हैं। क्या यह महज एक विचार है और इसकी बुनियाद में कोई असलियत नहीं है या यह इससे कुछ ज्यादा है?

उत्तरी और मध्य हिन्दुस्तान के बहुत-से हिस्सों में हिन्दुस्तानी जिस तरह बोली और लिखी जाती है, उसमें बहुत फर्क है। बहुत-सी बोलियाँ उठ खड़ी हुई हैं। लेकिन यह शिक्षा न होने का लाजिमी नतीजा है और जनता में शिक्षा फैलने के साथ ये बोलियाँ गायब हो जाएँगी और भाषा का कुछ मानकीकरण हो जाएगा।

फिर लिपि का सवाल है। देवनागरी और उर्दू लिपियाँ एक-दूसरे से एकदम जुदा हैं, और इस बात की कोई सम्भावना नहीं है कि एक-दूसरे में मिल जाएँगी। इसलिए अक्लमन्दी से हमने मंजूर किया कि दोनों को फलने-फूलने का पूरा मौका मिले। यह उन लोगों पर एक और बोझा होगा, जिन्हें दोनों को सीखना पड़ेगा और इससे कुछ हद तक अलहदगी को बढ़ावा मिलेगा, लेकिन इन असुविधाओं को हमें सहन करना ही होगा, क्योंकि हमारे लिए और कोई रास्ता खुला हुआ नहीं है। दोनों ही लिपियाँ हमारी भाषा की प्रकृति का अंग हैं और उनके इर्द-गिर्द उन लिपियों से सम्बन्धित साहित्य ही इकट्ठा नहीं हो गया है, भावना की ठोस और अचल दीवार भी खड़ी हो गई है। भविष्य हमारे लिए क्या लाएगा मैं नहीं जानता, लेकिन इस वक्त तो दोनों रहेंगी ही।

हमारी कुछ भाषायी कठिनाइयों को हल करने के लिए लैटिन लिपि की सिफारिश की गई है। हकीकतन यह काम की तेजी के लिहाज से हिन्दी या उर्दू, दोनों की निसबत कहीं ज्यादा कारगर हैं। टाइपराइटर और डुप्लेकेटर और दूसरी मशीनों के इन दिनों में लैटिन लिपि हिन्दुस्तानी लिपियों से कहीं ज्यादा फायदेमन्द है, क्योंकि वे इन मशीनों का पूरी तरह इस्तेमाल नहीं कर सकतीं। लेकिन इन फायदों के बावजूद मैं नहीं सोचता कि लैटिन लिपि के देवनागरी या उर्दू की जगह लेने की रत्ती-भर भी सम्भावना है। इसमें शक नहीं कि बीच में भावना की दीवार है, जो कि इस बात से और भी मजबूत हो गई है कि लैटिन लिपि हमारे विदेशी शासकों से जुड़ी हुई है। लेकिन इसको जोड़ने के लिए और भी ठोस बुनियादें हैं। लिपियाँ हमारे साहित्य का जरूरी हिस्सा होती हैं। बिना उनके हम अपनी पुरानी विरासत से कट-छँट जाते हैं।

फिर भी यह मुमकिन है कि कुछ हद तक हम अपनी लिपियों को सुधार दें। हिन्दी और उर्दू के अलावा हमारे बीच बँगला, मराठी और गुजराती लिपियाँ हैं, इन तीनों में हर एक देवनागरी से बहुत मिली-जुली है। इन चारों भाषाओं के लिए एक सामान्य लिपि कर लेना आसानी से सम्भव होना चाहिए। यह आज लिखी जाने वाली एकदम देवनागरी हो, यह जरूरी नहीं है, बल्कि उसमें कुछ हेर-फेर हो सकता है। हिन्दी, बंगाली, गुजराती और मराठी के लिए सामान्य लिपि का विकास निश्चय ही लाभदायक होगा और वह चारों भाषाओं को एक-दूसरे के नजदीक ले जाएगा।

दक्षिण की द्रविड़ भाषाओं के लिए उत्तरी लिपि के साथ मेल बिठाना या उनके अपने लिए सामान्य लिपि निकाल लेना कहाँ तक मुमकिन होगा, मैं नहीं जानता। जिन्होंने इसका अध्ययन किया है, वे इस बारे में हमारे लिए रोशनी डाल सकते हैं।

इस तरह बाद में हमें दो लिपियाँ रखनी चाहिए। मिली-जुली देवनागरी-बंगाली-मराठी, गुजराती और उर्दू और अगर जरूरी हो तो एक दक्षिणी लिपि। इसमें से किसी को भी दबाने की कोई कोशिश नहीं होनी चाहिए, जब तक कि सम्बन्धित व्यक्तियों की आम मंजूरी से इस बात की सम्भावना न हो कि दक्षिणी भाषाएँ उत्तरी लिपि के साथ, जो कि हिन्दी या उससे कुछ थोड़े फर्क वाली लिपि हो सकती है, मेल न बढ़ा लें।

तो हम उत्तर और मध्य प्रदेश की मातृभाषा और अखिल भारतीय भाषा, दोनों तरह से हिन्दुस्तानी पर विचार करें। दोनों पहलू अलग हैं और उन पर अलग-अलग ही विचार करना चाहिए।

हिन्दुस्तानी के हिन्दी और उर्दू दो खास रूप हैं यह साफ कि दोनों का आधार एक है, व्याकरण भी एक है और दोनों का कोश भी एक ही है। वास्तव में दोनों का विकास एक ही है। इतना होने पर भी इस समय दोनों में जो भेद हो गया है, वह भी ध्यान देने लायक है। कहा जाता है कि कुछ हद तक हिन्दी की बुनियाद संस्कृत और उर्दू की फारसी है। इन दोनों भाषाओं पर इस नजरिये से विचार करना

कि हिन्दी हिन्दुओं की और उर्दू मुसलमानों की भाषा है, बेतुका है। उर्दू की लिपि को छोड़कर अगर हम सिर्फ भाषा पर ही विचार करें तो मालूम पड़ेगा कि उर्दू हिन्दुस्तान के बाहर कहीं भी नहीं बोली जाती है। हाँ, उत्तरी भारत के बहुत-से हिन्दुओं के घरों में वह बोली जाती है।

मुसलमान शासकों के आगमन पर फारसी राजदरबार की भाषा हो गई। मुगल शासन के आखिर तक फारसी का इसी रूप में इस्तेमाल होता रहा और उत्तरी और मध्य भारत में हिन्दी बोली जाती रही। एक जिन्दा भाषा के नाते फारसी के बहुत-से शब्द इसमें चालू हो गए। गुजराती और मराठी में भी ऐसा ही हुआ। यह जरूर हुआ कि हिन्दी-हिन्दी ही रही। राजदरबार में रहनेवाले लोगों में हिन्दी का चलन रहा, लेकिन उसमें इतनी तब्दीली हो गई कि वह करीब-करीब फारसी-जैसी हो गई। यह भाषा 'रेखता' कहलाती थी। शायद मुगलों की हुकूमत के दिनों में मुगल-कैम्पों से उर्दू शब्द चालू हुआ। यह शब्द हिन्दी का पर्यायवाची समझा जाता था। उर्दू शब्द से वही अर्थ समझा जाता था, जो हिन्दी से। 1857 के गदर तक हिन्दी और उर्दू में लिपि को छोड़कर और कोई फर्क नहीं था। यह तो सभी जानते हैं कि कई हिन्दी के प्रमुख कवि मुसलमान थे। गदर तक ही नहीं, बल्कि उसके बाद भी कुछ दिनों तक प्रचलित भाषा के लिए 'हिन्दी' शब्द का प्रयोग किया जाता था। यह लिपि के लिए प्रयोग नहीं किया जाता था, बल्कि हिन्द की भाषा के लिए। जिन मुसलमान कवियों ने अपने काव्य उर्दू लिपि में लिखे वे भी भाषा को हिन्दी ही कहा करते थे।

उन्नीसवीं सदी के बीच में 'हिन्दी' और 'उर्दू' शब्दों के प्रयोग में कुछ फर्क होने लगा। यह फर्क धीरे-धीरे बढ़ता गया। शायद यह फर्क उस राष्ट्रीय जागृति का प्रतिबिम्ब था, जो कि हिन्दुओं में हो रही थी। उन्होंने परिष्कृत हिन्दी और देवनागरी की लिपि पर जोर दिया। शुरू में उनकी राष्ट्रीयता का स्वरूप एक प्रकार से हिन्दू, राष्ट्रीयता ही था। शुरू में ऐसा होना लाजिमी भी था। इसके कुछ दिनों बाद मुसलमानों में भी धीरे-धीरे जागृति पैदा हुई। उनका राष्ट्रीयता का स्वरूप भी मुस्लिम राष्ट्रीयता ही था। इस तरह से उन्होंने उर्दू को अपनी भाषा समझना शुरू कर दिया। अपनी लिपियों के बारे में वाद-विवाद होने लगा और यह भी मतभेद का एक विषय बन गया कि अदालतों और सरकारी दफ्तरों में किस लिपि का प्रयोग किया जाए? राजनीतिक और राष्ट्रीय जागृति का ही एक नतीजा था कि भाषा की लिपि के विषय में मतभेद हुआ। शुरू में इसने साम्प्रदायिकता का स्वरूप लिया। जैसे-जैसे यह राष्ट्रीयता वास्तविक राष्ट्रीयता का रूप लेती गई, यानी हिन्दुस्तान को एक राष्ट्र समझा जाने लगा और साम्प्रदायिकता की भावना दबने लगी, वैसे ही भाषा के सम्बन्ध में इस मतभेद को खत्म करने की इच्छा बढ़ती गई। बुद्धिमान लोगों ने उन अनगिनत बातों पर रोशनी डालना शुरू कर दिया, जो हिन्दी और उर्दू दोनों में ही दिखाई देती थी। इस बात की चर्चा होने लगी कि हिन्दुस्तानी उत्तरी और मध्य

भारत की ही नहीं, बल्कि सारे मुल्क की राष्ट्रभाषा है। अफसोस की बात है कि हिन्दुस्तान में अभी तक साम्प्रदायिकता का जोर है, इसलिए वह मतभेद भी एकता की मनोवृत्ति के साथ-साथ अभी तक मौजूद है। यह निश्चय है कि जब राष्ट्रीयता का पूरा विकास हो जाएगा तो यह मतभेद अपने-आप खत्म हो जाएगा। हमें यह अच्छी तरह जान लेना चाहिए कि तभी हम समझ सकेंगे कि इस बुराई की जड़ क्या है। आप किसी भी ऐसे आदमी को ले लीजिए जो इस मतभेद से सम्बन्ध रखता हो। उसके बारे में खोज कीजिए तो आपको पता चलेगा कि वह सम्प्रदायवादी और शायद राजनीतिक प्रतिक्रियावादी है। हालाँकि मुगलों के शासन काल में हिन्दी और उर्दू दोनों का ही इस्तेमाल होता था, लेकिन उर्दू शब्द खास तौर से उस भाषा को जाहिर करता था, जो मुगलों की फौजों में बोली जाती थी। राजदरबार और छावनियों के नजदीक रहनेवालों में कुछ फारसी के शब्द भी प्रचलित थे और वही शब्द बाद में भाषा में भी प्रचलित हो गए। मुगलों के केन्द्र से दक्षिण की ओर चलते जाइए तो मालूम होगा कि उर्दू शुद्ध हिन्दी में मिल गई। देहातों की बनिसबत नगरों पर ही अदालतों का यह असर पड़ा और नगरों में भी मध्य भारत के नगरों की बनिसबत उत्तरी भारत में और भी ज्यादा असर पड़ा।

इससे हमें पता चलता है कि आज की उर्दू और हिन्दी में क्या भेद है। उर्दू नगरों की और हिन्दी देहातों की भाषा है। हिन्दी नगरों में भी बोली जाती है, लेकिन उर्दू तो पूरी तरह से शहरी भाषा ही है। उर्दू और हिन्दी को नजदीक लाने की समस्या का स्वरूप बहुत बड़ा है, क्योंकि इन दोनों को पास लाने का मतलब शहरों और गाँवों को नजदीक लाना है। किसी और रास्ते का सहारा लेना व्यर्थ होगा और उसका असर भी हमेशा के लिए न होगा। अगर कोई भाषा बदल जाती है तो उसके बोलनेवाले भी बदल जाते हैं।

उस हिन्दी और उर्दू में ज्यादा भेद नहीं है, जो आम तौर पर घरों में बोली जाती है। साहित्यिक दृष्टि से जो भेद पैदा हो गया है, वह भी हाल के सालों में ही हुआ है। साहित्य का भेद बड़ा जबर्दस्त है। कुछ लोगों का यकीन है कि कुछ खराब लोग ही इसके लिए जिम्मेदार हैं। इस तरह की कल्पना करना मूर्खतापूर्ण है। इसमें शक नहीं कि कुछ लोग ऐसे हैं जो इस भेद को बढ़ते देखकर खुश होते हैं, लेकिन जिन्दा भाषाओं की प्रगति इस ढंग से नहीं होती। कुछ लोग उन्हें अपने ढंग पर लाना भी चाहें तो नहीं ला सकते। इसके लिए हमें गम्भीरता से विचार करना होगा।

हालाँकि इस भेद का होना बड़ी बदकिस्मती की बात है, लेकिन फिर भी यह इस बात की निशानी है कि भविष्य अच्छा ही है। हिन्दी और उर्दू दोनों ही अपना रास्ता ढूँढ़ रही हैं। वे नये विचारों को प्रकट करने के लिए संघर्ष कर रही हैं और पुराने रास्तों को छोड़कर एक नया स्वरूप धारण करती जा रही हैं। जहाँ तक नये विचार का सम्बन्ध है, वहाँ दोनों का ही शब्द भंडार दरिद्र है, लेकिन दोनों ही

दूसरी भाषाओं में इस अभाव को पूरा कर रही हैं। यह साधन एक मामले में संस्कृत है, दूसरे में फारसी और इस प्रकार जैसे-जैसे हम घरेलू भाषा को छोड़कर दूसरी भाषाओं का सहारा लेते हैं, वैसे-वैसे यह भेद बढ़ता जाता है। साहित्यिक संस्थाएँ अपनी-अपनी भाषा को परिष्कृत रखने के लिए उत्सुक रहती हैं। यह मनोवृत्ति बढ़ते-बढ़ते एक हद पर पहुँच जाती है, और तब वे आपस में एक-दूसरे को इस भेद के लिए जिम्मेदार ठहराती हैं। अपनी आँख का तो ताड़ भी दिखाई नहीं देता और दूसरे की आँख का तिल भी दिखाई दे जाता है।

इसका नतीजा यह हुआ है कि हिन्दी और उर्दू के बीच की खाई बढ़ी है और कभी-कभी ऐसा लगने लगता है कि दोनों का विकास अलग-अलग भाषाओं के रूप में होना निश्चित है। यह डर गैर-मुनासिब है और आशंका की कोई वजह नहीं है हिन्दी और उर्दू की इस नई धारा का, जो हिन्दी और उर्दू के बीच से रास्ता निकाल रही हैं, चाहे इससे कुछ दिनों के लिए दोनों के बीच की खाई बढ़ ही क्यों न जाए, स्वागत करना चाहिए। मौजूदा हिन्दी और उर्दू राजनीतिक, वैज्ञानिक, आर्थिक, व्यापारिक और सांस्कृतिक विचारों को व्यक्त करने में असमर्थ है। दोनों ही इस कमी को पूरा करने के लिए अपना कोश बढ़ा रही हैं और इसमें उन्हें कामयाबी भी मिल रही हैं। एक-दूसरे को आपस में शक नहीं करना चाहिए, क्योंकि हम सभी चाहते हैं कि हमारी भाषा का भंडार भरा-पूरा हो। अगर हम हिन्दी या उर्दू में से किसी भी एक के शब्दों को खत्म करने की कोशिश करेंगे तो हम कभी भी अपनी भाषा का कोश नहीं बढ़ा पाएँगे। हम दोनों ही भाषाओं को चाहते हैं, अत: हमें दोनों को मंजूर करना चाहिए। हमें यह समझना चाहिए कि अगर हिन्दी का विकास होता है तो उर्दू का भी होता है और अगर उर्दू का होता है तो हिन्दी का भी। दोनों का ही एक-दूसरे पर असर पड़ेगा और दोनों का ही शब्दकोश बढ़ेगा। दोनों को नये-नये शब्दों और विचारधाराओं का स्वागत करने को तैयार रहना चाहिए। वाकई मैं चाहूँगा कि हिन्दी और उर्दू अपने में विदेशी भाषाओं के शब्दों और विचारों को शामिल कर लें और उन्हें अपना बना लें। ऐसे शब्दों के लिए जो आम तौर पर अंग्रेजी, फ्रेंच और दूसरी विदेशी भाषाओं में बोले जाने लगे हैं, संस्कृत या फारसी के शब्द गढ़ना बेतुकी बात है।

मुझे इसमें जरा भी सन्देह नहीं कि हिन्दी और उर्दू जरूर ही एक-दूसरे के पास आएँगी। यह तो हो सकता है कि उनका स्वरूप कुछ भिन्न हो, लेकिन भाषा एक ही होगी। इसके लिए जो वातावरण पैदा हो रहा है, वह बहुत जोरदार है। अगर कुछ लोग उसका विरोध भी पैदा करेंगे, तो वे कामयाब नहीं हो सकते। राष्ट्रीयता का जोर बढ़ता जा रहा है और साथ-ही-साथ यह भावना भी जोर पकड़ती जा रही है कि हिन्दुस्तान में एकता होना जरूरी है। इस भावना की जीत होगी। इससे भी ज्यादा जोर की बात यह है कि यातायात के साधनों, विचारों और राजनीतिक तथा

सामाजिक क्षेत्रों में इंकलाबी तब्दीलियाँ हो रही हैं। इनका असर पड़ना भी लाजिमी है। हमारे लिए अपने तंग दायरे में ऐसे वक्त सीमित रहना, जबकि संसार इंकलाब की हालत में हैं मुमकिन नहीं। अवाम में शिक्षा का फैलाव होने से भाषा में एकता और प्रामाणिकता आएगी। इसका एक नतीजा यह भी होगा कि उसका एक माप या मान भी कायम हो जाएगा।

इसलिए हमें हिन्दी और उर्दू के विकास की आशंका की निगाह से नहीं देखना चाहिए। 'हिन्दी-प्रेमियों को उर्दू का विकास और उर्दू-प्रेमियों को हिन्दी का विकास देखकर, खुश होना चाहिए। आज दोनों के काम के क्षेत्र भिन्न हो सकते हैं, लेकिन आखिर में दोनों को मिल ही जाना है। हालाँकि हम इस अलगाव को सहन कर लेते हैं, लेकिन हमें दोनों की एकता के लिए कोशिश करते रहना चाहिए। इस एकता की बुनियाद क्या होगी? एकता की बुनियाद जनता होगी। हिन्दी और उर्दू ही अवाम के लिए होगी। हमारे सामने जो कठिनाइयाँ आती हैं, उनका एक कारण यह भी है कि हम भाषा की बनावट के फेर में पड़ जाते हैं और इस कोशिश में हम जनता से सम्पर्क खो बैठते हैं। लेखक जो कुछ लिखते हैं, वह किसके लिए? हरेक लेखक के ध्यान में, जान में या अनजान में, यह बात जरूर रहती है कि वह जो कुछ लिख रहा है, वह किसके लिए लिख रहा है। वह अपने दृष्टिकोण को किसके सामने रखना चाहता है? शिक्षा की कमी के कारण पाठकों की संख्या बहुत परिमित होती है, लेकिन यह परिमित संख्या भी काफी होती है और धीरे-धीरे इस संख्या में बढ़ोतरी ही होगी। हालाँकि मैं इस बारे में कोई विशेषज्ञ नहीं हूँ, लेकिन फिर भी इतना जरूर कहूँगा कि लेखक इस परिमित संख्या से भी काफी लाभ नहीं उठाता है। उसे तो उस साहित्यिक समाज का ही ध्यान रहता है, जिसमें वह हमेशा विचरण करता रहता है और जो उसकी रचनाओं की प्रशंसा करता है। वह उन्हीं की भाषा में लिखता है, अत: उसके विचार जनता तक नहीं पहुँच पाते। अगर जनता तक पहुँचे भी, तो वह उन्हें समझ नहीं पाती। इन कारणों के होते हुए भी अगर हिन्दी और उर्दू की पुस्तकों की खपत कम है, तो कोई अचरज की बात नहीं है। हमारे अखबारों की वृद्धि न होने का भी यही कारण है। उनमें भी आम तौर पर उसी साहित्यिक भाषा का प्रयोग होता है।

हमारे लेखकों को चाहिए कि वे अवाम को ही अपना पाठक समझें और जो कुछ भी लिखें, वह उनके लिए ही लिखें। इसका स्वाभाविक नतीजा यह होगा कि भाषा आसान हो जाएगी।, जब किसी भी भाषा में बनावट आने लगती है तो उसके बर्बादी के दिन नजदीक आ जाते हैं। भाषा के सरल होने के साथ-साथ यह बनावट भी दूर हो जाएगी और ऐसे शब्द प्रयोग में आने लगेंगे, जिनमें ओज और शक्ति भी अधिक होगी। अभी तक हममें से यह भावना दूर नहीं हुई है कि साहित्य और संस्कृति उच्च वर्गों की देन है। अगर इसी नजरिये से सोचते रहेंगे तो हम एक तंग

दायरे के अन्दर ही रह जाएँगे और जनसाधारण से जरा-सा भी सम्पर्क कायम नहीं कर सकेंगे। संस्कृति का आधार अधिक विशाल होना चाहिए, यानी वह जनसाधारण पर मुनहसिर होनी चाहिए। भाषा संस्कृति का एक हिस्सा है, इसलिए उसका आधार भी वही होना चाहिए, जो संस्कृति का है।

जनसाधारण के नजदीक पहुँचने का सवाल सरल शब्दों या मुहावरों के उन भावों से है, जिन्हें वे जाहिर करते हैं। भाषा के जरिये ही जनसाधारण से अपील की जाती है, इसलिए भाषा ऐसी होनी चाहिए, जो उनके लिए मौजूद हो और उनकी खुशियों और गमों, आशाओं और आकांक्षाओं को पूरी तरह जाहिर कर सके। भाषा को एक छोटे-से वर्ग के जीवन का दर्पण न होकर जनसाधारण के जीवन का सूचक होना चाहिए। इतना होने पर भाषा की जड़ें ज्यादा मजबूत हो सकती हैं और तभी उसे जनसाधारण का सहारा मिल सकता है।

यह बात महज हिन्दी और उर्दू में नहीं, बल्कि हिन्दुस्तान की सारी भाषाओं से सम्बन्ध रखती है। मैं जानता हूँ कि उन सबमें इन्हीं विचारों का जोर हो रहा है और जनसाधारण की अधिक-से अधिक चिन्ता की जा रही है। इस रास्ते की रफ्तार और तेज होनी चाहिए। लेखकों का भी यह मकसद होना चाहिए कि वे इसे बढ़ावा दें।

मेरे विचार में यह बात भी मुनासिब है कि हमारी भाषाओं का विदेशों की भाषाओं से सम्पर्क कायम हो। पुरानी और मौजूदा पुस्तकों का अनुवाद किया जाए। ऐसा करने से हमें दूसरे देशों की संस्कृति और साहित्य का ज्ञान हो जाएगा और हम उनके सामाजिक आन्दोलनों से भी परिचित हो जाएँगे। नये विचारों से हमारी भाषा को ताकत मिलेगी।

मेरा खयाल है कि जनसाधारण से सम्पर्क बढ़ाने में शायद बँगला सबसे आगे है। बँगला का साहित्य बँगला की जनता की जिन्दगी से दूर नहीं है। जनसाधारण और उच्च वर्ग के भेद को एक कवि, रवीन्द्रनाथ टैगोर की प्रतिभा ने काफी दूर कर दिया है। आज रवि बाबू की कविताएँ दूर-देहातों के झोंपड़ों में भी सुनाई देती हैं। इससे बँगला के साहित्य में ही वृद्धि नहीं हुई, बल्कि बँगाल की जनता को भी बढ़ावा मिला है। बँगला बहुत शक्तिशाली भाषा बन गई है और उसमें सरल शब्दों के द्वारा बड़े-बड़े साहित्यिक मुहावरों का इजहार किया जा सकता है। इससे हम सीख ले सकते हैं और अपनी भाषा को भी वही रूप दे सकते हैं। इस सम्बन्ध में गुजराती का भी जिक्र कर देना मुनासिब जान पड़ता है। मैंने सुना है कि गांधी जी की सरल और जोरदार भाषा का आधुनिक गुजराती साहित्य पर बहुत प्रभाव पड़ा है।

आइए, अब हिन्दुस्तानी के अखिल भारतीय भाषा के स्वरूप के दूसरे पहलू पर इस बात को ध्यान में रखकर विचार करें कि महान सूबाई भाषाओं की वह प्रतिद्वंद्वी नहीं है और इसलिए उसमें दखलंदाजी करने का सवाल ही नहीं हो सकता है। थोड़ी देर के लिए हम इस लिपि का सवाल एक तरफ कर दें, क्योंकि लिपियों

को आगे बढ़ने का पूरा मौका होना चाहिए। बेशक हम किसी से आग्रह नहीं कर सकते कि वह दोनों लिपियाँ सीखें। यह जनता पर असह्य बोझ होगा। राज्य को दोनों लिपियों को बढ़ावा देना चाहिए और सम्बन्धित लोगों को या उनके माँ-बाप को उन दोनों में से एक का चुनाव कर लेने की छूट देनी चाहिए। इसलिए हमको उसकी लिपि से अलग भाषा के बारे में विचार करना चाहिए।

दूर-दूर तक फैलाव और हिन्दुस्तान के ऊपर प्रभाव होने के अलावा हिन्दुस्तानी को एक अखिल भारतीय भाषा के रूप में कुछ और भी फायदे हैं। इसको सीखना निसबतन आसान है, और इसका व्याकरण, उसके लिंगों की गड़बड़ को छोड़कर, सादा है। क्या हम उसे और सरल बना सकते हैं?

हमें रास्ता दिखाने के लिए हमारे पास एक बहुत ही सफल प्रयोग है और वह है बुनियादी अंग्रेजी की। बहुत-से विद्वानों ने सालों तक मेहनत करके अंग्रेजी का एक सरल रूप निकाला है, जो कि जरूरी तौर पर अंग्रेजी है, और जो उससे अलग पहचानी भी नहीं जाती, और फिर भी सीखने में गजब की आसान है। थोड़े-सीधे-सादे-से नियमों को छोड़कर व्याकरण करीब-करीब गायब ही हो गया है और बुनियादी शब्दावली भी घटकर करीब 850 शब्द रह गई है। वैज्ञानिक, तकनीकी और वित्तीय शब्द इसमें शामिल नहीं हैं। यह सारी शब्दावली और व्याकरण कागज की एक शीट पर लिखा जा सकता है और एक होशियार आदमी उसे सिर्फ दो या तीन हफ्ते में ही सीख सकता है। बेशक, नई भाषा के इस्तेमाल में उसे अभ्यास की जरूरत तो होगी ही।

इस प्रयोग को दुनिया के लिए एक सामान्य भाषा—एस्पेरेंटो वगैरह—के विकास के खयाल से पहले की गई कोशिशों के साथ चक्कर में नहीं डालना चाहिए। ऐसी सारी भाषाएँ, आसान होते हुए भी, बेहद बनावटी थीं और उन्हें सीखने में और भी बोझ पड़ता था।

जीवन के स्पन्दन से उनमें शक्ति नहीं भरी गई थी और वे बहुत ज्यादा लोगों की भाषाएँ नहीं बन सकती थीं। बुनियादी अंग्रेजी में सारे गुण हैं, पर यह कमी नहीं है, क्योंकि वह जीवित भाषा है। जो बुनियादी अंग्रेजी सीखते हैं, उन्हें न सिर्फ दूसरों के साथ सम्पर्क के आसान और कुशल साधन मिल जाते हैं, बल्कि स्टैंडर्ड अंग्रेजी की दहलीज पर पहुँच जाते हैं और वे चाहें तो और आगे बढ़ सकते हें।

बुनियादी अंग्रेजी के लिए मेरे उत्साह से सवाल उठ सकता है : क्यों न इसको अखिल भारतीय भाषा के रूप में अपना लें? नहीं, यह नहीं हो सकता, क्योंकि इस भाषा की सारी प्रकृति हमारे लोगों के लिए परायी है और उसे अखिल भारतीय भाषा के रूप में थोपने के लिए एकदम बदल देना होगा। हिन्दुस्तानी के मामले की निसबत, जो कि सारे हिन्दुस्तान में व्यापक रूप से पहले ही जानी जा चुकी है, इसमें व्यावहारिक कठिनाइयाँ भी कहीं ज्यादा होंगी।

लेकिन मेरा खयाल है कि जहाँ अंग्रेजी को हम विदेशी भाषा के रूप में सिखाते हैं—और हमें यह बहुत बड़े पैमाने पर करना होगा—वहाँ बुनियादी अंग्रेजी को पढ़ाना चाहिए। सिर्फ उन लोगों को, जो भाषा का विशेष अध्ययन करना चाहते हैं, स्टैंड अंग्रेजी की ही तरफ बढ़ना चाहिए।

क्या हम बुनियादी अंग्रेजी के ढंग पर ही बुनियादी हिन्दुस्तानी विकसित कर सकते हैं? मेरा विचार है कि अगर हमारे विद्वान इसको करने के लिये अपना पूरा दिमाग लगा दें, तो यह आसानी से सम्भव हो सकता है। व्याकरण जितना सरल हो सकता है, उतना होना चाहिए, करीब-करीब गायब ही और फिर भी भाषा के मौजूदा व्याकरण के साथ उसको जोर-जबरदस्ती नहीं करनी चाहिए। ध्यान में रखने की जरूरी बात यह है कि यह बुनियादी भाषा गैर-तकनीकी विचारों के इजहार के लिए अपने आपमें पूर्ण होते हुए भी भाषा के आगे अध्ययन के लिए एक साधन होगी। शब्दावली में एक हजार या कुछ अधिक शब्द हो सकते हैं। वे यों ही नहीं चुन लिये जाएँगे, क्योंकि भारतीय भाषाओं में उनका चलन है, बल्कि उनका चुनाव इसलिए होगा, क्योंकि वे अपने आप में पूर्ण हैं और आम बोलचाल और लिखने के लिए उन्हें बाहरी मदद की जरूरत नहीं है।

ऐसी बुनियादी हिन्दुस्तानी अखिल भारतीय भाषा होनी चाहिए। और राज्य की थोड़ी कोशिश से वह सारे मुल्क में बड़ी तेजी से फैल जाएगी और उस राष्ट्रीय एकता को कायम करेगी, जिसे सब चाहते हैं। यह हिन्दी और उर्दू को नजदीक लाएगी और अखिल भारतीय भाषायी एकता को विकसित करने में भी मददगार होगी। उस ठोस और सामान्य बुनियाद पर भले ही कुछ फर्क पैदा हो जाए या अलहदगी हो जाए, वह तनहाई की तरफ नहीं ले जाएगी। जो हिन्दुस्तानी के अपने ज्ञान को बढ़ाना चाहते हैं, वे आसानी से ऐसा कर सकते हैं। जिन्हें महज बुनियादी हिन्दुस्तानी को सीख लेने से सन्तोष है, वे फिर भी मुल्क की बड़ी जिन्दगी में हिस्सा ले सकते हैं।

मैं पहले ही कह चुका हूँ कि हमें हिन्दी और उर्दू के अलहदा-अलहदा विकास में आपत्ति नहीं होनी चाहिए। परिस्थितियों द्वारा या जनता के प्रयोग में से हमें जबरन मिले नये शब्द तो, भले ही वे दोनों में से किसी भी दिशा से आए हों, हमारी विरासत को कीमती ही बनाएँगे। लेकिन नकली शब्दों की बनावट में, जिनके पीछे वास्तविक समर्थन न हो, ऐसी कोई अहमियत नहीं है। बहुत हद तक हमें अपनी राजनीतिक, आर्थिक, वैज्ञानिक और व्यापारिक जीवन की बढ़ती जरूरतों को पूरा करने के लिए नकली शब्द बनाने पड़ते हैं। ऐसे शब्दों के बनाने में हमें पुनरावृत्ति और पृथकता को बचाने की कोशिश करनी चाहिए। मेरे खयाल से हममें इतनी हिम्मत होनी चाहिए कि विदेशी तकनीकी-शब्दों को, जो दुनिया के बहुत-से हिस्सों में चालू हो गए हैं, मंजूर कर लें और हिन्दुस्तानी शब्दों के रूप में अपना

लें। दर-हकीकत मैं चाहूँगा कि सारी भारतीय भाषाएँ उन्हें खपा लें। जिससे हमारे लोगों के लिए हिन्दुस्तानी और विदेशी विभिन्न भाषाओं में तकनीकी और वैज्ञानिक किताबों को पढ़ना आसान हो जाएगा। और कोई रास्ता अख्तियार करने से विद्यार्थी के दिमाग में, जिसे बहुत भारी तकनीकी शब्दावली से जूझना पड़ता है और जिसे अक्सर दूसरी भाषाओं की महत्त्वपूर्ण पुस्तकें पढ़नी पड़ती हैं, अस्त-व्यस्तता और गड़बड़ पैदा हो जाएगी। अलग और स्पष्ट वैज्ञानिक शब्दावली बनाने की कोशिश का मतलब होगा : अपनी वैज्ञानिक प्रगति को पृथक् और कुंठित कर देना, और अध्यापकों एवं छात्रों पर एक जैसा असह्य बोझ डाल देना। दुनिया में सार्वजनिक जीवन और मामले पहले ही आपस में नजदीक से गुँथे हुए हैं और वे मिलकर एक बन जाते हैं। हमें अपने लोगों के लिए उन्हें समझना और उनमें हिस्सा लेना और विदेशियों के लिए हमारे सार्वजनिक मामलों को समझना, जितना आसान हो सकता है, कर देना चाहिए।

इस तरह बहुत-से विदेशी शब्दों को लिया जा सकता है और लेना चाहिए लेकिन बहुत-से तकनीकी शब्दों को हमें अपनी भाषा में भी लेना होगा। यह मुनासिब है कि भाषायी और तकनीकी विशेषज्ञ सामान्य प्रयोग के लिए ऐसे शब्दों की एक फेहरिस्त बना दें। इससे उन मामलों में, जिनमें अनेकता और अस्पष्टता बहुत ही अनुचित है, न सिर्फ एकरूपता और निश्चितता आएगी, बल्कि उससे बेतुकी शब्दावली और मुहावरों का प्रयोग भी रोका जा सकेगा। हमारे पत्रकार दोस्त विदेशी शब्दों और मुहावरों का शाब्दिक अनुवाद करने में बड़े कुशल हैं। उन्हें इस बात की ज्यादा परवाह नहीं होती कि इनके पीछे मतलब क्या है, और तब ढीले-ढाले शब्द चल पड़ते हैं और वे विचारों की गड़बड़ पैदा करते हैं। 'ट्रेड यूनियन' का कभी-कभी अनुवाद किया गया है 'व्यापार-संघ', यह एकदम शाब्दिक अनुवाद है और सच्चाई से जितनी दूर कोई चीज हो सकती है, यह है। लेकिन अनोखा अनुवाद तो 'इम्पीरियल प्रिफरेंस' का है। एक उत्साही पत्रकार ने उसे 'शाही पसन्द' कहा है।

ऐसी हालत में भाषा के सम्बन्ध में राज्य की क्या नीति होनी चाहिए? राज्य को अपनी अदालतों, दफ्तरों और शिक्षा की बाबत इस सवाल को तय करना होगा।

राज्य के मामलों के लिए हर सूबे की सरकारी भाषा उस सूबे की भाषा होनी चाहिए, लेकिन हर जगह अखिल भारतीय भाषा के रूप में हिन्दुस्तानी को जाब्ता तौर पर मान लेना चाहिए और उसमें कानूनी कागजात को, देवनागरी और उर्दू, दोनों लिपियों में मंजूर करना चाहिए। और हर आदमी को छूट होनी चाहिए कि वह अदालत या दफ्तर में दोनों में से किसी भी लिपि का इस्तेमाल कर सके। दूसरी लिपि में उसकी नकल देने का बोझ उस पर नहीं होना चाहिए। दफ्तर या अदालत, कभी-कभी दोनों में से एक, कोई भी लिपि इस्तेमाल कर सकता है, लेकिन इस नियम को लागू करना बेतुका है कि हर चीज दोनों लिपियों में हो उस क्षेत्र में, जो

उस अदालत या दफ्तर के तहत आता है, जो लिपि ज्यादा इस्तेमाल में आती है, वही उस अदालत या दफ्तर में प्रमुख लिपि होनी चाहिए। लेकिन विज्ञप्तियाँ दोनों लिपियों में जारी होनी चाहिए।

राज्य-शिक्षा के पीछे यह नियम रहना चाहिए कि वह छात्र की भाषा में दी जाए। इस तरह हर भाषायी क्षेत्र में उस क्षेत्र की भाषा ही पढ़ाई का माध्यम होनी चाहिए। लेकिन मैं एकदम और आगे जाऊँगा जहाँ कहीं किसी भाषायी वर्ग के काफी लोग हों, वे भले ही दूसरे भिन्न भाषायी क्षेत्र में रहते हों, वे राज्यों से माँग कर सकते हैं कि उन्हें उनकी भाषा में पढ़ाने का विशेष प्रावधान किया जाए। बेशक, यह इस बात पर मुनहसिर करेगा कि वे छात्र किस सुविधाजनक केन्द्र से आसानी से मिल सकते हैं, और यह प्राइमरी शिक्षा के लिए लागू होगा; और अगर छात्रों की संख्या बहुत ज्यादा हो तो माध्यमिक शिक्षा पर भी। इस प्रकार कलकत्ता में पढ़ाई का माध्यम बँगला होगा। लेकिन वहाँ बहुत-से लोग हैं, जिनकी मातृभाषा हिन्दुस्तानी, तमिल, तेलुगू, गुजराती वगैरह हैं। इनमें से हर वर्ग राज्य से दावा कर सकता है कि उनकी प्राइमरी पाठशालाओं को उनकी भाषा में चलाना चाहिए। इस चीज को माध्यमिक शिक्षा तक किस तरह बढ़ाया जा सकता है, मैं ठीक-ठीक नहीं जानता। यह सम्बन्धित छात्रों की संख्या और कुछ दूसरी बातों पर मुनहसिर करेगा। बहरहाल इन छात्रों को उस क्षेत्र की भाषा, जिसमें वे रहते हैं, बँगला सीखनी होगी, लेकिन ऐसा माध्यमिक श्रेणी की शुरू की और बाद की अवस्था में हो सकता है।

हिन्दुस्तानी बोलनेवाले सूबों में, देवनागरी और उर्दू, दोनों ही लिपियाँ पाठशालाओं में सिखाई जाएँगी, छात्र या उनके माँ-बाप उनमें से एक का चुनाव कर लेंगे। प्राइमरी-अवस्था में सिर्फ एक लिपि का इस्तेमाल होना चाहिए, लेकिन दूसरी लिपि का माध्यमिक श्रेणी में बढ़ावा देना चाहिए।

जिन सूबों में हिन्दुस्तानी नहीं बोली जाती है, वहाँ बुनियादी हिन्दुस्तानी माध्यमिक श्रेणी में पढ़ाई जानी चाहिए, लिपि की बात सम्बन्धित व्यक्ति की इच्छा पर छोड़ देनी चाहिए।

यूनिवर्सिटी की शिक्षा उस भाषायी क्षेत्र की भाषा में होनी चाहिए, हिन्दुस्तानी (दोनों में से किसी भी लिपि में) और एक विदेशी भाषा अनिवार्य विषय होना चाहिए। यह अनिवार्यता तकनीकी और उच्चतम तकनीकी पाठ्यक्रमों पर लागू नहीं होनी चाहिए। विदेशी भाषाओं और हमारी खास-खास भाषाओं के माध्यमिक स्कूलों में पढ़ाने का प्रावधान होना चाहिए, लेकिन वह विषय कुछ पाठ्यक्रमों के लिए या यूनिवर्सिटी की श्रेणी की तैयारी के लिए छोड़कर अनिवार्य होना चाहिए।

मैंने सूबाई भाषाओं में पश्तो और पंजाबी का जिक्र किया है। मेरे खयाल से प्राइमरी में पढ़ाई-लिखाई इन्हीं भाषाओं में होनी चाहिए, लेकिन उनमें माध्यमिक शिक्षा किस हद तक दी जा सकती है, इसमें शक है और इस पर विचार करने की

जरूरत है, क्योंकि ये बहुत ज्यादा विकसित नहीं हैं। इन क्षेत्रों में शायद हिन्दुस्तानी सबसे अच्छा माध्यम होगी।

मैंने बड़ी धृष्टता के साथ प्राइमरी से यूनिवर्सिटी शिक्षा तक के लिए कुछ सुझाव दिये हैं। मैंने जो कुछ लिखा है, उसकी नुक्ताचीनी करना या उसके रास्ते की कठिनाइयों को बताना आसान है, क्योंकि मैं शिक्षा या भाषाओं का माहिर नहीं हूँ, लेकिन मेरा माहिर न होना ही शायद मेरे पक्ष में हैं और मैं इस समस्या के बारे में एक मामूली आदमी के नजरिये से, अलगाव की निगाह रखकर, सोच सकता हूँ। मैं यह भी साफ कर देना चाहता हूँ कि मैं इस निबन्ध में शिक्षा की महत्त्वपूर्ण और कठिन समग्र समस्या पर चर्चा नहीं कर रहा हूँ। मैं उसके भाषा-सम्बन्धी पहलू पर ही विचार कर रहा हूँ। जब हम शिक्षा के समग्र विषय पर विचार करते हैं, तब हमें उस राज्य और समाज के लिहाज से सोचना पड़ेगा, जो हमारे सामने है। उस मकसद के लिए हमें अपने लोगों को तैयार करना होगा; हमें फैसला करना होगा कि हमारे नागरिक कैसे होंगे और उनके धन्धे क्या होंगे। उनके जीवन और धन्धों से शिक्षा का मेल बिठाना होगा। हमें उनके निजी सामाजिक और सार्वजनिक जीवन में तारतम्य और सन्तुलन कायम करना होगा। अगर हमें आधुनिक दुनिया में अपनी जगह लेनी है तो तकनीकी और वैज्ञानिक शिक्षण पर जोर देना होगा। यह सब और इससे भी ज्यादा हमें करना होगा और ऐसा करने में हमें शिक्षा की मौजूदा निकम्मी और अयोग्य खर्चीली पद्धति को बदलना होगा और ज्यादा सुरक्षित बुनियाद पर उसे नये सिरे से खड़ा करना होगा।

लेकिन फिलहाल हम अपने को भाषा के सवाल तक ही महदूद रखें और उसके बारे में कुछ आम रजामन्दी पर पहुँच जाएँ। मैंने इस निबन्ध को इस समस्या पर बड़े दृष्टिकोण से विचार करने के लिए दावत देने के मकसद से लिखा है। मैंने जिन आम सिद्धान्तों पर चर्चा की है, उन्हें अगर हम जानते हैं, तो उन्हें व्यवहार में अमल में लाने में मुश्किल नहीं होगी। हम इन ज्यादातर सिद्धान्तों की प्रान्तीय स्वायत्तता के बावजूद आज अमल में लाने की हालत में नहीं हैं। हमारे पास आर्थिक साधन नहीं हैं और हमारे हाथ बहुत तरह से बँधे हुए हैं। लेकिन जिस हद तक हम अपने सिद्धान्तों को अमल में ला सकते हैं, लाने चाहिए।

हो सकता है कि मेरे दिये सुझावों से कुछ के साथ आम रजामन्दी हो, और दूसरों के साथ रजामन्दी न हो। हम कम-से-कम इतना पता तो लगा लें कि हमारी रजामन्दी किन बातों पर है। तब चर्चा और वहम के मुद्दे संख्या में थोड़े रह जाएँगे और हम उन पर अलग-अलग भी विचार कर सकते हैं।

मैं आगे इतना और कहना चाहता हूँ कि मेरे बार-बार भाषायी क्षेत्रों और सूबे की भाषा का हवाला देने से जरूरी हो जाता है कि प्रान्तीय इकाइयों को उन भाषा-क्षेत्रों के अनुरूप होना चाहिए।

इस चर्चा को सुझाने के लिए मैं नीचे कुछ खास-खास सुझाव देता हूँ—

1. हमारा सार्वजनिक काम और राज्य की शिक्षा हर भाषायी क्षेत्र की भाषा में होनी चाहिए। यह भाषा उस क्षेत्र की प्रमुख भाषा होनी चाहिए। सरकारी तौर पर इस काम के लिए जिन हिन्दुस्तानी भाषाओं को मंजूरी मिलनी चाहिए, वे हैं : हिन्दुस्तानी (हिन्दी और उर्दू दोनों) बँगला, गुजराती, मराठी, तमिल, तेलुगू, कन्नड़, मलयालम, उड़िया, असमिया, सिन्धी और कुछ हद तक पश्तो और पंजाबी।
2. हिन्दुस्तानी बोलनेवाले क्षेत्र में हिन्दी और उर्दू और उनकी लिपियाँ सरकारी तौर पर मंजूर की जानी चाहिए। सार्वजनिक विज्ञप्तियाँ दोनों लिपियों में जारी होनी चाहिए। दोनों में से कोई भी लिपि अदालत या सार्वजनिक दफ्तर को लिखते समय आदमी इस्तेमाल कर सकता है और उससे दूसरी लिपि में उसकी नकल देने को नहीं कहा जाना चाहिए।
3. हिन्दुस्तानी क्षेत्र में शिक्षा का माध्यम हिन्दुस्तानी होने के कारण दोनों लिपियों को मान्यता मिलनी चाहिए और उनका इस्तेमाल होना चाहिए। हर छात्र और उसके माँ-बाप लिपि का चुनाव कर सकते हैं। लोगों को दोनों लिपियाँ सीखने के लिए दबाया नहीं जाएगा, लेकिन माध्यमिक श्रेणी में वैसा करने के लिए उन्हें बढ़ावा दिया जा सकता है।
4. हिन्दुस्तानी (दोनों लिपियों सहित) अखिल भारतीय भाषा के रूप में मान्य की जाएगी। सारे हिन्दुस्तान में हर आदमी को छूट होगी कि वह अदालत या सार्वजनिक दफ्तर को हिन्दुस्तानी (किसी एक लिपि) में लिख सकेगा और दूसरी लिपि पर भाषा में उसकी नकल देने को लाचारी नहीं होगी।
5. देवनागरी, बँगला, गुजराती और मराठी लिपियों का देवनागरी के साथ विलय कर देना चाहिए और ऐसी मिली-जुली लिपि बना देनी चाहिए, जो छपाई, टाइपिंग और आधुनिक यंत्रों के इस्तेमाल के लिए उपयुक्त हो।
6. सिन्धी लिपि का उर्दू लिपि में विलय होना चाहिए। उर्दू लिपि को जितना आसान बनाया जा सके, बनाना चाहिए। जिससे वह छपाई, टाइपिंग वगैरह के लिए मौजूद हो सके।
7. दक्षिण की लिपियों को देवनागरी के नजदीक लाने की सम्भावनाओं को खोजना चाहिए। अगर वह मुमकिन न हो तो कोशिश होनी चाहिए कि दक्षिण की भाषाओं—तमिल, तेलुगू, कन्नड़ और मलयालम की एक लिपि हो।
8. हमारे लिए यह सोचना मुमकिन नहीं है कि कम-से-कम फिलहाल हमारी भाषा के लिए लैटिन लिपि हो, हालाँकि उस लिपि से बहुत फायदे हैं। इस प्रकार हमारी दो लिपियाँ होनी चाहिए—मिली-जुली देवनागरी, बँगला,

गुजराती, मराठी और उर्दू, सिन्धी और अगर जरूरत हो तो दक्षिण की भाषाओं के लिए एक लिपि—और वह देवनागरी के नजदीक होनी चाहिए।

9. हिन्दुस्तानी बोली जानेवाले क्षेत्रों में हिन्दी और उर्दू के बीच फासला होने और उनके अलग-अलग विकसित होने से चौंकना नहीं चाहिए, न उनके विकास के रास्ते में कोई रोड़ा ही अटकाना चाहिए। यह कुछ हद तक स्वाभाविक है, क्योंकि भाषा में, नये और ज्यादा कठिन विचार आते रहते हैं। दोनों के विकास से भाषा खुशहाल बनेगी। बाद में जैसे-जैसे दुनिया की ताकतें और राष्ट्रीयतावाद इस दिशा में जोर लगाएँगे और जन-शिक्षा में कुछ प्रामाणिकता और एकरूपता आएगी आपस में समायोजन जरूर हो जाएगा।
10. हमें जनसाधारण को देखकर और उनका ध्यान रखकर बोलते हुए भाषा (हिन्दी, उर्दू और दूसरी हिन्दुस्तानी भाषाओं) पर जोर देना चाहिए। लेखकों को जनसाधारण के लिए उनकी समझ में आनेवाली आसान भाषा में लिखना चाहिए और उन्हें उन समस्याओं को हल करना चाहिए, जिनका जनसाधारण पर असर पड़ता है। दरबारी और बनावटी शैली और लच्छेदार मुहावरों को रोकना चाहिए और एक आसान जोरदार शैली को बढ़ावा देना चाहिए। और फायदों के अलावा इसका नतीजा यह होगा कि हिन्दी और उर्दू के बीच एकरूपता कायम होगी।
11. बुनियादी अंग्रेजी के ढंग पर, हिन्दुस्तानी में से बुनियादी हिन्दुस्तानी का विकास करना चाहिए। यह एक सरल भाषा होनी चाहिए, उसका व्याकरण बहुत कम हो और उसका शब्द-भंडार कोई एक हजार शब्दों का हो। वह मुकम्मिल भाषा होनी चाहिए, जिससे सारी बोलचाल और लिखने का काम चल जाए और फिर भी वह हिन्दुस्तानी के ढाँचे में ही रहे और आगे भाषा के अध्ययन के लिए वह सीढ़ी का काम दे।
12. बुनियादी हिन्दुस्तानी के अलावा हमें वैज्ञानिक, तकनीकी, राजनीतिक और व्यापारिक शब्दों को हिन्दुस्तानी, (हिन्दी और उर्दू दोनों), साथ ही अगर मुमकिन हो तो दूसरी हिन्दुस्तानी भाषाओं में, इस्तेमाल के लिए तय करना चाहिए। जहाँ जरूरत पड़े वहाँ इन शब्दों को विदेशी भाषाओं से ले लेना चाहिए और उन्हें जैसे-का-तैसा खपा लेना चाहिए। हमारी भाषाओं में से हमारे दूसरे शब्दों की फेहरिस्त बनानी चाहिए, जिससे तकनीकी और वैसे ही दूसरे विषयों में हम सही और समान शब्दावली का इस्तेमाल कर सकें।
13. राज्य-शिक्षा का संचालन करनेवाली नीति यह होनी चाहिए कि वह छात्र की भाषा में दी जाए। हर भाषायी क्षेत्र में प्राइमरी दर्जे से यूनिवर्सिटी की

श्रेणी तक शिक्षा उस प्रान्त की भाषा में दी जाएगी। भाषायी क्षेत्रों में भी अगर काफी छात्र ऐसे हैं, जिनकी मातृभाषा में और कोई हिन्दुस्तानी भाषा है तो उन्हें अपनी मातृभाषा में प्राइमरी शिक्षा पाने का हक होगा, बशर्ते कि किसी सुविधाजनक केन्द्र से उन तक पहुँचना आसान हो। यह भी हो सकता है कि अगर उनकी संख्या बहुत ज्यादा हो, तो माध्यमिक शिक्षा भी मातृभाषा में ही दी जाए। लेकिन उन सारे छात्रों को, जिस भाषायी क्षेत्र में वे रहते हैं, वहाँ की भाषा को, एक लाज़िमी विषय के तौर पर लेना होगा।

14. जिस क्षेत्र में हिन्दुस्तानी नहीं बोली जाती, वहाँ बुनियादी हिन्दुस्तानी माध्यमिक श्रेणी में पढ़ाई जानी चाहिए, लिपि का सवाल सम्बन्धित व्यक्ति पर छोड़ देना चाहिए।
15. यूनिवर्सिटी की शिक्षा के लिए पढ़ाई का माध्यम उस भाषायी क्षेत्र की भाषा होगी। हिन्दुस्तानी (दोनों में से एक लिपि में) और एक विदेशी भाषा—ये अनिवार्य विषय होने चाहिए। दूसरी भाषाओं को पढ़ने की अनिवार्यता ऊँचे तकनीकी पाठ्यक्रमों पर लागू वहाँ होनी चाहिए, हालाँकि बाहर भी भाषाओं का ज्ञान उचित ही है।
16. विदेशी भाषाओं और हमारी क्लासिकी भाषाओं को भी पढ़ाने की व्यवस्था हमारे माध्यमिक स्कूलों में होनी चाहिए, लेकिन विषय अनिवार्य नहीं होने चाहिए सिवा विशेष पाठ्यक्रमों या यूनिवर्सिटी की श्रेणी की तैयारी के लिए।
17. विदेशी साहित्य की क्लासिकी और आधुनिक पुस्तकों के हिन्दुस्तान की भाषाओं में अनुवाद होने चाहिए, जिससे हमारी भाषाएँ दूसरे मुल्कों की सांस्कृतिक, साहित्यिक और सामाजिक गतिविधियों से सम्पर्क और उससे ताकत हासिल कर सकें।

शब्दों का अर्थ

एक भाषा से दूसरी भाषा में अनुवाद करना बहुत कठिन काम है, और सच पूछिए तो जरा भी गहरी बातों का असली अनुवाद हो ही नहीं सकता। किसी भाषा का क्या काम है? वह हमको सोचने में मदद करती है—भाषा तो एक तरह से जमे हुए विचार हैं—हवाई खयालात एक मूर्ति बन जाते हैं। दूसरा काम उसका है कि हम अपने विचारों का इजहार कर सकें और उनको औरों तक पहुँचा सकें। दो या अधिक आदमियों में खयालात की आमदोरफ्त हो। और भी भाषा कई तरह से काम में आती है, लेकिन इसमें परेशान हो जाने की आवश्यकता नहीं है। एक शब्द या एक फिकरा हमारे दिमाग में कोई-न-कोई मूर्ति की शक्ल में आता है—मामूली सीधे-सादे शब्द, जैसे मेज, कुर्सी, घोड़ा, हाथी आसान और साफ मूर्तियाँ बनती हैं और जब हम उनको कहते हैं तब सुननेवालों के दिमाग में भी अक्सर करीब-करीब वैसी ही मूर्तियाँ बन जाती हैं। इससे हम कह सकते हैं कि वह हमारे माने समझ गए।

लेकिन जहाँ हम इन सीधे और आसान शब्दों से आगे बढ़े वहाँ फौरन पेचीदगी पैदा हो जाती है। एक मामूली फिकरा भी कई तस्वीरें दिमाग में पैदा करता है और यह सम्भव है कि सुननेवाले के दिमाग में कुछ और तस्वीरें पैदा हों। बहुत-कुछ दोनों की मानसिक शक्ति पर दारोमदार है—उनकी पढ़ाई पर, उनके तजुरबे पर, उनके इल्म पर, उनकी प्रेरणाओं और जज्बात पर। अब एक कदम और आगे बढ़िए और ऐसे शब्द लीजिए जो ऐब्सट्रैक्ट हैं और पेचीदा हैं जैसे सत्य, सौन्दर्य, अहिंसा, धर्म, मजहब, इत्यादि। हम रोज सैकड़ों दफे इन शब्दों का प्रयोग करते हैं, लेकिन अगर हमको उनके माने पूरी तौर से समझने पड़ें, तब हमें काफी कठिनाई हो। हम यह देख सकते हैं कि ऐसे शब्द दो आदमियों के दिमागों में कभी एक-सी मूर्तियाँ या तस्वीरें नहीं पैदा करेंगे। इसके माने यह है कि हम अपने माने दूसरे को नहीं समझा सके और हालाँकि हम दोनों बात एक ही कहते हैं, दोनों का अर्थ अलग-अलग है। ये दिक्कतें बढ़ती जाएँगी, जितने अधिक पेचीदा और ऐब्सट्रैक्ट विचार हम पेश करेंगे और यह भी हो सकता है (और हुआ है) कि हम इसी गलतफहमी की वजह से आपस में लड़ें और एक-दूसरे का सिर फोड़ें।

यह सब कठिनाई दो आदमियों में जो एक भाषा के बोलनेवाले हैं, सभ्य और पढ़े हुए और एक संस्कृति के पले हुए हैं, उनमें हो सकती है। अगर एक पढ़ा और दूसरा अनपढ़ा और जाहिल है तब उनके बीच में बड़ा भारी फासला है और एक-दूसरे को पूरी तौर से समझना असम्भव है। वह दो दुनियाओं में रहते हैं।

लेकिन यह सब कठिनाइयाँ छोटी मालूम होती हैं जब हम इनका मुकाबला करते हैं दो आदमियों से, जो अलग भाषाएँ बोलते हैं और एक-दूसरे की संस्कृति को अच्छी तरह से नहीं जानते। उनके मानसिक विचारों में, दिमागी तस्वीरों में जो जमीन-आसमान का फर्क है। वह एक-दूसरे पर भरोसा न करें, डरें, आपस में लड़ें।

एक फाइलोलॉजिस्ट (Philologist) जिन्होंने भाषाओं पर और उनके सम्बन्ध पर बहुत गौर किया है, प्रोफेसर जे. एस. एम. मैकेंजी ने लिखा है : "An Englishman, A Frenchman, A German, and an Italian cannot by any means begin themselves to think quite alike; at least on subjects which involve any depth of sentiment they have not the verbal means." यह याद रखने की बात है कि अंग्रेज, फ्रांसीसी, जर्मन और इटालियन, एक ही संस्कृति की औलाद हैं और उनकी भाषाओं में बहुत करीब का सम्बन्ध है। फिर भी यह कहा जाता है कि वह किसी तरह से किसी भी गहरे विषय पर एक-सा नहीं सोच सकते, क्योंकि उनकी भाषाओं में अन्तर है। अगर यह हाल उनका है तो एक हिन्दुस्तानी और एक अंग्रेज और उनकी भाषाओं को क्या कहा जाए? धोती-कुरता पहनने से अंग्रेज हिन्दुस्तानी की तरह नहीं सोच सकता और कोट-पतलून पहनने से और छुरी-काँटे से खाने से हिन्दुस्तानी यूरोप की सभ्यता को नहीं समझ सकता।

जब ये कठिनाइयाँ हैं एक-दूसरे को समझने में तब बेचारा अनुवादक क्या करे? कैसे इन मुसीबतों को हल करे? पहली बात तो यह है कि वह इनको महसूस करे और यह जान ले कि अनुवाद करना कोष को देखकर लफ्जी माने देना नहीं है। उसकी दोनों भाषाओं को अच्छी तरह समझना है और उनके पीछे जो संस्कृति है उसको भी जानना है। उसको कोशिश करनी चाहिए कि अपने को भूल जाए और मूल लेखक की विचारधाराओं में गोते खाये और फिर इन विचारों को अपने शब्दों में दूसरी भाषा में लिखे। मेरा खयाल है कि हमारे अनुवादक लोग इस गहराई में जाने की कोशिश कम करते हैं और ज्यादातर अखबारी तौर पर अनुवाद करते हैं। अक्सर ऐसे शब्द और फिकरे मुझे हिन्द से मिलते हैं जिनको देखकर मुझे आश्चर्य होता है। 'ट्रेड यूनियन' का अनुवाद मैंने 'व्यापार संघ' पढ़ा जो कि शब्दों के हिसाब से बिलकुल सही है। लेकिन जो इस चीज को नहीं जानता वह कभी समझ सकता है कि 'व्यापार संघ' व्यापारियों का नहीं बल्कि मजदूरों का है? 'ट्रेड यूनियन' शब्दों के पीछे सौ बरस से अधिक का इतिहास है। जो इसको कुछ जानता है, वह समझेगा कि कैसे यह नाम पड़ा। फ्रांस में यह नाम नहीं है, न इसका अनुवाद है।

वहाँ 'सिंडीकेट' (जिससे अंग्रेजी सिंडीकेट आया है) इसको कहते हैं। अगर फ्रेंच से अनुवाद हिन्दी में हो तो क्या हम उसे सिंडीकेट या कुछ और कहेंगे? यह तो एक बिलकुल सीधा-सा उदाहरण है। असल कठिनाई तो ज्यादा पेचीदा बातों में आ जाती है।

दूसरी बात यह है कि अनुवादक लोग जहाँ तक हो सके, छोटे और आसान शब्दों का प्रयोग करें, जिनके कई माने नहीं हैं जो कि धोखा दे सकें। और लम्बे-चौड़े फिकरे न हों। जो प्रसिद्ध साहित्य की पुस्तकें दुनिया की अनेक भाषाओं में हैं, उनका प्राय: अनुवाद बहुत भाषाओं में हो गया है और बहुत अच्छी तरह से हुआ है। कोई वजह नहीं मालूम होती कि हिन्दी में भी ऐसे ही अच्छे अनुवाद क्यों न हों। मुझे तो पूरी आशा है कि जब हमारे साहित्यकार इधर ध्यान देंगे तो यह आवश्यक कार्य भी सफल होगा। बड़ी कठिनाई तो यह है कि हमारे विश्वविद्यालयों के बी.ए. और एम.ए. अंग्रेजी बहुत कम जानते हैं और अन्य विदेशी भाषाएँ तो जानते ही नहीं।

साहित्य की मामूली किताबें तो अनुवाद हो सकती हैं, लेकिन धार्मिक और दर्शनशास्त्र की और ऐसी ही ऐब्सट्रैक्ट बातों की किताबों का ठीक अनुवाद करना तो असम्भव मालूम होता है। उनमें ऐसे शब्द आते हैं जिनके बहुत जुदा-जुदा माने होते हैं—एक पोशाक दर्जनों आदमी पहनते हैं, उनको पहचानें कैसे? वह एक शब्द होने पर भी एक शब्द नहीं है और तरह-तरह की तस्वीरें दिमागों में पैदा करते हैं—जैसे सौन्दर्य, सत्य, धर्म, मजहब वगैरह। 'सौन्दर्य' को लीजिए। औरत का सौन्दर्य, प्रकृति का, एक विचार का, किसी कला का, सत्य का, फिकरे का, चाल-चलन का, उपन्यास का—और ऐसे ही कितने और कहे जा सकते हैं। इन सब बातों में एकता है क्या? अगर यह कहा जाए कि जो चीज लोगों को पसन्द हो और उनको प्रसन्न करें तो यह बिलकुल गोल बात हो गई और इसमें लोगों की राय एक-सी नहीं।

हर भाषा में बहुत शब्द ऐसे गोल हैं, जिनके कई माने हो सकते हैं। कुछ ऐसे हैं जो कि बिलकुल खराब हो गए हैं और जिनके खास माने रहे ही नहीं। कुछ भिखमंगे शब्द हैं—मंडी कैंट्स, जिनके निसबत मैथ्यू ऑर्नल्ड ने कहा था : 'terms thrown out, so to speak, at a not fully grasped object of the speaker's. consciouness' कुछ ऐसे जो 'nomads' कहलाते हैं जो इधर-उधर फिरते हैं, जिनके खास माने नहीं है।

ऐसे शब्द तो हर भाषा में होते हैं और जिन लोगों के दिमागों में विचार साफ नहीं होते वह खास तौर से इनका प्रयोग करते हैं। अपने दिमाग की कमजोरी को लम्बे और गोल और किसी कदर बेमानी शब्दों में छिपाते हैं। जिस भाषा में ऐसे शब्दों का अधिक प्रयोग हो (मेरा मतलब इस समय सौन्दर्य, सत्य इत्यादि से नहीं है) उसकी शक्ति कम हो जाती है। उसके साहित्य में तलवार की तेजी

नहीं होती और न वह तीर की तरह से कमान को छोड़कर अपना मतलब हल करता है।

हम कोशिश कर सकते हैं कि इन घिसे हुए, भिखमंगे और आवारा शब्दों को अपने बोलने और लिखने में जहाँ तक हो सके पनाह न दें। अपराध बेचारे शब्दों का क्या है, वह तो कम सीखे हुए और कम discipline किये हुए दिमागों का है। एक-दूसरे पर असर होता है। बोलनेवाले और लिखनेवाले भाषा को बनाते हैं, लेकिन फिर उतना ही असर उस भाषा का नये आदमियों पर होता है, जो उसका प्रयोग करते हैं। पुरानी भाषाओं में संस्कृत, ग्रीक, लैटिन में—शब्दों की या विचारों की ढील बहुत कम मिलती है। उनमें एक चुस्ती और हथियार की तेजी पाई जाती है और बेकार शब्द बहुत कम मिलते हैं। इससे एक शान और dignity उनमें आ जाती है जो कि खास असर पैदा करती है। आजकल की भाषाओं में शायद फ्रेंच सबसे अधिक साफ-सुथरी है और फ्रेंच लोग प्रसिद्ध हैं अपने मानसिक निजाम (discipline) और अपने विचारों को बहुत शुद्धता से प्रकट करने के लिए।

जो किसी कदर निकम्मे शब्द हैं उनका सामना तो हम इस तरह से करें, लेकिन जो हमारे ऊँचे दर्जे के abstract शब्द हैं उनका क्या किया जाए? वे हमें प्रिय हैं। वे हमारे लिए जरूरी हैं और अक्सर हमें उभारने में सहायता देते हैं। लेकिन फिर भी वे गोल हैं और कभी-कभी इतने माने रखते हैं कि बेमाने हो जाते हैं। ईश्वर ही के खयाल को लीजिए। हर मजहब में और हर भाषा में उसकी तारीफ में हजारों शब्द कहे गए हैं। मालूम होता है कि इनसान का दिमाग इस खयाल को समझ नहीं सका और अपनी कमजोरी छिपाने को कोष खोलकर जितने बड़े और जोरदार शब्द मिले वे सब ईश्वर के मत्थे डाल दिये। उन सब शब्दों का अर्थ समझना मानसिक शक्ति के बाहर था, लेकिन बहुत-कुछ कह देने और लिखने से एक तौर का सन्तोष हुआ कि हमने अपना फर्ज अदा कर दिया और कम-से-कम ईश्वर को हमसे कोई शिकायत नहीं रहनी चाहिए। अल्लाह के हजारों नाम हैं गोया कि नाम बढ़ाने से असलियत ज्यादा साफ हो जाती है। God को अंग्रेजी में Absolute, Omnipotent, Omniscient, Omnipresent, Perfect, Ultimate, Immutable, Eternal इत्यादि कहते हैं। यह सब सुनकर किसी कदर दिल सहम अवश्य जाता है, लेकिन अगर इन शब्दों पर कोई गौर करने की धृष्टता करें तो उसकी कुछ बहुत समझ में नहीं आता। प्रसिद्ध अमेरिकन मनोविज्ञान का पंडित विलियम जेम्स ने इस बारे में लिखा है : "The ensemble of the metaphysical attributes imagined by the theologian is but a shuffling and matching of the pedantic dictionary adjectives. One feels that in the theologian's hands they are only a set of titles obtained by a mechanical manipulation of synonyms verbality has stepped into the place of vision, professionalism into that of life."

इस तरह से इटालियन दार्शनिक क्रोसे ने परेशान होकर एलीगैंस शब्द के माने यह बताए : The Sublime is everything that is or will be so called by those who have employed or shall employ the name.

इसके बाद तो कुछ ज्यादा कहने की गुंजाइश नहीं रह जाती और हर एक को इत्मीनान हो जाना चाहिए।

हर सूरत से यह ऊँचे दर्जे की हवाई Sublime बातें मामूली आदमी की पहुँच के बाहर हैं और बड़े पंडित और आचार्य तय करें कि abstract शब्दों का कब प्रयोग हो और कैसे अनुवाद हो। लेकिन फिर भी हम मामूली आदमियों को यह नहीं भूलना चाहिए कि शब्द खतरनाक वस्तु हैं और जितना ही वे abstract हैं उतना ही वे हमको धोखा दे सकते हैं। और शायद सबसे अधिक खतरनाक शब्द धर्म या मजहब है। हर एक आदमी अपने दिल में अलग ही इनके माने निकालता है। हर एक के मन में नई तस्वीरें वह पैदा करते हैं। किसी का ध्यान मन्दिर, मसजिद या गिरजे पर जाएगा, किसी का चन्द पुस्तकों पर या किसी पूजा-पाठ पर, या मूर्ति पर या दर्शनशास्त्र पर या रिवाज पर, या आपस की लड़ाई पर। इस तरह की सैकड़ों अलग-अलग तस्वीरें एक साथ लोगों के दिमागों में पैदा करेगा और उनसे तरह-तरह के विचार निकलेंगे। यह तो भाषा की कमजोरी मालूम होती है कि एक ही शब्द का सम्बन्ध ऐसा असर पैदा करे। होना तो यह चाहिए कि एक शब्द का सम्बन्ध एक ही मानसिक तस्वीर से हो, इसके माने यह है कि धर्म या मजहब के सौ टुकड़े हों और एक-एक टुकड़े के लिए अलग शब्द हों। सुनने में आया है कि अमरीका की पुरानी माया भाषा में प्रेम करने के लिए दो सौ से अधिक शब्द थे। उन सब शब्दों का हम अब कैसे ठीक अनुवाद कर सकते हैं? भाषा और शब्दों के बारे में किसी कदर महात्मा गांधी भी गुनहगार हैं। यों तो जो कुछ वह कहते हैं या लिखते हैं वह साफ-सुथरा और पुरअसर होता है। उसमें फिजूल शब्द नहीं होते और कोई कोशिश नहीं होती सजावट देने की। इसी सफाई में उसकी शक्ति है। लेकिन जब वह ईश्वर या सत्य या अहिंसा की चर्चा करते हैं—और वह यह अक्सर कहते हैं—तब उस मानसिक सफाई में कमी हो जाती है। God is Truth, Truth is God. Non-violence is Truth, Truth is Non-violence ईश्वर सत्य है—सत्य ईश्वर है—अहिंसा सत्य है—सत्य अहिंसा है—यह सब उन्होंने कहा है। इस सबके कुछ-न-कुछ माने अवश्य होंगे लेकिन वह साफ बिलकुल नहीं है। मुझको तो इस तरह शब्दों के प्रयोग कुछ उनके साथ अन्याय करना मालूम होता है।

हिन्दी-उर्दू-विवाद के सम्बन्ध में

कुछ दिन से फिर हिन्दी और उर्दू की बहस उठी है और लोगों के दिलों में यह शक पैदा होता है कि हिन्दीवाले उर्दू को दबा रहे हैं और उर्दूवाले हिन्दी को। बगैर इस प्रश्न पर गौर किये जोशीले लेख लिखे जाते हैं और यह समझा जाता है कि जितना हम दूसरे पर हमला करें, उतना ही हम अपनी प्रिय भाषा को लाभ पहुँचाते हैं। लेकिन अगर जरा भी विचार किया जाए तो यह बिलकुल फिजूल होता है—साहित्य ऐसे नहीं बढ़ा करते।

दूसरी बात यह भी देखने में आती है कि अक्सर साहित्य का अर्थ हम कुछ दूसरा ही लगाते हैं। हम भाषा की छोटी बातों में बहुत फँसे रहते हैं और बुनियादी बातों को भूल जाते हैं। साहित्य किसके लिए होता है? थोड़े-से पढ़े-लिखे आदमियों के लिए होता है या आम जनता के लिए? जब तक हम इसका जवाब न दें, उस समय तक हमें साहित्य के भविष्य का रास्ता ठीक तौर से नहीं दिखता। और अगर हम इस बात का निश्चय कर लें, तब शायद हमारे और झगड़े हिन्दी-उर्दू आदि के भी हल हो जाएँ।

पहली बात जो हमको याद रखनी है, वह यह है कि हमारा आजकल का साहित्य बहुत पिछड़ा हुआ है। यूरोप की किसी भी भाषा से मुकाबला किया जाए तो हम काफी गिरे हुए हैं। जो नई किताबें हमारे यहाँ निकल रही हैं वे अव्वल दर्जे की नहीं होतीं। और कोई आदमी आजकल की दुनिया को समझना चाहे तो उसके लिए यह आवश्यक हो जाता है कि वह विदेशी भाषाओं की किताबें पढ़े। नई विचारधाराएँ अभी तक हमारे साहित्य में कम पहुँची हैं। इतिहास, विज्ञान, अर्थशास्त्र, राजनीति, इत्यादि पर हमारी भाषाओं में माकूल पुस्तकें बहुत कम हैं। हमें इधर पूरे तौर से ध्यान देना है, नहीं तो हमारी भाषाएँ बढ़ नहीं सकतीं। जो लोग इन बातों को सीखने के प्यासे हैं, उनको मजबूरन और जगह जाना पड़ेगा।

बहुत सारे प्रश्न उठते हैं। इन सब पर मैं इस समय नहीं लिख सकता। लेकिन चन्द बातों की तरफ ध्यान दिलाना चाहता हूँ।

मेरा पूरा विश्वास है कि हिन्दी और उर्दू के मुकाबले से दोनों को हानि पहुँचती है। वे एक-दूसरे के सहयोग से ही बढ़ सकती हैं और एक के बढ़ने से दूसरी को

भी फायदा पहुँचेगा इसीलिए उनका सम्बन्ध मुकाबले का नहीं होना चाहिए, चाहे वह कभी अलग-अलग रास्ते पर क्यों न चलें। दूसरे की तरक्की से खुशी होनी चाहिए, क्योंकि उसका नतीजा अपनी तरक्की होगा। यूरोप में जब नये साहित्य (इंग्लिश, फ्रेंच, जर्मन, इटालियन) बढ़े, तब सब साथ बढ़े, एक-दूसरे को दबाकर और मुकाबला करके नहीं।

इसके माने यह नहीं कि हर भाषा के प्रेमी अपनी भाषा की अलग उन्नति की कोशिश न करें। वे अवश्य करें, लेकिन वह दूसरों की विरोधी कोशिश न हो और मूल सिद्धान्त सामने रखें।

खाली उर्दू-हिन्दी के लिए नहीं, बल्कि हमारी सब बड़ी भाषाओं—बँगाला, मराठी, गुजराती, तमिल, तेलुगू, कन्नड़, मलयालम—के लिए यह बात साफ कर देनी चाहिए कि हम इन सब भाषाओं की तरक्की चाहते हैं, इनमें मुकाबला नहीं। हर प्रान्त में वहीं की भाषा ही प्रथम है। हिन्दी या हिन्दुस्तानी राष्ट्रभाषा अवश्य है और होनी चाहिए, लेकिन वह प्रान्तीय भाषा के पीछे ही आ सकती है। अगर यह बात निश्चय हो जाए और साफ-साफ कह दी जाए, तो बहुत-सी गलतफहमियाँ दूर हो जाएँ और भाषाओं का सम्बन्ध बढ़े।

हिन्दी और उर्दू का सम्बन्ध बहुत करीब का है और फिर भी कुछ दूर होता जा रहा है। इससे दोनों को हानि होती है। एक शरीर पर दो सिर हैं और वे आपस में लड़ा करते हैं। हमें दो बातें समझनी हैं और हालाँकि वे दो बातें ऊपरी तौर से कुछ विरोधी मालूम होती हैं, फिर भी उनमें कोई असली विरोध नहीं है। एक तो यह कि हम हिन्दी और उर्दू में ऐसी भाषा लिखें और बोलें जो कि बीच की हो और जिसमें संस्कृत या अरबी और फारसी के कठिन शब्द कम हों इसी को आम तौर से हिन्दुस्तानी कहते हैं। कहा जाता है और यह बात सही है कि ऐसी बीच की भाषा लिखने से दोनों तरफ की खराबियाँ आ जाती हैं, एक दोगली भाषा पैदा होती है, जो किसी को भी पसन्द नहीं होती और जिसमें न सौन्दर्य होता है, न शक्ति। यह बात सही होते हुए भी बहुत बुनियाद नहीं रखती—और मेरा विचार है कि हिन्दी और उर्दू के मेल से हम एक बहुत खूबसूरत और बलवान, भाषा पैदा कर सकेंगे, जिसमें जवानी की ताकत हो और जो दुनिया की भाषाओं में एक माकूल भाषा हो।

यह बात होते हुए भी हमें याद रखना है कि भाषाएँ जबरदस्ती नहीं बनतीं या बढ़तीं। साहित्य फूल की तरह खिलता है और उस पर दबाव डालने से मुरझा जाता है। इसलिए अगर हिन्दी-उर्दू भी अभी कुछ दिन तक अलग झुकें तो हमको उस पर एतराज नहीं करना चाहिए। यह कोई शिकायत की बात नहीं। हमें दोनों को समझने की कोशिश करनी चाहिए, क्योंकि जितने अधिक शब्द हमारी भाषा में हों, उतना ही अच्छा।

लिपि के बारे में यह बिलकुल निश्चय हो जाना चाहिए कि दोनों लिपियाँ—देवनागरी और उर्दू—जारी रहें और हर-एक को अधिकार हो कि वह जिसमें चाहे, लिखे। अक्सर इस बात की चर्चा होती है कि एक प्रान्त में हिन्दी लिपि को दबाते हैं, जैसे सरहदी प्रान्त या दूसरे प्रान्त में उर्दू लिपि को मौका नहीं मिलता। हमें खाली एक तरफ की बात नहीं कहनी है, बल्कि सिद्धान्त रखना है कि हर जगह दोनों लिपियों को पूरी आजादी चाहिए। हिन्दी और उर्दू दोनों के प्रेमियों को मिलकर यह बात माननी चाहिए और इसका यत्न करना चाहिए।

यह प्रश्न असल में हिन्दी और उर्दू से भी दूर जाता है। मेरी राय में हर भाषा और हर लिपि को पूरी आजादी होनी चाहिए, अगर उसके बोलने और लिखनेवाले काफी हों। मसलन, अगर कलकत्ते में काफी तमिल बोलनेवाले रहते हैं तो उनको अधिकार होना चाहिए कि उनके स्कूलों में तमिल द्वारा पढ़ाई हो। जाहिर है कि एक प्रान्त के राजनीतिक कार्य या अन्य काम बहुत-सारी भाषाओं में नहीं हो सकते। वह तो प्रान्त की ही भाषा में हो सकते हैं। उत्तर भारत और मध्य भारत में जहाँ जनता की भाषा हिन्दुस्तानी है, वहीं एक भाषा और दो लिपियाँ सब जगह आजादी से चलनी चाहिए। इसके माने यह नहीं हैं कि हर-एक को दो लिपियाँ सीखनी पड़ेंगी। यह बच्चों पर बहुत बोझ हो जाएगा और इसलिए वह या उनके माँ-बाप कह सकें कि वह किस लिपि में सीखें। कोशिश यह भी होनी चाहिए कि कुछ लोग दोनों लिपियाँ सीखें।

हिन्दी और हिन्दुस्तानी शब्दों पर बहुत बहस हुई है और गलतफहमियाँ फैली हुई हैं यह एक फिजूल की बहस है। दोनों ही शब्द हम अपनी राष्ट्रभाषा के लिए कह सकते हैं, दोनों सुन्दर हैं और हमारे देश और जाति से सम्बन्ध रखते हैं। लेकिन अच्छा हो, अगर इस बहस को बन्द करने के लिए हम बोलने की भाषा को हिन्दुस्तानी कहें और लिपि को हिन्दी से उर्दू कहें। इससे साफ मालूम हो जाएगा कि हम क्या कह रहे हैं।

यह हिन्दुस्तानी भाषा क्या हो? देहली या लखनऊ के रहनेवाले कहते हैं कि हमारी बोली आमफहम है। इसी को हिन्दुस्तानी बनाओ। लेकिन बनारस और पटना और मध्य भारत या राजपूताना में जाइए तो काफी फर्क मिलता है। और शहरों को छोड़ देहातों में हम जाएँ, तो और भी फर्क है। फिर कौन भाषा हमारी हो?

हमारी भाषा ऐसी होनी चाहिए, जो सभ्य हो और जिसे अधिक-से-अधिक जनता समझे। इसको हम बैठकर कुछ दोषों का मुकाबला करके नहीं बना सकते, और न दो-चार साहित्यकार (उर्दू और हिन्दी के) मिलकर पैदा कर सकते हैं। इसकी बुनियाद तभी मजबूत पड़ेगी जब लिखनेवाले आम के लिए लिखेंगे और बोलनेवाले उसके ही लिए बोलेंगे। तब यह दफ्तरी बहस कि कितनी उर्दू और कितनी हिन्दी यह सब खत्म हो जाएगी। जनता फैसला करेगी। जो उसकी समझ में आएगी, वह रहेगी, जो नहीं समझ में आएगी, वह हल्के-हल्के दब जाएगी।

इसलिए हमारे लिए सबसे बुनियादी प्रश्न यही है कि हम आम जनता के लिए अपना साहित्य बनाएँ और उसको हमेशा अपने दिमागों के सामने रखकर लिखें। हर लिखनेवाले को अपने से पूछना है—"मैं किसके लिए लिखता हूँ?"

एक और बात! यह आवश्यक है कि हिन्दी में यूरोप की भाषाओं से प्रसिद्ध पुस्तकों का अनुवाद हो। इसी तरह से हम दुनिया के विचार यहाँ लाएँगे और उनके साहित्य से लाभ उठाएँगे।

संस्कृत की जीवनी-शक्ति और स्थिरता

संस्कृत एक अद्भुत रूप से सम्पन्न, हरी-भरी और फूलों से लदी हुई भाषा है, फिर भी यह नियमों से बँधी हुई है और 2600 वर्ष पहले व्याकरण का जो चौखटा पाणिनि ने इसके लिए तैयार कर दिया था, उसी के भीतर चल रही है। यह फैली, खूब सम्पन्न हुई, भरी-पूरी और अलंकृत बनी, लेकिन अपने मूल को पकड़े रही। संस्कृत-साहित्य के ह्रास के जमाने में इसने अपनी कुछ शक्ति और शैली की सादगी खो दी और जटिल रूपों और उपमाओं और उत्प्रेक्षाओं में उलझ गई। शब्दों को जोड़नेवाले समास के नियम पंडितों के हाथ में पकड़कर चतुराई दिखाने के साधन बन गए और ऐसे समास-पद बनाए जाने लगे, जो कई पंक्तियों में जाकर टूटते थे।

सर विलियम जोन्स ने 1884 में ही कहा था—"संस्कृत भाषा चाहे जितनी पुरानी हो, उसका गठन अद्भुत है, यूनानी भाषा के मुकाबले में ज्यादा मुकम्मिल, लातीनी के मुकाबले में ज्यादा सम्पन्न और दोनों के मुकाबले में यह ज्यादा परिष्कृत है, लेकिन दोनों साथ-साथ हैं धातु-क्रियाओं और व्याकरण के रूपों में इतनी मिलती-जुलती हैं कि यह संयोग आकस्मिक नहीं हो सकता। यह मेल इतना गहरा है कि कोई भी भाषाशास्त्री इसकी जाँच करने पर इस नतीजे पर पहुँचे बिना नहीं रह सकता कि ये सभी भाषाएँ किसी एक ही सोते से निकली हैं, जो शायद अब नहीं रह गया है...।

विलियम जोन्स के बाद और यूरोपीय विद्वान हुए हैं—अंग्रेज, फ्रांसीसी, जर्मन और दूसरे—जिन्होंने संस्कृत का अध्ययन किया और एक नये विज्ञान, यानी तुलनात्मक भाषा-विज्ञान की नींव डाली। जर्मनी विद्वान इस नये मैदान में आगे बढ़े और संस्कृत में खोज करने का सबसे ज्यादा श्रेय उन्नीसवीं सदी के इन्हीं जर्मन विद्वानों को मिलना चाहिए। करीब-करीब सभी जर्मन विश्वविद्यालयों में संस्कृत का एक विभाग रहा है और इसमें एक या दो अध्यापक लगे रहे हैं। हिन्दुस्तान में पंडितों की कमी नहीं थी, लेकिन वे पुराने ढंग के थे, उनमें आलोचना-वृत्ति नहीं थी और वे अरबी और फारसी को छोड़कर प्रतिष्ठित विदेशी भाषाओं के जानकार न थे। यूरोपीयों के असर से हिन्दुस्तान में एक नई तरह से अध्ययन शुरू हुआ

और बहुत-से हिन्दुस्तानी यूरोप (आम तौर पर जर्मनी) गए जिसमें कि वे शोध और आलोचना और तुलनात्मक अध्ययन के नये तरीकों की सीख लें। इन्हें यूरोपीयों के मुकाबले में एक सुविधा थी, लेकिन साथ-ही-साथ एक असुविधा भी थी। और यह असुविधा इस वजह से थी कि उनके कुछ बँधे-तुले और पहले से बने हुए विचार थे और विरासत में मिले हुए इन विचारों और परम्पराओं के कारण वे निष्पक्ष आलोचना न कर पाते थे। जो सुविधा थी, वह बहुत बड़ी सुविधा थी, यानी रचना के भाव को, और जिस वातावरण में वह की गई थी, उसे वे जल्दी समझ लेते थे और इस तरह उसमें पैठ सकते थे।

व्याकरण और भाषाशास्त्र के मुकाबले में भाषा खुद कहीं बड़ी चीज है। यह एक जाति और संस्कृति के प्रतिभा की कवित्वमय विरासत है और जिन विचारों और कल्पनाओं ने उन्हें ढाला है, उनका जीता-जागता रूप है। शब्द युग-युग में अपने अर्थ बदलते रहते हैं और पुराने विचार नये विचारों में तब्दील हो जाते हैं, अगरचे अक्सर वे अपना पुराना भेस कायम रखते हैं, किसी पुराने लफ्ज या मुहावरे के मानी पकड़ना मुश्किल हो जाता है और उसके भाव के बारे में तो कहा ही क्या जाए? अगर हम उस पुराने मानों की झलक लेना चाहते हैं और उन लोगों के दिमाग में पैठना चाहते हैं, जिन्होंने इस भाषा को गुजरे दिनों में इस्तेमाल किया था, तो हमें भावुक और कवित्वमय निगाह रखना जरूरी है। भाषा जितनी सम्पन्न और भरी-पूरी होती है, उतनी ही यह दिक्कत बढ़ जाती है और प्रतिष्ठित भाषाओं की तरह संस्कृत ऐसे लफ्जों से भरी है, जिनमें न महज काव्य की सुन्दरता है बल्कि जिनमें गहरे मानी हैं। उनके साथ जुड़े हुए बहुत-से विचार हैं, जिनको ऐसी भाषा में, जो भावों और नजरिये में विदेशी हैं नहीं सदा किया जा सकता। उसके व्याकरण, उसके फलसफे में भी काव्य का पुट है—उसके पुराने कोष तक पद्य में हैं।

हममें से उन लोगों के लिए भी, जिन्होंने कि संस्कृत पढ़ी है, इस प्राचीन भाषा के भाव में पैठ सकना और उसकी पुरानी दुनिया में फिर से रह सकना बहुत आसान नहीं है। लेकिन हम कुछ हद तक ऐसा कर सकते हैं, क्योंकि हम उन पुरानी परम्पराओं के वारिस हैं और वह पुरानी दुनिया हमारी कल्पनाओं से अब भी चिपटी हुई है। हिन्दुस्तान की हमारी मौजूदा जबानें संस्कृत की सन्तान हैं और उनके शब्दकोश और वर्णन के ढंग संस्कृत की देन हैं। संस्कृत काव्य के फलसफे के बहुत-से पुरमानी और खास शब्द, जिनके विदेशी भाषाओं में तरजुमे नहीं हो सकते, अब भी हमारी आम भाषाओं के अंग हैं। और खुद संस्कृत में, अगरचे वह लोगों की भाषा की शक्ल में बहुत दिन हुए मर चुकी है, एक अद्भुत जीवनी-शक्ति है। लेकिन विदेशियों के लिए, वे चाहे जितने काबिल हों, कठिनाइयाँ और बढ़ जाती हैं। बदकिस्मती से विद्वान और आलिम कवि बहुत कम होते हैं और भाषा को जानने के लिए ऐसे आदमी की जरूरत है, जो आलिम भी हो और कवि भी।

इन विद्वानों से, जैसा मुशियों बार्थ ने बताया है, हमें ऐसे कोरे 'शब्दानुवाद मिलते हैं, जो अपने असली अर्थ से दूर ही नहीं, उलटे तक होते हैं।'

इसलिए अगरचे तुलनात्मक भाषाविज्ञान के अध्ययन ने तरक्की की है और संस्कृत में बहुत-कुछ शोध का काम हुआ है, फिर भी भावुक और कवित्वमय निगाह की दृष्टि से यह कुछ बेसूद और बेकार-सा रहा है। अंग्रेजी में या किसी विदेशी भाषा में संस्कृत से शायद ही कोई ऐसा अनुवाद हुआ हो, जिसे हम मान्य और मूल के साथ न्याय करनेवाला कह सकते हैं। इस काम में हिन्दुस्तानी और विदेशी दोनों ही अलग-अलग कारणों से नाकामयाब रहे हैं। यह बड़े अफसोस की बात है और दुनिया कुछ ऐसी चीज से महरूम रह जाती है, जिसमें अपार सौन्दर्य है और कल्पना है और गहरा विचार है और जो न महज हिन्दुस्तान की विरासत है, बल्कि जिसे मानव-जाति की विरासत होना चाहिए।

इंजील के प्रामाणिक संस्करण के अंग्रेजी अनुवादकों के कठिन संयम, आदरपूर्ण दृष्टिकोण और सूझ-बूझ ने न महज एक विशाल ग्रन्थ तैयार किया, बल्कि अंग्रेजी भाषा को शक्ति और गौरव प्रदान किया। यूरोपीय विद्वानों और कवियों की कई पीढ़ियों ने यूनानी और लातीनी के प्रतिष्ठित ग्रन्थों पर प्रेम के साथ मेहनत करके कई यूरोपीय भाषाओं में सुन्दर अनुवाद पेश किये हैं और इस तरह आम लोग भी उन संस्कृतियों में शरीक हो सकते हैं और अपनी नीरस जिन्दगियों में सच्चाई और सुन्दरता की झलक पा सकते हैं। बदकिस्मती से संस्कृत की बड़ी रचनाओं के साथ यह काम होना बाकी है। यह कब होगा और होगा भी या नहीं मैं नहीं जानता। हमारे विद्वान गिनती में और काबिलियत में आगे बढ़ते जाते हैं, इसी तरह हमारे कवि भी हैं, लेकिन इन दोनों के बीच एक चौड़ी और बढ़ती हुई खाई है। हमारी रचनात्मक प्रवृत्तियाँ दूसरी ही दिशा में जा रही हैं और आज की दुनिया के बहुत-से तकाजे हमें इसका मौका नहीं देते कि हम फुरसत से इन ग्रन्थों का अध्ययन कर सकें। खास तौर से हिन्दुस्तान में हमें दूसरी ही तरफ देखना पड़ रहा है और जो बहुत-सा वक्त खोया जा चुका है, उसे भरना है; हम लोग पुराने ग्रन्थों में बहुत डूब रहे हैं और चूँकि हम अपनी रचनात्मक बुद्धि खो चुके हैं इसलिए हमें उन ग्रन्थों से जिनका हम इतना मन भरते हैं, प्रेरणा भी नहीं मिलती। मैं समझता हूँ हिन्दुस्तान की प्रतिष्ठित पुस्तकों के अनुवाद निकलते ही रहेंगे और विद्वान लोग इसका ध्यान रखेंगे कि संस्कृत शब्दों और नामों की वर्तनी ठीक-ठीक की जाती है और शुद्ध उच्चारण के लिए आवश्यक चिन्ह लगाए जाते हैं, साथ ही काफी टिप्पणियों और व्याख्याओं और तुलनात्मक संकेतों को भी दिया जाता है, दरअसल जो भी अनुवाद होगा, उसमें हर एक लफ्ज का मतलब सावधानी से अदा किया जाएगा, फिर भी एक जिन्दा भाव की कमी रह जाएगी। जिस चीज में जान थी, आनन्द था, जो इतनी सुन्दर और मधुर थी, वह पुरानी और फीकी और बासी जान पड़ेगी, जिसका यौवन

और सौन्दर्य जाता रहा है, सिर्फ विद्वानों के अध्ययन-कक्ष की धूल और आधी रात में जलाये गए दीपक के तेल की गन्ध रह जाएगी।

कितने दिनों से संस्कृत एक मरी हुई भाषा है—इस मानी में कि वह आम तौर पर बोली नहीं जाती—मैं नहीं जानता। कालिदास के जमाने में भी यह जनता की भाषा न थी, अगरचे यह सारे हिन्दुस्तान के पढ़े-लिखों की भाषा थी। और सदियों तक वह ऐसी ही बनी रही, बल्कि दक्खिन-पूरबी एशिया के हिन्दुस्तान के उपनिवेशों में और मध्य एशिया में भी फैली। नियमित रूप से संस्कृत-अध्ययन के, और सम्भवत: नाटकों के भी, सातवीं सदी ईसवी में कम्बोडिया में प्रचलित होने के प्रमाण हैं। थाईलैंड (स्याम) में कुछ उत्सव संस्कारों के मौकों पर संस्कृत अब भी इस्तेमाल में आती है। हिन्दुस्तान में संस्कृत की जीवनी-शक्ति बड़ी अचरज-भरी रही है। जब तेरहवीं सदी के शुरू में अफगान सुल्तानों ने दिल्ली की गद्‌दी पर कब्जा कर लिया, उस समय हिन्दुस्तान के ज्यादातर हिस्सों की दरबारी जबान फारसी हो गई और रफ्ता-रफ्ता बहुत-से पढ़े-लिखे लोगों ने संस्कृत के मुकाबले में उसे तरजीह दी। आम जबानों ने भी तरक्की करके साहित्यिक रूप अख्तियार किये। फिर भी, इन सब बातों के बावजूद, संस्कृत चलती रही, अगरचे यह संस्कृत वैसे पाए की न रह गई थी। 1937 में, त्रिवेन्द्रम में, ओरियंटल कॉन्फ्रेंस के मौके पर, सभापति की हैसियत से बोलते हुए डॉ. एफ. एफ. टॉमस ने बताया था कि संस्कृत का हिन्दुस्तान में एकता लाने में कितना जोरदार हाथ था और अब भी उसका कितना प्रचार है। उन्होंने दरअसल यह तजवीज किया कि संस्कृत के किसी सरल रूप को, जो एक तरह की बुनियादी संस्कृत हो, अखिल भारतीय भाषा के रूप में बढ़ावा देना चाहिए। उन्होंने मैक्समूलर के इस बयान को उद्धृत किया और उससे इत्तिफाक जाहिर किया—'कदीम और आज के हिन्दुस्तान के बीच ऐसा अद्‌भुत सिलसिला चला आ रहा है बावजूद बार-बार की समाजी उथल-पुथल के, धार्मिक सुधारों और विदेशी हमलों के संस्कृत आज भी अकेली भाषा है, जो इस बड़े देश में सब जगह बोली जाती है...आजकल भी, एक सदी की अंग्रेजी हुकूमत और शिक्षा के बाद, मेरा विश्वास है कि संस्कृत हिन्दुस्तान में जितने विस्तार से समझी जाती है, उतने विस्तार से दांते के जमाने में यूरोप में लातीनी भाषा भी नहीं समझी जाती थी।'

दांते के जमाने में यूरोप में कितने लोग लातीनी समझते थे, इसका मुझे कुछ भी अनुमान नहीं, न मैं यही जानता हूँ कि हिन्दुस्तान में आज कितने लोग संस्कृत समझते हैं। लेकिन संस्कृत समझनेवालों की गिनती, खास तौर पर दक्खिन में, अब भी बहुत बड़ी है। सादी संस्कृत का समझना उन लोगों के लिए, जो आज की किसी भी भारतीय आर्यभाषा—हिन्दी, बँगला, मराठी, गुजराती आदि—को अच्छी तरह जानते हैं, आसान है। आजकल की उर्दू तक में जो खुद एक भारतीय आर्यभाषा है,

80 फीसदी लफ्ज संस्कृत के हैं। अक्सर यह बताना मुश्किल हो जाता है कि कोई खास लफ्ज संस्कृत से आया है या फारसी से, क्योंकि इन दोनों भाषाओं के मूल शब्द अक्सर एक-से हैं। कुछ अचरज की बात है कि दक्खिन की द्रविड़ भाषाओं ने, अगरचे वे मूल में बिलकुल अलग ही भाषाएँ हैं, संस्कृत के इतने शब्द अपने में ले लिये हैं कि करीब-करीब उनका आधा शब्दकोश संस्कृत में मिलता है।

बहुत-से विषयों पर, जिनमें नाटक भी है, संस्कृत में सारे मध्य-युग, यहाँ तक कि हमारे जमाने तक किताबें लिखी जाती रही हैं। दरअसल ऐसी किताबें अब भी निकलती रहती हैं और संस्कृत में पत्रिकाएँ भी निकलती हैं। उनका दर्जा बहुत ऊँचा नहीं है और संस्कृत-साहित्य में वे कोई मूल्यवान इजाफा नहीं करती हैं। लेकिन ताज्जुब की बात तो यह है कि संस्कृत की पकड़ इस सारे लम्बे जमाने में बनी रही। कभी-कभी आम सभाओं में अब भी संस्कृत में व्याख्यान होते हैं, अगरचे यह स्वाभाविक है कि सुननेवाले लोग बहुत चुने हुए होते हैं।

संस्कृत के लगातार इस्तेमाल ने यकीनी तौर पर मौजूदा जमाने की हिन्दुस्तानी भाषाओं की सहज बाढ़ को रोका है। पढ़े-लिखे दिमागी लोगों ने इन्हें तुच्छ बोलियों के रूप में समझा है और इस काबिल नहीं जाना है कि इनमें रचनात्मक और विद्वत्तापूर्ण रचनाएँ पेश की जाएँ। इस तरह की रचनाएँ संस्कृत में और बाद में फारसी में पेश की जाती रहीं बावजूद इस रुकावट के। बड़ी-बड़ी सूबेदार भाषाओं ने रफ्ता-रफ्ता सदियों के दौर में शक्ल अख्तियार की और उनके साहित्यिक रूपों का विकास हुआ और उनके साहित्य का निर्माण हुआ।

यह जानना दिलचस्प होगा कि आजकल के थाईलैंड में जब नये पारिभाषिक वैज्ञानिक और प्रशासन-सम्बन्धी परिभाषित शब्दों की जरूरत हुई, तो उनमें से बहुत-से संस्कृत के आधार पर बना लिये गए।

प्राचीन हिन्दुस्तानी ध्वनि पर बड़ा जोर देते थे और इसलिए उनकी रचनाओं में, चाहे वे गद्य में हों या पद्य में, एक लय और संगीत का गुण मिलता है। शब्दों का ठीक-ठीक उच्चारण हो सके, इसकी बड़ी कोशिश होती थी और इसके लिए नियम बनाए गए थे। इसकी और भी जरूरत यों पड़ी कि पुराने जमाने में शिक्षा जबानी होती थी और सारी पुस्तकें कंठस्थ करा दी जाती थीं, और इस तरह पीढ़ी-दर-पीढ़ी चलती रहती थीं। शब्दों की ध्वनि को महत्त्व देने का नतीजा यह हुआ कि मतलब और ध्वनि का मेल कराने की कोशिशें हुईं। कभी-कभी बहुत सुन्दर मेला पैदा हुआ और कभी-कभी भद्दे और बनावटी संयोग भी बन पड़े। ई. एच. जॉन्स्टन ने इसके बारे में लिखा है—'हिन्दुस्तान के संस्कृत कवियों में ध्वनि के परिवर्तनों का जो एहसास है, उसके बराबर की मिसाल दूसरे देशों के साहित्य में बहुत कम मिलेगी और उनके शब्द-विन्यास में बड़ा ही आनन्द आता है। लेकिन उनमें से कुछ ध्वनि और आशय को इस तरह से भी मिलाने की कोशिश करते हैं कि उसमें

कोई बारीकी नहीं पैदा होती और उन्होंने थोड़े-से व्यंजनों के सहारे और कभी एक ही व्यंजन के सहारे पद्य-रचना करके तो बड़ा ही अनर्थ किया है।

वेदों के पाठ आज भी उच्चारण के उन नियमों के अनुसार किये जाते हैं, जो पुराने जमाने में बनाए गए थे।

मौजूदा जमाने की हिन्दुस्तानी भाषाएँ, जो संस्कृत से निकली हैं और इसलिए भारतीय आर्यभाषाएँ कहलाती हैं, ये हैं—हिन्दी, उर्दू, बँगला, मराठी, गुजराती, उड़िया, असमी, राजस्थानी (जो हिन्दी का ही एक रूप हैं), पंजाबी, सिन्धी, पश्तो और कश्मीरी।

द्रविड़ भाषाएँ ये हैं—तमिल, तेलुगु, कन्नड़ और मलयालम। इन पन्द्रह भाषाओं में सारे हिन्दुस्तान की भाषाएँ आ जाती हैं, और इनमें से हिन्दी (अपने रूपान्तर उर्दू के साथ) सबसे ज्यादा जायज है और जहाँ यह बोली भी नहीं जाती, वहाँ भी समझ ली जाती है। इन भाषाओं को छोड़कर कुछ बोलियाँ और अविकसित भाषाएँ हैं, जो बहुत छोटे इलाकों में या कुछ पिछड़ी हुई पहाड़ी और जंगली जातियों द्वारा बोली जाती हैं। बार-बार दुहराई जानेवाली यह कहानी कि हिन्दुस्तान में पाँच सौ या इससे ज्यादा जबानें हैं, भाषा-वैज्ञानिकों या मर्दुमशुमारी के कमिश्नर के दिमाग की गति है, जो बोलियों के छोटे-छोटे भेदों को, और असम, बंगाल और बर्मा के सरहद की पहाड़ी जातियों की हर एक बोली को गिन लेते हैं, चाहे वह बोली कुछ सौ या हजार लोगों की ही बोली हो। इन सैकड़ों की गिनती करानेवाली भाषाओं में से ज्यादातर हिन्दुस्तान के पूरबी सरहदी या बर्मा के सरहदी इलाकों की बोलियाँ हैं। जो तरीका मर्दुमशुमारी के कमिश्नरों ने अख्तियार किया है, उसी की नकल की जाए, तो यूरोप में सैकड़ों भाषाएँ निकलेंगी, और जर्मनी में मेरा खयाल है, साठ बताई गई हैं।

हिन्दुस्तान में जबान के मसले का इस विविधता से कोई ताल्लुक नहीं। यह मसला हिन्दी-उर्दू का है, यानी एक जबान का, जिसके दो साहित्यिक रूप हैं और जिनकी दो लिपियाँ हैं। बोली में दोनों में शायद ही ज्यादा फर्क हो; लिखने में, खास तौर से साहित्यिक शैली में, यह भेद बढ़ जाता है। इस भेद को कम करने की और एक आम सूरत, जिसे हिन्दुस्तानी कहते हैं, पैदा करने की भी कोशिशें हुई हैं, और अब भी जारी है। और यह आम जबान की शक्ल में जो सारे हिन्दुस्तान में समझी जा सके, तरक्की कर रही है।

पश्तो, जो संस्कृत से निकली हुई भारतीय आर्य-भाषाओं में से एक है, पश्चिमोत्तर के सरहदी सूबे की जबान है, और अफगानिस्तान की भी। इस पर हमारी दूसरी भाषाओं के मुकाबले में फारसी का ज्यादा असर पड़ा है। इस सरहदी इलाके मे गुजरे जमाने में बहुत-से ऊँचे दर्जे के विचारक, विद्वान और संस्कृत के वैयाकरण हो गए हैं।

लंका की भाषा सिंहली है। यह भी संस्कृत से निकली हुई एक भारतीय आर्यभाषा है। सिंहली लोगों ने अपना धर्म, यानी बौद्ध धर्म ही हिन्दुस्तान से नहीं लिया है, बल्कि वे जाति और भाषा में भी हिन्दुस्तानियों से मिले हुए हैं।

अब यह बात पूरी तरह से मानी जा चुकी है कि संस्कृत का यूरोप की पुरानी प्रतिष्ठित और आज की भाषाओं से मेल है। स्लाव भाषा तक में बहुत-से मूल शब्द संस्कृत से मिलते हैं। संस्कृत से सबसे निकट की यूरोपीय भाषा लिथुआनियन है।

हिन्दी साहित्य का अन्य भाषाओं के साहित्यों से सम्बन्ध

एक दफा मैंने आपस की बातचीत में यह कहा था कि पिछले चालीस या पचास बरस में हमारी प्रान्तीय भाषाओं में बँगला, मराठी और गुजराती ने हिन्दी से अधिक तरक्की की है। इस बात से कुछ हिन्दी के साहित्यकारों को दुःख हुआ था और वह मुझसे अप्रसन्न हुए थे। मेरा तो बिलकुल यह खयाल या इरादा नहीं था कि मैं हिन्दी की शान के खिलाफ कोई बात कर रहा हूँ, लेकिन मेरे मायने साफ नहीं थे इसलिए शायद कुछ लोगों को गलतफहमी हो गई। उसके बाद मुझे मालूम हुआ कि मुझसे अधिक जाननेवाले लोगों की भी कुछ ऐसी ही राय है। इसलिए मैं हिम्मत करता हूँ इस बारे में कुछ लिखने की।

मेरा मतलब हिन्दी के पुराने साहित्य से नहीं था और यह भी मैं जानता हूँ कि आजकल हिन्दी में जागृति है और अच्छी तरक्की हो रही है। मेरा खयाल यह था कि यह नई जागृति हमारी प्रान्तीय भाषाओं में सबसे पहले बँगला में, फिर मराठी और गुजराती में हुई और बाद में हिन्दी में। इस वजह से बँगला, मराठी और गुजराती शुरू में कुछ आगे बढ़ गईं। यह जागृति सब भाषाओं में क्यों हो रही है? इसके बहुत कारण हैं। मोटी वजह तो यही है कि नये विचारों ने आकर इसको पैदा किया। किसी देश की भाषा में और उसकी संस्कृति में और राजनीतिक हालत में बड़ा करीब का सम्बन्ध है। शायद अंग्रेजी कवि मिल्टन ने कहीं लिखा है कि मुझको किसी देश की भाषा दिखाओ और बगैर कुछ और जाने हुए मैं तुमको बतला दूँगा कि वह देश कैसा है—आजाद या गुलाम, ऊँचे दर्जे का या असभ्य, बलवान या कमजोर, बहादुर या डरपोक।

हमारा देश जब गिरा तब हमारी भाषाएँ भी गिरीं और बहुत दिनों तक गिरी रहीं। जब देश जागने लगा तब भाषाएँ भी उठीं। यह जागने का सिलसिला सबसे पहले बंगाल में शुरू हुआ। वहाँ नये खयालात आए अधिकतर यूरोप की तरफ से और उन्होंने नई जान पैदा की। हमारी राजनीतिक संस्थाएँ तो उस समय अपना सब काम अंग्रेजी में करती थीं। फिर भी उसका कुछ असर छनकर प्रान्तीय भाषाओं पर पड़ा—पहले बँगला, फिर मराठी और गुजराती और उसके बाद हिन्दी। हिन्दी पिछड़ी हुई कोई अपने पुराने साहित्य की कमजोरी से नहीं थी, परन्तु इसलिए कि

हिन्दी प्रान्तों में राजनीतिक जागृति देर में हुई और हम दूसरे प्रान्तों की जागृति से जल्दी फायदा नहीं उठा सके, क्योंकि भाषाओं का काफी सम्बन्ध नहीं था।

हमें इस अनुभव से लाभ उठाना चाहिए और देश की सब भाषाओं में इसी तरह का सम्बन्ध पैदा करना चाहिए। उनके साहित्यकारों की एक संस्था बने जिसकी बैठक कभी-कभी हुआ करें। इससे बजाय मुकाबले और द्वेष के आपस का मेल बढ़ेगा और एक-दूसरे की तरक्की में मदद कर सकेंगी। विचारधाराएँ देश-भर में तेजी से फैलेंगी और हमारी एकता बढ़ेगी। मैंने सुना है कि इसके आरम्भ करने का कुछ प्रयत्न हो रहा है, लेकिन उसके बारे में मुझे कुछ ज्यादा मालूम नहीं है।

एक आशा मैं करता हूँ—ऐसा भारतीय साहित्य संघ भारत की सब भाषाओं की दावत करेगा। हिन्दी और उर्दू दो बहनें नहीं हैं—एक ही शरीर पर दो चेहरे हैं। उनका तो हमको करीब-से-करीब सम्बन्ध करना है। बँगला, मराठी और गुजराती, हिन्दी की छोटी बहनें हैं। दक्षिण की भाषाएँ हमारे देश की सबसे पुरानी हैं। इन सबके अलावा और भी भारत की छोटी और बड़ी भाषाओं को उस संस्था में लेना चाहिए। मैं तो यह भी सिफारिश करूँगा कि अंग्रेजी की भी उसमें जगहें हों। हमारी भाषा वह नहीं, लेकिन फिर भी हमारे देश के जीवन में उसका बड़ा हिस्सा है—एक तरह की सौतेली भाषा हो गई है।

ऐसे भारतीय साहित्य संघ में अक्सर ऐसे प्रश्न उठ सकते हैं जिनमें आपस में संघर्ष हो सकता है, खासकर लिपि का सवाल है। कभी-न-कभी इन सवालों का हमें फैसला करना होगा, लेकिन अभी तय नहीं हो सकता और इसकी कोशिश में बहुत मनमुटाव होगा। मेरा विचार है कि हमारे लिए लिपि के सिलसिले में पहला बड़ा कदम यह होगा कि हिन्दी, बँगला, मराठी और गुजराती की एक लिपि हो जाए। वह आपस में समझौते और इत्तिफाक से ही हो सकता है। जरा भी दबाव की गुंजाइश नहीं है।

मेरा यह पक्का खयाल है कि हिन्दी या हिन्दुस्तानी को हमारे देश की राष्ट्रभाषा होना चाहिए और वह होगी चाहे लिपि दो हों। लेकिन मैं यह भी समझता हूँ कि हमारे प्रान्तों की बड़ी भाषाएँ खूब बढ़ेंगी और हमको उन्हें बढ़ाना चाहिए। उनके बढ़ने में और हिन्दी के राष्ट्रभाषा होने में कोई विरोध नहीं है। जो लोग अपने जोश में आकर विरोध पैदा करते हैं, वह दोनों को हानि पहुँचाते हैं।

दूसरा सवाल यह है कि हमारे साहित्यकारों को और दुनिया के साहित्यों से सम्बन्ध पैदा करना चाहिए और अन्तर्राष्ट्रीय साहित्य संघों में शरीक होना चाहिए, इसके बगैर हम दुनिया के अगुआ देशों में नहीं हो सकते। हमको यह मानना है कि इस नवयुग में नये विचार यूरोप और अमरीका से आ रहे हैं। इनको बगैर समझे आजकल की दुनिया का सामना नहीं कर सकते। पहली बात जो यह नवयुग सिखाता

है वह यह कि संसार एक है, उसके अलग-अलग टुकड़े नहीं कर सकते और जो अलग होना चाहते हैं, वह पिछड़ जाते हैं।

इस सिलसिले में हममें से काफी लोगों को विदेशी भाषाएँ भी सीखनी चाहिए। वही हमारे लिए दुनिया को देखने की खिड़कियाँ होंगी जिनके जरिये से धूप और ताजी हवा आती रहे। अंग्रेजी तो हममें से बहुत लोग जानते हैं। इससे हम फायदा उठाएँगे क्योंकि इस भाषा का फैलाव बढ़ता जाता है। इसकी वजह अमरीका है जो इस समय सबसे दौलतमन्द और बलवान देश है। लेकिन अंग्रेजी काफी नहीं है और सिर्फ अंग्रेजी जानने की वजह से हम अक्सर धोखा खा चुके हैं। हम सारी दुनिया को अंग्रेजी ऐनकों से देखने लगे हैं और यह नहीं महसूस करते कि वह बिलकुल एकतरफा है। अंग्रेजी हुकूमत का राजनीतिक मुकाबला करते हुए भी हम विचारों में बहुत-कुछ उनके गुलाम हो गए। उन्हीं की किताबें पढ़ें, उन्हीं के अखबार, उन्हीं की भेजी हुई खबरें। इसका जबरदस्त असर हमारे ऊपर होता ही है। अगर हम फ्रेंच या जर्मन या रूसी किताबें या अखबार पढ़ें तब हमें मालूम होता है कि दुनिया कोई और चीज भी है और अंग्रेजों का उसमें इतना बड़ा हिस्सा नहीं है जितना हम समझते थे। इसलिए यह जरूरी होता है कि हमारे देश में कुछ लड़के और लड़कियाँ अंग्रेजी के अलावा विदेशी भाषाएँ सीखें—खासकर फ्रेंच, जर्मन, रूसी और स्पेनिश (जो दक्षिण अमरीका में फैली हुई है)। यह भी अच्छा हो अगर चीनी और जापानी भी कुछ लोग सीखें। फारसी तो अभी तक काफी लोग हमारे देश में जानते हैं।

यूरोप में समझा जाता है कि पढ़े-लिखे आदमी को कम-से-कम दो या तीन भाषाएँ जाननी चाहिए और अक्सर ऐसा होता भी है। हमारे लिए यह ज्यादा कठिन होगा और बहुत लोग विदेशी भाषाएँ नहीं सीख सकते। इसलिए यह उचित होगा कि विदेशी भाषाओं में जो प्रसिद्ध पुस्तकें हैं उनका अनुवाद हिन्दी में हो। यह मुझे बहुत आवश्यक मालूम होता है अगर हम दुनिया की विचारधाराओं को समझना चाहते हैं। इस समय ऐसी अनूदित पुस्तकें बहुत कम हैं और जो हैं भी उनका तरजुमा अक्सर अच्छा नहीं होता। हमारे अनुवादक लोग, खासकर जो समाचार-पत्रों में काम करते हैं, बिलकुल लफ्जी अनुवाद करते हैं और शब्द के या फिकरे के पीछे क्या अन्दरूनी मायने हैं, उस पर बहुत कम विचार करते हैं। जो लोग शब्दों से प्रेम करते हैं, वह जानते हैं कि हर शब्द में जान है, रूह है और उसका एक पुराना इतिहास है और इसलिए उसके माने भी बताने आसान नहीं हैं और अनुवाद करना तो बहुत कठिन है। लेकिन हमारे यूनिवर्सिटियों से निकले हुए भाई बहुत बहादुरी से बगैर आगे-पीछे देखे, तेजी से अनुवाद करते हैं। डिक्शनरी या कोष के लिहाज से शब्दों का अर्थ ठोस दिखाया जाता है, लेकिन जो चीज उछलती-कूदती-फड़कती जिन्दा थी, वह मुर्दा लाश हो जाती है और जिसके माने थे, वह बेमानी हो जाती है। इन बेगुनाहों के कत्लेआम से रंज होता है।

संस्कृति

हिन्दुस्तानी संस्कृति का अटूट सिलसिला

इस तरह शुरू-शुरू के दिनों में हम एक ऐसी सभ्यता और संस्कृति का आरम्भ देखते हैं, जो बाद के युगों में बहुत फली-फूली और पनपी और बावजूद बहुत-सी तब्दीलियों के बराबर कायम रही। बुनियादी आदर्श और मुख्य विचार अपना रूप ग्रहण करते हैं और साहित्य और फलसफा, कला और नाटक और जिन्दगी के और धन्धे इन आदर्शों से और लोकमत से प्रभावित होते हैं, जो बाद में उगकर बढ़ते ही रहे और आजकल की वर्ण-व्यवस्था के रूप में उन्होंने सारे समाज और सभी चीजों को जकड़ लिया। यह व्यवस्था एक खास युग की परिस्थितियों में बनी थी और इसका उद्देश्य समाज का संगठन और उसमें सम-तौल पैदा करना था, लेकिन इसका विकास कुछ ऐसा हुआ कि यह उसी समाज के लिए और इनसानी दिमाग के लिए कैदघर बन गई। आखिरकार तरक्की के दामों हिफाजत खरीदी गई।

फिर भी बहुत दिनों तक यह व्यवस्था कायम रही और सभी दिशाओं में तरक्की करने की प्रेरणा इतनी जोरदार थी कि उस व्यवस्था के चौखटे के भीतर भी यह सारे हिन्दुस्तान में और पूरबी समुन्दरों तक फैली और इसकी पायदारी ऐसी थी कि यह हमलों के धक्के बार-बार सहकर भी जिन्दा रही। प्रोफेसर मैकडानेल अपने 'संस्कृत साहित्य के इतिहास' में हमें बताते हैं कि "हिन्दुस्तानी साहित्य का महत्त्व समग्र रूप से उसकी मौलिकता में है। जिस वक्त यूनानियों ने ईसा की पहले से चौथी सदी के अन्त में पश्चिमोत्तर में हमला किया, उस वक्त हिन्दुस्तानी अपनी कौमी संस्कृति कायम कर चुके थे और इस पर विदेशी प्रभाव नहीं पड़े थे। और बावजूद इसके कि ईरानियों, यूनानियों, सिदियनों और मुसलमानों के हमलों की लहरें एक के बाद एक आती रहीं और ये लोग विजय पाते रहे, भारतीय आर्य जाति की जिन्दगी और साहित्य का कौमी विकास अंग्रेजों के अधिकार के वक्त तक बिना रुकावट और अटूट क्रम से चलता रहा। इंडो-यूरोपियन जाति की किसी शाखा ने, अलग रहते हुए, ऐसे विकास का अनुभव नहीं किया। चीन को छोड़कर कोई ऐसा मुल्क नहीं, जो अपनी भाषा और साहित्य, अपने धार्मिक विश्वास और कर्मकांड और अपने सामाजिक रीति-रिवाजों का तीन हजार वर्षों से ज्यादा का अटूट विकास का सिलसिला पेश कर सके।"

लेकिन इतिहास के इस लम्बे जमाने में हिन्दुस्तान बिलकुल अलग-थलग नहीं रहा है और उसका निरन्तर और जीता-जागता सम्पर्क ईरानियों, यूनानियों, चीनियों, मध्य एशियायियों और औरों से रहा है। अगर उसकी बुनियादी संस्कृति इन सम्पर्कों के बाद भी कायम रही, तो जरूर खुद इस संस्कृति में कोई बात—कोई भीतरी ताकत और जिन्दगी की समझ-बूझ रही है, जिसने इसे इस तरीके पर जिन्दा रखा है, क्योंकि यह तीन-चार हजार बरसों का संस्कृति का विकास और अटूट सिलसिला एक अद्‌भुत बात है। मशहूर विद्वान और प्राच्यविद् मैक्समूलर ने इस पर जोर दिया है और लिखा है—"दरअसल हिन्दू विचार के सबसे हाल के और सबसे पुराने रूपों में एक अटूट क्रम मिलता है और यह तीन हजार से ज्यादा तक बना रहा है।" बहुत जोश के साथ उन्होंने (इंग्लिस्तान की कैम्ब्रिज यूनिवर्सिटी में दिये गए व्याख्यानों में, सन् 1882) में कहा है—"अगर हम सारी दुनिया की खोज करें, ऐसे मुल्क का पता लगाने के लिए कि जिसे प्रकृति ने सबसे सम्पन्न, शक्तिवाला और सुन्दर बनाया है—जो कुछ हिस्सों में धरती पर स्वर्ग की तरह है—तो मैं हिन्दुस्तान की तरफ इशारा करूँगा। अगर मुझसे कोई पूछे कि किस आकाश के तले इनसान के दिमाग ने अपने कुछ सबसे चुने हुए गुणों का विकास किया है, जिन्दगी के सबसे अहम् मसलों पर सबसे ज्यादा गहराई के साथ सोच-विचार किया है और उनमें से कुछ के ऐसे हल हासिल किये हैं, जिन पर उन्हें भी ध्यान देना चाहिए, जिन्होंने अफलातून और कांट को पढ़ा है—तो मैं हिन्दुस्तान की तरफ इशारा करूँगा। और अगर मैं अपने से पूछूँ कि कौन-सा ऐसा साहित्य है, जिससे हम यूरोपवाले, जो बहुत-कुछ महज यूनानियों और रोमनों और एक सेमेटिक जाति के, यानी यहूदियों के विचारों के साथ-साथ पले हैं, वह इसलाह हासिल कर सकते हैं, जिसकी हमें अपनी जिन्दगी को ज्यादा मुकम्मिल, ज्यादा विस्तृत और ज्यादा व्यापक बनाने के लिए जरूरत है, न महज इस जिन्दगी के लिहाज से, बल्कि एकदम बदली हुई और सदा कायम रहनेवाली जिन्दगी के लिहाज से, तो मैं हिन्दुस्तान की तरफ इशारा करूँगा।"

करीब-करीब आधी सदी बाद, रोमां रोलां ने उसी लहजे में लिखा है—"अगर दुनिया की सतह पर कोई एक मुल्क है, जहाँ कि जिन्दा लोगों के सभी सपनों को उस कदीम वक्त से जगह मिली है, जब से इनसान ने अस्तित्व का सपना शुरू किया, तो वह हिन्दुस्तान है।"

महाकाव्य, इतिहास, परम्परा और कहानी-किस्से

कदीम हिन्दुस्तान के दो बड़े महाकाव्य—रामायण और महाभारत—शायद कई सदियों में तैयार हुए और बाद में भी उनमें नये टुकड़े जोड़े जाते रहे। उनमें भारतीय आर्यों के शुरू के दिनों का हाल है—उनकी विजयों का, उनकी आपस की उस वक्त की लड़ाइयों का, जब वे फैल रहे थे और अपनी ताकत को मजबूत कर रहे थे—लेकिन इन महाकाव्यों की रचना और संग्रह बाद की बातें हैं। मैं कहीं की किसी ऐसी पुस्तक को नहीं जानता हूँ, जिसने आम जनता के दिमाग पर इतना लगातार और व्यापक असर डाला हो, जितना कि इन दो पुस्तकों ने डाला है। इतने कदीम वक्त में तैयार की गई होने पर भी वे हिन्दुस्तानियों की जिन्दगी में आज भी अपना जीता-जागता असर रखती हैं। मूल संस्कृत में तो थोड़े-बहुत काबिल लोगों तक ये पहुँचती हैं, लेकिन तरजुमों और बहुत-से और तरीकों से, जिनसे परम्परा और किस्से-कहानियाँ फैलती हैं और आम लोगों की जिन्दगी का ताना-बाना बन जाती हैं, ये जनता तक पहुँची हुई हैं।

इनमें हमें वह खास हिन्दुस्तानी ढंग मिलता है, जिसमें जुदा-जुदा सांस्कृतिक विकास के लोगों के लिए एक साथ सामग्री पेश की जाती है, यानी ऊँचे-से-ऊँचे दर्जे के विद्वानों से लेकर अनपढ़ और अशिक्षित देहाती तक के लिए। इनके जरिये हमें कदीम हिन्दुस्तानियों का वह गुर कुछ-कुछ समझ में आ जाता है, जिससे वे एक पंचमेल और जात-पाँत में बँटे हुए समाज को इकट्ठा बनाए रखने में, उनके झगड़ों को सुलझाते रहने में, उन्हें वीर परम्परा और नैतिक रहन-सहन की समान भूमिका देने में कामयाब हुए हैं। उन्होंने कोशिश करके लोगों में एक आम नजरिया कायम किया और यह सब भेदभावों से ऊपर था और बना रहा।

मेरे बचपन की सबसे पहली यादों में इन महाकाव्यों की उन कहानियों की यादें हैं, जिन्हें मैंने अपनी माँ से और घर की बड़ी-बूढ़ी औरतों से उसी तरह सुना था, जिस तरह कि यूरोप या अमरीका में बच्चे परियों की या दूसरी साहस की कहानियाँ सुनते हैं। इन कहानियों में मेरे लिए परियों की कहानियों और साहस की कहानियों, दोनों के ही तत्त्व मौजूद थे और फिर हर साल खुले मैदान में होनेवाले उन लोकप्रिय नाटकों में ले जाया जाता था, जहाँ रामायण की कथा का अभिनय होता था और

बहुत बड़े मजमे उसे देखने के लिए इकट्ठा होते थे। ये सब बातें बड़े भद्दे ढंग से हुआ करती थीं, लेकिन इससे कोई फर्क नहीं पड़ता था, क्योंकि कहानी तो सभी लोगों की जानी हुई थी, और त्योहार के दिन आनन्द के दिन होते थे।

इस तरीके पर हिन्दुस्तान के किस्से-कहानियाँ और पुरानी परम्परा मेरे दिमाग में घर करती रहीं और ये बहुत-सी और दूसरी खयाली बातों से मिलती-जुलती रहीं। मुझे ऐसा खयाल नहीं कि मैंने इन कहानियों को हूबहू सच समझकर उन पर कभी ज्यादा अहमियत दी हो; बल्कि उनमें जादू-टोने या अलौकिकता के जो अंश होते, उनकी मैंने आलोचना भी की है। लेकिन कल्पना में, मेरे लिए वे काफी सच्ची रही हैं, उसी तरह जिस तरह कि अलिफलैला या पंचतंत्र की कहानियाँ, जो जानवरों के किस्सों का भंडार हैं और जिनसे पश्चिमी एशिया और यूरोप ने बहुत-कुछ हासिल किया है। जब मैं बड़ा हुआ, तो और तस्वीरें मेरे दिमाग में इकट्ठा हुईं—हिन्दुस्तान और यूरोप की परियों की कहानियाँ यूनानी दन्त कथाएँ, जोन ऑब आर्क की कहानी, 'ऐलिस इन वंडरलैंड' की कहानी, अकबर और बीरबल की बहुत-सी कहानियाँ, शरलाक होम्स के किस्से, राजा आर्थर और उसके सरदारों की कथाएँ, हिन्दुस्तानी गदर की नायिका, झाँसी की रानी की कथा और राजपूती बहादुरी और जौहर की कहानियाँ। ये और बहुत-सी और कहानियाँ कुछ अजीब तरह के उलझाव के साथ मेरे दिमाग में भरी हुई थीं, लेकिन हमेशा इनके पीछे, एक भूमिका की तरह वे हिन्दुस्तानी दन्तकथाएँ थीं, जिन्हें मैंने अपने शुरू—बचपन के दिनों में सीखा था।

अगर मेरा यह हाल था, जिसके दिमाग पर तरह-तरह के असर पड़े थे, तो मैंने अनुभव किया कि इन पुरानी दन्तकथाओं और परम्परा का औरों के दिमाग पर, खास तौर पर हमारी अनपढ़ जनता के दिमाग पर कितना ज्यादा पड़ा होगा। यह असर संस्कृति और नीति, दोनों ही के लिहाज से अच्छा असर रहा है और इन कहानियों या रूपकों की सुन्दरता और खयाली संकेत को बरबाद करना या फेंक देना मैं हरगिज पसन्द न करूँगा।

हिन्दुस्तान की दन्तकथाएँ महाकाव्यों तक महदूद नहीं हैं, वे वैदिक काल तक पहुँचती हैं और अनेक रूपों और पोशाकों में संस्कृत साहित्य में आती हैं। कवि और नाटककार इनसे पूरा फायदा उठाते हैं और अपनी कथाएँ और सुन्दर कल्पनाएँ इनके अधार पर बनाते हैं। कहा जाता है कि अशोक का वृक्ष सुन्दरी स्त्री के पैरों से छुआ जाकर फूल उठता है। हम कामदेव और उसकी स्त्री रति की कथाएँ पढ़ते हैं, और उसके मित्र बसन्त की। काम दुस्साहस करके अपना पुष्पबाण स्वयं शिव पर चलाता है और शिव के तीसरे नेत्र से निकली हुई ज्वाला में भस्म हो जाता है। लेकिन वह अनंग, यानी बिना शरीर का होकर जिन्दा रहता है।

इन पुराणों की कथाओं और वीरगाथाओं में सच्चाई पर अड़े रहने और चाहे जैसा जोखिम होने पर अपने वचन का पालन करने, मृत्यु तक और उसके बाद भी

वफादारी न छोड़ने, साहसी और अच्छे काम करने और लोकहित के लिए त्याग करने की शिक्षाएँ दी गई हैं। कभी-कभी तो ये कहानियाँ बिलकुल खयाली होती हैं, कभी उनमें घटनाओं और कल्पनाओं का मेल-जोल रहता है, किसी ऐसी घटना का, जिसे परम्परा ने महफूज रखा है, बढ़ा-चढ़ा बयान होता है। सच्ची घटनाएँ और गढ़े हुए किस्से इस तरह एक में मिल गए हैं कि दोनों अंशों को अलग करना गैर-मुमकिन है और इस तरह का गड्ड-मड्ड खयाली इतिहास की जगह ले लेता है, जो चाहे हमें यह न बता सके कि दरअसल हुआ क्या, लेकिन जो हमें उतनी ही महत्त्व की दूसरी सूचना देता है, यानी लोग क्या हुआ समझते रहे हैं। उनकी समझ में उनके वीर पूर्वज कैसे-कैसे काम कर सकते थे और उनके क्या आदर्श थे? इस तरह ये चाहे सच्ची घटनाएँ हों,चाहे गढ़े हुए किस्से यहाँ के रहनेवालों की जिन्दगी के ये जीते-जागते जुज बन जाते हैं और उन्हें अपनी रोजमर्रा की जिन्दगी की नीरसता और कुरूपता से बचाकर ऊँची दुनिया की तरफ खींचेते रहे हैं और आदर्श तक पहुँचना चाहे जितना भी कठिन रहा हो, हमेशा कर्तव्य और सही जीवन का रास्ता दिखाते रहे हैं।

कहा जाता है कि गेटे ने उन लोगों की मलामत की है, जिन्होंने लूक्रिशिया को और दूसरी पुरानी रोमन वीरगाथाओं को गढ़ंत और झूठी बताया है। उसने कहा है कि जो चीज दरअसल जाली और झूठी होगी, वह भद्दी और निकम्मी भी होगी, कभी सुन्दर और रूह फूँकनेवाली नहीं हो सकती, और अगर रोमन लोग इतने काफी बड़े थे कि इस तरह की चीजें गढ़ सकें, तो हमें कम-से-कम इतना बड़ा होना चाहिए कि उनमें यकीन कर सकें।

इसलिए यह कल्पित इतिहास, जो घटनाओं और गढ़ंत का मेल है, या जो कभी-कभी बिलकुल गढ़ंत है, एक प्रतीक के रूप में सत्य बन जाता है और हमें उस खास जमाने के लोगों के दिल और दिमाग और मकसदों के बारे में बताता है। एक और माने में यह सच है कि यह विचार और काम की बुनियाद में पहुँचाता है—जहाँ तक आनेवाले इतिहास का ताल्लुक है। कदीम हिन्दुस्तान में इतिहास की समूची धारणा पर फलसफे और मजहब के सोच-विचार का और इखलाकी रुझानों का असर पड़ा है। तारीखवार इतिहास लिखने की या घटनाओं का कोरा हाल इकट्ठा कर लेने की कोई खास अहमियत नहीं रही है। जिस बात की उन्हें ज्यादा फिक्र रही है, वह यह है कि इनसानी घटनाओं का इनसानी आचरण पर क्या प्रभाव और असर रहा है। यूनानियों की तरह ये लोग कल्पनाशील और कला-विषय में गुणी थे और गुजरी हुई घटनाओं के बारे में भी उन्होंने कल्पना और कला से काम लिया है, क्योंकि उनका ध्यान इस बात पर रहा है कि आगे के आचरण के लिए कुछ सबक लिया जाए।

यूनानियों, चीनियों और अरबवालों की तरह कदीम हिन्दुस्तानी इतिहासकार नहीं थे। यह एक दुर्भाग्य की बात है और इसके कारण आज हमारे लिए तिथियों

या कालक्रम निश्चित करना मुश्किल हो गया है। घटनाएँ एक-दूसरी से गुँथ जाती हैं और बड़ा उलझाव पैदा हो जाता है। बहुत धीरज के साथ मेहनत करके ही विद्वानों ने हिन्दुस्तानी इतिहास की भूल-भुलैया के बीच से कुछ अता-पता लगाया है। सच पूछा जाए तो सिर्फ एक किताब है, यानी कल्हण की 'राजतरंगिणी' जो ईसा की बारहवीं सदी में लिखा हुआ कश्मीर का इतिहास है, जिसे हम इतिहास कह सकते हैं। बाकी इतिहास के लिए हमें महाकाव्यों के कल्पित इतिहास की, या पुस्तकों की मदद लेनी पड़ती है, या शिलालेखों, कला के कारनामों या इमारतों के खँडहरों, सिक्कों या विस्तृत संस्कृत-साहित्य में जहाँ-तहाँ इशारे मिल जाते हैं। हाँ, विदेशी यात्रियों के सफरनामों से भी मदद मिलती है, खासकर यूनानियों, चीनियों और बाद के जमाने के लिए अरबों के सफरनामों से।

ऐतिहासिक बुद्धि की इस कमी से जनता का कोई नुकसान नहीं हुआ था; क्योंकि जैसा और जगह होता है, बल्कि और जगह से ज्यादा, यहाँ जनता ने अतीत के बारे में और विचार परम्परागत बयानों, पुराण की कहानियों और गाथाओं की नींव पर, जो पीढ़ी-दर-पीढ़ी चली आती है, बनाए थे। यह कयासी तारीख या वाक्यों और कहानियों की मिलावट ऐसी थी, जिससे लोग खूब परिचित हो गए थे और इस तरह जनता की एक पक्की सांस्कृतिक पृष्ठभूमि तैयार हो गई थी। लेकिन इतिहास की तरफ से लापरवाही के बुरे नतीजे भी हुए और ये अब तक हमारा पीछा कर रहे हैं। इसने हमारा नजरिया धुँधला कर दिया, जिन्दगी से एक तरह का बिलगाव पैदा किया, हमें झट विश्वास कर लेनेवाला बना दिया और जहाँ तक वाकये का ताल्लुक था, हमारे दिमाग में उलझाव डाल दिया। फलसफे के मैदान में, जो कहीं मुश्किल, अगरचे लाजिमी तौर पर अस्पष्ट और अनिश्चित होता है, हमें यह दिमागी उलझाव नहीं मिलता; हम इस मैदान में हिन्दुस्तानी दिमाग में विश्लेषण और समन्वय दोनों की काबिलियत पाते हैं, अक्सर इसे हम बहुत नुक्ताचीनी और शक व शुबहे करनेवाला देखते हैं। लेकिन जहाँ तक वाकये का ताल्लुक है, या गैर-नुक्ताचीनी रहा है, शायद इसलिए कि यह खुद वाकये पर ज्यादा अहमियत नहीं देता रहा है।

विज्ञान और आजकल की दुनिया से वास्ता पड़ने की वजह से अब वाकयों की समझ-बूझ पैदा हुई है, जाँच-पड़ताल की और प्रमाणों के तौलने की बुद्धि उपजी है और परम्परा को ज्यों-का-त्यों कबूल करने से इनकार भी हुआ है। बहुत-से काबिल तारीख तो आजकल काम में लगे हुए हैं, लेकिन वे अक्सर उलटी ही गलती करते हैं, यानी घटनाओं के कालक्रम की तो बहुत छानबीन करते हैं, लेकिन जिन्दा इतिहास को छोड़ देते हैं, लेकिन आजकल भी हम पर परम्परा का कितना असर होता है, यह एक ताज्जुब की बात है, और बुद्धिमान आदमी की विवेचना-बुद्धि भी जाती रहती है। मुमकिन है, यह इस वजह से हो कि हम अपनी मौजूदा हालत में

जातीयता के खयाल में गर्क हैं। जब हमें राजनैतिक और आर्थिक आजादी हासिल हो जाएगी, तभी हमारा दिमाग बाकायदा और सही अन्दाज में काम करेगा।

जाँच-पड़ताल के नजरिये कौमी परम्परा के बीच टक्कर की एक बहुत हाल की अहमियत रखनेवाली और भेद प्रकट करनेवाली मिसाल है। हिन्दुस्तान के बहुत बड़े हिस्से में विक्रम संवत् चलता है। इसका आधार सौर गिनती पर है, लेकिन महीने चाँद के अनुसार गिने जाते हैं। पिछले महीने में, यानी अप्रैल, 1944 में, इस संवत् के हिसाब से, दो हजार साल पूरे हुए और एक नई सहस्राब्दी शुरू हुई। इस मौके पर सारे हिन्दुस्तान में उत्सव मनाए गए और यह उत्सव मनाया जाना वाजिब था, क्योंकि एक तो काल-गणना के खयाल से यह बहुत बड़ा मौका था, दूसरे विक्रम या विक्रमादित्य, जिसके नाम से यह संवत् चलता है, बहुत पुराने वक्त से लोक-परम्परा का एक प्रधान पुरुष रहा है। उसके नाम के साथ अनगिनत कहानियाँ गुँथी हुई हैं और उनमें से बहुत-सी मध्ययुग में जुदा-जुदा पोशाकों में, एशिया के जुदा-जुदा हिस्सों में पहुँची हैं और बाद में यूरोप में भी।

विक्रम बहुत जमाने से एक कौमी सूरमा और आदर्श राजा समझा जाता रहा है। उसकी याद एक ऐसे शासक के रूप में की जाती है, जिसने विदेशी हमला करनेवालों को मार भगाया। लेकिन उसकी कीर्ति की खास वजह उसके दरबार की साहित्यिक और सांस्कृतिक चमक-दमक है, जहाँ उसने कुछ बहुत मशहूर कवियों, कलावन्तों और गवैयों को इकट्ठा किया था और ये उसके दरबार के 'नवरत्न' कहलाते थे। उसके बारे में जो कथाएँ हैं, ज्यादातर ऐसी हैं, जिनसे उसकी अपनी प्रजा की भलाई करने की ख्वाहिश जाहिर होती है, और यह कि वह जरा-सी जरूरत पड़ने पर दूसरे को लाभ पहुँचाने के लिए अपने स्वार्थ का त्याग करता था। वह अपनी उदारता, दूसरों की सेवा, साहस और निरभिमान के लिए मशहूर है। वह खासकर इस वजह से लोकप्रिय है कि वह एक अच्छा आदमी, कलाओं का हामी और सरपरस्त समझा जाता था। वह सफल योद्धा या विजेता था, यह बात कहानियों में नहीं प्रकट की गई हैं। भलाई और आत्म-त्याग पर यह जोर हिन्दुस्तानी दिमाग और आदर्शों की विशेषता है। सीजर की तरह विक्रमादित्य का नाम एक तरह की पदवी और प्रतीक बन गया और बाद के बहुत-से शासकों ने इसे अपने नामों के साथ जोड़ लिया। इस वजह से गड़बड़ी पैदा हो गई, क्योंकि बहुत-से विक्रमादित्यों का बयान इतिहास में आता है।

लेकिन यह विक्रम था कौन? और वह कब हुआ? इतिहास की दृष्टि से यह बात बिलकुल अस्पष्ट है। ईसा से 57 वर्ष पहले, जब इस संवत् का आरम्भ होता है, इस तरह के किसी शासक का पता नहीं है। हाँ, उत्तर हिन्दुस्तान में, चौथी सदी ईसवी में एक विक्रमादित्य था, जो हूणों के साथ लड़ा था और जिसने उन्हें मार भगाया था। यही वह व्यक्ति है, जिसके दरबार में 'नवरत्नों' का होना समझा

जाता है और जिसके आसपास ये कहानियाँ बनी हैं। अब सवाल यह होता है कि चौथी सदी ईस्वी के इस विक्रमादित्य का ताल्लुक उस संवत् से कैसे हो सकता है, जिसका आरम्भ इससे 57 वर्ष पहले होता है? शायद इसकी व्याख्या इस तरह है कि मध्य भारत की मालवा रियासत में 57 ई.पू. से शुरू होनेवाला एक संवत् चला आ रहा था, विक्रम के बहुत बाद यह संवत् उसके नाम के साथ किसी तरह जुड़ गया और उसका नया नामकरण हुआ। लेकिन ये सभी बातें अस्पष्ट और अनिश्चित हैं।

जो सबसे अचरज की बात है, वह यह है कि काफी समझ-बूझ के हिन्दुस्तानियों ने परम्परा के इस वीर-पुरुष विक्रम के नाम के साथ जैसे भी हो, 2000 वर्ष पुराने इस संवत् को जोड़ने के लिए इतिहास के साथ किसी तरीके पर खिलवाड़ किया है। यह बात भी दिलचस्प है कि विदेशी के खिलाफ लड़ाई करने पर और एक कौमी राज्य के अन्तर्गत हिन्दुस्तान की एकता कायम करने की इच्छा पर जोर दिया गया है। दरअसल विक्रम का राज्य उत्तरी और मध्य-हिन्दुस्तान तक महदूद था।

हिन्दुस्तानी ही अकेले नहीं हैं, जिन पर इतिहास के लिखने या उस पर विचार करने में कौमी भावनाओं और कौमी समझी गई दिलचस्पियों का असर पड़ता हो। हर कौम और सभी लोगों में गुजरे हुए जमाने को ज्यादा अच्छा करके दिखलाने और चमकाने तथा अपने पक्ष में तोड़ने-मरोड़ने की ख्वाहिश रहती है। हिन्दुस्तान के जिन इतिहासों को हममें से बहुतों को पढ़ना पड़ा है, वे ज्यादातर अंग्रेजों के लिखे हुए हैं और जो आम तौर पर ब्रिटिश हुकूमत की तरफदारी में या तो सफाइयाँ पेश करते हैं, या उसके गुण गाते हैं और उसके साथ-साथ यहाँ की हजारों बरस पहले होनेवाली घटनाओं का मुश्किल से छिपाई हुई हिकारत के साथ बयान है। दरअसल, उनके लिए मतलब का इतिहास तो हिन्दुस्तान में अंग्रेजों के आने के साथ शुरू होता है; उसके पहले जो कुछ हुआ, वह किसी भेद-भरे ढंग से इस दैवी उत्कर्ष की तैयारी में हुआ है। ब्रिटिश जमाने के इतिहास का भी अंग्रेजों के गुणों और अंग्रेजी हुकूमत का बड़प्पन जाहिर करने के लिए तोड़-मरोड़ किया गया है। बहुत धीरे-धीरे एक ज्यादा सही नजरिया अब बन रहा है। लेकिन इतिहास में अपने मतलब के मुताबिक उलट-फेर करने की मिसाल के लिए गुजरे जमाने के इतिहास में पैठने की जरूरत नहीं। आज का जमाना ऐसी मिसालों से भरा पड़ा है, और अगर मौजूदा जमाने की, जिसे हम देख रहे हैं और जिसका अनुभव कर रहे हैं, इस तरह तोड़-मरोड़ हो सकती है, तो गुजरे हुए जमाने के बारे में क्या कहा जाए?

फिर भी यह सच है कि हिन्दुस्तान के लोगों में परम्परा और चली आई बात को बगैर पूरी जाँच-परख के इतिहास के रूप में मान लेने की आदत है। उन्हें इस तरह के शिथिल विचारों से और नतीजों पर पहुँचने के सहज तरीकों से अपने को छुड़ाना पड़ेगा।

लेकिन मैं देवताओं और देवियों की और उन दिनों की चर्चा कर रहा था, जब पुराण के किस्सों और कथाओं का आरम्भ हुआ था, और इस चर्चा से बहुत दूर हट आया। वे ऐसे दिन थे, जब जिन्दगी भरी-पूरी थी और प्रकृति के साथ उसका तार-तार मिला हुआ था, जब आदमी का दिमाग विश्व के रहस्यों पर अचरज और आनन्द से निगाह डालता था, जब स्वर्ग और धरती एक-दूसरे के बहुत करीब जान पड़ते थे और देवता लोग तथा देवियाँ कैलास से, या हिमालय में स्थित अपने धामों से आलिम्पस के देवताओं की तरह आदमियों और औरतों के बीच खेल करने या कभी-कभी उन्हें दंड देने के लिए उतर आते थे। इस भरी-पूरी जिन्दगी और शानदार कल्पना से कथा-कहानियों का और बली तथा सुन्दर देवताओं एवं देवियों का जन्म हुआ, क्योंकि यूनानियों की तरह हिन्दुस्तानी भी जिन्दगी और सौन्दर्य के प्रेमी थे। प्रोफेसर गिल्बर्ट मरे हमें ओलंपियन देवी-देवताओं की अपार सुन्दरता बताते हैं। उनका बयान हिन्दुस्तानी दिमाग की शुरू की सृष्टियों के बारे में भी मीठा उतरता है। "वे कलावन्तों के सपने, आदर्श और रूपक हैं; वे किसी ऐसी वस्तु के प्रतीक हैं, जो हमसे बाहर की हैं, वे देवता हैं ऐसी परम्परा के, जो आधी तर्क की जा चुकी है; अनजान में जिनकी कल्पना कर ली गई है; जिन तक हमारी आकांक्षाएँ पहुँचती हैं। वे ऐसे देवता हैं, जिनकी उचित सावधानी के साथ अधकचरे फलसफे अनेक उज्ज्वल और दिल को मथनेवाले अनुमानों के प्रसंग में प्रार्थना कर सकते हैं। वे ऐसे देवता नहीं हैं, जिनमें कोई वाकये के तौर पर यकीन करता हो।' इसके बाद जो प्रोफेसर मरे कहते हैं, वह हिन्दुस्तान पर उतना ही लागू है—'जिस तरह आदमी की गढ़ी हुई सुन्दर-से-सुन्दर मूर्ति देवता नहीं होती, बल्कि एक प्रतीक होती है, जिसके जरिये देवता की कल्पना हो सके, उसी तरह से खुद देवता, जब उनकी कल्पना की जाती है, तो यथार्थ नहीं बन जाते, बल्कि यथार्थ की कल्पना में मदद करनेवाले केवल प्रतीक होते हैं...इस बीच उन्होंने कोई ऐसा मत नहीं चलाया, जो ज्ञान के खिलाफ पड़ता हो, कोई ऐसे हुक्म नहीं जारी किये, जिनके कारण कि इनसान अपनी अन्दरूनी रोशनी के खिलाफ पाप करता।'

रफ्ता-रफ्ता वैदिक और दूसरे देवी-देवताओं के दिन हटकर पीछे पहुँच गए और उसकी जगह कठिन फलसफे ने ले ली। लेकिन लोगों के दिमागों में सुख के संगियों और दुःख के साथियों की तरह उनकी अपनी आकांक्षाओं और अस्पष्ट रूप से अनुभव किये गए आदर्शों के रूप में वे मूरतें फिर भी तिरती रहीं और उनके गिर्द कवियों ने अपनी कल्पनाएँ लपेटी, और अपने सपनों के घर बनाए और उन्हें अच्छी तरह सजाए इनमें से बहुत-सी कथाओं और कवियों की कल्पनाओं को एफ.डब्ल्यू. बेन ने सुन्दर ढंग से हिन्दुस्तानी कथाओं-सम्बन्धी अपनी किताबों में उतारा है। इनमें से एक 'डिजिट ऑव दि मून' में हमें यह बताया गया है कि औरत की सृष्टि कैसे हुई—"शुरू में जब त्वष्टा (विश्वकर्मा) स्त्री की रचना पर आया,

तो उसने पाया कि वह अपनी सारी सामग्री आदमी की बनावट में खर्च कर चुका है और ठोस वस्तु तत्त्व बच नहीं रहा है। इस पसोपेश में उसने गहरा सोच-विचार किया और जो किया, वह यह था—उसने चाँद की गोलाई, लताओं का खम, लता-तन्तुओं का चिपटना, दूब का कँपना, नरकुल की नजाकत, फूलों का खिलाव, पत्तियों का हलकापन, हाथी की सूँड़ का सुडौलपन, हिरनों की नजर, मक्खियों का एकत्र होना, सूरज की किरनों की खुशी, बादलों का रोना, हवा की चंचलता, खरगोश का डर और मोरों का घमंड लिया, फिर सुग्गे की छाती से कोमलता और बंका से कठोरता, शहद की मिठास, चीते की निर्दयता, आग की धधक और बर्फ की ठंड, चिटचिटे की चहचहान और कोयले की कूक, सारस का छल और चक्रवाक (चकवे) की वफादारी ली और इन सबको मिलाकर स्त्री को रचा और फिर उसे मनुष्य को दे दिया।

महाभारत

महाकाव्यों का समय बताना कठिन है। इनमें उस कदीम जमाने का हाल है, जबकि आर्य हिन्दुस्तान में बस रहे थे और अपनी जड़ जमा रहे थे। जाहिरा तौर पर इन्हें बहुत-से लेखकों ने लिखा है या इनमें मुख्तलिफ वक्तों में इजाफा किया है। रामायण ऐसा महाकाव्य है, जिसमें बयान में थोड़ी-बहुत एकता है; महाभारत प्राचीन ज्ञान का एक बड़ा और फुटकर संग्रह है। दोनों ही बौद्ध-काल से पहले बन गए होंगे, अगरचे इसमें शक नहीं कि इनमें बाद में भी हिस्से जोड़े गए हैं।

फ्रांसीसी इतिहासकार मिशले, 1864 में, खास तौर पर रामायण के हवाले में लिखते हुए कहते हैं—"जिस किसी ने भी बड़े काम किये हैं या बड़ी आकांक्षाएँ की हैं, उसे इस गहरे प्याले से जिन्दगी और जवानी की एक लम्बी घूँट पीनी चाहिए... पश्चिम में सभी चीजें सँकरी और तंग हैं—यूनान एक छोटी जगह है और उसका विचार करके मेरा दम घुटता है; जूडिया खुश्क जगह है और मैं हाँफ जाता हूँ। मुझे विशाल एशिया और गहन पूर्व की तरफ जरा देर को देखने दो। वहाँ मिलता है मेरे मन का महाकाव्य—हिन्द महासागर—जैसा विस्तृत, मंगलमय, सूर्य के प्रकाश से चमकता हुआ, जिसमें दैवी संगीत है और जहाँ कोई बेसुरापन नहीं। वहाँ एक गहरी शान्ति का राज्य है, और कशमकश के बीच भी वहाँ बेहद मिठास और इन्तहा दर्जे का भाईचारा है, जो सभी जिन्दा चीजों पर छाया हुआ है—मुहब्बत, दया, क्षमा का अपार अथाह समुन्दर है।"

महाकाव्य की हैसियत से रामायण एक बहुत बड़ा ग्रन्थ जरूर है और उसमें लोगों को बहुत चाव है, लेकिन यह महाभारत है, जो दरअसल दुनिया की सबसे खास पुस्तकों में से एक है। यह एक विराट् कृति है, परम्परा और कथाओं का और हिन्दुस्तान की कदीम राजनैतिक और सामाजिक संस्थाओं का यह एक विश्वकोश है। दस साल से ज्यादा से बहुत-से अधिकारी हिन्दुस्तानी विद्वान मिलकर उन पाठों की जाँच-पड़ताल में लगे हुए हैं, जो अब तक हासिल हुए हैं, जिसमें कि एक प्रामाणिक संस्करण छपाया जा सके। कुछ हिस्से उन्होंने छापकर प्रकाशित भी कर दिये हैं, लेकिन काम अब भी अधूरा है और चल रहा है। यह एक दिलचस्प बात है कि इस भयानक और व्यापक युद्ध के दिनों में

भी रूस के पूर्वी विद्याओं के जाननेवाले विद्वानों ने महाभारत का रूसी तरजुमा पेश किया है।

शायद यह वह जमाना था, जबकि विदेशी लोग हिन्दुस्तान में आ रहे थे और अपने साथ अपने रीति-रिवाजों को ला रहे थे। इनमें से बहुत-से रीति-रिवाज आर्यों के रीति-रिवाजों से मुख्तलिफ थे, और इस तरह विरोधी विचारों और रीति-रिवाजों की एक अजीब खिचड़ी हमें देखने में आती है। आर्यों में एक स्त्री के कई पति होने का चलन नहीं था, फिर भी हम पाते हैं कि महाभारत की एक खास पात्री के पाँच पति हैं, जो आपस में भाई-भाई हैं। रफ्ता-रफ्ता पहले के आदिम निवासी और नये आनेवाले लोग, दोनों ही आर्यों में घुल-मिलकर एक हो रहे थे और वैदिक-धर्म में भी इसी के मुताबिक तब्दीली आ रही थी। यह वह व्यापक रूप अख्तियार कर रहा था, जिससे मौजूदा हिन्दू धर्म निकला है। यह मुमकिन इसलिए हो सका कि बुनियादी नजरिया यह जान पड़ता है कि सच्चाई पर किसी एक का इजारा नहीं हो सकता, और उसे देखने और उस तक पहुँचने के बहुत-से रास्ते हैं। इस तरह सभी तरह के, यहाँ तक कि विरोधी, विश्वासों को गवारा किया जाता था।

महाभारत में हिन्दुस्तान (या जिसे गाथाओं के अनुसार जाति के आदि पुरुष भरत के नाम पर भारतवर्ष कहा जाता था) की बुनियादी एकता पर जोर देने की बहुत निश्चित कोशिश की गई है। इसका एक और पहले का नाम आर्यावर्त या आर्यों का देश था। लेकिन यह मध्य-हिन्दुस्तान के विन्ध्य पहाड़ तक फैले हुए उत्तरी हिन्दुस्तान तक महदूद था। शायद उस जमाने तक आर्य इस पहाड़ के सिलसिले के पार नहीं पहुँचे थे। रामायण की कथा आर्यों के दक्खिन में पैठने का इतिहास है। वह बड़ी खाना-जंगी, जो बाद में हुई और जिसका महाभारत में बयान है, एक गोल-मोल तरीके से कयास किया जाता है कि ईसा से कब्ल चौदहवीं सदी में हुई। यह लड़ाई हिन्दुस्तान (या शायद उत्तरी हिन्दुस्तान) पर सबसे ऊँचा अधिकार हासिल करने के लिए हुई थी और इससे सारे हिन्दुस्तान के भारतवर्ष के रूप में, कल्पना किये जाने की शुरुआत होती है। भारतवर्ष की जो यह कल्पना थी, उसमें आजकल के अफगानिस्तान का ज्यादा हिस्सा, जिसे उस वक्त गन्धार कहते थे। और जिससे कन्दहार शहर का नाम पड़ा है) शामिल था और इस देश का अपना अंग समझा जाता था। सच तो यह है कि मुख्य शासक की स्त्री का नाम गान्धारी या गन्धार की लड़की था। दिल्ली इसी वक्त हिन्दुस्तान की राजधानी बनती है—मौजूदा शहर नहीं, बल्कि इसके पास के, इससे मिले हुए पुराने शहर, जो हस्तिनापुर और इन्द्रप्रस्थ कहलाते थे।

बहन निवेदिता (मागरिट नोबुल) ने महाभारत के बारे में लिखते हुए बताया है—'विदेशी पाठक पर...दो खास बातों का असर पड़ता है। पहली बात तो यह है कि विविधता में यहाँ एकता मिलती है; दूसरी यह कि सुननेवालों पर एक ऐसे

मरकजी हिन्दुस्तान के खयाल को बिठाने की लगातार कोशिश है, जिसकी अपनी वीरता की परम्परा है, जो एकता के भाव को जगानेवाली है।

महाभारत में कृष्ण की कथाएँ हैं और भगवद्गीता नाम का मशहूर काव्य भी है। गीता के फलसफे के अलावा भी इस ग्रन्थ में आम तौर पर जिन्दगी में और रियासती मामलों में नीति और इखलाक के उसूलों पर जोर दिया गया है। धर्म की इस बुनियाद के बगैर सच्चा सुख नहीं मिल सकता और न समाज ही कायम रह सकता है। समाज की बहबूदी इसका मकसद है, किसी एक गिरोह की बहबूदी नहीं, बल्कि सारी दुनिया की बहबूदी, क्योंकि "मर्त्यों की यह दुनिया एक परस्पर-आश्रित संगठन है। लेकिन धर्म खुद सापेक्ष है और सच्चाई, अहिंसा वगैरह बुनियादी उसूलों के अलावा यह वक्त और परिस्थिति पर निर्भर करता है। ये उसूल हमेशा-हमेशा कायम रहते हैं और इनमें तब्दीली नहीं आती, मगर इनके अलावा धर्म, जो कर्तव्यों और जिम्मेदारियों का गड्ड-मड्ड है, बदलते हुए जमाने के साथ बदलता रहता है। यहाँ और-और जगहों पर अहिंसा पर जो जोर दिया गया है, वह दिलचस्प है, क्योंकि इसमें और किसी अच्छे मकसद के लिए लड़ाई करने में कोई जाहिरा विरोध नहीं माना गया है। सारा महाकाव्य एक बड़े युद्ध की घटनाओं को लेकर रचा गया है। जान पड़ता है कि अहिंसा की कल्पना का सम्बन्ध ज्यादातर मकसद से था, यानी मन में हिंसा का भाव न रखना चाहिए, आत्म-संयम करना चाहिए और गुस्से और नफरत पर काबू पाना चाहिए; इसका मतलब यह नहीं था कि अगर जरूरी हो और किसी तरह बचत न हो सके तो भी शरीर से कोई हिंसा का काम न बन पड़ना चाहिए।

महाभारत एक ऐसा बेशकीमती भंडार है कि हमें उसमें बहुत तरह की अनमोल चीजें मिल सकती हैं। यह रंग-बिरंगी, घनी और खदबदाती हुई जिन्दगी से भरपूर है और इस बात में यह हिन्दुस्तानी विचारधारा के दूसरे पहलू से बहुत हटकर है, जिसमें तपस्या और जिन्दगी से इनकार पर जोर दिया गया है। यह महज नीति की शिक्षा देनेवाली किताब नहीं है। हालाँकि नीति और इखलाक की तालीम इसमें काफी मिलेगी। महाभारत की शिक्षा का सार एक जुमले में रख दिया गया है—'दूसरे के लिए तू ऐसी बात न कर, जो तुझे खुद अपने लिए नापसन्द हो। जोर समाज की भलाई पर दिया गया है, और यह बात मार्के की है; क्योंकि खयाल यह किया जाता है कि हिन्दुस्तानी दिमाग का रुझान शख्सी कमाल हासिल करने की ओर रहा है न कि समाज की भलाई की तरफ। इसमें कहा है, "जिससे समाज की भलाई नहीं होती, या जिसे करते हुए तुम्हें शर्म आती है, उसे न करो।"

फिर कहा है, "सच्चाई, अपने को बस में रखना, तपस्या, उदारता, अहिंसा धर्म पर डटे रहना—इनसे कामयाबी हासिल होती है, जात और खानदान से नहीं।" "जिन्दगी और अमर होने से धर्म बढ़कर है।" "सच्चे आनन्द के लिए तकलीफ

उठाना जरूरी है।" धन कमाने के पीछे पड़े रहनेवाले पर एक व्यंग्य हैं—"रेशम का कीड़ा अपने धन के कारण मरता है।" और अन्त में एक जीती-जागती और तरक्की करती हुई जाति के लोगों के उपयुक्त यह आदेश है—"असन्तोष तरक्की के लिए उकसाने वाला है।"

महाभारत में वेदों का बहुदेववाद है, उपनिषदों का अद्वैतवाद है और देववाद, द्वैतवाद और एकेश्वरवाद भी है। फिर भी नजरिया रचनात्मक, कमोबेश बुद्धिवादी है। अलहदगी की भावना अभी तक महदूद है। जात-पाँत के मामलों में कट्टरपन नहीं है। अभी भी लोगों में अपने में भरोसा है; लेकिन ज्यों-ज्यों बाहरी ताकतों के हमले होते हैं और पुरानी व्यवस्था पर वार होता है, त्यों-त्यों यह भरोसा कुछ कम होता जाता है और अन्दरूनी एकता और शक्ति पैदा करने के लिए ज्यादा समानता की माँग होती है। नये-नये निषेध लागू होते हैं। गो-मांस का खाना, जिसे पहले बुरा न समझा जाता था, बाद में बिलकुल मना कर दिया जाता है। महाभारत में मान्य अतिथियों को गो-मांस और बछड़े का मांस पेश करने के हवाले हैं।

उपनिषद्

उपनिषद् जिनका समय ईसा से 800 वर्ष पहले से लेकर है, हमें भारतीय आर्यों के विचार के विकास में एक कदम आगे ले जाते हैं और यह बड़ा लम्बा कदम है। आर्य लोगों को बसे हुए अब काफी समय बीत चुका है और एक पायदार और खुशहाल सभ्यता, जिसमें पुराने और नये का मेल हो चुका है, बन गई है। इसमें आर्यों के विचार और आदर्श प्रभाव रखते हैं, लेकिन इनकी पृष्ठभूमि में पूजा के जो रूप हैं, वे और भी पहले के और आदिम हैं।

वेदों का नाम आदर से, लेकिन एक मीठे व्यंग्य के भाव से लिया जाता है। वैदिक देवताओं से अब सन्तोष नहीं रह जाता और पुरोहितों के कर्मकांड का मजाक उड़ाया जाता है। लेकिन अतीत से नाता तोड़ लेने की कोशिश नहीं होती; उसे वह मुकाम समझा जाता है, जहाँ से तरक्की की मंजिल शुरू होती है।

उपनिषद् छानबीन की, मानसिक साहस की और सत्य की खोज के उत्साह की भावना से भरपूर है। यह सही है कि यह सत्य की खोज मौजूदा जमाने के विज्ञान के प्रयोग के तरीकों से नहीं हुई है, फिर भी जो तरीका अख्तियार किया गया है, उसमें वैज्ञानिक तरीका का एक अंश है। हठवाद को दूर कर दिया गया है। उनमें बहुत-कुछ ऐसा है, जो साधारण है और जिसका आजकल हम लोगों के लिए कोई अर्थ या प्रसंग नहीं। खास जोर आत्म-बोध या आत्मा-परमात्मा के ज्ञान पर दिया गया है और इन दोनों को मूल में एक ही बताया गया है। बाहरी दुनिया या वस्तु-जगत को असत् नहीं बताया गया है, बल्कि निसबती तौर पर सत् और भीतरी सत्य का पहलू बताया गया है।

उपनिषदों में बहुत-सी अस्पष्ट बातें हैं और उनकी मुख्तलिफ शरहें हुई हैं। लेकिन ये फलसफों और विद्वानों के जाँच करने की चीजें हैं। आम झुकाव अद्वैतवाद की तरफ है और इस सारे नजरिये का जाहिरा मकसद यह मालूम पड़ता है कि उस जमाने की जो आपस की बड़ी बहसें रही हैं और भेदभाव रहे हैं, उन्हें कम किया जाए। यह समन्वय का रास्ता रहा है। जादू-टोने में दिलचस्पी को और इसी तरह दैवी बातों के ज्ञान को बढ़ावा देने से रोका गया है और बिना सच्चे ज्ञान के पूजा-पाठ और कर्मकांड को फिजूल बताया गया है। कहा गया है, "इनमें लगे हुए

लोग अपने को समझदार और विद्वान मानते हुए इस तरह भटकते रहते हैं, जैसे अन्धे को अन्धा रास्ता दिखा रहा हो और ये अपने लक्ष्य तक नहीं पहुँच पाते।" 'वेदों तक को नीचे दर्जे का ज्ञान बताया गया है; भीतरी मन के प्रकाश को ऊँचा ज्ञान कहा है। बिना संयम के फलसफे के ज्ञान की तरफ से होशियार किया गया है और समाज के धन्धों और रूहानी बातों में सामंजस्य पैदा करने की बराबर कोशिश की गई है। जिन्दगी ने जो कर्तव्य और फर्ज ऊपर डाले हैं, उनका पालन होना ही चाहिए, लेकिन अलहदगी का भाव रखते हुए ऐसा कहा गया है।

व्यक्तिगत पूर्णता की नीति पर शायद इतना ज्यादा जोर दिया गया कि सामाजिक दृष्टिकोण को नुकसान पहुँचा। उपनिषदों में कहा गया है कि "आत्मा से बढ़कर कोई चीज नहीं।" यह समझा गया होगा कि समाज में पायदारी आ गई है, इसलिए आदमी का दिमाग व्यक्तिगत पूर्णता का बराबर ध्यान किया करता था और इसकी खोज में उसने आसमान और दिल के सबसे अन्दरूनी कोनों को छान डाला। यह पुराना हिन्दुस्तानी नजरिया कोई संकुचित कौमी नजरिया न था, अगरचे इस बात का जरूर खयाल रहा होगा कि हिन्दुस्तान सारी दुनिया का केन्द्र है, उसी तरह, जिस तरह कि चीन, यूनान और राम ने अपने बारे में मुख्तलिफ वक्तों में खयाल किया है। महाभारत में कहा गया है—'यह सारा मर्त्यलोक एक परस्पर आश्रित संगठन है।"

जिन सवालों पर उपनिषदों में विचार किया गया है, उनके आधिभौतिक पहलुओं को समझना मेरे लिए कठिन है, लेकिन इन सवालों पर गौर करने का जो ढंग है, उसने मुझ पर असर डाला है, क्योंकि यह हठवाद या अन्धविश्वास का ढंग नहीं है। यह ढंग मजहबी न होकर फलसफियाना है। खयालों के कस-बल को, जाँच की भावना को और दलील की पृष्ठभूमि को मैं पसन्द करता हूँ। बयान के ढंग में कसाव है। यह अक्सर गुरु और शिष्य के बीच सवाल-जवाब के रूप में मिलता है, और यह अनुमान किया गया है कि उपनिषद् व्याख्यानों के एक तरह की याददाश्त हैं, जिन्हें गुरु ने तैयार किया है या शिष्यों ने टाँक लिया है। प्रोफेसर एफ. डब्ल्यू. टॉमस अपनी किताब 'दि लीगेसी ऑव इंडिया' (हिन्दुस्तान की देन) में कहते हैं, 'उपनिषदों का जो खास गुण है और जिसकी वजह से उनमें इनसानी दिलकशी है, वह यह है कि उनके लहजे में बड़ा निष्कपटपन है, वह इस तरह का है, मानो दोस्त आपस में किसी गहरे मसले पर सोच-विचार कर रहे हैं।" चक्रवर्ती राजगोपालाचार्य उनके बारे में इस तरह जोश के साथ कहते हैं, "प्रशस्त कल्पना विचारों की शानदार उड़ान, जाँच-पड़ताल की बेधड़क भावना, जिसके पीछे सच्चाई तक पहुँचने की गहरी प्यास है—इनसे प्रेरित होकर उपनिषदों में गुरु और शिष्य विश्व के 'खुले हुए रहस्य में पैठते हैं, और यह बात दुनिया की इन सबसे पुरानी पवित्र पुस्तकों की सबसे आधुनिक और सन्तोष देनेवाली बना देती है।"

उपनिषदों की सबसे बड़ी विशेषता यह है कि उनमें सच्चाई पर बड़ा जोर दिया गया है। "सच्चाई की सदा जीत होती है, झूठ की नहीं। सच्चाई के रास्ते से ही हम परमात्मा तक पहुँच सकते हैं।" और उपनिषदों में आई हुई यह प्रार्थना मशहूर है : "असत् से मुझे सत् की तरफ ले चल! अन्धकार से मुझे प्रकाश की तरफ ले चल। मृत्यु से मुझे अमरत्व की तरफ ले चल!"

हमें बार-बार एक बेचैन दिमाग की झाँकी मिलती है, ऐसी दिमाग की, जो जिज्ञासा और छानबीन में लगा हुआ है—"किसकी आज्ञा से मन अपने विषय पर उतरता है? किसकी आज्ञा से जीवन, जो सबसे पहली चीज है, आगे बढ़ता है? किसकी आज्ञा से मनुष्य ये वचन कहते हैं? किस देवता ने आँख और कान दिये हैं?" और फिर "वायु शान्त क्यों नहीं रहती? आदमी के मन को चैन क्यों नहीं मिलता? क्यों और किसकी खोज में जल बहता रहता है और एक क्षण नहीं ठहरता?" आदमी बराबर एक साहसपूर्ण यात्रा में लगा हुआ है, उसके लिए न कहीं दम लेना है और न उसकी यात्रा का अन्त है। 'ऐतरेय ब्राह्मण' में हमारी इस अनन्त यात्रा के बारे में एक मंत्र है और इसके हर श्लोक के आखिर में है—'चरैवेति, चरैवेति'। "हे यात्री, इसलिए, चलते रहो, चलते रहो।"

इस खोज के बारे में कोई विनय की भावना नहीं है, वैसा विनय, जैसा धर्मों में एक सर्वशक्तिमान परमात्मा के प्रति दिखाया जाता है। यहाँ हमें मन की परिस्थिति के ऊपर विजय मिलती है। "मेरा शरीर राख हो जाएगा और मेरी साँस इस चंचल और अमर वायु में मिल जाएगी, लेकिन मैं और मेरे कर्मों का अन्त नहीं। हे मन, इस बात का सदा ध्यान रख!" सवेरे की एक प्रार्थना में सूर्य को इस तरह सम्बोधन किया गया है, "हे देदीप्यमान सूर्य, मैं वही पुरुष हूँ, जो तुझे ऐसा बनाता है।" कितना ऊँचा आत्मविश्वास है।

आत्मा क्या है? इसका बयान या इसकी परिभाषा सिर्फ नकारात्मक ढंग से हो सकती है, "वह यह नहीं है, यह नहीं है।" या एक प्रकार से स्वीकारात्मक ढंग से—'तू वह है' व्यक्तिगत आत्मा परमात्मा के महत् ज्वाल की एक चिनगारी है, जो उससे निकल उसी में समा जाती है। "जिस तरह से अग्नि अखंड होते हुए भी दुनिया में आकर जिन चीजों को जलाती है, उन्हीं के अनुसार अलग-अलग रूप ले लेती है, इसी तरह से अन्तरात्मा जिस चीज में प्रवेश करती है, उसी के अनुसार अलग रूप ग्रहण कर लेती है, लेकिन वह खुद बिना किसी रूप के है।" यह अनुभूति कि सब चीजों के भीतर एक ही तत्त्व है, हमारे और उनके बीच के भेद ही हटा देती है और हममें यह भावना पैदा करती है कि इनसान और प्रकृति के बीच एकता है और यह एकता बाहरी दुनिया की विविधता और अनेकरूपता की तह में है। "जो जानता है कि सभी चीजें आत्मरूप हैं, उसके लिए क्या शोक, क्या भ्रम रह जाते हैं, जबकि वह इस एकता को देखता है?" "हाँ, जो सभी

वस्तुएँ उस आत्मा में देखता है और सभी चीजों में आत्मा को देखता है, उससे (आत्मा) वह फिर न छिपेगा।"

व्यक्तिवादी फलसफे के फायदे और नुकसान जवाहरलाल नेहरू

कारगर तरक्की हासिल करने के लिए उपनिषदों में तन की चुस्ती और मन की पवित्रता और तन-मन दोनों के संयम पर बराबर जोर दिया गया है।

चाहे ज्ञान सीखना हो, चाहे दूसरी ही कामयाबी हासिल करनी हो, संयम, तप और कुर्बानी जरूरी होती है। किसी-न-किसी तरह की तपस्या का खयाल हिन्दुस्तानी विचारधारा का एक अंग है, और ऐसा खयाल न सिर्फ चोटी के विचारकों के यहाँ है, बल्कि साधारण अनपढ़ जनता में फैला हुआ है। हजार बरस पहले यह बात रही है, और आज भी यह बात है, और अगर गांधी जी की रहनुमाई में हिन्दुस्तान को हिला देनेवाले जनता के आन्दोलनों के पीछे जो मनोवृत्ति काम करती है, उसे हम समझना चाहते हैं, तो जरूरी है कि हम इस खयाल को समझ लें।

यह जाहिर है कि उपनिषदों की रचना करनेवालों के विचार, और वह ऊँचे दर्जे का मानसिक वातावरण, जिसमें वे रहते थे, एक छोटे, चुने हुए लोगों के दायरे तक महदूद थे। आम जनता की समझ से ये बिलकुल बाहर थे। ऐसे लोगों की तादाद, जो रचनात्मक काम करते हैं, हमेशा थोड़ी ही होती है। लेकिन अगर बड़ी संख्या के लोगों से उनके विचार मिलते रहे और यह छोटा दल बड़े दल को ऊपर उठाने और उसे बढ़ाने की कोशिश में लगा रहा, इस तरह कि दोनों के बीच की खाई कम हो जाए, तो एक पायदार और तरक्की करनेवाली संस्कृति पैदा होती है। बिना इस रचनात्मक छोटे दल के सभ्यता का ह्रास होने लगता है। लेकिन इसका ह्रास उस वक्त भी हो सकता है, जबकि एक रचनात्मक छोटे दल का बड़े दल से सम्बन्ध टूट जाए और कुल मिलाकर समाज की एकता बाकी न रह जाए। ऐसी हालत में छोटा दल अपनी रचना-शक्ति, खो बैठता है और बाँझ हो जाता है। नहीं तो इसकी जगह पर कोई दूसरी रचनात्मक या जीवनी-शक्ति जिसे समाज पैदा करे, आ जाती है।

मेरे लिए और ज्यादातर औरों के लिए भी, उपनिषदों के जमाने की तस्वीर सामने लाना और उस वक्त क्या-क्या ताकतें काम कर रह थीं, इनकी जाँच-पड़ताल करना मुश्किल है। फिर भी मैं खयाल करता हूँ कि मुट्ठी-भर विचारकों और आँख मूँदकर चलनेवाली बहुत बड़ी जनता के बीच गहरे मानसिक भेद के बावजूद उन दोनों के बीच एक लगाव था, कम-से-कम कोई दिखनेवाली खाई नहीं थी। जिस तरह से उस वक्त के समाज में अलग-अलग दर्जे थे, उसी तरह मानसिक दर्जे भी थे और इन्हें स्वीकार कर लिया गया था और उसका इन्तजाम भी कर दिया गया था। इससे समाज में कुछ मेल पैदा हो गया था और झगड़े-फसाद से बचत हो गई थी।

उपनिषदों के नये विचार को भी आम लोगों के लिए इस तरह से समझाया जाता था कि वह रायज खयालों से और अन्धविश्वासों से मिल-जुल जाता था और इस तरह वह अपने खास मानी को बहुत-कुछ खो बैठता था। समाज में जो दर्जे कायम हो चुके थे, उन्हें नहीं छेड़ा जाता था, बल्कि उनकी हिफाजत की जाती थी। अद्वैतवाद ने मजहबी मामलों में एकेश्वरवाद की शक्ल ले ली थी, और इससे भी नीची सतह के अकीदों और पूजा के तरीकों को न सिर्फ गवारा किया जाता था, बल्कि यह समझा जाता था कि विकास की एक खास सीढ़ी के लिए यह मुनासिब भी है।

इस तरह उपनिषदों की विचारधारा आम लोगों में बहुत ज्यादा फैली नहीं और चन्द विचारकों और आम लोगों के बीच मानसिक भेद और भी जाहिर हो गया। वक्त पाकर इसने नई तहरीके पैदा की। जड़वादी फलसफे की, बुद्धिवाद की और अनीश्वरवाद की जबरदस्त लहरें उठीं। और फिर इसके भीतर से बौद्ध-धर्म और जैन-धर्म पैदा हुए, रामायण और महाभारत जैसे प्रसिद्ध संस्कृत महाकाव्य रचे गए, और इनमें एक बार फिर इस बात की कोशिश की गई कि विरोधी मतों और विचार के तरीकों में समन्वय किया जाए। लोगों की सृजन शक्ति, बल्कि सृजन-बुद्धिवाले थोड़े-से लोगों की सृजन-शक्ति इन जमानों में बहुत साफ ढंग से सामने आती है और फिर इन थोड़े-से लोगों में और बड़ी जनता के बीच एक लगाव कायम हो गया जान पड़ता है। कुल मिलाकर दोनों मिल-जुलकर आगे बढ़ते हैं।

इस तरह से एक-एक करके कई जमाने आते हैं, जबकि विचारों और काम के मैदान में, साहित्य में, नाटक में, मूर्तिकला में, इमारतों के तैयार करने में, और हिन्दुस्तान की सीमा से दूर संस्कृति, धर्म और उपनिवेशों के फैलाने के साहसी कामों में रचनात्मक कोशिशें फूट पड़ती हैं। इन जमानों में, झगड़े-फसाद के वक्त आते हैं और इसकी वजह कुछ भीतरी बातें होती हैं और कुछ बाहर से होनेवाली छेड़-छाड़ भी। लेकिन आखिर में यह हालत काबू में आती है और रचनात्मक स्फूर्ति का जमाना फिर लौटता है। ऐसा आखिरी जमाना, जिसमें बहुत तरह के काम हुए, वह शानदार जमाना था, जो ईसा से बाद की चौथी सदी में शुरू हुआ। ईसा के 1000 वर्ष बाद तक या पहले ही, हिन्दुस्तान में भीतरी गिरावट के निशान हो जाते हैं, अगरचे पुरानी कलात्मक लहर जारी रहती है,और बहुत सुन्दर चीजें तैयार होती रहती हैं। नई जातियाँ आती हैं, जिनकी भूमिका दूसरी ही होती है और ये हिन्दुस्तान के थके हुए दिल और दिमाग के लिए एक नया शौक ले आती है, और इस टक्कर का नतीजा यह भी होता है कि नये मसले उठते हैं और उनकी हल की तदबीरें की जाती हैं।

ऐसा जान पड़ता है कि भारतीय आर्यों के गहरे व्यक्तिवाद ने, आखिरकार, अच्छे और बुरे दोनों ही नतीजे दिखाएँ, जो उनकी संस्कृति से उपजे। इसने बहुत ऊँचे टप्पे के लोग पैदा किये, और यह बात इतिहास के किसी एक खास जमाने

तक महदूद न रही, बल्कि हर एक युग में और बार-बार ऐसा होता रहा। इसने पूरी संस्कृति को एक आदर्शवादी और इखलाकी पृष्ठभूमि दी, जो कायम रही और अभी कायम है, चाहे हमारे व्यवहार पर ज्यादा असर न डाल रही हो। इस पृष्ठभूमि की मदद से और ऊँचे लोगों की मिसालों के जोर पर उन्होंने समाज की बनावट को कायम रखा, और जब-जब उसके टूटने का अन्देसा हुआ, तब-तब उसे सँभाला। उन्होंने सभ्यता और संस्कृति के अचरज पैदा करनेवाले फूल खिलाए, और अगरचे वे ऊँचे दायरों तक महदूद थे, फिर भी हो-न-हो, वे कुछ हद तक जनता में भी फैले। दूसरे मतों और रास्तों के लिए हद दर्जे की रवादारी दिखाकर वे उन झगड़ों को बचाते रहे, जिन्होंने अक्सर समाज को टूक-टूक कर डाला है और इस तरह उन्होंने बराबर किसी-न-किसी तरह का समतौल बनाए रखा है। एक बड़े संगठन के भीतर, लोगों को अपने पसन्द की जिन्दगी बसर करने की आजादी देकर, उन्होंने एक प्राचीन और तजुर्बेकार जाति के लोगों की बुद्धिमानी दिखाई है। ये सभी कारनामे बड़े मार्के के रहे हैं।

लेकिन इसी व्यक्तिवाद का यह नतीजा हुआ कि इनसान के समाजी पहलू पर और समाज के प्रति इनसान के फर्ज पर, कम ध्यान दिया जाने लगा। हर शख्स की जिन्दगी बँट और बँध गई थी और दर्जों में बँटे हुए समाज में अपने तंग दायरे के अन्दर वह फर्जों और जिम्मेदारियों की एक गठरी बनकर रह गया था। पूरे समाज की न उसे कल्पना थी, न इस समाज के प्रति उसका कोई फर्ज बाकी रहा था और न इस बात की कोई कोशिश की गई कि वह समाज से अपनी मजबूती समझे। इस खयाल का शायद मौजूदा जमाने में विकास हुआ है और यह किसी कदीम समाज में नहीं मिलता। इसलिए कदीम हिन्दुस्तान में इसकी उम्मीद करना मुनासिब नहीं। फिर भी व्यक्तिवाद, अलहदगी और दर्जेवार जातियाँ हिन्दुस्तान में बहुत ज्यादा नुमायाँ रही हैं। बाद के जमानों में तो ये हमारे लोगों के दिमाग के लिए एक पूरा कैदखाना बन गई हैं—न सिर्फ नीची जात के लोगों के लिए जिन्हें इससे सबसे ज्यादा तकलीफ पहुँची, बल्कि ऊँची जात के लोगों के लिए भी। हमारे इतिहास के पूरे दौर में यह हमें एक कमजोर करनेवाली बात रही है, और शायद यह भी कहना बेजान होगा कि ज्यों-ज्यों जात-पाँत की संख्या बढ़ी है, त्यों-त्यों हमारे दिमाग भी जड़ होते गए हैं और हमारी जाति की रचनात्मक शक्ति मिटती गई है।

एक और अजीब बात सामने आती है। सभी तरह के अकीदों और व्यवहारों, अन्धविश्वासों और बेवकूफियों के प्रति जो रवादारी दिखाई गई थी, उसके नुकसानदेह पहलू भी थे, क्योंकि इसने बहुत-सी बुरी रस्मों को जड़ पकड़ लेने दी और परम्परा के उस बोझ को उखाड़कर फेंकने से रोका, जो हमारी बाढ़ को रोक रहा था। पुरोहितों के बढ़ते हुए दल ने इस हालत से अपना अलग ही फायदा उठाया और आम लोगों के अन्धविश्वास की नींव पर अपने स्वार्थों के गढ़ बना लिये इस पुरोहित

वर्ग की शायद उतनी ताकत कभी नहीं रही, जितनी ईसाई मजहब की कुछ शाखों के पुरोहित वर्ग की रही, क्योंकि यहाँ हमेशा कुछ-न-कुछ ऐसे विचारवान नेता रहे हैं, जिन्होंने इन व्यवहारों की निन्दा की है। इसके अलावा इतने अलग-अलग मत रहे हैं कि लोग अपना मत बोल सकते थे। फिर भी यह पुरोहित वर्ग इतना मजबूत था कि जनता को अपने वश में रख सके और उसके अन्धविश्वासों से लाभ उठाता रह सके।

इस तरह से, आजाद खयाल और कट्टरपन, ये साथ-साथ बने रहे और उनमें से नुक्ताचीनी करनेवाले मजहबी फलसफे और आचार-विचार वाले कर्मकांड पैदा हुए। पुराने धर्म-ग्रन्थों के प्रमाण की दुहाई बराबर दी जाती थी, लेकिन उनकी सच्चाइयों को बदलते हुए जमाने के लिहाज से पेश करने की कोई कोशिश नहीं की जाती थी। रचनात्मक और रूहानी शक्तियाँ कमजोर पड़ने लगीं और उस चीज का जिसमें इतनी जान थी, इतना अर्थ था, केवल छिलका बाकी रह गया। अरविन्द घोष ने लिखा है, "अगर उपनिषदों या बुद्ध के जमाने का, या बाद के संस्कृत-युग का कोई पुराना हिन्दुस्तानी आज के हिन्दुस्तान में ला बिठाया जाए, तो वह देखेगा कि उसकी जाति पुराने वक्त के बाहरी रूपों, छिलकों और चीथड़ों से चिपटी हुई है और उसके ऊँचे मतलब के दस हिस्सों में से नौ को खो बैठी है...उसे अचरज होगा कि यहाँ इतना दिमागी लाचारपन, इतनी जड़ता है, बातों का इस तरह दोहराते रहना है, जो हमें आगे नहीं बढ़ाता, विज्ञान का खात्मा हो गया है, कला बहुत दिनों से बाँझ हो रही है और रचनात्मक बुद्धि कितनी कमजोर हो गई है।

कदीम हिन्दुस्तान में गणितशास्त्र

चूँकि कदीम हिन्दुस्तानी ऊँचे दिमागवाले और सूक्ष्म बातों पर सोच-विचार करनेवाले लोग थे, इसलिए हमें उम्मीद ही करनी चाहिए कि वे गणितशास्त्र में बढ़े-चढ़े रहे होंगे। यूरोप ने शुरू में अंकगणित और बीजगणित अरबों से सीखा—इसी से उन्होंने संख्याओं को 'अरबी संख्याओं' का नाम दिया—लेकिन अरबों ने खुद पहले हिन्दुतान से सीखा था। हिन्दुस्तानियों ने गणित में जो अचरज-भरी तरक्की की थी, उसे अब लोग अच्छी तरह से जानते हैं और यह माना जाता है कि अंकगणित और बीजगणित की बुनियाद बहुत पहले ही हिन्दुस्तान में पड़ी थी। गिनती के चौखटे की मदद से गिनने के भद्दे तरीके और रोमन और इसी तरह की संख्याओं के इस्तेमाल ने बहुत दिनों तक तरक्की को रोक रखा था, जबकि शून्यांक मिलाकर दस हिन्दुस्तानी अंक ने इनसान के दिमाग को इन बन्धनों से आजाद कर दिया और अंकों के आचरण पर बहुत रोशनी डाली। अंकों के ये चिन्ह, मुल्कों में इस्तेमाल किये जानेवाले चिन्हों से बिलकुल जुदा थे। आज वे इतने आम हैं कि हम उन्हें माने बैठे हैं, लेकिन उनमें क्रान्तिकारी तरक्की के बीज थे। हिन्दुस्तान से बगदाद होते हुए पश्चिमी दुनिया में पहुँचने में इन्हें सदियाँ लग गईं।

डेढ़ सौ साल हुए, नेपोलियन के जमाने में लाप्लास ने लिखा था, "यह हिन्दुस्तान है, जिसने हमें सभी संख्याओं को दस चिन्हों के जरिये प्रकट करने का युक्तिपूर्ण तरीका बताया, जिसमें हर एक चिन्ह का अपना एक मूल्य है और उसके स्थान की वजह से मिला हुआ मूल्य है। यह एक गहरा और अहम खयाल है, जो अब हमें इतना सीधा-सादा जान पड़ता है कि हम उसकी सही खूबियों को भूल जाते हैं। लेकिन इसकी सादगी ही से जो आसानी हमारी गिनतियों में हो गई है, उसने अंकगणित को उपयोगी आविष्कारों की पहली कोटि में ला दिया है और हम इस कारनामे के महत्त्व को तब समझेंगे, जब हम यह याद रखेंगे कि कदीम जमाने के दो सबसे बड़े लोगों यानी आर्किमिडीज और अपोलोनियस की प्रतिभा से भी यह विचार बच निकला था।

हिन्दुस्तान में ज्यामिति, अंकगणित और बीजगणित की शुरुआत हमें बहुत कदीम जमाने तक पहुँचा देती है। शायद शुरू में वैदिक वेदियों पर चित्रों के बनाने

में एक तरह के ज्यामितीय बीजगणित का इस्तेमाल किया जाता था। सबसे प्राचीन किताबों में एक वर्गाकार को आयत में, जिसकी एक भुजा दी गई हो, बदलने की रीति बताई गई है। (अ क्ष स) हिन्दू संस्कारों में ज्यामिति-चित्र अब भी आम तौर से इस्तेमाल में आते हैं। ज्यामिति ने हिन्दुस्तान में तरक्की जरूर की, लेकिन इस विषय में यूनान और सिकन्दरिया आगे बढ़ गए। अंकगणित और बीजगणित में ही हिन्दुस्तान आगे बना रहा। स्थान-मूल्य की दशमलव-विधि और शून्यांक के आविष्कारक या आविष्कारकों का पता नहीं। शून्यांक के सबसे पहले प्रयोग का जो अब तक पता लगा है, वह लगभग 200 ई.पू. के एक शास्त्रीय ग्रन्थ में है। यह मुमकिन समझा जाता है कि स्थान-मूल्य का तरीका ईसाई संवत् के शुरू के लगभग ईजाद किया गया। शून्य, जिसके मानी कुछ नहीं के हैं, शुरू में एक बिन्दी या नुक्ते की शक्ल में था। बाद में यह एक छोटे वृत्त की शक्ल में बदल गया। यह और अंकों की तरह एक अंक समझा जाता था।" प्रोफेसर हाल्स्टेड ने इसके गहरे महत्त्व के बारे में इस तरह लिखा है, "शून्य के चिन्ह की रचना में महत्त्व को चाहे जितना बढ़ाकर कहा जाए, अत्युक्ति न होगी। एक ऐसी चीज को, जो हवाई और कुछ न हो, एक स्थिति और नाम दे देना, एक चित्र और प्रतीक में बदल देना, जिसमें मदद करने की शक्ति आ जाए, हिन्दू जाति की ही विशेषता है, जहाँ इसका जन्म हुआ। यह निर्वाण को बिजली पैदा करनेवाले यंत्रों में ढाल देने जैसी बात है। गणित की कोई भी ईजाद बुद्धि और शक्ति को आम तौर पर आगे बढ़ाने में इतनी कारगर नहीं हुई है।"

इस तारीखी घटना को लेकर इस जमाने के एक और गणितज्ञ ने बड़ी जोरदर प्रशंसा की है। डांटजिग अपनी पुस्तक 'नम्बर' में लिखते हैं, "पाँच हजार साल के इस लम्बे जमाने में न जाने कितनी तहजीबें उठीं और गिरीं और इनमें से हर एक अपने साहित्य, कला, फलसफे और मजहब की विरासत छोड़ गई। लेकिन गिनती के मैदान में, जो इनसान की पहली कला रही है, सब कुछ मिलाकर उनके क्या कारनामे रहे? गिनती का ढंग इतना भोंड़ा और गैर-लचीला था कि तरक्की को गैर-मुमकिन बना देनेवाला और जोड़ने के ढंग इतने महदूद कि मामूली हिसाब के लिए भी विशेषज्ञ की मदद लेनी पड़े। आदमी इन तरीकों को हजारों साल तक इस्तेमाल में लाता रहा, लेकिन इनमें कोई मार्के का सुधार न कर सका, इसमें एक भी मतलब का विचार न जोड़ सका। यह सही है कि अँधेरे युगों में विचार बहुत धीरे-धीरे तरक्की करते थे, फिर भी उनके मुकाबले में गिनती के इतिहास को देखा जाए, तो खास तौर पर गतिहीन और अटका हुआ जान पड़ता है। इस नजर से देखने से उस अनजाने हिन्दू का कारनामा, जिसने हमारे संवत् की पहली सदियों में किसी वक्त स्थान-मूल्य के सिद्धान्त को ईजाद किया, एक लोकव्यापी महत्त्व का कारनामा हो जाता है।

डांटजिग को ताज्जुब इस बात का है कि यूनान के बड़े गणितज्ञों में से किसी ने इसकी ईजाद क्यों न की। क्या यह बात है कि यूनानी प्रयोगात्मक विज्ञान को हेय समझते थे और अपने बच्चों की तालीम तक को गुलामों के सिपुर्द कर देते थे? अगर ऐसा है, तो यह कैसे हुआ कि जिस कौम ने हमें ज्यामिति दी और उसे उतना आगे बढ़ाया, वह बीजगणित के मोटे सिद्धान्त भी हमें न दे सके? क्या यह उतने ही ताज्जुब की बात नहीं कि बीजगणित भी, जो आजकल के गणित का बुनियादी पत्थर है, हिन्दुस्तान में उपजा और करीब-करीब उसी वक्त जब स्थान-मूल्य की ईजाद हुई।"

प्रोफेसर हागबेन ने इस सवाल के जवाब में यह सुझाव दिया है, "हिन्दुओं ने ही इस दिशा में कदम क्यों बढ़ाया, क्यों अपने कदीम गणितज्ञों ने ऐसा नहीं किया, क्यों व्यावहारिक मनुष्यों द्वारा यह बन सका, इस बात को समझने की कठिनाई को हम हल न कर सकेंगे, अगर हम बौद्धिक उन्नति को कुछ प्रतिभावाले मनुष्यों की कोशिशों का नतीजा समझते रहेंगे, बजाय इसके कि हम उसे रीति-रिवाज और विचार के पूरे सामाजिक संगठन का नतीजा समझें, जो बड़े-से-बड़े प्रतिभावाले के गिर्द होता है। 100 ईसवी के लगभग हिन्दुस्तान में जो हुआ है, वह पहले भी हो चुका है। हो सकता है कि यह इस वक्त रूस में हो रहा हो। इस सत्य को मानने का अर्थ यह है कि अगर कोई संस्कृत आम जनता की तालीम की तरफ उतना ही ध्यान नहीं देती, जितना कि वह विशेष प्रतिभावाले लोगों की तरफ देती है, तो यह समझना चाहिए कि उसके विनाश का बीज उसी के अन्दर है।"

तब हमें मान लेना होगा कि ये मार्के की ईजादें किसी ऐसे प्रतिभावाले व्यक्ति की क्षणिक सूझ का नतीजा नहीं है, जो अपने समकालीनों से बहुत आगे बढ़ा हुआ था, बल्कि यह कि वे दरअसल सामाजिक परिस्थितियों का नतीजा हैं और अपने जमाने की लगातार माँग के जवाब में थीं। इस माँग को पूरा करने के लिए ऊँचे दर्जे की प्रतिभा की यकीनी तौर पर जरूरत थी, लेकिन अगर यह माँग मौजूद न रही होती, तो कोई रास्ता निकालने की प्रेरणा ही न हुई होती और अगर यह ईजाद हुई भी होती, तो इसे लोग या तो भुला देते, या उस वक्त तक के लिए रख छोड़ते, जब इसकी जरूरत आकर पड़ती। संस्कृत के शुरू के गणित सम्बन्धी ग्रन्थों से यह साफ जाहिर है कि माँग मौजूद थी, क्योंकि इन ग्रन्थों में व्यापार के और ऐसे समाजी ताल्लुकों के सवाल भरे पड़े हैं, जिनमें टेढ़े-मेढ़े जोड़ लगाने पड़ते थे; कर, उधार और सूद के मसले हैं, साझेदारी के चीजों के, अदल-बदल और लेन-देन के और सोने की परख और तौल-काँटे के मसले भी मिलते हैं। समाज जटिल हो चुका था और सरकारी धन्धों में और लम्बे रोजगारों में बहुत-से लोग लगे हुए थे। हिसाब के सीधे तरीकों को जाने बिना काम चलाना गैर-मुमकिन था।

शून्यांक और स्थान-मूल्यवाली दशमलव विधि को कबूल कर लेने से हिन्दुस्तान में अंकगणित और बीजगणित की तरक्की के दरवाजे तेजी से खुल गए, भिन्न और

भिन्न राशियों के गुणा व भाग प्रचलित हुए, त्रैराशिक निकला और उसे पूर्ण बनाया गया, वर्ग और वर्गमूल; उसके साथ-साथ वर्गमूल का चिन्ह (√) निकला, घन और घनमूल; ऋण चिन्ह ज्या की तालिकाएँ उपयोग में आईं; वृत्त की परिधि तथा व्यास के अनुपात पाई (π) का मूल्य 3.1416 ठहराया गया। अनजान राशियों के लिए बीजगणित में वर्णमाला के अक्षरों का इस्तेमाल हुआ, सामान्य और वर्ग समीकरण का विचार उठा, शून्यांक के गणित की छानबीन हुई, शून्यांक की परिभाषा इस तरह दी गई अ —अ 0 अ 0 अ, अ —0 अ; अ 0 अ 0 अनन्त संख्या। ऋण राशियों की कल्पना भी की गई है। इस तरह गणित की ये और दूसरी प्रगतियाँ पाँचवीं से बारहवीं सदी के बीच होनेवाले अनेक मशहूर गणितज्ञों की पुस्तकों में दी गई हैं। इससे पहले के भी ग्रन्थ हैं (ईसा से पहले की आठवीं सदी के लगभग का 'बौद्धायन'; ईसा से पहले की पाँचवीं सदी के 'आपस्तम्ब' और 'कात्यायन') जिनमें ज्यामिति के प्रश्नों, खास तौर पर त्रिभुज, आयत और वर्ग के सवालों को बताया गया है। लेकिन बीजगणित पर जो सबसे पुरानी पुस्तक मिलती है, वह प्रसिद्ध ज्योतिर्विद् आर्यभट्ट की है, जिनका जन्म 476 ई. में हुआ था। ज्योतिष और गणित पर उसने अपनी किताब जब लिखी, तब उसकी उम्र सिर्फ 23 साल की थी। आर्यभट्ट ने, जिसे कभी-कभी बीजगणित का ईजाद करनेवाला बताया जाता है, अपने से पहले के लेखकों से कम-से-कम कुछ अंशों में मदद ली होगी। हिन्दुस्तानी गणितशास्त्र में दूसरा बड़ा नाम जो आता है, वह है भास्कर प्रथम का (522 ई.) और उसके बाद ब्रह्मगुप्त (628 ई.) हुआ। वह भी एक ज्योतिर्विद् था। उसने शून्यांक के नियमों का बयान किया और इस विद्या में और भी तरक्की की। इसके बाद लगातार कई गणितज्ञ हुए हैं, जिन्होंने अंकगणित और बीजगणित पर पुस्तकें लिखी हैं। आखिरी बड़ा नाम भास्कर द्वितीय का है, जिसका जन्म 1114 ई. में हुआ था। उसने ज्योतिर्विज्ञान, बीजगणित और अंकगणित, इन पर तीन पुस्तकें लिखी हैं। उसकी गणित की पुस्तक का नाम 'लीलावती' है। जो गणित की किताब के लिए कुछ अनूठा नाम है, क्योंकि यह एक औरत का नाम है। इस किताब में एक लड़की के बार-बार हवाले आते हैं, जिसे 'हे लीलावती' करके पुकारा गया है, उसके बाद किसी दिये गए सवाल को समझाया गया है। यह खयाल किया जाता है (अगरचे इसका सबूत नहीं है) कि लीलावती भास्कर की बेटी थी। किताब की शैली साफ और सधी है और ऐसी है कि उसे छोटी उम्र के लोग समझ सकें। यह किताब संस्कृत स्कूलों में, कुछ हद तक अपनी शैली के कारण, अब भी इस्तेमाल में आती है।

गणितशास्त्र की किताबें (नारायण, 1150; गणेश, 1545) बनती रहीं; लेकिन ऐसा जान पड़ता है कि जो काम हो चुका था, उसे इनमें महज दुहराया गया है। हिन्दुस्तान में गणितशास्त्र में बारहवीं सदी के बाद जब तक कि हम मौजूदा जमाने तक नहीं आ जाते हैं, मौलिक काम बहुत थोड़ा हुआ है।

आठवीं सदी में, खलीफा अल्मंसूर के राज्यकाल में (753-774), कई हिन्दुस्तानी विद्वान बगदाद गए और जिन किताबों को वे अपने साथ ले गए थे, उनमें ज्योतिर्विज्ञान और गणित की भी किताबें थीं। शायद इससे पहले भी हिन्दुस्तानी गिनती के अंक बगदाद पहुँच चुके थे, लेकिन यह पहला नियमित सम्पर्क था और आर्यभट्ट की और दूसरी किताबों के अरबी तरजुमे हुए। इन्होंने अरबी दुनिया में गणित और ज्योतिष की तरक्की पर असर डाला और वहाँ हिन्दुस्तानी अंक प्रचलित हुए। बगदाद उस जमाने में इल्म का एक बड़ा केन्द्र था और यूनानी और यहूदी आलिम वहाँ जमा हुए थे और इन लोगों के साथ-साथ यूनानी फलसफा, ज्यामिति और विज्ञान वहाँ पहुँचे थे। बगदाद का सांस्कृतिक असर मध्य-एशिया से लेकर स्पेन तक सारी इस्लामी दुनिया में पहुँचा था और इस तमाम खित्ते में अरबी तरजुमों के जरिये हिन्दुस्तानी गणितशास्त्र का ज्ञान फैल गया था। अरब इन अंकों को 'हिन्दसा' कहते थे और अंकों के लिए अरबी लफ्ज 'हिन्दसा' की है, जिसके माने हैं, 'हिन्द से आया हुआ।'

अरबी दुनिया से यह नई गणित, शायद स्पेन के मूर विश्वविद्यालयों के जरिये यूरोपीय मुल्कों में पहुँची और यूरोपीय गणितशास्त्र की इसमें बुनियाद पड़ी। यूरोप में इन नये 'हिन्दसों' का विरोध हुआ। वे काफिरों के निशान समझे जाते थे, और उनके आम तौर पर इस्तेमाल में आने में कई सौ साल लग गए। सबसे पहला इस्तेमाल जो हुआ, वह सिसली के एक सिक्के में 1134 ई. में हुआ इंग्लिस्तान में इसका पहला इस्तेमाल 1490 में हुआ।

यह साफ मालूम पड़ता है कि हिन्दुस्तानी गणित की जानकारी और खास तौर पर अंकों के स्थान-मूल्य की पद्धति की जानकारी, पश्चिमी एशिया में बगदाद में हिन्दुस्तानी विद्वानों के जाने से पहले पहुँच चुकी थी। सीरिया के एक विद्वान भिक्खु ने, जिसका सीरियनों को हिकारत से देखनेवाले कुछ यूनानी विद्वानों के गरूर से दिल बहुत दु:खा था, उनकी एक शिकायत में कुछ दिलचस्प वाक्य लिखे हैं। उसका नाम सेवेरस सेबोख्त था और वह दजला नदी के किनारे के एक धर्माश्रम में रहा करता था। उसने 662 ई. में लिखा है और यह जताने की कोशिश की है कि सीरिया के लोग यूनानियों से किसी तरह घटकर नहीं हैं। मिसाल के तौर पर वह हिन्दुस्तानियों का हवाला देता है, 'मैं हिन्दुओं के विज्ञान का बयान बिलकुल न करूँगा, वे सीरियनों-जैसे लोग नहीं हैं, ज्योतिर्विज्ञान की उनकी सूक्ष्म खोजों को, जो यूनानियों और बैबिलोनियावालों की खोजों से कहीं बढ़कर हैं, न बताऊँगा। उनकी गणना का तो बयान ही नहीं हो सकता। मैं सिर्फ यह बताना चाहूँगा कि यह गणना नौ चिन्हों के सहारे की जाती है। अगर यूनानी भाषा बोलने ही की वजह से कोई समझता हो कि वह यह सारा विज्ञान जान गया है, तो उसे ये बातें भी जाननी चाहिए। तब उसे पता चलेगा कि दूसरे लोग भी हैं, जो कुछ जानते हैं।'

हिन्दुस्तान के गणित का जिक्र करते हुए हाल के जमाने के एक असाधारण व्यक्ति की बरबस याद आती है। यह श्रीनिवास रामानुजम् थे। दक्खिन हिन्दुस्तान के एक गरीब ब्राह्मण के घर में जन्म लेकर और उचित शिक्षा न पाकर वह मद्रास पोर्ट ट्रस्ट में क्लर्क हो गए। लेकिन उनमें कुदरती प्रतिभा का एक न दब सकनेवाला गुण था और वह अपने फुरसत के घंटों में अंकों और उनके समीकरण से अपना जी बहलाया करते थे। खुशकिस्मती से एक गणितज्ञ का ध्यान इस पर गया और उसने इनको कुछ काम के लिए इंग्लिस्तान में कैम्ब्रिज भेज दिया। वहाँ के लोगों पर इसका असर पड़ा और उनके लिए एक वजीफे का इन्तजाम कर दिया गया। इस तरह उन्होंने अपनी क्लर्की छोड़ी और वह केम्ब्रिज चले गए। थोड़े ही समय में उन्होंने वहाँ कुछ बड़ा अहम् और मौलिक काम पेश किया। इंग्लिस्तान की रॉयल सोसाइटी ने अपने कायदों को तोड़कर उन्हें अपना एक 'फेलो' चुन लिया, लेकिन वह दो साल बाद 33 साल की उम्र में शायद तपेदिक से मर गए। मेरा खयाल है कि जूलियन हक्सले ने उनके बारे में कहीं कहा है कि वह इस सदी के सबसे बड़े गणितज्ञ थे।

रामानुजम् की छोटी जिन्दगी और मौत हिन्दुस्तान की हालत की प्रतीक है। हमारे करोड़ों लोगों में कितने थोड़े हैं, जो कुछ शिक्षा भी पा लेते हैं, कितने हैं, जिन्हें पेट भर खाना नहीं मिलता, उन लोगों में से भी, जिन्हें कुछ तालीम हासिल हो जाती है, कितने हैं, जिनके लिए किसी दफ्तर में क्लर्की करने के सिवा कुछ चारा नहीं होता, और इस क्लर्की की तनख्वाह इंग्लिस्तान के बेकारों को मिलनेवाली खैरात से कम होती है? अगर जिन्दगी इनके लिए अपने दरवाजे खोल दे और उन्हें खाना और दूसरी सुविधाएँ दे, और तालीम और तरक्की के मौके दे, तो इन करोड़ों में से कितने हैं, जो बड़े वैज्ञानिक, शिक्षक, हुनर जाननेवाले, व्यापारी, लेखक और कलाकार बन सकते हैं और एक नये हिन्दुस्तान और एक नई दुनिया के बनाने में मदद कर सकते हैं?

मिली-जुली संस्कृति का विकास और समन्वय : परदा

कबीर : गुरु नानक : अमीर खुसरो

इसलिए मुसलमानों के हिन्दुस्तान पर हमला करने की या हिन्दुस्तान के मुसलमानी जमाने की बात करना उतना ही गलत है, जितना अंग्रेजों के हिन्दुस्तान में आने को ईसाई हमला कहना या अंग्रेजी जमाने को ईसाई जमाना कहना होगा। इस्लाम ने हिन्दुस्तान पर हमला नहीं किया, यह हिन्दुस्तान में कुछ सदियों पहले आया था। यहाँ तुर्की हमला (महमूद का) हुआ, अफगानों का हमला हुआ, इसके बाद तुर्क-मंगोल या मुगलों का हमला हुआ और इनमें आखिरी दो महत्त्व के थे। अफगानों को हम सरहदी हिन्दुस्तानी दल का समझ सकते हैं, वे शायद ही अजनबी कहे जा सकते हैं, और उनकी सियासी हुकूमत के जमाने को हिन्दी अफगान काल कहलाना चाहिए। मुगल बाहर के लोग थे और हिन्दुस्तान के लिए अजनबी भी थे, फिर भी वे हिन्दुस्तानी ढाँचे में बड़ी जल्दी समा गए और उनसे हिन्दी-मुगल काल शुरू हुआ।

चाहे अपनी खुशी से उन्होंने ऐसा किया हो, चाहे परिस्थिति ने उन्हें मजबूर किया हो, अफगान शासक और उनके साथ आनेवाले लोग हिन्दुस्तान में समा गए। उनके खानदान पूरी तौर पर हिन्दुस्तानी हो गए और उनकी जड़ें हिन्दुस्तान में फैलीं, उन्होंने हिन्दुस्तान को अपना घर समझा और बाकी दुनिया को विदेश माना। बावजूद सियासी झगड़ों के उन्हें लोगों ने भी ऐसा ही खयाल किया और बहुत-से राजपूत राजाओं तक ने उन्हें अपना फ़र्मांरवा समझा। लेकिन और राजपूत सरदार भी थे, जिन्होंने उनके मातहत होने से इनकार भी किया, और भयानक लड़ाइयाँ भी हुईं। दिल्ली के मशहूर सुल्तान फिरोजशाह की माँ हिन्दू न थी इसी तरह गयासुद्दीन तुगलक की माँ भी। अफगान तुर्क और हिन्दू उमरावों में इस तरह की शादियाँ आम नहीं थीं, लेकिन फिर भी होती थीं। दक्खिन में गुलबर्ग के मुसलमान शासक ने विजयनगर की एक हिन्दू राजकुमारी के साथ बड़ी शान-शौकत के साथ ब्याह किया था।

ऐसा जान पड़ता है कि मध्य और पश्चिमी एशिया में हिन्दुस्तानियों के बारे में बड़े अच्छे खयाल थे। ग्यारहवीं सदी के पुराने जमाने में, यानी अफगानों की विजय

के पहले, इदरीसी नाम के एक मुसलमान भूगोलविद् ने लिखा था, "हिन्दुस्तानी स्वभाव से इंसाफ-पसन्द हैं, और इससे अपने व्यवहार में कभी डिगते नहीं। उनकी नेकी, ईमानदारी और अपने वादों की वफादारी मशहूर है, और दरअसल वे इन गुणों के लिए इतने मशहूर हैं कि लोग उनके मुल्क में सब तरफ से आकर इकट्ठे होते हैं।"

एक कारगुजार हुकूमत कायम हो गई और आमदरफ्त के जरियों की खास तौर पर तरक्की हुई, अगरचे इसकी वजह, फौजी सहूलियत का पैदा करना था। सरकार इस बात का खयाल करती थी कि मुकामी रिवाजों से दखल न दे। ताहम वह ज्यादा मरकजी हो चली थी। शेरशाह, जिसका जमाना मुगलिया जमाने के बीच आ पड़ता है अफगान शासकों में सबसे काबिल था। उसने मालगुजारी की ऐसी प्रथा की बुनियाद रखी कि उसे बाद में अकबर ने भी अपना लिया और फैलाया। अकबर का मशहूर वजीर—माल, राजा टोडरमल, पहले शेरशाह के यहाँ इसी पद पर था। अफगान हाकिम हिन्दुओं को रफ्ता-रफ्ता ज्यादा ओहदे देने लगे थे।

हिन्दुस्तान और हिन्दू धर्म पर अफगानों की फतह के दो असर पड़े, और इनमें से दोनों एक-दूसरे को काटते हुए थे। फौरन जो असर पड़ा, वह यह था कि बहुत-से लोग दक्खिन में चले गए और अफगान हुकूमत के इलाकों से दूर हो रहे। जो बच रहे, वे और कट्टर बन गए और अलग-थलग रहने लगे, वे अपने ही खोल में समा गए और अपनी वर्ण-व्यवस्था को और कड़ा करके विदेशी तरीकों और असरों से अपने को बचाने में लग गए। दूसरी तरफ विचार और जिन्दगी के इन तरीकों की ओर लोगों का रफ्ता-रफ्ता और बिना कोशिश के रुझान पैदा होने लगा। फिर एक समन्वय पैदा हुआ। इमारत की कला में नई शैलियाँ उपजीं, खाना-कपड़ा बदला और बहुत तरह के फर्क रहन-सहन में पैदा हो गए। यह समन्वय संगीत में खास तौर पर नुमायाँ था, जिसने पुराने हिन्दुस्तानी शास्त्रीय ढाँचे को कायम रखते हुए अनेक दिशाओं में तरक्की की। फारसी जबान दरबार की सरकारी जबान बन गई और बहुत-से फारसी लफ्ज आम इस्तेमाल में आने लगे। साथ-ही-साथ एक आम जबान को भी तरक्की दी गई।

हिन्दुस्तान में जो बुरी बातें पैदा हुईं, उनमें से एक परदे के रिवाज की तरक्की थी। ऐसा क्योंकर हुआ, यह साफ नहीं, लेकिन आनेवालों की पुराने लोगों पर होनेवाली प्रतिक्रिया का यह नतीजा जरूर था। हिन्दुस्तान में, इससे पहले मर्द और औरत अमीरों के वर्ग में तो कुछ अलग-थलग जरूर रहते थे, जैसाकि और मुल्कों में भी खास तौर पर यूनान में था। दोनों के अलग-अलग रहने का कुछ इसी तरह का रिवाज ईरान में भी था, बल्कि सारे पश्चिमी एशिया में था, लेकिन कहीं भी सख्त किस्म का परदा नहीं होता था। शायद इसकी शुरुआत बाइजेंटाइन दरबारियों के दायरे में हुई, जहाँ जनानखाने की निगरानी के लिए ख्वाजासरा मुकर्रर किये

जाते थे। बाइजेंटाइन का असर रूस में पहुँचा, जहाँ ठीक महान पीटर के जमाने तक औरतें काफी कड़े परदे में रखी जाती थीं। इसका तातारों से कोई ताल्लुक न था, जिनके बारे में यह बात काफी तौर पर आम है कि वे अपनी औरतों को अलग नहीं रखते थे। अरब और फारस की मिली-जुली तहजीब पर बाइजेंटाइनी रीति-रिवाजों का बहुत-कुछ असर पड़ा और सम्भवत: ऊँचे वर्ग की औरतों का अलग रहना चल पड़ा। फिर भी अरब में या पश्चिमी और मध्य एशिया में औरतों में कोई कड़ा परदा न होता था। जो अफगान उत्तरी हिन्दुस्तान में दिल्ली की फतह के बाद आए, उनके यहाँ परदे की कड़ी पाबन्दी न होती थी। तुर्कों और अफगान शहजादियाँ और बेगमें अक्सर घोड़े की सवारी, शिकार और मेल-मुलाकात के लिए निकला करती थीं। यह एक पुराना मुसलमानी रिवाज है, जिसकी पाबन्दी अब भी होती है कि हज के सफर में उन्हें अपने चेहरों को खुला रखना चाहिए। मालूम पड़ता है कि परदे के रिवाज की तरक्की हिन्दुस्तान में मुगलों के जमाने में हुई, जब इसे हिन्दुओं और मुसलमानों दोनों ही में पद और इज्जत की निशानी समझा जाने लगा। परदे की यह प्रथा खास तौर पर ऊँचे वर्ग के लोगों में उन सभी जगहों में तेजी से फैली, जहाँ मुसलमानों का असर था—यानी उस बीच और पूरब के बड़े प्रदेश में, जिसमें दिल्ली, संयुक्त प्रान्त, राजपूताना, बिहार और बंगाल आ जाते हैं। लेकिन यह कुछ अजीब बात है कि पंजाब और सरहदी सूबे में परदे की पाबन्दी बहुत कड़ी नहीं है। दक्खिन और पश्चिम हिन्दुस्तान में कुछ हद तक मुसलमानों को छोड़कर परदे का रिवाज नहीं रहा है।

इसमें मुझे जरा भी शक नहीं कि हाल की सदियों में हिन्दुस्तान के ह्रास के कारणों में से एक खास कारण औरतों को परदे में रखने का रिवाज है। मुझे इसका और भी ज्यादा यकीन है कि इस वहशियाना रिवाज का पूरी तरह खत्म होना हमारी समाजी जिन्दगी की तरक्की के लिए लाजिमी है। औरत को इससे नुकसान पहुँचता है, यह जाहिर-सी बात है, लेकिन जो नुकसान मर्द को पहुँचता है, जो बढ़ते हुए बच्चे को पहुँचता है, जिसे अपना बहुत-सा वक्त औरतों के साथ परदे में बिताना पड़ता है, वह कम बड़ा नहीं है। खुशकिस्मती से यह रिवाज हिन्दुओं में बहुत तेजी से उठ रहा है और मुसलमानों में भी कुछ धीमी रफ्तार से। परदे के उठाने में सबसे ज्यादा हाथ कांग्रेस की सियासी और समाजी तहरीकों का रहा है, जिन्होंने बीच के वर्ग की दसियों हजार औरतों को अपनी ओर खींचा है और जो किसी-न-किसी सार्वजनिक धन्धे से शरीक हुई हैं। गांधी जी परदे के रिवाज के कट्टर विरोधी रहे हैं, और उन्होंने इसे दूषित और बर्बर रिवाज बताया है, जिसने औरतों को पिछड़ा हुआ और तरक्की से महरूम रखा है। एक जगह उन्होंने लिखा है, "इस वहशियाना रिवाज के जरिये मर्द लोग हिन्दुस्तान की औरतों पर जो अत्याचार कर रहे हैं, मैंने उस पर विचार किया। जिस वक्त यह रिवाज शुरू हुआ, उस वक्त इसके जो भी

लाभ रहे हों, अब यह मुल्क को अपार नुकसान पहुँचा रहा है।" गांधी जी ने कहा कि "औरतों को वही आजादी और अपनी तरक्की के वही मौके मिलने चाहिए, जो मर्दों को हासिल हैं। मर्दों और औरतों के आपस के सम्बन्ध में समझदारी के बरताव की जरूरत है। दोनों के बीच में दीवारें नहीं खड़ी की जानी चाहिए। उनके आपस के व्यवहार में स्वाभाविकता और बेसख्तगी होनी चाहिए।" दरअसल गांधी जी ने औरतों की बराबरी आजादी के बारे में जोरदार बातें कहीं और लिखी हैं कि उनकी घरेलू गुलामी को तीखेपन से बुरा बताया है।

मैं अपने विषय से हटकर यकायक मौजूदा जमाने की बातें करने लगा, और अब मुझे मध्ययुग पर वापस जाना चाहिए, जब अफगान लोग दिल्ली की गद्दी पर जम चुके थे और पुराने और नये तरीकों के बीच समन्वय कायम होना शुरू हो चुका था। इनमें से ज्यादातर तब्दीलियाँ ऊपर के वर्गों में हुईं और उनका असर आम जनता खास तौर पर देहाती जनता पर नहीं पड़ा। उनकी शुरुआत दरबारी हलकों में होती और वे शहरों और कस्बों में फैलतीं। इस तरह एक ऐसा सिलसिला चला, जो कई सदियों तक चलता रहा और उत्तरी हिन्दुस्तान में एक मिली-जुली संस्कृति तरक्की करती रही। दिल्ली और जिसे अब संयुक्त प्रान्त कहते हैं, इसके मरकज बने, जिस तरह कि ये पुरानी आर्य संस्कृति के मरकज रहे और अब भी हैं। लेकिन आर्य-संस्कृति का बड़ा हिस्सा खिसककर दक्खिन पहुँचा, जो हिन्दू कट्टरता का गढ़ बन गया।

तैमूर के हमले से दिल्ली की सल्तनत जब कमजोर हो गई, तो जौनपुर (संयुक्त प्रान्त) में एक छोटा-सा मुसलमानी राज्य कायम हुआ। सारी पन्द्रहवीं सदी-भर यह कला और संस्कृति और मजहबी रवादारी का मरकज रहा। तरक्की करती हुई आम जबान, हिन्दी को यहाँ प्रोत्साहन मिला, और हिन्दुओं और मुसलमानों के मजहबों में समन्वय पैदा करने की भी कोशिशें हुईं। करीब-करीब इसी वक्त उत्तर में दूर कश्मीर में भी जैनुल-आबदीन नाम के एक मुसलमान राजा ने अपनी रवादारी और संस्कृति विद्या और पुरानी संस्कृति के प्रोत्साहन के लिए यश हासिल किया।

सारे हिन्दुस्तान में यह नया खमीर काम कर रहा था और लोगों के दिमागों में नये विचार कुरेद पैदा कर रहे थे। पुराने जमाने की तरह हिन्दुस्तान में इस नई परिस्थिति की तरफ एक प्रतिक्रिया चल रही थी और विदेशी तत्त्वों को जज्ब करने की कोशिश में वह अपने को कुछ तब्दील कर रहा था। इसी खमीर में से नये ढंग के सुधारक उत्पन्न हुए, जिन्होंने इस समन्वय के पक्ष में निश्चय के साथ उपदेश दिये और अक्सर वर्ण-व्यवस्था की निन्दा या अवहेलना की। दक्खिन में पन्द्रहवीं सदी में हिन्दू रामानन्द हुए और उनके और भी मशहूर शिष्य बनारस में कबीर हुए, जो मुसलमान जुलाहे थे। उत्तर में गुरु नानक हुए, जो सिक्ख-धर्म के संस्थापक माने जाते हैं। इन लोगों का असर उन मतों तक सीमित नहीं था जो इनके नाम पर

कायम हुए, बल्कि उससे कहीं ज्यादा फैला हुआ था। सारे हिन्दू-धर्म पर इन नये विचारों का प्रभाव पड़ा और हिन्दुस्तान का इस्लाम भी और जगहों के इस्लाम से मुख्तलिफ बन गया। इस्लाम के जबरदस्त अद्वैतवाद का हिन्दू-धर्म पर असर पड़ा, और हिन्दुओं के बहुत-से देवी-देवताओं में विश्वास का कुछ असर हिन्दुस्तानी मुसलमानों पर पड़े बगैर न रहा। हिन्दुस्तानी मुसलमानों में से ज्यादातर ऐसे थे, जो नौ मुस्लिम थे और यहाँ की पुरानी परम्परा में पले थे। बाहर से आनेवाले मुसलमान मुकाबले में थोड़े थे। मुस्लिम रहस्यवाद और सूफी मत की, जिसकी शुरुआत शायद नये अफलातूनी मत से हुई थी, तरक्की हुई।

विदेशी लोगों के हिन्दुस्तान में बराबर जज्बा होने का सबसे मार्के का पता इस बात से लगता है कि मुल्क की आम जबान को उन्होंने उठा लिया, अगरचे फारसी दरबार की जबान बनी रही। शुरू के मुसलमानों की लिखी हुई हिन्दी की कई मशहूर किताबें हैं। इन लिखनेवालों में सबसे मशहूर खुसरो था, जो एक तुर्क था और जिसका घराना संयुक्त प्रान्त में दो-तीन पीढ़ियों से बस गया था। यह चौदहवीं सदी में हुआ और इसने कई अफगान सुल्तानों के जमाने देखे थे। फारसी का तो वह चोटी का शायर था, वह संस्कृत भी जानता था। वह बहुत बड़ा संगीतज्ञ भी था और हिन्दुस्तानी संगीत में उसने कई नई बातें पैदा कीं। यह भी कहा जाता है कि हिन्दुस्तान का आम-पसन्द वाद्य यंत्र सितार उसी की ईजाद की हुई चीज है। उसने बहुत-से मजमूनों पर लिखा है और खास तौर पर हिन्दुस्तान की तारीफ की है, और यह बताया है कि किन-किन बातों में हिन्दुस्तान बढ़ा हुआ है। इनमें मजहब, फलसफा, तर्कशास्त्र भाषा और व्याकरण (संस्कृत), संगीत, गणित, विज्ञान और आम (फल) गिनाये गए हैं।

लेकिन हिन्दुस्तान में खास तौर पर उसकी शोहरत की वजह उसके आम-पसन्द गीत हैं, जिन्हें उसने लोगों की आम-जबान हिन्दी में लिखा है। उसने साहित्यिक माध्यम न चुनकर बड़ी अक्लमन्दी की, क्योंकि उसे मुट्ठी भर लोग ही समझ पाते। उसने गाँववालों की जबान ही नहीं इस्तेमाल की, बल्कि उनके रीति-रिवाज और रहन-सहन के ढंग का भी बयान किया। उसने जुदा-जुदा ऋतुओं के गीत लिखे हैं और हिन्दुस्तान की पुरानी शास्त्रीय परम्परा के बमूजिब हर एक ऋतु के लिए अलग राग और बोल हैं, उसने जिन्दगी के विविध पहलुओं पर गीत रचे हैं—दुल्हन के आने पर, प्रेमी के वियोग पर, वर्षाऋतु पर, जब जली हुई धरती से नई जिन्दगी फूट निकलती है। ये गीत अब भी दूर-दूर गाये जाते हैं और हम उन्हें उत्तरी और मध्य हिन्दुस्तान के किसी गाँव या शहर में सुन सकते हैं, खास तौर पर तब, जब वर्षा-ऋतु आती है, और हर एक गाँव में आम और पीपल की शाखों में बड़े-बड़े झूले पड़ते हैं, और गाँव के सभी लड़के-लड़कियाँ झूला झूलने के लिए इकट्ठा होते हैं।

अमीर खुसरो ने बहुत-सी पहेलियाँ भी रची हैं, जो बच्चों और बड़ों, दोनों में ही बहुत चलती हैं। अपनी जिन्दगी में ही खुसरो गीत और पहेलियों के लिए मशहूर हो गया था। उसकी यह शोहरत बढ़ती ही रही है। मैं और कहीं भी ऐसी मिसाल नहीं पाता कि छह सौ साल पहले जो गीत लिखे गए हों, वे अब भी आमपसन्द हों और अब भी लफ्जों की फेर-फार के बगैर ज्यों-के-त्यों गाये जाते हों।

बुन्देलखंड सम्मेलन में दिया गया अध्यक्षीय भाषण

माननीय जगद्गुरु,
भाइयो और बहनो,

आठ महीने पहले हमारे मुल्क की सबसे बड़ी पंचायत यानी हिन्दुस्तान की राष्ट्रीय कांग्रेस ने यह फैसला किया था कि स्वराज्य के बिना हम लोग हिन्दुस्तान में जिन्दा नहीं रह सकते। हमारे मुल्क के बड़े नेताओं ने एक साथ मिलकर सबसे पहले कलकत्ता में स्वराज्य का झंडा फहराया था। इस बात को मद्देनजर रखते हुए कि इस मुल्क में जो जुल्मोसितम हम पर ढाये जा रहे हैं और जिन तरीकों से हमारे मुल्क को गरीब और हमें दीन कर दिया गया है, इस हद तक कि अपनी जिन्दगी और अपना धर्म भी हम बचा नहीं सकते, हमारे नेताओं ने फैसला किया कि स्वराज्य हासिल करने के अलावा इन बीमारियों का और कोई इलाज नहीं है।

भाइयो, ऐसा फैसला आठ महीने पहले किया गया था। यह फैसला इसलिए किया गया था कि आखिरकार हालातों ने हमें सचेत कर दिया और हमारे नेताओं ने अच्छी तरह दिखा दिया कि इस मुल्क में रहने का मतलब है हद-दर्जे की गुलामी में जीना, जानवरों की जिन्दगी बसर करना और अपने मजहब और ईमान को छोड़ देना। इसका मतलब है कि खुद हिन्दुस्तान में रहनेवाले हिन्दुस्तानी पेट के बल रेंगेंगे और जमीन पर अपनी नाक रगड़ेंगे। वे कुचल दिये जाएँगे और अपना ईमान और धर्म छोड़ देंगे, जैसाकि हमें अमृतसर में करने पर मजबूर किया गया।

भाइयो कलकत्ता में तय किया गया कि हम पंजाब और खिलाफत के गुनाहों का इंसाफ करवाकर रहेंगे और स्वराज्य हासिल करेंगे।

इसके बाद हमारे नेताओं ने नागपुर में फिर इस मसले पर गौर किया और सिर्फ दो आदमियों को छोड़कर बीस हजार के मजमे ने फैसला किया कि स्वराज्य और सिर्फ स्वराज्य ही हमारी इन बुराइयों का इलाज है। ये बुराइयाँ स्वराज्य के बिना दूर नहीं हो सकतीं। हमारे नेताओं ने प्रतिज्ञा की कि हम स्वराज्य लेकर रहेंगे। जब तक हमें स्वराज्य नहीं मिल जाता, हम आन्दोलन बन्द नहीं करेंगे। न हम चैन लेंगे और न हमारे स्वराज्य के रास्ते में रोड़ा अटकाने वालों को चैन लेने देंगे। नागपुर में

हमारे नेताओं को यह फैसला किये पाँच महीने हो गए और छठवाँ महीना चल रहा है। आपको याद होगा कि शुरू में, जब कांग्रेस ने कलकत्ता में यह फैसला किया था तो हमारे दुश्मन हम पर हँसते थे और सोचते थे कि हम महज शेखी बघार रहे हैं। वे जानते थे कि हिन्दुस्तानी सिर्फ बड़ी-बड़ी बातें कर सकते हैं और कुछ कर दिखाना उनके बूते का नहीं है। इसलिए वे हम पर हँस रहे थे और हमारा मजाक उड़ा रहे थे, यहाँ तक कि हमारे दोस्त भी, जिन्हें हमारे आन्दोलन से सहानुभूति है, डरते थे कि हम महज ऐसी बातें कर रहे हैं, जो मुमकिन नहीं है। लेकिन देखते-देखते हिन्दुस्तान का कायापलट हो गया है। आज न तो हमारे दोस्त और न हमारे दुश्मन ही, हम पर हँस रहे हैं। वे इतना ही कह सकते हैं कि जितना हम चाहते हैं सब हासिल नहीं कर पाएँगे, मगर आज हिन्दुस्तान में कोई अफसर छोटे से लेकर बड़े तक ऐसा नहीं है, यहाँ तक कि खुद वाइसराय भी, जो हम पर हँसता हो या हमारी खिल्ली उड़ाता हो। उन्होंने देख लिया है कि आज का हिन्दुस्तान एक चीज पर आमादा है और एक मंजिल पर पहुँचना चाहता है, और वह मंजिल है स्वराज्य! हिन्दुस्तान की नई पीढ़ी ने गुलामी को धता बताने का फैसला कर लिया है, जिनमें वह डेढ़ सौ बरसों से पड़ी थी—मेरा मतलब है, ब्रिटिश राष्ट्र और ब्रिटिश सरकार की गुलामी से।

मैं यहाँ पंजाब और खिलाफत की कहानियों को बयान करना नहीं चाहता, जिनके लिए हमने असहयोग का उपदेश दिया और स्वराज्य का झंडा उठाया। आप इन घटनाओं को जानते हैं। ये आपको हजारों बार सुनाई जा चुकी हैं। आप जानते हैं कि शुरू में खिलाफत और पंजाब पर बहुत जोर दिया जाता था। आप यह भी जानते हैं कि अब मुल्क ने फैसला कर लिया है कि खिलाफत और पंजाब के गुनाहों का निपटारा सिर्फ स्वराज्य हासिल करके ही किया जा सकता है। अगर खिलाफत के मसले आपके स्वराज्य हासिल किये बगैर हल किये जाते हैं तो वह खिलाफत के आपके मसलों का हल नहीं होगा। अगर पंजाब के मामलों का निपटारा आपकी इच्छा के माफिक होता है मगर आप उससे आगे नहीं जाते, तो आपकी तसल्ली नहीं होगी। अगर आज आप उन्हें डराकर पंजाब की गलतियों को सुधरवा लेते हैं, मगर असली ताकत अपने हाथ में नहीं लेते, तो जो उन्होंने पंजाब में दो बरस पहले किया, वही सब करने की ताकत उनके हाथ में बनी रहेगी। मुमकिन है, वे उस चीज को बुन्देलखंड में भी दोहराएँ। इसलिए पंजाब और खिलाफत के सवालों का हल हम हिन्दुस्तानियों द्वारा सिर्फ ऐसी ताकत हासिल करने पर ही हो सकता है कि भविष्य में कोई विदेशी मुल्क हम पर जोर-जुल्म न कर सके। किसी विदेशी राष्ट्र के पास इतनी गुंजाइश नहीं होनी चाहिए कि वह हमें दबाये या हमारी इज्जत और धर्म पर हमला करे। इसलिए स्वराज्य को आप हमेशा अपने सामने रखें। आपको जानना चाहिए कि स्वराज्य, खिलाफत और पंजाब एकरूप हैं। अगर आप स्वराज्य

हासिल नहीं कर सकते तो यही कहा जा सकता है कि आपने कुछ भी हासिल नहीं किया। यही वजह है कि हम स्वराज्य पर इतना जोर दे रहे हैं। जब तक स्वराज्य मिल नहीं जाता, हम अपनी लड़ाई जारी रखेंगे।

मैंने आपसे कहा कि मैं पंजाब और खिलाफत के बारे में कुछ भी कहना नहीं चाहता, मगर अब अपने हिन्दू भाइयों से एक बात कहूँगा कि खिलाफत के इस सवाल का सम्बन्ध सिर्फ मुसलमानों से ही नहीं है। इसीलिए जैसाकि आप जानते हैं, हिन्दू खिलाफत आन्दोलन की मदद कर रहे हैं। यही वजह है कि महात्मा गांधी इस आन्दोलन के नेता बने और इस तहरीक की मदद कर रहे हैं उन्होंने कहा कि अगर जरूरत पड़ी तो इस सवाल के हल के लिए वे अपनी जान भी देने को तैयार हैं। इसलिए मैं चाहता हूँ कि मेरे हिन्दू भाई यह खयाल अपने मन में न रखें कि इस समय मुसलमानों की मदद करना हमारा फर्ज या धर्म नहीं है। मैं इस पर कोई जोर देना नहीं चाहता। हिन्दू धर्म खुद ही उन्हें इसके लिए मजबूर करेगा, अपने पड़ोसियों की मदद करने के लिए मजबूर करेगा। जो धर्म को जानते हैं वे इसे अपना कर्तव्य मानेंगे, जैसाकि मैंने हमारे पूजनीय धर्मगुरुजी को कहते सुना कि आपको हमेशा सच बोलना और मुसीबत में पड़े हुए अपने भाइयों की मदद करना चाहिए। मैं इसके बारे में ज्यादा नहीं कहूँगा, सिर्फ इतना कहना चाहता हूँ कि अगर हिन्दुओं को अपने धर्म की रक्षा करनी है तो इस समय मुसलमानों की मदद करना उनका कर्तव्य है, क्योंकि अगर अंग्रेज मुसलमानों के धर्म को नष्ट करने में सफल हो गए तो वे आपके धर्म, हमारे धर्म, जो कि हिन्दू धर्म है, उसको भी नष्ट करने की कोशिश करेंगे। इसलिए अगर हिन्दू अपने धर्म को बचाना चाहते हैं तो खिलाफत की इस जद्दोजहद में दिलोजान से शरीक होना, मुसलमानों की मदद करना और उनके धर्म की रक्षा करना उनका फर्ज है। आप अंग्रेजों को जानते हैं। उन्हें किसी से मुहब्बत नहीं है—न हिन्दू से और न मुसलमान से, न किसी धर्म से और न किसी पंथ से। उन्हें तो किसी भी चीज से मुहब्बत नहीं है। इसलिए वे किसी भी तरह आप हिन्दुओं को बख्शेंगे नहीं। यह बिलकुल जुदा बात होगी, अगर मुसलमानों से उनके ताल्लुकात अच्छे न रहे।

खिलाफत के सवाल को लेकर एक अनोखी बात हुई है। तुर्क लोग आजाद नहीं थे जब तक कि उनके महान नेता मुस्तफा कमाल पाशा ने एंग्लो-तुर्की सन्धि को मानने से इनकार नहीं कर दिया और तुर्की के काफी बड़े हिस्से को अपने कब्जे में करके वे वहाँ के स्वतंत्र शासक नहीं बन गए। तुर्क ब्रिटेन या किसी भी ताकत के बीच में पड़ने से आजाद हो गए। अंग्रेजों ने देखा कि वे आजाद हो गए तो अब उन पर हमला करने की कोशिश कर रहे हैं। वे एक-एक कर सभी मुल्कों पर हमला कर रहे हैं और उन्हें तबाह कर रहे हैं। उन्होंने इन राज्यों को, इन मुसलमान राज्यों को, एशिया के तामम छोटे-बड़े मुसलमान राज्यों को तबाह करने

का फैसला कर लिया है। वे चाहते हैं कि सिर्फ तीन या चार बड़े-बड़े इलाके रह जाएँ, जिन्हें वे आपस में बाँट लें।

भाइयो, आपको याद रखना चाहिए कि अंग्रेज कामयाब हो गए तो वे हमारे पास-पड़ोस के तमाम मुल्कों को गुलाम बना देंगे और मजबूत जंजीर में इस कदर जकड़ देंगे कि हम हिल-डुल न सकेंगे और वे हमारी पीठ पर सवार होंगे और उनसे छुटकारा पाना हमारे लिए बहुत मुश्किल होगा।

यह लड़ाई खिलाफत के लिए है। यह लड़ाई हमारे मुल्क की आजादी के लिए है। यह लड़ाई खुद हमारी मुक्ति और हमारे आस-पड़ोस के मुल्कों की मुक्ति के लिये है।

मैंने आपसे कहा कि खिलाफत और पंजाब के सवाल स्वराज्य से जुड़े हुए हैं। इसलिए स्वराज्य को हमेशा आपको अपने सामने रखना चाहिए। आपको अपनी मुक्ति हमेशा अपने ध्यान में रखनी चाहिए। आपको जानना चाहिए कि जब तक हमारा मुल्क आजाद नहीं हो जाता और जब तक हम अपने मुल्क की सरकार में हिस्सा नहीं लेने लगते, हम अपनी यह लड़ाई बन्द नहीं करेंगे। इन दिनों स्वराज्य का मतलब होता है शान्ति। शायद आपने स्वराज्य के सवाल पर गौर नहीं किया है। मैं आपको बताना चाहता हूँ कि स्वराज्य से मेरा मतलब क्या है।

आप जानते हैं कि स्वराज्य का शाब्दिक अर्थ 'अपनी हुकूमत आप करना' है। लेकिन अपनी हुकूमत भी कई तरह की होती है। एक वह भी अपनी हुकूमत होती है, जिसमें मुल्क के तीन या चार आदमी दूसरों पर राज करने के लिए राजा और महाराजा बना दिये जाते हैं। मगर मैं इस ढंग की अपनी हुकूमत नहीं चाहता, जिसमें तीन या चार हिन्दुस्तानी या अंग्रेज हम पर जुल्म करने के लिए हमारे शासक बना दिये जाएँ। मेरी राय में अपनी हुकूमत में, एक हिन्दुस्तानी या हजार हिन्दुस्तानी राजा या राजे नहीं बनाए जाने चाहिए, बल्कि हर हिन्दुस्तानी को, हर हिन्दू, मुसलमान और ईसाई को, जो हिन्दुस्तान में रहता है और जो इस देश को अपनी मातृभूमि कहने में गौरव का अनुभव करता है, उसे आजाद होना चाहिए और अपने मुल्क की हुकूमत में हाँथ बँटाने का हक होना चाहिए। मैं इसे स्वराज्य समझता हूँ। इसका क्या मतलब है? आपको इसके बारे में सोचना चाहिए इसका मतलब एक फिरके या एक धर्म की हुकूमत नहीं है। अगर हिन्दुओं ने मुल्क में अपना राज्य कायम कर लिया तो वह हिन्दू राज होगा, वह अपना राज्य नहीं होगा। अगर मुसलमानों को अपना राज्य कायम करने का मौका मिल गया तो वह भी अपना राज्य नहीं होगा, वह मुस्लिम राज्य होगा। मान लीजिए कि सिक्खों ने पंजाब में अपनी हुकूमत कायम कर ली तो वह सिक्ख राज्य होगा, न कि स्वराज्य। इसलिए आपको यह बात अच्छी तरह समझ लेना चाहिए कि जो स्वराज्य मैं चाहता हूँ वह हिन्दू, मुसलमान और सिक्ख वगैरह सभी का राज्य होगा। वह किसी एक

फिरके, एक पंथ या एक धर्म का राज्य नहीं हो सकता। वह अमीर का या गरीब का, किसानों का या जमींदारों का राज्य नहीं होगा। उसमें अमीर और गरीब को बराबर के हक होंगे। यह स्वराज्य है।

स्वराज्य में सिर्फ पंचायतें हो सकती हैं, इसलिए स्वराज्य का मतलब है पंचायत। हमारे मुल्क में हजारों साल से पंचायत-राज चला आता था। थोड़े समय के दौरान, जब से अंग्रेज हिन्दुस्तान पर हुकूमत करने लगे, एक-एक कर इन पंचायतों को खत्म किया जाने लगा। अब जब से असहयोग-आन्दोलन शुरू हुआ, ये पंचायतें फिर से अस्तित्व में आईं। ये उसी तरह की होंगी जैसी कि सरकार ने तहसीलों, जिलों और सूबों में कायम की हैं। क्या आप सोचते हैं कि सरकार की हुकूमत उतना ही भला करनेवाली है जितना कि आपकी पंचायतें, जो आपके द्वारा, मुल्क के अमीर और गरीब के द्वारा चुने हुए लोगों की बनी होती है? ये लोग आपके काबू में होंगे। अगर वे ठीक से काम न करें तो उन्हें हटाकर उनकी जगह दूसरों को पंच बनाया जा सकता है। मैं जानता हूँ कि ऐसी सरकार आकर रहेगी। जब तक हमारे मुल्क में ऐसा राज्य कायम नहीं हो जाता, हमारी तकलीफें दूर नहीं हो सकतीं। हमारे मुल्क के दो या तीन आदमियों को ऊँचे ओहदे दे दिये जाने से हमारी मुसीबतें खत्म नहीं हो सकतीं। हमारे सूबे के एक साहब बड़े हाकिम हैं। वे अच्छी तनखा पाते हैं, मगर वे हमारी तकलीफें दूर नहीं कर सकते। हमारे मुल्क में कई आला अफसर हिन्दुस्तानी हैं, मगर बावजूद इसके हमारे सूबे के लोगों को इतनी तकलीफें उठानी पड़ती हैं और उन पर इस कदर अत्याचार किये जाते हैं, जो उन्होंने बरसों में नहीं महसूस किये थे। कुछ हिन्दुस्तानी थे, जो हमारे साथ काम कर रहे थे, कांग्रेस में हिस्सा ले रहे थे और हमें हर तरह की मदद दे रहे थे, मगर मुझे अफसोस के साथ कहना पड़ता है कि वे दूसरे दल के साथ मिल गए। उन्होंने उनसे गठबन्धन किया है जो हमारे दुश्मन हैं। भाइयो, अगर इस सरकार में आपको ऊँचे ओहदे भी दे दिये जाएँ तो भी हमें कुछ हासिल नहीं होता। अगर हमें गवर्नर भी बना दिया जाए तो वह स्वराज्य नहीं कहा जा सकता, और न उससे हमारी तकलीफें ही दूर होंगी। हमारे पड़ोसी सूबे में, यानी कि बिहार में एक हिन्दुस्तानी गवर्नर है, मगर उनके गवर्नर बन जाने से वहीं के लोगों की हालत में कोई सुधार नहीं हुआ, बल्कि हाल पहले से और खराब ही हुई है। लोगों पर पहले की बनिसबत ज्यादा सख्तियाँ हो रही हैं।

स्वराज्य का यह मतलब है, जो मैंने अभी आपको बताया। मैं इस तरह का स्वराज्य चाहता हूँ। मेरी राय में सिर्फ यही स्वराज्य है हमारे बड़े-बूढ़े इस बात को जानते थे और कांग्रेस इसी तरह का स्वराज्य लाने की कोशिश कर रही है। उन्होंने इस तरह का स्वराज्य हासिल करने का संकल्प किया है। आपको मालूम होना चाहिए कि हमारे और ब्रिटिश हुकूमत के बीच किसी तरह की सही समझ नहीं हो सकती और न हमारे दूसरे किसी राष्ट्र के बीच हो सकती है। मेरी राय में हमें तब

तक असहयोग-आन्दोलन जारी रखना चाहिए जब तक कि हमें स्वराज्य नहीं मिल जाता या हम अपने मुल्क के पूरी तरह मालिक नहीं बन जाते। हमारे मुल्क के नेताओं ने स्वराज्य का रास्ता सुझाया है। आप जानते हैं कि दूसरे मुल्कों ने अपनी आजादी की लड़ाइयाँ लड़ीं, आप यह भी जानते हैं कि कुछ मुल्कों को आजाद होने के लिए तलवारें भी उठानी पड़ीं। अपने देश की आजादी हासिल करने के लिए उन्होंने दूसरों को मारा और खुद भी दूसरों के हाथों काम आ गए। आप यह भी जानते हैं कि हमारे इस मुल्क में भी ऐसे लोग हुए जिन्होंने अपने देश और अपने धर्म के लिए तलवारें खींचीं और दूसरों को मारा और दूसरों के हाथों खुद भी मारे गए। उन्हें न बुरा आदमी कहा जा सकता है और न कायर ही। हालाँकि हो सकता है कि कुछ लोग उन्हें बुरा कहें, मगर यह कोई नहीं कहेगा कि वे बहादुर नहीं थे। लेकिन हमारे मुल्क की मौजूदा हालत ऐसी है कि लोगों ने काफी वक्त से तलवार को छुआ तक नहीं है, यहाँ तक कि आपने कोई हथियार भी नहीं देखा है। आप मोहताज कर दिये गए हैं। आप कैसे लड़ सकते हैं और कैसे अपनी आजादी हासिल कर सकते हैं? इन दिनों लोग बन्दूकों से लड़ते हैं। अगर आपके पास तलवारें होतीं तो भी आप कुछ न कर पाते, अगर आप किसी तरह बन्दूकें पा भी जाएँ तो भी आप कामयाब नहीं हो सकते। आज के जमाने की जंग में हवाई जहाजों से बम गिराए जाते हैं। अगर आपके पास तलवारें और बन्दूकें हों भी तो वे किसी काम की नहीं। आप में से हजारों आदमी सिर्फ एक बम से मौत के घाट उतारे जा सकते हैं। इसलिए हम अंग्रेजों से जंग तो किसी भी तरह नहीं कर सकते। अगर मैं अंग्रेजों से तलवार की लड़ाई लड़ूँ, तो मेरा खयाल है कि जरूर हार जाऊँगा! फिर महात्मा गांधी की, जो इस समय हमारे नेता हैं, राय है कि हमें किसी हालत में तलवार नहीं उठानी है। उनकी राय है कि हमें हमेशा अहिंसा का पालन करना चाहिए। इसलिए अहिंसा का पालन करना हमारा कर्तव्य है। हमारे लिए दूसरा कोई रास्ता नहीं है। अगर हमने दूसरा कोई रास्ता अपनाया तो हमारे मुल्क की आजादी हमसे बहुत दूर चली जाएगी। इसलिए हमें तलवार से दूर ही रहना चाहिए और उसके इस्तेमाल का इरादा छोड़ देना चाहिए। दूसरा रास्ता जो है वह हमें हमारे नेताओं और कांग्रेस वालों ने दिखा दिया है। वह असहयोग का रास्ता है।

यह ऐसा रास्ता है कि अगर हम इस पर चलें तो अपने मुल्क की आजादी हासिल कर सकते हैं और बहुत थोड़े वक्त में बिना किसी को मारे हिंसा या पाप किये, और साथ ही सच्चाई पर चलकर और अपने ईमान को बनाए रखकर अपने मुल्क की आजादी हासिल कर सकते हैं और अपनी तकलीफों को मिटा सकते हैं। असहयोग पर बहुत कहा जा चुका है। आपको साफ-साफ बताया जा चुका है कि असहयोग के उसूल क्या हैं। कुछ लोग हैं जो पूछते हैं कि असहयोग के लिए उन्हें क्या करना चाहिए और अभी वे क्या करें और आगे क्या करें। आगे भविष्य

में ऐसा वक्त आएगा जब हम पुलिस और फौज के लोगों से नौकरी छोड़ने के लिए कहेंगे, जब मैं हर हिन्दुस्तानी से कहूँगा कि वह ब्रिटिश सरकार को टैक्स देना बन्द कर दे। हो सकता है कि ऐसा मौका आवे, मेरा खयाल है कि वह कभी नहीं आएगा। ऐसा वक्त आने के पहले ही हम अपने उद्देश्य में सफल हो जाएँगे और हमें स्वराज्य मिल जाएगा। जिन्होंने असहयोग का रास्ता अपनाया, उन्होंने उसे इस इरादे से नहीं अपनाया कि दो कदम बढ़ें और चार कदम पीछे हट जाएँ। उन्होंने तो फैसला कर लिया है कि मंजिल पर पहुँचने तक बराबर आगे ही बढ़ते जाएँगे। हम तैयार हों और मुल्क को मंजिले-मकसूद तक चलने के लिए तैयार करें। मंजिल का आखिरी पड़ाव बहुत दूर है। दूसरे पड़ाव करीब और आसान हैं। असहयोग की इन मंजिलों को मैं दुहराना नहीं चाहता और न वकीलों और छात्रों के ही बारे में कुछ कहना चाहता हूँ। वकीलों और छात्रों के बारे में कुछ कहना जरूरी भी नहीं है। हमें जो कुछ उनके बारे में कहना था कह चुके, और उन्हें जो कुछ सुनना था वे सुन चुके। मगर मैं खास तौर से दो बातों पर जोर देना चाहता हूँ, जो मेरी राय में असहयोग की जड़ें हैं, क्योंकि उनके बगैर असहयोग आगे नहीं बढ़ सकता, क्योंकि अगर आप इन चीजों को नहीं करते तो और कुछ भी क्यों न करें, असहयोग बेकार होगा और किसी काम का न रहेगा। आप जानते हैं कि एक शब्द है जो असहयोग के साथ हमेशा इस्तेमाल किया जाता है—हम 'शान्तिपूर्ण' या अहिंसक शब्द इस्तेमाल करते हैं। असहयोग वह है, जिसकी बुनियाद शान्ति पर रखी गई हो। अगर कोई शख्स है, जो अपने देश और धर्म की रक्षा के लिए तलवार को म्यान से बाहर करता है तो आप उसे बुजदिल नहीं कह सकते। आप उसकी तारीफ करते हैं, भले ही उसने तलवार अपनी बेवकूफी की वजह से उठाई हो। मगर मैं कहना चाहता हूँ कि दोनों साथ नहीं चल सकते। मुमकिन है कि एक ओर आप तलवार खींचें और दूसरी तरफ असहयोग के रास्ते पर चलें। अगर आप असहयोग करनेवाले हैं, अगर आप इसके रास्ते पर चलना चाहते हैं, तो जब तक आप सत्याग्रही हैं इसे हमेशा खयाल में रखिए कि असहयोग की बुनियाद अहिंसा पर है जब अहिंसा खतम हो जाती है तो असहयोग का भी खात्मा हो जाता है।

मैं इस मुद्दे पर जोर देना चाहूँगा। मैं इसको समझाता और इसकी अहमियत आपके दिमाग में बैठा देना चाहता हूँ, क्योंकि कुछ समय पहले मैंने कई जगहों में यह पाया कि इस पर जितना जोर दिया जाना चाहिए, नहीं दिया जाता। लोग ऐसा सोचने लगे हैं कि शान्ति और अहिंसा का नारा महज दूसरों को धोखा देने के लिए है, जबकि पर्दे के पीछे हम उनसे ठीक उलटे कामों की तैयारियों में लगे हुए हैं। पहली चीज जो हमें जाननी है वह यह कि एक सत्याग्रही कभी छिपे तौर पर काम नहीं करेगा। जो उसके दिल में है वह हजारों के सामने निकल आएगा। जो उसे करना है सीधे-सच्चे तरीके से करेगा, कोनों में छिपकर चोरी-छिपे वह कुछ नहीं

करेगा। यह विश्वास कि सत्य को छिपाने की जरूरत नहीं, एक सत्याग्रही का धर्म ही होता है। अगर कोई रास्ता इख्तियार करने का वक्त आए तो मैं ऐसा चुपचाप नहीं करूँगा, अपने इरादे को पहले ही जाहिर कर दूँगा। मैं चाहता हूँ कि आप इस बात को गाँठ बाँध लें कि अपने असहयोग के दौरान आपको किसी भी सूरत में जोर-जबरदस्ती करने की इजाजत नहीं है। जबरदस्ती चाहे शब्दों की हो या शारीरिक बल की, आप किसी तरह की जबरदस्ती, बल-प्रयोग या अत्याचार नहीं कर सकते।

आप जानते हैं कि खास तौर से इस सूबे में और देश के दूसरे हिस्सों में एक आन्दोलन शुरू किया गया है, जिसे आप अमन सभा या गुलाम सभा के नाम से पुकारते हैं। यह हाल का आन्दोलन है। अमन सभा का काम, जैसाकि समझा जाता है, अमन यानी शान्ति को बनाए रखना है। वे ऐसा सोचते हैं कि मुल्क में ऐसी बहुत-सी पार्टियाँ हो गई हैं, जिनका मकसद कानून और व्यवस्था को मटियामेट करना है और ऐसी कार्रवाइयों को रोकने के लिए अमन सभाएँ कायम की गई हैं। लेकिन थोड़ा सोचने पर आपके लिए यह बताना आसान हो जाएगा कि शान्ति रहने से किसको फायदा होता है और दंगे और गड़बड़ियाँ होने से कौन फायदे में रहता है। आप पाएँगे और थोड़ा सोचने पर आपको समझ में आ जाएगा कि अमन रहने पर अगर किन्हीं लोगों का फायदा होता है तो वे सत्याग्रही ही हैं। शान्ति हिन्दुस्तानियों के लिए फायदेमन्द और ब्रिटिश सरकार और उसके हाकिमों के लिए गैर फायदेमन्द है, क्योंकि अगर आप पूरी तरह व्यवस्था बनाए रखते हैं और पूरी तरह असहयोग पर अमल करते हैं, तो धरती पर ऐसी कोई ताकत नहीं है जो आपकी प्रगति को रोक सके और स्वराज्य को आपके हाथों से छीन सके। लेकिन अगर आप हिंसा पर उतर आएँ और अपनी लाठियों और तलवारों का सहारा लें तो आपको मालूम होना चाहिए कि अंग्रेज को उन्हीं तरीकों से जवाब देने में देर नहीं लगेगी। असहयोग की तलवारों और बन्दूकों का जवाब देने के लिए उनके पास कुछ भी नहीं है, मगर आपकी लाठियों और तलवारों का जवाब वे बखूबी दे सकते हैं। वे दंगे और उपद्रव चाहते हैं, जिससे एक को दूसरे के खिलाफ भिड़ा दें और इस तरह उन्हें आपको खतम करने का हजारों की तादाद में गोलियों से उड़ाने का और जेलों में डालने का मौका मिल जाए।

भाइयो, अंग्रेज इस समय आपमें फूट डालना चाहते हैं। वे चाहते हैं कि आप आपस में लड़ें, वे किसानों और जमींदारों में, हिन्दू और मुसलमानों में झगड़े करवाना चाहते हैं। मुझे बताया गया है कि कई जगहों में उन्होंने हिन्दुस्तानियों को आपस में लड़ाने और मारपीट की नौबत तक ले आने की हरकतें की हैं। कुछ हद तक उन्हें अपनी इन हरकतों में कामयाबी भी मिली है। अब आपकी समझ में आ गया होगा कि आपकी ये अमन सभाएँ आपको महज धोखा देने के लिए हैं, शान्ति कायम करने से उन्हें कोई मतलब नहीं। शान्ति कायम करना और उसे बनाए रखना तो

आपके और हमारे कर्तव्य का एक हिस्सा है। बिला-शक यह उनका काम नहीं है। शायद आपको यह पता नहीं कि अमन सभाओं का काम-काज कैसे चलाया जाता है। अभी इसी वक्त मेरे पास कागजात हैं, जो बताते हैं कि दस्तखत और अँगूठों के निशान कैसे लिये जाते हैं और किस तरह लोगों को अमन सभाओं का सदस्य बनाया जाता है। उन कागजों में ऐसे लोगों का हाल दिया गया है, जिन्हें इस तरह की बदकिस्मती का शिकार होना पड़ा है। पुलिस का सिपाही अपनी लाठी लेकर जाता है और उन्हें जबरदस्ती अमन सभा का सदस्य बनाता है। अमन सभा का काम है लोगों को लाठियों से डराना और उन्हें अमन सभा का सदस्य बनने पर मजबूर करना। क्या आप जानते हैं कि इस तरह से अमन सभा का कब तक बना रहेगा? इसका असली मकसद है आप लोगों में झगड़े और फूट पैदा करना, जबकि शान्ति कायम रखना हमारा काम है।

दूसरी चीज जिस पर जोर देने की जरूरत है, वह है असहयोग का मतलब। इसका मतलब है ब्रिटिश हुकूमत की मदद करने से इनकार और अपना समर्थन उससे वापस ले लेना। यहाँ सवाल उठ सकता है कि अगर आपने ब्रिटिश हुकूमत से अपना समर्थन वापस ले लिया तो उससे आपको सफलता कैसे मिलेगी? यह तभी मुमकिन है जब आप लोगों में आपस में पूरा सहयोग हो। आपमें से जिन लोगों ने इतिहास पढ़ा है और दुनिया की घटनाओं से वाकिफ हैं वे जानते होंगे कि इतिहास हमें एक सबक सिखाता है, और वह सबक यह है कि जिन लोगों में फूट होती है, उनका पतन हो जाता है, और जिनमें एकता होती है, उनकी जीत होती है। इतिहास से यह सबक आप कई तरह से सीख सकते हैं, आप हमारे अपने मुल्क का इतिहास भी पढ़ सकते हैं। अगर आप पिछले डेढ़ सौ बरस का इतिहास पढ़ें तो पाएँगे कि जो संकट हम पर पड़े और जिन्होंने हमें महज जानवरों-जैसी मौजूदा हालत में पहुँचा दिया, उन सबकी वजह आपस की फूट ही थी। हिन्दुस्तानियों ने हिन्दुस्तानियों के गले काटे और दुश्मन का काम बना दिया। आपको मालूम होना चाहिए कि जो अंग्रेज आज हम पर हुकूमत कर रहे हैं और सितम ढा रहे हैं, उन्हें इस मुल्क पर कब्जा तलवार के बूते नहीं मिला है। उन्होंने अपनी बहादुरी से हमें नहीं हराया। हिन्दुस्तान में वे दगाबाजी के रास्ते से दाखिल हुए। वे हमारे लिए मुसीबतें खड़ी करके, हमारे बीच झगड़े उभारकर और हिन्दुस्तानी को हिन्दुस्तानी से लड़ा-भिड़ाकर हिन्दुस्तान में आए। हम एक-दूसरे का गला काटने में मशगूल थे और वे आए और उन्होंने इस मुल्क पर अपना कब्जा कर लिया—अंग्रेज यहाँ इस तरह से आए। यह तरीका है, जिससे अंग्रेज पिछले डेढ़ सौ बरसों से अपना कब्जा किये हुए हैं। पिछले डेढ़ सौ बरसों से वे हिन्दुस्तानियों की एकता को रोकने की कोशिश कर रहे हैं। हजार तरीकों से उन्होंने हिन्दुस्तानियों में फूट के बीज बोने और हिन्दुओं और मुसलमानों में मतभेद पैदा करने की कोशिशें की हैं। आप जानते

ही हैं कि हर साल कहीं-न-कहीं हिन्दुओं और मुसलमानों के झगड़े होते हैं। जरा सोचिए कि इस तरह के झगड़े देशी रियासतों में नहीं होते। क्या बात है कि ये झगड़े वहीं नहीं होते? इस तरह की घटनाएँ हर साल वहीं होती हैं जहाँ ब्रिटिश हुकूमत है या ब्रिटिश इंडिया की सरकार है।

भाइयो, अंग्रेजों ने इस मुल्क में पिछले डेढ़ सौ बरसों से अपनी हुकूमत यहाँ फूट डालकर और हिन्दुस्तानियों को आपस में लड़ाकर कायम रखी है। अगर आप हिन्दुस्तान के इतिहास से वाकिफ हैं तो इसका कोई सबूत देने की जरूरत नहीं। अगर आप दूसरे देशों का इतिहास पढ़ें तो भी इसी नतीजे पर पहुँचेंगे। इस तरह यह आपका फर्ज है। अगर हिन्दुस्तान को आजाद कराने का खयाल आपके मन में है तो यह आपका पहला फर्ज हो जाता है कि आप दोनों अपने तमाम मतभेदों को दूर रखकर अपने बीच आपसी एकता कायम करें। अगर हमें झगड़ना ही है तो हम मिलकर अपने दुश्मन से झगड़ेंगे जो हम पर जुल्म कर रहा है। उससे लड़िये, जिसने आपको गुलाम बना रखा है। अपने में आपसी सहयोग पैदा करना एक सत्याग्रही के नाते आपका कर्तव्य है।

इस समय हम एक बहुत ही अक्लमन्द और बहादुर कौम से लड़ रहे हैं। अंग्रेज लोग शासक हैं, वे हरगिज बेवकूफ और बुजदिल नहीं हैं। वे हमारे दुश्मन हैं और इसलिए हम उनसे लड़ते हैं। अच्छाइयों में उनसे ऊँचा उठकर ही हम उन्हें हरा सकते हैं। अगर वे बहादुर हैं तो हमें उनसे ज्यादा बहादुर होना पड़ेगा, अगर वे अक्लमन्द हैं तो हमें ज्यादा अक्लमन्द होना पड़ेगा। हम भी एक ताकतवर फौज बना लें, सिर्फ तभी अंग्रेजों और उनके संगी-साथियों को हरा सकते हैं। एक फौज बनाइए और उसे सबसे बहादुर सैनिकों के मुकाबले खड़ा कर दीजिए। हमें अपनी कार्रवाइयाँ इस विचार से नियंत्रित करनी चाहिए कि जब तक आपस में एक-दूसरे का गला काटते रहेंगे, उन्हें हरा नहीं सकते—हम स्वराज्य पा नहीं सकते।

मेरी राय में असहयोग की ये दो जड़ें हैं—एक तो हम पूरी तरह शान्ति को कायम रखें। दूसरे, हम लोगों में आपस में पूरी तरह एका बना रहे। अगर हम इन दो उसूलों को ठीक से समझें और उन पर अमल करें तो आधा फासला तय कर चुकेंगे। कुछ और भी बातें हैं, जो हमें सीखनी हैं। शान्ति कायम रखो—हर हिन्दू और मुसलमान को यह करना है। इसी सिलसिले में मुझे आपसे दो-एक बातें और कहनी है। पहली बात यह है—जो हमारे दुश्मन हैं, जो हिन्दुओं और मुसलमानों के या हिन्दुओं और सिक्खों के एका से डरते हैं, वे इस वक्त हम लोगों में मतभेद पैदा करने की जी-तोड़ कोशिश में लगे हैं। भाई और भाई में फूट डालने में वे कुछ भी उठा न रखेंगे। आप जानते ही हैं कि सिक्खों और हिन्दुओं में झगड़ा कराने की उन्होंने हरचन्द कोशिश की। आप जानते हैं कि इस वक्त अंग्रेज-हुक्काम हिन्दुओं को यह कहकर डराना चाहते हैं कि मुसलमान काबुल के अमीर को बुलवा भेजेंगे

और हिन्दुओं पर मुसलमानों की हुकूमत कायम हो जाएगी। भाइयो, मुझे नहीं मालूम कि झाँसी और बुन्देलखंड के रहनेवालों पर इसका कितना-क्या असर हुआ है। जब मैंने यह सुना तो हँसे बिना न रह सका। लेकिन जब पता चला कि कुछ लोगों पर इस बात का असर हुआ है तो थोड़ी परेशानी भी हुई। अगर हम इस तरह की वाहियात बातों से घबरा उठे तो स्वराज्य कैसे पाएँगे?

पहले तो मैं चाहता हूँ कि आप थोड़ा हालात पर गौर करें। काबुल के अमीर की बहुत बड़ी हिमाकत होगी, अगर उसने यहाँ हुकूमत करने की कोशिश की और हमारे मुल्क पर हमला किया। दूसरे, इस मुल्क के तमाम बड़े-बड़े मुसलमान नेताओं ने साफ शब्दों में यह घोषित कर दिया है कि वे विदेशी हुकूमत नहीं चाहते। मैंने शुरू में ही आप लोगों को बताया है कि हम अपना राज्य चाहते हैं, किसी भी विदेशी कौम का राज्य नहीं चाहते। इस वक्त हम अंग्रेजों से लड़ रहे हैं। हम उन्हें इस मुल्क से निकाल बाहर करना चाहते हैं। इसका यह मतलब कभी नहीं होता कि हम जापानियों, रूसियों, बोल्शेविकों या अफगानों का अपने मुल्क पर कब्जा चाहते हैं। अगर किसी दूसरी कौम ने हिन्दुस्तान पर हमला किया और हमें गुलाम बनाने की कोशिश की तो उससे भी हम उतनी ही मुस्तैदी से लड़ेंगे, जितनी मुस्तैदी से आज अंग्रेजों से लड़ रहे हैं। हम हिन्दुस्तान को आजाद करेंगे। हम स्वराज्य प्राप्त करेंगे। अगर जरूरत हुई तो हम सारी दुनिया से लड़ेंगे और स्वराज्य हासिल करेंगे। वे काबुल के अमीर को बिजूखा बनाने की कोशिश कर आपको आतंकित करना और धोखा देना चाहते हैं। अगर काबुल के अमीर ने अंग्रेजों पर हमला किया तो सत्याग्रहियों के रूप में हिन्दुओं का जो रवैया होना चाहिए, उसे मैं मौलाना मोहम्मद अली के साथ साफ कर देने को तैयार हूँ। हम कहते हैं, तुम—सरकार—पापी और गुनहगार हो, तुम हमारे धर्म को भ्रष्ट करते हो। तुम्हारी मदद करना हम पाप समझते हैं। तुम्हारी मदद करना हमारा कोई फर्ज नहीं है। काबुल के अमीर के आने पर क्या आप इस दुष्ट सरकार की मदद करेंगे? ऐसे पापाचार में क्या आप शरीक होंगे? अफगान हो या कोई और कौम, हम उसकी मौजूदगी को बर्दाश्त नहीं करेंगे, अगर तुम चुपचाप हट जाओ और हमें स्वराज्य ले लेने दो तो हम खुद अफगानों से छुट्टी पा लेंगे। आजाद होकर हम अफगानों से निपट लेंगे। लड़ाई हो या जो भी सिर पर पड़े, हम उससे निपट लेंगे। लेकिन अगर अंग्रेजों ने हमें स्वराज्य नहीं दिया और अगर उन्होंने कहा कि वे हमें स्वराज्य नहीं देंगे तो हम साफ-साफ उन्हें कह देंगे, “अगर तुम चाहो तो उनसे लड़ सकते हो, हम तुम्हें एक पैसे या एक सिपाही की भी मदद नहीं करेंगे।”

मुझे अफगानों का डर नहीं। मैं इस दुनिया में किसी से नहीं डरता। हमारे सामने सिर्फ एक चीज है—अंग्रेज सरकार हमारे और आजादी के बीच एक रोड़ा है। हम इससे छुटकारा चाहते हैं। हम अफगानों, रूसियों, जर्मनों या बोल्शेविकों किसी से

नहीं डरते। जो हमें कुचल रही है, जो हमें गुलाम बनाए हुए है, वह ब्रिटिश सरकार है। हमें उसे असहयोग के द्वारा हराना है। इसे हराकर हमें स्वराज्य पाना है। अगर हम इतने शक्तिशाली हो जाएँ कि ब्रिटिश सरकार को, जो बहुत ताकतवर है और सारी दुनिया में फैली हुई है, हरा दें और घुटनों के बल झुका दें, तो याद रखिए, दूसरा ऐसा कोई नहीं है जो हमारे सामने खड़ा रह सके। अफगानों के लिए यह बिलकुल मुमकिन नहीं है कि वे हमसे लड़ें। फिलहाल हमें जिस दुश्मन से लड़ना है, वह एक जबरदस्त कौम है और साम्राज्य है, हमें उनसे आखिरी दम तक लड़ना है। किसी दूसरी कौम का कोई लिहाज नहीं करना है।

दूसरी चीज जो, हमारे दिमाग को परेशान किये हुए है, एक पुराना सवाल है। इसका वास्ता गोकुशी से है। आप जानते ही हैं कि हिन्दू और मुसलमान इस सवाल को लेकर कई बरसों से लड़ते चले आ रहे हैं। हम अपनी जानें गँवा देते हैं। आपको पता ही है कि एक हिन्दू के लिए गाय बहुत पवित्र और पूज्य पशु है। जब कोई गाय काटी जाती है तो हिन्दुओं को बहुत ज्यादा दु:ख होता है। हर हिन्दू चाहता है कि गाय का मारा जाना बन्द किया जाए। आप यह भी जानते हैं कि इस्लाम में गोकुशी की इजाजत है। इसके बावजूद मैं मुसलमानों से अपनी तरफ से कुछ भी नहीं कहूँगा। मुसलमान उलेमाओं और नेताओं ने जो-कुछ कहा है और मैंने उनसे जो कुछ सुना है, सिर्फ वही दोहराऊँगा। वे कहते हैं, "गोकुशी की मजहब इजाजत देता है, मगर मुसलमान के लिए यह लाजिमी नहीं है।" कहने का मतलब यह है कि हर मुसलमान को गाय की कुर्बानी करने या न करने की पूरी आजादी है! हिन्दुओं के लिए गोकुशी को बन्द करना किस तरीके पर मुमकिन हो? जरा इसके बारे में सोचिए। क्या होगा अगर आप मुसलमानों को लाठियों या धमकियों से रोकने जाएँगे? जरा सोचिए! कि इस तरह की कार्रवाई का नतीजा क्या होगा? अगर आप किसी शख्स के पास जाएँ तो बुजदिल नहीं है और जिसमें थोड़ी-बहुत हिम्मत है और उसे आप धमकाकर अपनी बात मनवाना चाहें तो उसका नतीजा क्या होगा? वह झुकेगा नहीं, उलटे "ये मुझे बुजदिल समझते हैं, मैं इनके आगे झुकूँगा नहीं।" और वह बेशक कुर्बानी करेगा। इस तरीके से गोकुशी बन्द करना गैरमुमकिन ही है! ऐसी गोहत्या नर हत्या बन जाएगी। हिन्दू मुसलमानों को मारेंगे और बदले में मुसलमान हिन्दुओं को मारेंगे। इसका सिर्फ एक ही हल है। इस काम को हिन्दू और मुसलमान मिल-जुलकर प्रयत्न करने से ही कर सकते हैं। हिन्दुओं को यह बात मुसलमानों पर छोड़ देनी चाहिए और उनसे दोस्ताना तौर पर कहना चाहिए, "भाइयो, गोकुशी से हमें तकलीफ होती है। आप तो जानते ही हैं कि हम गाय को कितना ज्यादा प्यार करते हैं। हमें यकीन है कि चूँकि हम आपके भाई हैं, आप अपने भाइयों को तकलीफ देना नहीं चाहेंगे। हम इसे आप पर ही छोड़ते हैं। हमें पूरा विश्वास है कि आप हमारे साथ धोखा नहीं करेंगे और

ऐसा कुछ भी नहीं करेंगे जिससे हमें तकलीफ हो। अगर हिन्दू हिंसा या धमकियों का सहारा न लें तो आपको भलमनसी उन्हें वहीं दोस्ताना रवैया अपनाने को मजबूर कर देगी, जो आप उनके प्रति अपनाएँगे—आपके साथ भाईचारा बरतना उनका फर्ज हो जाएगा।

मुसलमान गोकुशी बन्द करें या न करें, खिलाफत के मामले में मुसलमानों की मदद करना हिन्दुओं का फर्ज है। अपने धर्म के अनुसार आचरण करना आपका कर्तव्य है, दूसरे चाहे ऐसा करें या न करें। मुसलमानों के प्रति अपनी मुहब्बत की वजह से उनकी मदद करने में हम कुछ भी उठा न रखेंगे और कभी भी किसी तरह का जोर, जुल्म या जबरदस्ती नहीं करेंगे। तब यह मुसलमानों के लिए भी लाजिमी भी हो जाएगा कि वे आपकी भलाई का खयाल रखें और ऐसा कोई काम न करें, जिससे आपको तकलीफ हो। पिछली साल की बकरीद का एक उदाहरण है। आप तो जानते ही हैं कि बकरीद के मौके पर गायों की कुर्बानी दी जाती है। पिछले साल दिल्ली और बम्बई में, जहाँ हर साल हजारों गायें काटी जाती हैं, मुस्लिम नेताओं ने मुसलमानों को कुर्बानियाँ न करने की सलाह दी, नतीजा यह हुआ कि दिल्ली में इस मौके पर जहाँ दस-बारह हजार गायें कटती थीं, पिछले साल सिर्फ चालीस-पचास गायों की कुर्बानी हुई। ये चालीस गायें भी सरकारी नौकरों ने—पुलिस के सिपाहियों और उनके दोस्तों ने ही—काटीं। गोकुशी करने के पीछे उनका मकसद यही था कि हिन्दुओं और मुसलमानों के बीच झगड़ा खड़ा किया जा सके। यह उन्होंने सिर्फ इसीलिए किया कि हिन्दुओं से कहा जा सके कि देखो, मुसलमानों ने गोकुशी की और हिन्दुओं को उनसे दोस्ताना ताल्लुक नहीं रखने चाहिए। इसी तरह बम्बई में भी पहले के मुकाबले बहुत कम गायें काटी गईं और वह भी सिर्फ सरकारी दबाव के कारण।

भाइयो, इस बात को अच्छी तरह समझ लीजिए कि अगर आप अपना फर्ज पूरा करना चाहते हैं तो आपको मुसलमानों को उकसाना नहीं चाहिए। अगर आपने जरा-सी भी उग्रता दिखाई तो जो पाना चाहते हैं उसे कभी पा न सकेंगे। मैं इस पर इसलिए जोर दे रहा हूँ कि मेरे सुनने में आया है कि बुन्देलखंड में हिन्दुओं ने कुछ जुल्म किये हैं और गोवध को बन्द करने का प्रण किया है और नाकामयाब होने पर ताकत से काम लेने की बात भी कही गई है। मैं भी हिन्दू हूँ और गोवध को पसन्द नहीं करता। मैं तो चाहता हूँ कि एक भी गाय न मारी जाए। गोवध को बन्द करने का मुझे सिर्फ एक रास्ता दिखाई देता है और वह है सहयोग। मुझे उम्मीद है कि आप लोग यही करने की कोशिश करेंगे और यह सहयोग सिर्फ आपसी प्रेम और सद्भावना से हो सकता है। मैं आपसे जो कहना चाहता हूँ वह यह कि यहाँ बहुत-सा गोवध अंग्रेजी फौज की वजह से होता है। आप मुसलमानों से लड़ने को तैयार हैं और उन पर लाठी लेकर टूट पड़ना चाहते हैं। क्या आपको यह नहीं

मालूम कि अगर मुसलमान दस, बीस, पचास या सौ गायें काटता है तो यूरोपियन सिपाहियों के लिए लाखों गायें काटी जाती हैं? क्या आपको याद नहीं कि मध्य प्रान्त में क्या हुआ? मैंने भी सिर्फ सुना है, कितना सच है, कह नहीं सकता। ठीक तादाद तो मुझे मालूम नहीं, सिर्फ इतना मालूम है कि मध्य प्रान्त में अंग्रेजों के लिए हजारों गायें काटी जाती हैं। लगता है कि यूरोपियन सैनिक गोमांस के बगैर रह नहीं सकते। एक ओर वे आपको गुलाम बनाते हैं, दूसरी ओर हजारों गायों को कतल कर आपके धर्म का नाश है और आप हैं कि शान्ति से रह रहे हैं!

आप गोवध के सवाल पर ध्यान दीजिए और देखिए कि कितनी बड़ी तादाद में गायें काटी जाती हैं। फिलहाल आपको अपने धर्म का कोई खयाल नहीं है और इसलिए मुल्क बर्बाद हुआ जा रहा है। अपने मुल्क में आपको खालिस दूध नहीं मिलता। हजार तरह खेती के काम का हर्ज हो रहा है। हर रोज गायें काटी जाती हैं यहाँ तक कि उम्दा नस्ल की गायें भी कतल कर दी जाती हैं और उनका मांस फौज में खाने के लिए भेज दिया जाता है। उन्हें एक जगह से दूसरी जगह भेजा जाता है। बसरा और उससे भी दूर-दराज की जगहों में चालान कर दिया जाता है। अगर आप कुछ करना चाहते हैं तो इसे रोकिए। आप इसे किस तरह रोक सकते हैं? इसे रोकने का एक ही रास्ता है। हिन्दू और मुसलमानों को मिल-जुलकर और प्रेम के साथ सबसे पहले अंग्रेजी फौज के लिए लाखों गायों का कतल किया जाना रुकवाना चाहिए। हमें अंग्रेजी फौज से कुछ भी लेना-देना नहीं है, जिसे हमारे सिर पर थोप दिया गया है और जो हमारा खून चूस रही हैं। ब्रिटिश फौज को अलग करने के बाद ही हमें स्वराज्य मिलेगा।

इसलिए मैं फिर अदब के साथ आपसे कहता हूँ कि हमेशा मिल-जुलकर रहिए। हिन्दू और मुसलमानों में फूट डालने की कोशिशें की जा रही हैं। पुलिस और सी.आई.डी. के आदमी आपके पास तरह-तरह के भेष में आएँगे। हिन्दुओं में वे पंडित और साधु के भेष में और मुसलमानों में मौलाना बनकर जाएँगे और आप लोगों को झगड़े के लिए उकसाएँगे। मैं आपको बता देना चाहता हूँ कि जो ऐसा काम करें और आप लोगों में फूट डाले और झगड़ा करवाए वह हिन्दू हो या मुसलमान हिन्दुओं का दुश्मन है और मुसलमानों का दुश्मन है और मुल्क का दुश्मन है! आप उसे अपने दुश्मनों के खेमे का आदमी समझें। वह उनका भेजा हुआ है और इसलिए निकालकर बाहर कर दिया जाना चाहिए।

ये जो दो बातें मैंने आपको बताई, असहयोग की जड़ें हैं। मुझे उम्मीद है कि आप इन दोनों पर पूरी तरह अमल करेंगे। मैंने सुना है कि झाँसी और बुन्देलखंड के लोग डरे हुए हैं। सुनकर मुझे बड़ी हैरानी हुई। यहाँ ऐसा क्या हुआ, जिसने आपको डरा दिया? कौन-सा दमन हुआ और कितने हजार लोगों को जेल भेजा गया? कौन-सा जलियाँवाला बाग यहाँ हुआ? आपके नंगे बच्चों को कोड़े मारने के

लिए कौन-सी टिकटी खड़ी की गई? मुझे बताया गया कि यहाँ तहसीलदार और थानेदार हैं और उनसे आप डरते हैं।

भाइयो, आप तहसीलदारों और थानेदारों से डरते हैं? फिर आपका इलाज क्या हैं? महात्मा जी आपका हौसला कैसे बढ़ा सकते हैं? हमारे सूबे की जो हालत है, उसे आप जानते ही हैं। आज अवध के जिलों में हजारों किसान जेलों में पड़े हुए हैं। हर जिले से पाँच सौ से सात सौ तक किसान जेलों में हैं। अकेले फैजाबाद जिले से शायद छह सौ के करीब कैदी हैं। इनके अलावा दूसरे पाँच-सात सौ लोग हवालाती हैं, जिनके मुकदमे अभी शुरू नहीं हुए और न उनके मामलों की सुनवाई ही हुई। उन्हें खराब खाना और पानी दिया गया, जिससे बीमारी फैली और बहुत-से उनमें मर गए। इसके अलावा फैजाबाद, प्रतापगढ़ और सुल्तानपुर जिलों में सैकड़ों किसानों को जेलों में ठूँस दिया गया। अब पुलिस के सिपाही और सरकारी नौकर किसानों के मकानों पर जाकर उन्हें धमकाते हैं। सुबह से शाम तक वे किसानों को तंग करते हैं। इससे किसान इतने हैरान हो गए कि जीना मुहाल हो गया है। याद रखिए कि इस तरह के हालात में जो तकलीफ होती है वह जेलखाने की तकलीफ से कहीं बढ़कर है। अगर पुलिस सुबह से शाम तक आपके दरवाजे पर धरना दिये आपको बराबर तंग करती रहे तो कितनी ज्यादा तकलीफ होती है! सरकारी कर्मचारियों ने उन तीन-चार जिलों की यह हालत कर रही हैं, जिन्होंने किसान सभाएँ बनाने में हिस्सा लिया। हर एक पंच और पंचायत के हर अध्यक्ष को धमकाया जा रहा है। उन्हें गिरफ्तार किया गया और नेकचलनी के मुचलके माँगे गए। अगर मुचलके देने से इनकार किया तो उन्हें जेलों में ठूँस दिया गया। आपको पता होगा कि अकेले रायबरेली में तीन बार गोलियाँ चलाई गईं। रायबरेली, प्रतापगढ़, सुलतानपुर, फैजाबाद जिलों की हालत भी ऐसी ही है।

अब मैं आपसे पूछता हूँ कि आपने कौन-सी हिम्मत दिखाई? यहाँ ऐसा क्या हुआ जिससे आप फिक्रमन्द हो गए? जिला बिजनौर को देखिए। यहाँ दस-पन्द्रह आदमियों से जमानत माँगी गई, जो खिलाफत कमेटी के जवान थे। उन्होंने जेल जाना पसन्द किया और चले गए। दूसरे भी ब्रिटिश सरकार को जमानत देने के बजाय जेल जाने को तैयार हैं और इस तरह सरकार को और नाराज कर लेंगे। प्रतापगढ़ में क्या रहा है? हजारों को जेलों में बन्द किया जा रहा है, मगर सिर्फ इतना ही काफी नहीं है—अगर आप आजादी की लड़ाई लड़ना चाहते हैं तो आपको ऐसी बातों के लिए तैयार रहना चाहिए, जो पंजाब में हुई आपको मार्शल लॉ के लिए पूरी तरह तैयार रहना चाहिए। आप यह समझ लीजिए कि वक्त आ गया है, जब आप गोलियों से उड़ा दिये जाएँगे। आपके बच्चे भी गोलियों से भून दिये जाएँगे आपकी औरतों को बेइज्जत करने की कोशिश की जाएगी। आपको हर तरह से सताया जाएगा। आपको अच्छी तरह मालूम हो जाना चाहिए कि इसके लिए तैयार हुए बिना आप आजादी

के काबिल नहीं हो सकते। आजादी को आप क्या समझते हैं? क्या बगैर तपस्या के सिर्फ गांधी की जय बोलने से वह आपको मिल जाएगी? जब तक अपने दिलों से आप डर को निकाल नहीं देते, आपको सफलता नहीं मिलेगी।

भाइयो, इन तहसीलदारों का डर निकाल फेंकिए। तहसीलदार तो दरअसल कुछ भी नहीं है। अपने हाकिम-हुक्कामों का डर निकाल फेंकिए। अगर डरना ही है तो सिर्फ एक से डरिए और वह है भगवान? और किसी से मत डरिए। अपने धर्म और ईमान पर डटे रहिए। आप जानते हैं कि यह जो लड़ाई चल रही है, धर्म की लड़ाई है। हमारी यह पवित्र लड़ाई है। हमारे आदरणीय जगद्गुरु ने अंग्रेजी में कहा, जिसे आपमें से कुछ लोगों ने समझा नहीं होगा। उन्होंने कहा कि यह धर्म की लड़ाई—धर्मयुद्ध है और इसी वजह से उन्होंने इसमें हिस्सा लिया है। इसी वजह से उन्होंने और सब बातों को परे रखकर स्वराज्य की लड़ाई में पूरी तरह भाग लेना अपना कर्तव्य समझा, क्योंकि हिन्दू धर्म का यह मतलब नहीं है कि एक ओर तो आप भगवान की पूजा करें और गंगाजी में स्नान करें और दूसरी तरफ जाकर धर्म के खिलाफ बोलें हिन्दू मजहब का ज्यादातर भाग धर्म से भरा है—जगद्गुरु ने यह कहा। महात्मा जी कहते हैं कि यह धर्म की लड़ाई है। इसलिए हमारा कर्तव्य है, इस बात को ध्यान में रखते हुए ईमानदारी से अपना काम करते जाना। यह लड़ाई हमें इसी तरीके से लड़नी है।

मुझे पता चला है कि यहाँ झाँसी के बाशिन्दों में फूट पड़ गई है। शहर के बाशिन्दे उस आदमी के खिलाफ हो गए हैं जिसने नये म्यूनिसिपल-कर शुरू करने के पक्ष में अपना मत दिया था। तफसील में वाकया मुझे मालूम नहीं है। मुझे पता नहीं कि उसने क्या किया। इसलिए हो सकता है कि उस पर आपका गुस्सा वाजिब हो। बाद में मैंने सुना कि अपनी दावतों से आपने उसका बहिष्कार कर दिया और उससे मिलने से इनकार कर दिया। वह न खाना पा सका और न पानी। मेहतर भी उसके मकान की सफाई करने को नहीं गए। सब कुछ बन्द कर दिया गया। भाइयो, जैसाकि मैंने आपसे कहा, मुझे नहीं मालूम कि उसने कितनी बड़ी गलती की। मैं आपसे अब से कहना चाहता हूँ कि सत्याग्रहियों को इस तरह पेश नहीं आना चाहिए। यह असहयोग आन्दोलन के उसूल के और इनसानियत के भी खिलाफ है। खाना तो आपको अपने दुश्मन को भी देना बन्द नहीं करना चाहिए। क्या आप नहीं जानते हैं कि यह हिन्दुस्तानियों की लड़ाई है? अगर लड़ाई में दुश्मन घायल हो जाए तो उसकी देखभाल करना और उसे खाना और पानी देना दूसरे दुश्मन का फर्ज है। अगर हम दुश्मन से ऐसा व्यवहार करते हैं तो हमें पता होना चाहिए कि हमारे भाइयों से जो हमारे खिलाफ हैं, हमारा व्यवहार कैसा हो। जो आपको धोखा दे या आपके दुश्मन से मिल जाए उसका बहिष्कार करने का आपको बेशक हक है। उससे दोस्ती न रखने का भी हक आपको है। मगर भूखे को खाना और प्यासे

को पानी से महरूम रखने का आपको कोई हक नहीं है। इसलिए जब मैंने सुना कि हमने इस तरह की ज्यादतियाँ की हैं तो मुझे बहुत दु:ख हुआ। अब हमें इस तरह की सख्तियाँ फिर नहीं करनी चाहिए।

मैं चाहता हूँ कि हम इस तरह की सख्तियाँ किये बगैर इस लड़ाई को जीतें। मैं कहता हूँ कि ये अंग्रेज अत्याचारी हैं और दूसरों से कठोरता से पेश आते हैं। अंग्रेजों ने मुसलमानों पर जुल्म किये हैं, तो क्या हम भी ऐसा ही करेंगे? तब हम दूसरों से यह कैसे कह सकेंगे कि वे जालिम हैं और हम नहीं हैं? हमें यह लड़ाई बगैर जुल्म-ज्यादतियाँ किये सत्य और धर्म के रास्ते का सख्ती से पालन करते हुए जीतनी है।

भाइयो, मैंने आपका करीब एक घंटा ले लिया। अब मैं खत्म करने ही वाला हूँ। मेरे दोस्त यहाँ बहुत दूर से आए हैं और वे आपको असहयोग के सिद्धान्त के बारे में बताएँगे। मैंने आपको एक बात नहीं बताई, जो मेरी राय में जरूरी है। एक प्रस्ताव रखा जाएगा कि आपमें से हर एक कांग्रेस का मेम्बर बने, एक रुपया दे और चरखा काते। ये तीन काम आपके लिए हैं। इन्हें करना आप सभी का धर्म है। अगर आप सख्ती से इनका पालन करेंगे तो स्वराज्य के रास्ते पर आगे बढ़ सकेंगे। मैं चाहता हूँ कि आप खुद अपने से स्वराज्य के रास्ते पर आगे बढ़ते जाएँ और जो भी मुसीबत आए, उन्हें बर्दाश्त करें। छोटे-छोटे बच्चे जेल जा रहे हैं। मैं कहानी नहीं सुना रहा हूँ। शायद आपने अखबारों में पढ़ा है। प्रतापगढ़ में छह लड़कों को जेल भेजा गया। वे जेल गए, क्योंकि मैंने उन्हें पर्चे बाँटने के लिए दिये थे। उनका गुनाह यह था कि उन्होंने वे पर्चे बाँटे। दूसरा कोई अपराध उन्होंने नहीं किया था। इसके लिए उन्हें जमानत देने को कहा गया। मगर उन्होंने अपने सबक अच्छी तरह सीखे थे। वे बुजदिल नहीं थे। वे सत्याग्रही थे। उन्होंने जमानत देने से इनकार कर दिया और जेल जाना पसन्द किया। कलेक्टर जेल में गया और उनसे बोला, 'अगर तुम कह दो कि मेरे जिले में कुछ नहीं करोगे—अगर चाहो तो दूसरे जिलों में कर सकते हो—तो मैं तुम्हें रिहा कर दूँगा।' मगर उन्होंने इसकी हामी नहीं भरी। उन्होंने जेल में रहना पसन्द किया और अभी तक वही हैं। सिर्फ शब्द कहने थे, मगर उन्होंने नहीं कहे। इस तरह आपके नौजवान आज लड़ रहे हैं जबकि आप घर में बैठे हुए हैं। आपके-जैसे आदमी तहसीलदार और थानेदार से डरते हैं। कुछ समय से आप 'जय' बोलते रहे हैं, मगर अब इम्तहान की घड़ी आ गई है। अब जो करने को कहा जाए उसे कीजिए। स्वराज्य की फौज में सिपाहियों की तरह भरती हो जाइए और सिपाहियों की तरह अपने से ऊपरवालों का हुक्म बजाइए। कांग्रेस के सदस्य बनिए, चन्दा दीजिए और चरखा कातिए।

आपको मालूम होना चाहिए कि महात्मा गांधी ने कहा है कि वह स्वराज्य के लिए बेचैन हैं। मैं चाहता हूँ कि स्वराज्य के लिए यह जो बेचैनी है, उसमें काफी

ज्यादा तादाद में लोग भागीदार बनें। यह हकीकत आपके दिलों में अच्छी तरह बैठ जानी चाहिए कि मुल्क की मौजूदा हालत और आज की सरकार दोनों ही हमारे काबिल नहीं हैं। हम किसी भी सूरत में इसे बर्दाश्त नहीं कर सकते। ब्रिटिश सरकार को हटा नहीं देते और स्वराज्य ले नहीं लेते तब तक हम चैन नहीं लेंगे। मैं चाहता हूँ कि आप लोग इस बात का जिम्मा ले लें कि जब तक स्वराज्य नहीं मिल जाता, आप असहयोग से नाता नहीं तोड़ेंगे। आप असहयोग के साथ रहेंगे और नतीजा कुछ भी क्यों न हो, लड़ते रहेंगे। मुझे उम्मीद है कि इस मामले पर विचार करने के बाद आप ईश्वर के सिवा किसी से भी नहीं डरेंगे। सिर्फ तभी बुन्देलखंड और झाँसी जिला स्वराज्य की लड़ाई में सबसे आगे होगा। और हमारी पूरी मदद कर चुकेंगे और स्वराज्य मिल जाएगा, उसके बाद ही आपको यह कहने का हक होगा कि इसे आपकी कोशिशों से हासिल किया गया है।

कांग्रेस और मुसलमान

कई वजहों से हाल में कांग्रेस के अन्दर मुसलमानों को ज्यादा तादाद में शामिल करने के सवाल की ओर लोगों का ज्यादा ध्यान जाने लगा है। यह बात मशहूर कांग्रेसजनों पर ही—चाहे वे हिन्दू हों या मुसलमान—नहीं लागू होती, बल्कि उन दूसरे लोगों पर भी, जो अब तक कांग्रेस के लिए हमदर्दी रखते हुए भी उसमें शरीक होने से हिचकते थे। इसमें तो कोई शक ही नहीं है कि हिन्दुस्तान के मुसलमानों के बीच आज एक हलचल और खलबली-सी है। लाजिमी तौर पर आम मुस्लिम जनता अब आर्थिक मसलों और जिन्दगी की उन सख्तियों पर, जो कि औरों के साथ-साथ उनकी भी हैं, दिन-पर-दिन ज्यादा तवज्जो देने लगी है। इस नई लहर से घबड़ाकर कुछ आला मुसलमानों ने, जो साम्प्रदायिक संगठनों से ताल्लुक रखते हैं, मुसलमानों को कांग्रेस में शरीक होने से रोकने की कोशिशें की हैं, बल्कि एक तरह से उन्हें ये धमकियाँ भी दे डाली हैं कि वैसा करने का बहुत बुरा नतीजा होगा।

मैं इस तरह की बहसों में कतई नहीं पड़ना चाहता जो कि जाति छींटाकशी की शक्ल अख्तियार कर लेती है और जिनमें अप्रासंगिक बातें अक्सर आ घुसती हैं। इसलिए यह बयान मैं किसी बहस में पड़ने की नीयत से नहीं दे रहा हूँ। लेकिन मैं यह महसूस करता हूँ कि बातों में सफाई लाना अच्छा होता है और कांग्रेस की स्थिति क्या है, इसे ठीक-ठीक रख देना अच्छा होगा। मैं देखता हूँ कि कभी-कभी तो कांग्रेसजन खुद भी इसे ठीक नहीं समझ पाते और मुसलमानों या दूसरे साम्प्रदायिक गुटों के साथ समझौते की बातें करने लगते हैं।

कांग्रेस एक राजनीतिक संगठन है जिसे लाजिमी तौर पर आर्थिक मसलों को लेकर चलना पड़ता है, क्योंकि ये मसले हिन्दुस्तान की आम जनता के लिए सबसे ज्यादा अहमियत रखते हैं। कांग्रेस का ध्येय है राजनीतिक स्वाधीनता यानी हिन्दुस्तान के लोगों के हाथों में, बिना किसी मजहबी भेदभाव के, ताकत का आना। इस मुल्क में बसनेवाले करोड़ों भारतीयों में से हर-एक को इस ताकत में हिस्सेदार बनना है और उस नई व्यवस्था से फायदा उठाना है जो हम कायम करने जा रहे हैं, क्योंकि हमारा असल मकसद तो उस व्यवस्था को कायम करना ही है जिससे हमें पीसनेवाली गरीबी और बेरोजगारी को नहीं रहने दिया जाएगा। गुलामी और

गरीबी के सभी भारतीय शिकार हैं चाहे वे किसी भी मजहब के क्यों न हों। इसलिए आजादी और आर्थिक व सांस्कृतिक बेहतरी पर भी हम सबका एक-जैसा हक होगा। इस ध्येय तक पहुँचने के लिए कांग्रेस सभी को एक मंच पर लाना चाहती है और चूँकि उसे आम जनता और उसकी बेहतरी की ही फिक्र है, इसलिए वह उन तक पहुँचती है और उन्हें संगठित करती है, उन्हें सलाह-मशविरा देती है और उनसे अपनी ताकत और रहनुमाई हासिल करती है।

कांग्रेस एक राजनीतिक संगठन है और इसलिए मजहब या उससे ताल्लुक रखनेवाली अन्य बातों से उसका वास्ता नहीं है। लेकिन दूसरी तरफ, मजहब और संस्कृति बहुतेरे लोगों की जिन्दगी में अहमियत रखते हैं, जिसकी वजह से वे यह जानना चाहेंगे कि इन सबकी बाबत कांग्रेस की राय क्या है। यही वजह है कि कांग्रेस ने कराची में और बाद में भी बिलकुल साफ लफ्जों में यह कहा कि सभी भारतीयों के लिए मूलभूत और बुनियादी अधिकार तय करते वक्त जिन बातों को लाजिमी तौर पर उनमें शामिल किया जाए वे हैं, मजहबी कामों की आजादी, अन्त:करण के अनुसार चलने की छूट, अल्पसंख्यकों की संस्कृति, भाषा और लिपि की रक्षा, और इनके साथ हर मजहब और जाति के लोगों को, चाहे वे पुरुष हों या स्त्री, कानून की निगाह में और सरकारी नौकरियों, दफ्तरों, तिजारत और पेशों के मामले में भी बराबरी का दर्जा। मताधिकार भी सब लोगों पर लागू रहेगा।

इस बात का भरोसा कांग्रेस के चुनाव-घोषणापत्र में दोहराया गया है और कांग्रेस की सभी नीतियों की यही बुनियाद है। बहुसंख्यकों और अल्पसंख्यकों सभी पर वह एक-जैसी लागू होती है, और यह बात तो दिमाग में लाई तक नहीं जा सकती कि कांग्रेस कभी भी इससे हटेगी।

पूरी निष्ठा के साथ यह आश्वासन दे चुकने के बाद कांग्रेस को अन्य मजहबी या सांस्कृतिक मामलों से कोई सरोकार नहीं है और वह अपने राजनीतिक संघर्ष में जुटी हुई है। इस संघर्ष के दौरान उसे बहुत बड़ी ताकत हासिल हुई है, क्योंकि लाखों-करोड़ों लोगों ने उसका साथ दिया है, इसके कार्यक्रम को मंजूर किया है और अपनी गुलामी और मुसीबतों से छुटकारा दिलाने के लिए वे उसी की ओर आँख लगाए हुए हैं। वह कार्यक्रम सभी भारतीयों पर एक जैसा लागू होनेवाला एक कार्यक्रम था और उसमें किसी भी मजहब के साथ कोई भेदभाव नहीं बरता गया था। राष्ट्रीय आन्दोलन के विकास से दो प्रकार की ताकतें उभरी हैं जो एक-दूसरे के खिलाफ हैं, और इस तरह हिन्दुस्तान में आज दो ही बड़ी ताकते हैं : एक कांग्रेसवाला हिन्दुस्तान जो भारतीय राष्ट्रवाद की नुमाइंदगी करता है और दूसरा, ब्रिटिश साम्राज्यवाद।

अखबारों में मेरे बयानों का गलत तरजुमा करके अक्सर मेरे मुँह से यह कहलाया गया है कि हिन्दुस्तान में दो ही पार्टियाँ हैं। यह तो जाहिरा तौर पर एक

गलत बयान है क्योंकि पार्टियाँ तो कितनी भी हो सकती हैं और हैं भी—चाहे वे बड़ी हों या छोटी, और चाहे उनकी कोई अहमियत हो या वह मुट्ठीभर लोगों की ही हों। लेकिन मैंने जो कहा है, और मैं समझता हूँ कि वही सही है, कि हिन्दुस्तान में दो ही बड़ी ताकतें मौजूद हैं—कांग्रेस की ताकतें और साम्राज्यवाद की ताकत। दूसरे लोग किसी खतरे की घड़ी में इनमें से किसी एक या दूसरे की ओर मुखातिब हो जाते हैं, या महज तमाशबीन बने रहते हैं और इसलिए उनकी कोई हस्ती नहीं। कई बार हमें कुछ बड़े-बड़े खतरों और संघर्षों के दौर में से गुजरना पड़ा है और जैसाकि राष्ट्रों और बड़े-बड़े समाजों के मामले में होता आया है, इनसे हममें ताकत भी आई है और आत्मविश्वास भी। समूचे राष्ट्र के कष्टों और संघर्ष की जलती भट्टी में तपकर कांग्रेस फौलाद की तरह पक्की होती आई है और इस मुल्क के करोड़ों लोगों की मुहब्बत और ताकत से अपनी ताकत को और भी बढ़ाकर दिन-ब-दिन बुलन्दी की ओर उठी है। जो अलग रहे और एक विदेशी और कमजोर होती जानेवाली ताकत के सहारे का आसरा करते रहें, वे खुद कमजोर हो चले हैं। उनके अन्दर न तो आत्मनिर्भरता या अपनी ताकत ही दिखाई पड़ती है और न वे एक आगे बढ़ते राष्ट्र का साथ देकर अपनी ताकत से खुद ताकतवर बन सके हैं।

किसी राष्ट्र या समाज को महज अपनी आबादी की तादाद से, या विधान-मंडलों में सुरक्षित सीटों से, या बाहर वालों से मिले सहारे से ताकत नहीं हासिल होती। वह तो अन्दर से हासिल होती है और किसी एक काम में एक साथ जुटे हुए अपने साथियों के संग-साथ, उनकी मदद और उनकी मुहब्बत से। हिन्दुस्तान के अल्पसंख्यक लोगों की तरक्की इसमें नहीं है कि ऊपरवाले उनके मुँह में निवाले डालते रहें, बल्कि उनकी खुद की काबिलियत और ताकत में है। क्या कोई यह बात सोच तक सकता है कि तादाद में कम होते हुए भी बहादुर सिक्खों को हिन्दुस्तान का कोई बहुसंख्यक सम्प्रदाय दबा सकेगा? इसी तरह, किसी पागल के ही दिमाग में यह बात उठ सकती है कि हिन्दुस्तान में कोई मजहबी बहुसंख्यक सम्प्रदाय मुसलमानों पर हुकूमत कर सकता है और उन्हें रख सकता है।

वह वक्त चला गया जब कोई मजहबी सम्प्रदाय सिर्फ मजहब के आधार पर राजनैतिक या आर्थिक संघर्षों में हिस्सा ले सकता था। मध्ययुग में ही शायद यह बात मुमकिन रही हो। आज तो यह बात दिमाग में आ तक नहीं सकती, आज की विभाजन-रेखाएँ बिलकुल ही दूसरी हैं, वे हैं आर्थिक। इसलिए अगर कोई यह सोचता है कि कोई मजहबी जमात राजनीति के मौन में भी कारगर हो सकती है, तो उसका दिमाग मध्ययुग के बतौर काम करता है। और यही वजह है कि हिन्दुस्तान में मजहबी जमातें राजनीति के मैदान में इतनी बुरी तरह नाकामयाब होती हैं, उनकी कोई राजनीति या आर्थिक नीति न तो है और न हो ही सकती है, आखिर वे बिखर जाते हैं और अक्सर उन पर प्रतिक्रियावादी हावी हो जाते हैं। अपनी अन्दरूनी

ताकत के बगैर वे अपने साम्राज्यवादी मालिकों की ही इनायत पर भरोसा करने के लिए मजबूर हो जाते हैं। और क्या शक्ल है इस इनायत की? कुछ-एक नौकरियाँ या लेजिस्लेचर में कुछ-एक सीटें। लेकिन करोड़ों लोगों की भूख और गरीबी और बेरोजगारी से भला इनका क्या ताल्लुक?

जो लोग अपने साम्प्रदायिक नेताओं से राहत पाने की उम्मीदें लगाए बैठे थे, धीरे-धीरे उनकी आँखें खुलने लगी हैं और इस तरह अब वे कांग्रेस की ओर ज्यादा से ज्यादा मुखातिब हो चले हैं और राजनीतिक और आर्थिक ताकत हासिल करने की बात सोचने लगे हैं।

मुस्लिम जनता के बीच जाने की हम बात करते हैं। हमारे लिए यह कोई नया प्रोग्राम नहीं है, भले ही इस पर जोर देना हमारे लिए नया हो। यह तो हमारे उस बड़े प्रोग्राम का ही हिस्सा है जिसमें आम जनता के साथ ताल्लुकात बढ़ाने की बात है—ख्वाह वे हिन्दू हों या मुसलमान, सिक्ख हों या ईसाई, या दूसरे ही लोग। मजहब इन सबका जाति मामला है जिसमें दखल न दिये जाने की कांग्रेस गारंटी देती है। लेकिन हम उनकी बाबत जब सोचते हैं तो मजहबी निगाह से न सोच भूखी भारतीय जनता के हिस्सों के बतौर ही उन्हें देखते हैं जो कि अपने गाड़े वक्त में मदद के लिए पुकार रहे हैं।

हमें याद रखना होगा कि कांग्रेस के अन्दर हमेशा से ही बड़ी तादाद में मुसलमान शामिल रहे हैं, और उससे भी ज्यादा तादाद उन लोगों की रही है जिनकी हमारे साथ हमदर्दी रही है। हमारे बड़े राष्ट्रीय नेताओं में से कई मुसलमान थे और अब भी हैं। मगर यह सही है कि इधर कुछ अरसे से हम लोगों ने मुस्लिम जनता की तरफ ज्यादा तवज्जो नहीं दी है। इस खामी को अब हमें दूर करना है और हम कांग्रेस का सन्देश उन तक ले जाना चाहते हैं। इस पर किसी को क्यों एतराज है? अगर कांग्रेस की राजनीतिक या आर्थिक पॉलिसी के वे खिलाफ हैं तो उन्हें पूर्ण आजादी है कि अपनी नीतियाँ वे आम लोगों के सामने रखें। लेकिन हर हालत में बात सीधे आम जनता से करनी होगी।

यह एक अहम् बात है कि सीधे आम जनता को हम सामने रखें। हम यह मानते हैं कि हमारे मसलों को ऊपर बैठे हुए चन्द लोग नहीं हल कर सकते और यही वजह है कि पुराने ढंग की आल पार्टीज कान्फ्रेंसों पर हमारा भरोसा नहीं रह गया है जिनमें साम्प्रदायिक संगठनों के चन्द ऐसे नुमाइन्दे, जिनके राजनीतिक विचारों में कोई तालमेल नहीं होता, एक साथ बैठकर सिर्फ बहस और झगड़ा करते हैं। हमें इन लोगों का पिछले जमाने में जो तजरबा हो चुका है, वही बहुत हो चुका। अब हम उसे दोहराने को कतई तैयार नहीं। मगर जो लोग दिल में इस बात के लिए राजी हैं कि हम अपने मसलों को हल कर डालें, उनके साथ बातचीत करने के लिए हम बेशक हमेशा तैयार हैं, भले ही उनके साथ हमारी राय

मिलती हो या नहीं। लेकिन किसी तथाकथित सर्वदलीय सम्मेलन के जरिये कोई हल नहीं निकल सकता।

जो लोग मुसलमानों या दूसरों के साथ कांग्रेस के किसी समझौते या गठबन्धन की बात करते हैं वे कांग्रेस या उन दूसरी ताकतों को समझ ही नहीं पाते, जो आम लोगों के अन्दर हलचल पैदा कर रही हैं। हम तो पहले से ही अपनी देश की जनता के साथ, खुद अपने साथ और उन सभी लोगों के साथ, जो कि राष्ट्रीय और आर्थिक आजादी चाहते हैं, समझौता और गठबन्धन किये बैठे हैं कि इस लक्ष्य की ओर एक साथ बढ़ते रहेंगे क्योंकि हम सभी का एक लक्ष्य यही है, समझौते में मुसलमान भी उसी तरह शरीक है जिस तरह हिन्दू और सिक्ख और कितने ही ईसाई भी शरीक हैं। ये सभी सिर्फ हिन्दुस्तानी होने के नाते इसमें हैं, और अगर इनके बीच कोई आपसी मसले पैदा होते हैं, जो कभी-कभी होते ही हैं, तो इस महान संगठन के अन्दर ही, जो कि हिन्दुस्तान की जनता के संकल्प का इतनी ज्यादा हद तक नुमाइंदगी करने लगा है, लोकतांत्रिक तरीके से बातचीत के जरिये वे उन्हें निपटा लेंगे। हम पर शासन करनेवाले विदेशी हुक्मरान के सामने, जिनका काम हमें एक-दूसरे से ही लड़ाते रहना है, हाथ फैलाने और उनके पास डेपुटेशन ले जाने के बजाय, क्या ऐसा करना कहीं ज्यादा अच्छा और हमारी शान बढ़ानेवाला नहीं है?

आजादी हासिल हो जाने के बाद हमारे सामने यही अकेला रास्ता बचेगा, जो कि लोकतांत्रिक रास्ता है। अब भी, आजादी की इस जंग के दौरान, हमारे सामने एक यही रास्ता है।

कुछ लोगों का सुझाव है कि अर्द्धसाम्प्रदायिक राष्ट्रीय पार्टियाँ कायम की जानी चाहिए, मसलन एक मुस्लिम कांग्रेस पार्टी। मुझे यह रास्ता गलत मालूम होता है, क्योंकि इससे सम्प्रदायवाद को बढ़ावा मिलेगा और हमारे ज्यादा बड़े काम को नुकसान पहुँचेगा। पिछले जमाने में नेशनलिस्ट मुस्लिम पार्टी का हमारा तजरबा अच्छा नहीं रहा। इस तरह के अधकचरे गुटों से मसला और उलझता जाता है और आम जनता के अन्दर परेशानी पैदा होती है। बेशक जो लोग कांग्रेस के साथ सहमत नहीं हैं, वे तो अपने अलग गुट और दल बनाएँगे ही। लेकिन जो हमारे साथ सहमत है उन्हें केवल दहलीज पर ही नहीं खड़े रहना चाहिए, उन्हें इस राष्ट्रीय कमरे में दाखिल होकर राष्ट्रीय नीति को गढ़ने के काम में अपना सहयोग देना चाहिए। आज कितने ही लोग ऐसे भी मौजूद हैं जो बातचीत से तो यह जाहिर करते हैं कि वे कांग्रेस में हैं और आजादी के हिमायती हैं, लेकिन काम वे कुछ दूसरे संगठनों के जरिये करते हैं जिनमें साम्प्रदायिक संगठन भी शामिल हैं। वे लोग, इस तरह अपनी ताकत को बर्बाद ही कर रहे हैं।

संकट गहरा होता जा रहा है और हिन्दुस्तान के लोगों को जल्द ही कई बड़े फैसले करने पड़ेंगे। साम्प्रदायिक और इसी तरह के दूसरे बहुत मामूली मसले, जो

असलियत से कोई ताल्लुक नहीं रखते, बिलकुल पुराने पड़ते जा रहे हैं और उनकी जगह असल मसले हिन्दुस्तान और दुनिया को अपनी लपेट में लेने लग गए हैं जो उसका नक्शा ही बदल दे सकते हैं। उन मसलों को हम, ख्वाह हम हिन्दू हों या मुसलमान या सिक्ख या ईसाई किस तरह हल करने जा रहे हैं? क्या हम अपने अलग-अलग तंग रास्तों पर ही चलते रहेंगे और अपनी क्षुद्रता के बियाबान में ही भटका करेंगे? या, अपने मकसद तक पहुँचने के लिए हम एक होकर कदम बढ़ाएँगे और अपनी किस्मत को अपने हाथों सँवारते हुए अपने ढंग का इतिहास तैयार करेंगे?

गांधी जी को लिखे अपने खत से आपने उस खटके और खतरे का जिक्र किया है जो "हमारे अपने ही अन्दर की उन अनुशासनहीनता ताकत से है, जिनका मकसद है हमारे सामाजिक ढाँचे और आध्यात्मिक पृष्ठभूमि को तहस-नहस कर देना।" मैं ठीक समझ नहीं पाया कि आपका मतलब किस तबके से है। जाती तौर पर मैंने इसे यों कहा होता कि हिन्दुस्तान को सबसे बड़ा खतरा उन अनुशासनहीन ताकतों से है जिन्हें साम्प्रदायिक संगठन बेलगाम कर देते हैं और जिनकी वे परवरिश करते हैं और जिनकी वजह से इस मुल्क में हमारी जो भी आध्यात्मिक पृष्ठभूमि है, वह तहस-नहस हो जा सकती है। पिछले कुछ महीनों के दौरान मैंने हैरत के साथ देखा है कि साम्प्रदायिक स्थिति किस तरह बिगड़ती आ रही हैं और मुझे यह देख ताज्जुब हुआ है कि समझदार और अक्लमन्द लोग भी वैसा कर रहे हैं।

श्री जिन्ना से, जब भी वह मुझे मिलने की इनायत करेंगे, बेशक मिलूँगा, लेकिन यह मैं समझ ही नहीं पा रहा हूँ कि हम ऐसी किसी जबान में एक-दूसरे से बात करें, जिसे हम दोनों ही समझ सकें।

आस्ट्रिया का खात्मा हो जाए, या थोड़े-से साम्प्रदायिक दंगे हो लें—इनकी मुझे बहुत ज्यादा फिक्र नहीं है। मैं ज्यादा बड़ी-बड़ी बातों की बाबत सोचता हूँ और कहीं ज्यादा ऊँचे दाँव लगाता हूँ। मुमकिन है कि अपनी कोशिशों में पूरी तरह नाकामयाब हो जाऊँ। अगर ऐसा होता तो मुझे उम्मीद है कि खूबसूरती के साथ मैदान से हट जाऊँगा—बिना कोई शोर मचाये या कोई शिकायत किये। लेकिन मैं कोई वजह नहीं देखता कि अपने उन आदर्शों से मैं क्यों हट जाऊँ जिन्होंने मुझे आन्दोलित किया है और कदम उठाने के लिए प्रेरित भी।

सप्रेम आपका

जवाहरलाल नेहरू

इलाहाबाद में हुए साम्प्रदयिक दंगों पर

मेरी समझ में नहीं आता कि सिर्फ कुछ गुंडों या गुमराह लोगों की कार्रवाइयों का कैसे लोगों पर इतना असर पड़ जाता है, कैसे वे अफवाहें सुनकर बुरी तरह घबड़ा जाते हैं और पूरी तरह अपने होश-हवास खो बैठते हैं। यह शर्मनाक बात है।

साम्प्रदायिक दंगों के दौरान इलाहाबाद में जितनी बड़ी तादाद में अफवाहें फैली थीं, उन सबको अगर इकट्ठा कर दिया जाए तो लगेगा कि इलाहाबाद भी उसी जबर्दस्त हलचल में होकर गुजर रहा है जिसमें होकर चीन या स्पेन गुजर रहे हैं। लेकिन अगर उन अफवाहों की तह तक में जाकर देखा जाए तो वे एक सौ फीसदी गलत साबित होंगी। दंगा करनेवाले लोगों की तादाद दस, बीस या पच्चीस लोगों से ज्यादा नहीं होगी और मैं समझ नहीं पाता कि इन मुट्ठी भर लोगों की वजह से सारा शहर थर्रा उठता है, थोड़े-से लोगों की लाठियों की पटापट होते ही कैसे तमाम शहर का काम ठप्प पड़ जाता है? मुमकिन है कि मुट्ठी-भर उन लोगों के पीछे उन्हें उकसानेवाले कुछ लोग भी मौजूद हों, फिर भी मैं यह नहीं समझ पाता कि थोड़े-से लोगों की हरकतों की वजह से पूरी-की-पूरी आबादी का सिर कैसे फिर जाता है। हम बड़ी-बड़ी बातें करते हैं आजादी हासिल करने, लोगों की गरीबी दूर करने और भी बहुत-कुछ करने की। इन मकसदों तक वे ही पहुँच सकते हैं जिनके दिमागों में कूवत है, और किसी मुहल्ले में अगर दृढ़ संकल्पवाले पन्द्रह-बीस आदमी हों तो वे स्थिति को काबू में रख सकते हैं।

मिसाल के तौर पर हम स्पेन को ही लें, जहाँ एक साल से ज्यादा हुआ, लड़ाई छिड़ी हुई है। आसमान से वक्तन-फवक्तन बम गिराए जाते हैं जिनसे एक या दो आदमी नहीं मरते, बल्कि एक बार में पूरी-की-पूरी गली के दोनों ओर की कुल आबादी का सफाया हो जाता है। लेकिन फिर भी वहाँ लोग रोजमर्रा की तरह अपने काम-काज में लगे रहते हैं। घबड़ाहट की वजह से उनका कोई भी काम बन्द नहीं होता। वे लोग हिम्मत नहीं हारते, जबकि यहाँ महज लाठियों की पटापट से सारा काम ठप्प हो जाता है। मैंने सुना है कि दंगों के दौरान यहाँ इतनी घबड़ाहट हो जाती है कि हर आदमी को कोई पहरेदार चाहिए। यहाँ तक कि सिविल लाइन्स से भी, जहाँ कुछ हुआ तक नहीं, बार-बार टेलीफोन होते हैं कि पुलिस के चौकीदार वहाँ

तैनात किये जाएँ। यह सब देखकर बड़ी तकलीफ होती है। निर्दोष लोगों पर इक्का-दुक्कावार करने जैसे कामों की जितनी भी निन्दा की जाए थोड़ी है। मैं कॉलविन अस्पताल गया था जहाँ मैंने जख्मियों में एक बूढ़ी औरत को देखा। इस तरह की बुजदिली की हरकतें किस नीयत से की जाती हैं, मैं नहीं समझ पाता, उस बूढ़ी औरत को जख्मी करके हमलावर ने यकीनन कोई पुण्य का काम नहीं किया है।

इसमें कोई शक नहीं कि इलाहाबाद में हुई हाल में कुछ वारदातों की वजह से साम्प्रदायिक उत्तेजना बढ़ी, लेकिन लोगों का यह कहना वाजिब नहीं कि दंगा चूँकि साम्प्रदायिक उत्तेजना की वजह से हुआ, इसलिए उसकी जिम्मेदारी उन पर नहीं है। कांग्रेस की तरफ से भी मैं वह कहने को तैयार हूँ कि इस तरह की निन्दनीय घटनाओं के लिए यकीनन वे ही जिम्मेदार हैं, क्योंकि उनका यह फर्ज हो जाता है कि ऐसी बातें न होने दें। जो कुछ हुआ है, उसकी जिम्मेदारी हर नागरिक पर है।

शहर के कांग्रेसजनों में उसके अध्यक्ष श्री मुजफ्फर हुसेन, श्रीमती पूर्णिमा बनर्जी और नगर कांग्रेस कमेटी के मंत्रियों, सर्व श्री राधेश्याम पाठक और सज्जाद जहीर जैसों ने अपनी जिम्मेदारी निभाई जिसके लिए मैं उन्हें बधाई देता हूँ। अगर 300 या 400 आदमी भी ऐसे निकल आए होते जो इन लोगों की तरह काम कर सकते, तो इन दंगों पर दो घंटों के अन्दर काबू पा लिया जाता। आगजनी और हमलों की बाबत सैकड़ों शिकायतें कांग्रेस-दफ्तर में आई हुई हैं और उन्हें कोतवाली में दर्ज करा देने की दरख्वास्त की गई है। हमारा यह तरीका नहीं है। हालाँकि कोतवाली जैसी सुरक्षित जगह पर इस तरह की रिपोर्टों को दर्ज करने की गरज से शायद कोई बैठा तो होगा ही। और भी दूसरे लोग शायद इस काम में लगे होंगे, लेकिन कांग्रेस को यह तरीका नहीं अख्तियार करना चाहिए। मेरे कहने का मतलब यह नहीं है कि कांग्रेसजनों को कभी भी पुलिस के पास कोई रिपोर्ट दर्ज ही नहीं करनी चाहिए, लेकिन इस तरह के मौकों पर इस तरह के जोश व खरोश में पड़कर उन्हें अपना काम भूलकर दफ्तर की पुलिस के थाने की शक्ल नहीं दे देनी चाहिए। हालाँकि कभी-कभी हमारे पास कोई सही खबर भी लाई जाती है, लेकिन हम उसे थाने में दर्ज कराने नहीं जाते। इनकी वजह से कुछ लोगों के अन्दर नाराजगी भी पैदा हो जाती है, लेकिन मुझे यकीन है कि अगर वे भी ठंडे दिमाग से यह बात सोचेंगे तो कांग्रेस के इस रवैये की वे कद्र ही करेंगे।

आज मैं कुछ मुहल्लों में गया था। कहीं-कहीं मुझे अभी तक घबड़ाहट के आसार नजर आए। कुछ लोगों ने मुझे बताया कि वहाँ के कितने ही घरों में अनाज इकट्ठा किया जा रहा है। जिसका मतलब यही हुआ कि झगड़े की तैयारियाँ फिर हो रही हैं। इस तरह का अफवाहों को मैं बन्द कर देना चाहता हूँ और उम्मीद करता हूँ कि इस तरह के कामों का आम लोगों पर कोई असर नहीं पड़ेगा। इस बेतुकेपन की हद तो तब देखने को मिली जब एक वकील को, जिनके बारे में खबर थी कि

वह दंगे में मारे गए, किसी अदालत में बहस करते पाया गया। इसलिए अफवाहों से गुमराह न होइए। घबड़ाहट में आकर किसी के लिए अपना मकान छोड़कर भाग जाना भी ठीक नहीं। आम तौर पर आप देखेंगे कि इस तरह के झगड़े-फसाद के वक्त मोहल्लों में पड़ोसियों की ओर से हमला कभी नहीं होता। इसलिए अपना मोहल्ला छोड़कर भाग खड़े होने में कोई तुक नहीं। इस तरह के बर्ताव में हालत और भी बेकाबू हो जाती है।

इस मौके पर बड़ी-बड़ी बातों का जिक्र मैं नहीं करना चाहता। साम्प्रदायिक दंगों के पीछे एक राजनीतिक पृष्ठभूमि है। साम्प्रदायिक दंगों की आखिर क्या वजह हो सकती है? गुजिश्ता जमाने भी मुहर्रम और होली के त्योहार बिना किसी झगड़े-फसाद के मनाए जाते थे। इस साल की खास बात यह है कि कांग्रेस की वजारत कायम है जो आम लोगों के लिए कुछ करना चाहती है। वह उन पेचीदा मसलों से निपटने में लगी है जिनसे किसानों और आम जनता की हालत सुधर सके। यह बात कुछ लोगों को नापसन्द है और उनका फायदा तनाव पैदा करने में ही है, ताकि सरकार का ध्यान बड़े मसलों की तरफ से हट जाए।

फिलहाल, लोगों से मेरी यही दरख्वास्त है कि वे महसूस करें कि पुलिस या फौज की मदद के बगैर ही, और गुंडों के रहने के बावजूद, शान्ति और व्यवस्था कायम रखने की जिम्मेदारी, खुद उन्हीं पर है। उन लोगों को चाहिए कि बेबुनियाद अफवाहों का खंडन करें, घबड़ाहट को दूर करने में मदद करें, जो लोग घर छोड़ चले गए हैं, उन्हें वापस लाएँ और अपने-अपने मोहल्लों में हर तरीके से फिर शान्ति कायम करें।

6 अप्रैल से लेकर 13 अप्रैल तक के राष्ट्रीय सप्ताह के दौरान लोगों की घबड़ाहट और डर दूर करने की कोशिश की जानी चाहिए और हिन्दुओं और मुसलमानों के स्थायी संगठन कायम किये जाने चाहिए जिनका काम अपने-अपने मोहल्लों में शान्ति कायम रखना हो।

बुद्ध की कहानी

बुद्ध की कहानी ने मुझे बचपन में ही आकर्षित किया था और मैं युवा सिद्धार्थ की तरफ खिंचा था, जिसने बहुत-से अन्तर्द्वंद्वों, दु:ख और तप के बाद बुद्ध का पद हासिल किया था। एडविन आर्नल्ड की किताब 'लाइट ऑव एशिया' मेरी एक प्रिय पुस्तक बन गई। बाद में जब मैंने अपने सूबे में बहुत-से दौरे किये, तब मैं बुद्ध की कथा से सम्बन्ध रखनेवाली बहुत-सी जगहों पर, अपने यात्रा-मार्ग से हटकर भी, जाना पसन्द करता था। इनमें से ज्यादातर मुकाम या तो मेरे ही सूबे में हैं या उसके नजदीक हैं। यहीं (नेपाल की सरहद पर) बुद्ध का जन्म हुआ, यहीं वह घूमते-फिरते रहे, यहीं गया (बिहार) में उन्होंने बोधि वृक्ष के नीचे बैठकर ज्ञान प्राप्त किया, यहीं उन्होंने अपना पहला उपदेश दिया और यहीं वह मरे।

जब मैं उन देशों में गया, जहाँ बौद्ध धर्म अब भी एक जीता-जागता और खास धर्म है, तब मैंने जाकर मन्दिरों और मठों को देखा और भिक्खुओं और आम लोगों से मिला और यह जानने की कोशिश की कि बौद्ध धर्म ने जनता के लिए क्या किया। उसने उन पर क्या असर डाला, किस तरह की छाप उनके दिमागों और चेहरों पर छोड़ी और मौजूदा जिन्दगी की उन पर क्या प्रतिक्रिया हुई? बहुत-कुछ ऐसा था, जिसे मैंने नहीं पसन्द किया। बौद्ध धर्म के बुद्धिवादी नैतिक सिद्धान्तों पर इतना कूड़ा-करकट जमा हो गया है, इतने कर्मकांड, इतने विधि-विधान और बुद्ध की शिक्षा के बावजूद, इतने आधिभौतिक सिद्धान्त और जादू-टोने तक इकट्ठा हो गए हैं कि क्या कहा जाए! और बुद्ध के सतर्क कर देने पर भी उन्हें ईश्वर माना गया है और उनकी बड़ी-बड़ी मूर्तियाँ बन गई हैं, जिन्हें मैंने मन्दिरों में और जगहों में अपने सिर की ऊँचाई से भी ऊपर स्थापित देखा है। उस वक्त मैंने मन में सोचा कि अगर वह इन्हें देखते तो क्या कहते! बहुत-से भिक्खु अनपढ़ लोग हैं, बल्कि घमंडी हैं, क्योंकि वे यह चाहते हैं कि उनके सामने माथा झुकाया जाए, अगर उनके सामने नहीं, तो उनके भेस के सामने। हर एक देश में धर्म के ऊपर कौमी खासियतों की छाप पड़ी हुई थी और इसने उनके जुदा-जुदा रीति-रिवाजों और रहन-सहन के अनुसार रूप बना रखा था। यह सब स्वाभाविक ही था और शायद एक लाजिमी विकास था।

लेकिन मैंने बहुत-कुछ ऐसा भी देखा, जिसे मैंने पसन्द किया। कुछ मठों में और उनसे लगे हुए विद्यालयों में ध्यान और शान्ति से अध्ययन करने का वातावरण था। बहुत-से भिक्खुओं के चेहरों पर शान्ति, सौम्यता, ओज और दया और तटस्थता का भाव मिला, और संसार की चिन्ताओं से मुक्ति दिखाई दी। क्या ये सब बातें आज की दुनिया में अपनी ठीक जगह रखती हैं या महज उससे बच निकलने का एक तरीका है? क्या इनका जिन्दगी के निरन्तर संघर्ष से इस तरह मेल नहीं हो सकता कि ये उसके भद्देपन को, उसकी लोलुपता को, उसके हिंसा भाव को, कम कर सकें?

बौद्ध धर्म का निराशावाद मेरे अपनी जिन्दगी के नजरिये से मेल नहीं खाता, न जिन्दगी और उसके मसलों से भागने की उसकी प्रवृत्ति मेरे अनुकूल पड़ती है। अपने दिमाग के किसी छिपे कोने में मैं काफिर हूँ और जिस तरह से काफिर जिन्दगी और प्रकृति को उमंग के साथ देखता है, उसी तरह मैं भी देखता हूँ और जिन्दगी में जिन संघर्षों का सामना करना पड़ता है, उनसे घबड़ाता नहीं हूँ। जो कुछ मैंने अनुभव किया है, या अपने चारों ओर देखा है, वह चाहे जितना तकलीफ और दुःख पहुँचानेवाला रहा हो, उससे मेरे इस नजरिये में फर्क नहीं पड़ा है।

क्या बौद्ध धर्म निष्क्रियता और निराशावाद सिखाता है? इसकी व्याख्या करनेवाले ऐसा कह सकते हैं और इस धर्म के बहुत-से अनुयायियों ने यही अर्थ निकाला है। मुझमें उसकी बारीकियों पर गौर करने या उसकी बाद की जटिलताओं और आधिभौतिक विकास पर फैसला देने की योग्यता नहीं है। लेकिन जब मैं बुद्ध का ध्यान करता हूँ, तो इस तरह के विचार मेरे मन में नहीं उठते, न मैं यही समझता हूँ कि निष्क्रियता और निराशावाद की बुनियाद पर ठहरे हुए किसी धर्म का आदमियों की इतनी बड़ी संख्या पर जिसमें काबिल-से-काबिल लोग हो गए हैं, इतना गहरा असर पड़ सकता है।

जान पड़ता है कि बुद्ध की वह कल्पना, जिसे अनगिनत प्रेमपूर्ण हाथों ने पत्थर और संगमरमर और काँसे में गढ़कर साकार किया है, हिन्दुस्तानियों के विचारों और भावों की प्रतीक है, या कम-से-कम उसके एक जिन्दा पहलू की प्रतीक है। कमल के फूल पर शान्ति और धीर, वासनाओं और इच्छाओं से परे, इस दुनिया के तूफान और कशमकश से दूर, वह इतने ऊपर इतने दूर मालूम पड़ते हैं कि जैसे पहुँच से बाहर हों। लेकिन जब फिर उन्हें देखते हैं, तो उस शान्ति अडिग आकृति के पीछे एक आवेग और मनोभाव जान पड़ता है, जो अनोखा है और उन आवेगों और मनोभावों से, जिनसे हम परिचित हैं, ज्यादा जोरदार है। उनकी आँखें मुँदी हुई हैं, लेकिन चेतना की कोई शक्ति उनके भीतर से दिखाई देती है और शरीर में एक जीवनी-शक्ति भरी हुई जान पड़ती है। युग पर युग बीतते हैं, फिर भी बुद्ध इतने दूर के नहीं जान पड़ते हैं, उनकी वाणी हमारे कानों में कुछ धीमे स्वर से कहती जान पड़ती है और यह बताती है कि हमें संघर्ष से भागना नहीं चाहिए, बल्कि धीर नेत्रों

से उसका सामना करना चाहिए और जिन्दगी में विकास और तरक्की और भी बड़े अवसरों को देखना चाहिए।

सदा की तरह आज भी व्यक्तित्व का असर है, और जिस आदमी ने इनसान के विचारों पर अपनी वह छाप डाली हो, जो बुद्ध ने डाली, जिसमें आज भी हम उनकी कल्पना में कोई जीती-जागती, थर्राहट पैदा करनेवाली चीज पाते हैं, वह आदमी बड़ा ही अद्भुत आदमी रहा होगा—ऐसा आदमी, जो बार्थ के शब्दों में "शान्त और मधुर प्रभुता की सजी हुई मूर्ति था, जिसमें सभी प्राणियों के लिए अपार करुणा थी, जिसे पूरी नैतिक स्वतंत्रता मिली हुई थी जो सभी तरह के पक्षपात से अलग था।" और उस कौम और जाति में, जो ऐसे विशाल नमूने पेश कर सकती है, अक्लमन्दी और भीतरी ताकत की कैसी गहरी संचित निधि होगी।

बुद्ध की शिक्षा

इन राजनैतिक और आर्थिक इंकलाबों के पीछे, जो हिन्दुस्तान की शक्ल ही बदल रहे थे, बौद्ध धर्म का जोश था। पुराने मतों से इसका संघर्ष और धर्म के मामलों में निहित स्वार्थों से इसकी लड़ाई चल रही थी। बहस और मुबाहसे (जिनका हिन्दुस्तान में हमेशा शौक रहा है, से कहीं बढ़कर लोगों पर असर था एक ज्वलन्त और बड़े व्यक्तित्व का और उसकी याद दिलों में ताजा थीं। उसका सन्देश पुराना था, फिर भी बहुत नया था और जो लोग ब्रह्म ज्ञान की बारीकियों में उलझे हुए थे, उनके लिए मौलिक था। इसने विचारशील लोगों की कल्पना पर कब्जा कर लिया, यह लोगों के दिलों के भीतर गहरा पैठ गया। बुद्ध ने अपने चेलों से कहा था, "सभी देशों में जाओ और इस धर्म का प्रचार करो। उनसे कहो कि गरीब और दीन, अमीर और कुलीन, सब एक हैं और इस धर्म में सभी जातें इस तरह आकर मिल जाती हैं, जिस तरह की नदियाँ समुन्दर में जाकर मिलती हैं। "उनका सन्देश सभी के लिए दया और प्रेम का सन्देश था। क्योंकि इस दुनिया में नफरत का अन्त नफरत से नहीं हो सकता, नफरत प्रेम करने से हो जाएगी। और आदमी को चाहिए कि गुस्से को विनम्रता के जरिये और बुराई को भलाई के जरिये जीतें।"

भले काम करने का और अपने ऊपर संयम रखने का यह आदर्श था। "आदमी लड़ाई में हजार आदमियों पर विजय हासिल कर सकता है, लेकिन जो अपने ऊपर विजय पाता है, वही सबसे बड़ा विजयी है। "जन्म से नहीं, बल्कि कर्म से ही आदमी शूद्र या ब्राह्मण होता है।" पापी की भी निन्दा उचित नहीं, क्योंकि "जो पापियों से जानबूझकर कड़े शब्द कहता है, वह मानो उनके पाप-रूपी घाव पर नमक छिड़कता है।" दूसरे के ऊपर विजय पाना ही दुःख का कारण होता है—"विजय नफरत उपजाती है, क्योंकि विजित दुखी होता है।"

अपने इन सब उपदेशों में उन्होंने धर्म का प्रमाण नहीं दिया न ईश्वर या किसी दूसरी दुनिया का हवाला दिया। वह बुद्धि और तर्क और अनुभव पर भरोसा करते हैं और लोगों से कहते हैं कि सत्य को अपने मन के भीतर खोजो। कहा जाता है कि उन्होंने कहा, "किसी को मेरे बताए नियमों का आदर की वजह से न मान लेना चाहिए, उसकी परख पहले इस तरह कर लेना चाहिए, जैसे तपाकर सोने की परख की जाती है।" सच्चाई के न जानने से सभी दु:ख उपजते हैं। ईश्वर परब्रह्म है या नहीं, इसके बारे में उन्होंने कुछ नहीं बताया है। न वह उससे इकरार करते हैं, न इनकार। जहाँ जानकारी मुमकिन नहीं वहाँ हमें अपना फैसला नहीं देना चाहिए। एक सवाल के जवाब में बताया जाता है कि बुद्ध ने यह कहा था, "अगर परब्रह्म से मतलब है किसी उस चीज से, जिसका सभी जानी हुई चीजों से कोई सम्बन्ध नहीं, तो किसी तर्क से उसका अस्तित्व या वजूद सिद्ध नहीं किया जा सकता। यह हम कैसे जान सकते हैं कि दूसरी चीजों से असम्बद्ध चीज कोई है भी या नहीं? यह सारा विश्व—उसे हम जिस रूप में जानते हैं—सम्बन्ध का एक सिलसिला है; हम कोई ऐसी चीज नहीं जानते, जो बिना सम्बन्ध के है या हो सकती है।" इसलिए हमें अपने को उन चीजों तक महदूद रखना चाहिए। जिनका हम अनुभव कर सकते हैं और जिनके बारे में हमें पक्की जानकारी है।

इसी तरह बुद्ध ने आत्मा के अस्तित्व के बारे में भी कुछ नहीं कहा है। वह इससे भी न इकरार करते हैं और न इनकार। वह इस सवाल में पड़ना ही नहीं चाहते और यह एक बड़ी अचरज की बात है, क्योंकि उस जमाने में हिन्दुस्तानियों के दिमाग में आत्मा और परमात्मा, एकेश्वरवाद, अद्वैतवाद और दूसरे आधिभौतिक सिद्धान्त समाये रहते थे। मगर बुद्ध ने सभी तरह के अधिभौतिकवाद से अपने विचारों को हटाया। लेकिन प्रकृति के नियम के स्थायित्व में और एक व्यापक हेतुवाद में उनका विश्वास है और इस तरह हर एक वाद की स्थिति अपने से पहले की स्थिति का नतीजा है, अच्छे काम का सुख से और बुरे काम का दु:ख से स्वाभाविक सम्बन्ध है।

हम अनुभव की इस दुनिया में शब्दों या भाषा का इस्तेमाल करते हैं और कहते हैं कि 'यह है' या 'यह नहीं है।' लेकिन जब हम सतही पहलुओं के भीतर बैठते हैं, तो इनमें से एक भी सम्भव है, सही न हो और जो कुछ हो रहा है, उसको बयान करने में हमारी भाषा ही नाकाफी हो। 'सत्य' है और 'नहीं है' के बीच में या इनसे परे कहीं भी हो सकता है। नदी बराबर बहती है और हर क्षण एक-सी मालूम पड़ती है, फिर भी पानी बराबर तब्दील होता रहता है। इसी तरह आग है, लौ जलती रहती है और अपना आकार भी कायम रखती है, फिर भी वही लौ हमेशा नहीं रहती, बल्कि क्षण-क्षण में बदलती रहती है। इसी तरह जिन्दगी भी बराबर बदलती रहती है और अपने सभी रूपों में वह एक धारा की तरह है जिसे हम 'होने की प्रक्रिया' कह सकते हैं। असलियत कोई ऐसी चीज नहीं है, जो कायम रहनेवाली और न

बदलने वाली हो, बल्कि वह एक रोशन ताकत है, जिसमें तेजी है और रफ्तार है और जो नतीजों का एक सिलसिला है। समय की धारणा महज एक खयाल है, जो जिस-किसी घटना के आधार पर व्यवहार के लिए बना लिया गया है। हम यह नहीं कह सकते कि कोई एक चीज किसी दूसरी चीज का कारण है, क्योंकि 'होने की प्रक्रिया' में कोई अंश ऐसा नहीं है, जो स्थायी हो या न बदलने वाला हो। किसी वस्तु का तत्त्व उसमें निहित नियम में है, जो उसे किसी दूसरी कहलाई जानेवाली वस्तु से जोड़ता है। हमारे शरीर और हमारी आत्माएँ क्षण-क्षण में बदलती रहती हैं; उनका अन्त हो जाता है और उनकी जगह पर कोई चीज जो उन्हीं-जैसी, लेकिन उनसे मुख्तलिफ होती है यह जगह ले लेती है, और फिर वह भी चली जाती है। एक मायने में हम हरदम मर रहे हैं और हरदम फिर से जन्म ले रहे हैं, और यह सिलसिला एक अटूट अस्तित्व का आभास देता है। यह एक सतत परिवर्तनशील अस्तित्व का सिलसिला है। हर चीज बस एक प्रवाह है, आन्दोलन है और परिवर्तन है।

हम लोग भौतिक घटनाओं को एक नपे-तुले ढंग से सोचने और उनकी व्याख्या करने के इतने आदी हो गए हैं कि हमारे दिमागों के लिए यह सब समझ सकना मुश्किल है। लेकिन यह बड़ी मार्के की बात है कि बुद्ध का यह फलसफा हमें आजकल के भौतिक विज्ञान की धाराओं और दार्शनिक विचारों के इतना निकट ले आता है।

बुद्ध का ढंग मनोवैज्ञानिक विश्लेषण का ढंग था और यहाँ भी यह देखकर अचरज होता है कि आज के विज्ञान की नई-से-नई खोजों के कितने निकट उनकी सूझ-बूझ थी। आदमी की जिन्दगी पर विचार और जाँच बिना किसी स्थायी आत्मा के लिहाज के होती है, क्योंकि अगर किसी ऐसी आत्मा की सत्ता है भी, तो वह हमारी समझ से परे है; मन को शरीर का अंग, मानसिक शक्तियों की एक मिलावट समझा जाता था। इस तरह से व्यक्ति मानसिक स्थितियों की एक गठरी बन जाता है; "आत्मा विचारों का महज एक प्रवाह है।" "जो कुछ भी हम हैं, या जो कुछ भी हमने सोचा है, उसका नतीजा है।"

जिन्दगी में जो दु:ख और व्यथा है, उस पर जोर दिया गया है और बुद्ध ने जिन 'चार बड़े सत्यों' का बखान किया है, उनमें यह दु:ख, उसके कारण, उसे खत्म करने की सम्भावना और उसके लिए उपाय बताए गए हैं। अपने चेलों को उपदेश देते हुए, कहा जाता है कि बुद्ध ने कहा था, "जब तुमने युगों के दौर में इस (दु:ख) का अनुभव किया, तुम्हारी आँखों से इतना पानी बहा है; जब तुम इस (जिन्दगी की) यात्रा में भटके हो और तुमने शोक किया है या तुम रोये हो, क्योंकि जिस चीज से तुम नफरत करते रहे हो, वह तुम्हें मिली है और जिस चीज की तुम ख्वाहिश करते रहे हो, वह तुम्हें नहीं मिली है, वह सब तुम्हारे आँसुओं का पानी चारों बड़े समुन्दरों के पानी से ज्यादा रहा है।"

दु:ख की इस हालत का अन्त कर देने से निर्वाण प्राप्त हो सकता है। 'निर्वाण' है क्या? इसके बारे में लोगों में मतभेद रहा है, क्योंकि एक ऐसी हालत का, जो अनुभव से परे है, किस तरह से हमारे सीमित दिमागों की भाषा में बयान हो सकता है? कुछ लोग कहते हैं कि यह केवल विनाश हो जाना है, बुझ जाना है। लेकिन बुद्ध ने, कहा जाता है कि इससे इनकार किया है; और यह बताया है कि यह एक अत्यन्त क्रियाशीलता की अवस्था है। यह झूठी इच्छाओं के मिट जाने की हालत है, न कि अपने मिट जाने की, लेकिन इसका बयान केवल नकारात्मक शब्दों में किया जा सकता है।

बुद्ध का बताया हुआ रास्ता मध्यमार्ग है और यह अपने को यातना देने और विलास में डुबा देने के बीच का रास्ता है। शरीर को तकलीफ देने के अनुभव के बाद उन्होंने कहा है कि जो आदमी अपनी ताकत खो बैठता है, वह ठीक रास्ते पर नहीं चल सकता है। यह मध्यमार्ग आर्यों का अष्टांग मार्ग कहलाया। इसके अंग हैं—ठीक विश्वास, ठीक आकांक्षाएँ, ठीक वचन, ठीक कर्म, ठीक आचार, ठीक प्रयत्न, ठीक वृत्ति और ठीक आनन्द। इसमें अपने विकास का सवाल है, किसी की कृपा का नहीं। और अगर आदमी इस दिशा में अपना विकास करने में कामयाब होता है, तो उसके लिए कभी हार नहीं, "जिसने अपने को वश में कर लिया है, उसकी जीत को देवता भी हार में नहीं बदल सकते।"

बुद्ध ने अपने चेलों को वे बातें बताईं, जो उनके विचार में वे लोग समझ सकते थे और जिन पर वे आचरण कर सकते थे। उनके उपदेशों का यह मकसद नहीं था कि जो कुछ भी है, उसकी व्याख्या की जाए, बल्कि जो कुछ भी है, उसका पूरा-पूरा दिग्दर्शन कराया जाए। कहा जाता है कि एक बार उन्होंने अपने हाथ में कुछ सूखी पत्तियाँ लेकर अपने प्रिय शिष्य आनन्द से पूछा कि हाथ की इन पत्तियों के अलावा क्या और भी कहीं पत्तियाँ हैं। आनन्द ने जवाब दिया, 'पतझड़ की पत्तियाँ सभी तरफ गिर रही हैं, और वे इतनी हैं कि उनकी गिनती नहीं हो सकती।" तब बुद्ध ने कहा, "इसी तरह मैंने तुम्हें मुट्ठी भर सत्य दिये हैं, लेकिन इनके अलावा कई हजार और सत्य हैं, इतने कि उनकी गिनती नहीं हो सकती।"

अशोक

हिन्दुस्तान और पश्चिमी दुनिया से जो सम्पर्क चन्द्रगुप्त मौर्य ने कायम किये थे, वे उसके बेटे बिन्दुसार के लम्बे राज्य-काल में बने रहे। पाटलिपुत्र के दरबार में मिस्र के टोलमी और पश्चिमी एशिया के सेल्यूकस निकाटोर के बेटे और उत्तराधिकारी एंटिओकस के यहाँ से एलची आते रहे। चन्द्रगुप्त के पोते अशोक ने ये सम्पर्क और भी बढ़ाए और इसके जमाने में हिन्दुस्तान एक महत्त्व का अन्तर्राष्ट्रीय केन्द्र बन गया—खास तौर से बौद्ध धर्म के तेजी से बढ़ते हुए प्रचार की वजह से।

273 ई.पू. में अशोक इस बड़े साम्राज्य का उत्तराधिकारी हुआ। इससे पहले वह पश्चिमोत्तर का प्रादेशिक शासक रह चुका था, जिसकी राजधानी विश्वविद्यालय की नगरी तक्षशिला थी। उस समय ही साम्राज्य के भीतर हिन्दुस्तान का ज्यादातर हिस्सा आ गया था और यह ठीक मध्य एशिया तक फैला हुआ था। सिर्फ दक्खिन-पूरब और दक्खिन का एक हिस्सा इसमें नहीं आ पाया था। सारे हिन्दुस्तान को एक हुकूमत के मातहत ले आने के पुराने सपने ने अशोक को उकसाया और उसने पूरबी समुद्रतट के कलिंग प्रदेश को जीतने को ठानी। यह प्रदेश मोटे ढंग से आजकल के उड़ीसा और आन्ध्र प्रदेश का एक हिस्सा मिलाकर बनेगा। कलिंग के लोगों के साथ मुकाबला करने के बावजूद अशोक की सेना जीत गई। इस लड़ाई में भयानक खून-खराबा हुआ और जब अशोक के पास समाचार पहुँचा, तो उसे बड़ा पछतावा हुआ और युद्ध से उसका जी फिर गया। विजयी सम्राटों और इतिहास के नेताओं के बीच वह अकेला व्यक्ति है, जिसने विजय के क्षण में यह निश्चय किया कि वह आगे युद्ध न करेगा। सारे हिन्दुस्तान ने उसका आधिपत्य मंजूर कर लिया—सिवाय धुर दक्खिन के एक टुकड़े के जिसे वह इच्छा करने-भर से अपने अधिकार में ला सकता था। लेकिन उसने अपने राज्य को बढ़ाया नहीं और बुद्ध की शिक्षा के असर में उसका मन दूसरी ही तरह की विजयों और साहसी कामों की तरफ फिरा।

अशोक के क्या खयाल थे और उसने क्या किया, यह हम उसके ही शब्दों में उन बहुत-से आदेशों में जो, उसने जारी किये थे और जो पत्थरों और धातुओं पर अंकित किये गए थे, हम जानते हैं। ये आदेश सारे हिन्दुस्तान में फैले थे और

हमें अब भी मिलते हैं। इन आदेशों के जरिये उसने अपने प्रजा की ही नहीं, बल्कि आनेवाली पीढ़ियों को भी अपना सन्देशा दिया था। उसके एक आदेश में कहा गया है :

"परम पवित्र प्रियदर्शी सम्राट ने अपने राज्य के आठवें वर्ष में कलिंग को जीता। डेढ़ लाख आदमी वहाँ से कैदी के रूप में लाये गए, एक लाख आदमी वहाँ पर मारे गए और इस संख्या के कई गुने लोग और मरे।

"कलिंग के साम्राज्य में मिलाये जाने के ठीक बाद ही प्रियदर्शी सम्राट का अहिंसा धर्म का पालन करना, उस धर्म से प्रेम और उसका प्रचार शुरू होता है। इस तरह प्रियदर्शी सम्राट का कलिंग-विजय पर पश्चात्ताप उदय होता है, क्योंकि न जीते गए देश के जीते जाने के साथ ही खूनकशी और मौतें होती हैं और लोग बन्दी करके ले जाए जाते हैं। यह प्रियदर्शी सम्राट को महान शोक पहुँचाने वाली बात है।"

इस आदेश में आगे कहा गया है कि अब अशोक हत्या या बन्दी किया जाना नहीं देख सकता, जितने लोग कलिंग में मरे, उनके सौवें-हजारवें हिस्से का भी नहीं। सच्ची विजय, अशोक लिखता है, लोगों के दिलों पर कर्तव्य और दया-धर्म पालन करते हुए विजय हासिल करना है, और इस तरह की सच्ची विजय उसने पा ली थी, न महज अपने राज्य में, बल्कि दूर-दूर के राज्यों में। इसके अलावा आदेश में यह भी कहा है :

"इसके अतिरिक्त यह है कि अगर कोई उनके साथ बुराई करता है, तो उसे भी प्रियदर्शी सम्राट जहाँ तक होगा, सहन करेंगे। अपने राज्य के वन के निवासियों पर भी प्रियदर्शी सम्राट की कृपा-दृष्टि है और वह चाहते हैं कि ये लोग ठीक विचार वाले बनें, क्योंकि अगर ऐसा वह न करें तो प्रियदर्शी सम्राट को अनुशोक होगा, क्योंकि परम पवित्र महाराज चाहते हैं कि जीवधारी-मात्र की रक्षा हो और उन्हें आत्म-संयम, मन की शान्ति और आनन्द प्राप्त हो।

इस अद्‌भुत शासक ने, जिसे अब तक हिन्दुस्तान में एशिया के दूसरे हिस्सों में प्रेम के साथ याद किया जाता है, बुद्ध के सत्कर्म और सद्‌भाव की शिक्षा को फैलाने में और जनता के हित के कामों में अपने को पूरी तरह लगा दिया। वह घटनाओं को हाथ-पर-हाथ रखकर देखनेवाला और ध्यान में डूबा हुआ और अपनी उन्नति की चिन्ता में खोया हुआ आदमी न था। वह राज-कार्य में मेहनत करनेवाला था और उसने यह ऐलान कर दिया था कि "मैं सदा काम के लिए तैयार हूँ सब वक्तों में और सब तरह, चाहे मैं खाना खाता होऊँ, चाहे रनिवास में होऊँ, चाहे अपने शयन में रहूँ, या स्नान में, सवारी पर रहूँ या महल के बाग में, सरकारी कर्मचारी, जनता के कार्यों के बारे में मुझे बराबर सूचना देते रहें।...जिस समय भी हो और जहाँ भी हो, मैं लोक-हित के लिए काम करूँगा।"

उसके दूत और एलची सीरिया, मिस्र, मैसिडोनिया, साइरीन और एपाइरस तक बुद्ध के सन्देश और उसकी शुभ कामनाओं को लेकर पहुँचे। वे मध्य एशिया

भी गए, बर्मा और स्याम भी, और उसने खुद अपने बेटे और बेटी, महेन्द्र और संघमित्रा को, दक्खिन में श्रीलंका भेजा। सभी जगह दिमाग और दिल को फेरने की कोशिश की गई; कोई जब्र या जोर नहीं इस्तेमाल किया गया। खुद कट्टर बौद्ध होते हुए भी उसने दूसरे धर्मों के लिए आदर का भाव दिखाया। एक आदेश में उसने यह ऐलान किया :

"सभी मत किसी-न-किसी वजह से आदर पाने के अधिकारी हैं। इस तरह का व्यवहार करने से आदमी अपने मत की प्रतिष्ठा को बढ़ाता है, साथ ही वह दूसरे मतों और लोगों की सेवा करता है।"

बौद्ध धर्म हिन्दुस्तान में कश्मीर से लेकर लंका तक बड़ी तेजी के साथ फैला। यह नेपाल में भी पैठा और बाद में तिब्बत, चीन और मंगोलिया तक पहुँचा। हिन्दुस्तान में इसका एक नतीजा यह हुआ कि शाकाहार बढ़ा और शराब पीने से लोग बचने लगे। उस वक्त तक ब्राह्मण और क्षत्रिय दोनों ही मांस खाया करते थे और शराब पीते थे। पशुओं का बलिदान रोक दिया गया।

विदेशों से सम्पर्क होने और धर्म के प्रचारकों के बाहर जाने का नतीजा यह जरूर हुआ होगा कि हिन्दुस्तान और बाहर के मुल्कों में व्यापार बढ़ा हो। खुतन (अब मध्य एशिया में सिनक्यांग में) में हिन्दुस्तानियों के एक उपनिवेश का बयान हमें हासिल हुआ है। हिन्दुस्तानी विश्वविद्यालयों में, खास तौर से तक्षशिला में बाहर से विद्यार्थी पढ़ने के लिए आते थे।

अशोक एक बड़ा निर्माता भी था और यह कहा गया है कि उसने अपनी कुछ बड़ी-बड़ी इमारतों के बनवाने के लिए विदेशी कारीगरों को रख छोड़ा था। यह नतीजा एक जगह बने हुए कुछ ऐसे स्तम्भों को देखकर निकाला गया है, जो पर्सिपोलिस की याद दिलाते हैं। लेकिन इस शुरू की पत्थर की कारीगरी में और खँडहरों में भी हिन्दुस्तानी कला की परम्परा की खास बातें देखने में आती हैं।

अशोक के पाटलिपुत्र के महल की बहुत-से खम्भोंवाली एक इमारत के कुछ हिस्सों की कोई तीस साल हुए पुरातत्त्वज्ञों ने खोदकर निकाला था। हिन्दुस्तान के पुरातत्त्व विभाग के डॉ. स्पूनर ने अपनी सरकारी रिपोर्ट में कहा कि यह "वह ऐसी सुरक्षित हालत में पाई गई है कि विश्वास नहीं होता। इसमें लगी हुई शहतीरें वैसी ही चिकनी और ठीक हालत में हैं, जैसी वे उस दिन रही होंगी, जब वे लगाई गई थीं, यानी दो हजार साल से ज्यादा साल पहले।" आगे चलकर वह यह भी लिखते हैं कि "पुरानी लकड़ी की ऐसी रक्षा—उनके किनारे इतने सही और पक्के थे उनके जोड़ों की लकीरों तक का पता न चलता था—देखकर सभी देखनेवालों की हैरत का ठिकाना न था। सब-की-सब चीजें ऐसी सच्ची और होशियारी से बनी थीं कि उनसे अच्छा काम आज भी हो सकना मुमकिन नहीं है...मुख्तसर यह है कि बनावट इतनी पक्की थी, जितनी कि इस तरह के कामों में हो सकती है।"

देश के और हिस्सों में भी खुदाई की गई इमारतों में लकड़ी की शहतीरें और कड़ियाँ मिली हैं, जो बहुत सुरक्षित हालत में हैं। यह कहीं भी अचरज की बात होगी, लेकिन हिन्दुस्तान में, जहाँ आबोहवा उन्हें नष्ट कर देती है और जहाँ इतने तरह के कीड़ों से खाये जाने का उन्हें डर रहता है, यह और भी अचरज की बात है। लकड़ी की हिफाजत के लिए कोई मसाला इस्तेमाल जरूर होता रहा होगा; यह क्या था, यह मैं समझता हूँ, अब भी एक रहस्य है।

पाटलिपुत्र (पटना) और गया के बीच नालन्दा विश्वविद्यालय के खँडहर मिलते हैं, जो बाद में मशहूर हुआ था। यह जाहिर नहीं होता कि कब से इसकी शुरुआत हुई। अशोक के जमाने में इसका कोई पता नहीं मिलता।

अशोक की मृत्यु ईसा से पहले 232वें साल में हुई, जब वह इकतालीस साल राज्य कर चुका था। इसके बारे में एच.जी. वेल्स अपनी 'आउट लाइन ऑव हिस्टरी' में लिखते हैं, "बादशाहों के दसियों हजार नामों में, जिनसे इतिहास के सफे भरे हुए हैं, जिनमें बड़े-बड़े महाराजे और महामहिम और शहंशाह हैं, अशोक का नाम अकेला चमक रहा है, इस तरह से चमक रहा है, जैसे कोई सितारा हो। वोकोगा से लेकर जापान तक उसका नाम आज भी आदर के साथ लिया जाता है। चीन, तिब्बत और हिन्दुस्तान भी जहाँ उसकी शिक्षा अगरचे त्याग दी गई है, उसके बड़प्पन की परम्परा की रक्षा करते हैं। आज के जितने जिन्दा लोग उसकी स्मृति को बनाए हुए हैं, उतने लोगों ने कान्स्टेंटाइन और शार्लमेन के नाम कभी सुने भी न होंगे।"

त्रावणकोर के लिए सन्देश

त्रावणकोर में हमने कुछ दिन बिताये और वहाँ हमारे दिन बड़े ही अच्छे बीते। बोझ भी बहुत पड़ा और सारे रास्ते-भर और जहाँ-जहाँ भी हम गए, स्नेह की भी जो बौछार होती आई उससे खुशी तो हुई ही, लेकिन उसने भी थका डाला। लेकिन जो कुछ भी बोझ और परेशानी उठानी पड़ी उसे हम जल्द ही भूल गए, और जिस मुहब्बत के साथ हमारी खातिर की गई उसकी याद कायम रह गई और उसने हमें ताकत और खुशी दी। हिन्दुस्तान के दक्खिनी सिरे के अपने इस सफर को हम लम्बे वक्त तक याद रखेंगे।

जिन स्कूलों से होकर हम गुजरे उनकी बड़ी तादाद इस रियासत में शिक्षा के विस्तार की अच्छी-खासी निशानी थी जो तथाकथित ब्रिटिश हिन्दुस्तान के ज्यादा बड़े हिस्से में फैले हुए अज्ञान के रेगिस्तान को देखते हुए हमें बड़ी अच्छी लगी।

और इस तरह हम बढ़ते चले गए, और हर जगह एक नई जिन्दगी दिखाई दे रही थी, एक नई जागृति, इस तरह का एक एहसास कि हिन्दुस्तान एक ही है और हमारे महान राष्ट्रीय आन्दोलन में और आनेवाली आजादी में हम सभी का हिस्सा है। लेकिन यहाँ के लुभावने प्राकृतिक दृश्य पर एक बड़ा धब्बा भी है—छुआछूत का धब्बा। जहाँ प्रकृति ने सब कुछ उड़ेल दिया है वह इनसान इतना तंगदिल और स्वार्थी हो उठा है और अपने भाई को उसने इनसान होने के मामूली हकों से भी महरूम कर दिया है। मैं उम्मीद करता हूँ कि वह धब्बा भी जल्द ही धो-पोंछ डाला जाएगा—इसके आसार दिखाई भी देने लग गए हैं—और छुआछूत और सार्वजनिक मन्दिरों में जाने और सार्वजनिक सड़कों पर चलने के हक से महरूम किया जाना, जल्द ही, एक ऐसे खराब ख्वाब की तरह हो जाएँगे जो खत्म हो चुके हैं।

हम एक खूबसूरत जगह की ओर दिल को लुभा लेनेवाले लोगों की बड़ी अच्छी यादें लेकर वापस लौट रहे हैं।

कालीकट में मानपत्रों का जवाब

तकरीबन एक हफ्ते के दौरे के बाद आज रात हम केरल से विदा ले रहे हैं। यहाँ बिताये गए इन थोड़े-से दिनों के अन्दर ही हम केरल के जिन-जिन गाँवों में गए

उन सभी जगहों के लोगों में अपने लिए हमने जो मुहब्बत देखी उससे अभिभूत हो गए। ईमानदारी की बात यह है कि इतनी बड़ी इज्जत के लायक मैं नहीं हूँ। जिन लोगों ने मुझे इज्जत बख्शी है उन्होंने राष्ट्र के लिए मेरी बहुत मामूली खिदमत को बहुत ही बढ़ा-चढ़ाकर कहा है। दरअसल कुर्बानी की फालतू बात उठाना तौहीन करने के बराबर है। जो पुरुष और स्त्रियाँ सेवा और त्याग के लिए ही बनाए गए हैं उनके सामने सिवा इसके कोई दूसरा रास्ता ही नहीं कि अपनी जिन्दगी के मकसद को वे पूरा करें। जो सिपाही लड़ाई के मोर्चे पर जा पहुँचता है उसमें 'कोर्ट-मार्शल' के डर से पीछे हटने की हिम्मत ही नहीं होती। यही बात हमारे राष्ट्रीय कार्यकर्ताओं और तकलीफें झेलनेवालों पर लागू होती हैं।

कन्याकुमारी के ठीक अन्तरीप पर जब मैं बैठा हुआ था तब मुझे लग रहा था कि मैं भारतमाता के ही चरणों में बैठा हुआ हूँ। पूरब और पश्चिम से आनेवाले पानी के संगम को देखते-देखते मेरे दिल के अन्दर एक ऐसी धड़कन महसूस हुई जिसने मुझे किसी आँधी की तरह झकझोर दिया। मेरे खयाल हिन्दुस्तानी जनता की बिलकुल ही अटल एकता पर आकर टिक गए, हालाँकि शरारतन और बेशर्मी के साथ उससे इनकार किया गया है। मैं बेहद भाव-विभोर हो उठा और मुझे पूरा यकीन हो गया कि कश्मीर की बर्फीली चोटियों से लेकर केरल के खूबसूरत मैदानों तक कोई भी दो शख्स ऐसे नहीं हैं जो भाई-भाई या बहनें न हों या जो आजादी की उस लड़ाई में न जुटे हों जो उन सभी की अपनी लड़ाई है।

श्रीलंका मैं इसी गरज से गया था कि हिन्दुस्तान को बाहर से देखूँ। उस छोटे से टापू में भी मैंने यही महसूस किया कि बेचारे हिन्दुस्तान के ऊपर शर्म का कितना बड़ा बोझ लादा गया है। हर विदेशी को 33 करोड़ हिन्दुस्तानियों के लिए, जिन पर मुट्ठी-भर अंग्रेजों ने कब्जा जमा रखा है, सिवा नफरत के और कुछ नहीं है। कोई भी हिन्दुस्तानी किसी दूसरे मुल्क में सिर उठाकर नहीं चल सकता। लेकिन अब, आजादी के इस महान आन्दोलन के खत्म होने पर हिन्दुस्तानियों ने विचार करने और कुछ कर दिखाने की, अपनी आजादी और अपने स्वाभिमान का दावा पेश करने की और किसी भी दूसरे मुल्क में सिर उठाकर और बिलकुल निडर होकर चलने-फिरने की अपनी काबिलियत दिखला दी है।

हिन्दुस्तानी लोग आज विराम-सन्धि मना रहे हैं। असल सुलह आनेवाली है तो यह अच्छा ही है और हर कोई उसका स्वागत करेगा। मैं नहीं कह सकता कि असल सुलह कब आएगी। जब तक सुलह नहीं आती या जब तक सरकार लोगों को विराम-सन्धि को तोड़ देने के लिए मजबूर नहीं करती, हिन्दुस्तानियों की विराम सन्धि की शर्तों को मानकर ही चलना है, भले ही सरकार उसके भाव और शब्दों को मानते हुए उसे कायम रखे या न रखे। लाहौर में पूर्ण स्वराज्य का आदर्श तय कर लिया गया था। यह बात ध्यान में रखने की है कि बार-बार दोहराए गए इस

आदर्श को अपनी लड़ाई के दौरान हमेशा सामने रखा जाए। इस परम पवित्र और गम्भीर व्रत से कोई भी कार्यकर्ता पीछे नहीं हट सकता। इसे विशुद्ध धार्मिक लगन के साथ निभाना होगा। सभी जानते हैं कि कुछ वक्त पहले लन्दन में एक गोलमेज सम्मेलन हुआ था। सम्मेलन में जिन लोगों ने हिस्सा लिया था उनमें देशभक्ति भी काफी थी और काबिलियत भी। लेकिन आम जनता के समर्थन की उन्हें सख्त जरूरत थी। उन्हें इस बात से कोई खास मतलब नहीं था कि ग्रेट ब्रिटेन हिन्दुस्तान को क्या देगा, लेकिन लाचारी में पड़कर उन्हें यही कहना पड़ गया कि हिन्दुस्तानियों का एक तबका जिसमें उनसे ज्यादा जबर्दस्त और देशभक्त लोग हैं, ब्रिटिश सरकार के खिलाफ बगावत कर देगा। मगर देखिए, इरविन-गांधी वार्ता ने क्या कर डाला! उस अधनंगे फकीर के दुबले-पतले जिस्म के जरिये लॉर्ड इरविन को 33 करोड़ लोगों की ताकत का पता चला और उनके सामने जो रास्ता अख्तियार करने में कम-से-कम खतरा था उसके लिए वह फौरन राजी हो गए। अंग्रेजों की जिस मनोवृत्ति ने संयुक्त भारत की जबर्दस्त ताकत को महसूस किया है उसे ऐसे कामों के जरिये कायम ही रखना होगा जो भारतीय जनता की अजेय क्षमता और दिलेरी को साबित कर दें।

दलित वर्गों का मसला केरल में खास तौर से अजीब-सा भी है और जबर्दस्त भी। छुआछूत को कायम देखकर और फिर भड़क उठने की बात जानकर मुझे भारी धक्का लगा है और मैं बेचैन हो गया हूँ। अछूतों को ऊँचा उठाना कांग्रेस के प्रोग्राम का एक बड़ा मुद्दा है। डेढ़ साल पहले आजादी का जो व्रत लिया गया है वह स्वराज्य के कांग्रेस के आदर्श को बिलकुल साफ कर देता है। कराची-कांग्रेस में मूलभूत अधिकारों की बाबत जो प्रस्ताव पास किया गया था उसमें भी स्वराज्य-सम्बन्धी कांग्रेस के दृष्टिकोण को स्पष्ट कर दिया गया है। कांग्रेस महज राजनीतिक आजादी के लिए नहीं बल्कि सामाजिक आजादी के लिए भी लड़ रही हैं। कांग्रेस स्वराज्य की किसी भी ऐसी स्कीम को मंजूर नहीं करेगी जिसमें सामाजिक स्वाधीनता उतनी ज्यादा नहीं मिलती जितनी कि मिलनी चाहिए। क्या कोई शख्स यह दिखा सकता है कि किसी ऐसे स्वराज्य से जिसमें अछूतों को आजादी नहीं है महात्मा गांधी या मैं या कोई भी कांग्रेस-कार्यकर्ता सन्तुष्ट हो सकेंगे? किसी ध्येय के लिए अगर मैं लड़ रहा हूँ तो अपनी आन्तरिक प्रेरणा से ही। स्वराज्य सरकार से अगर वह ध्येय पूरा नहीं होता तो स्वराज्य सरकार से भी लड़ जाने में मैं कभी नहीं हिचकूँगा। लेकिन अछूतों से मुझे एक खास बात कहनी है। इसे अपनी किस्मत मानकर उन्हें महज सोच में नहीं पड़े रहना चाहिए। रोने-चिल्लाने से आजादी नहीं मिलेगी। उन्हें उठ खड़े होना होगा और अपने ध्येय के लिए आखिर तक लड़ते जाना होगा। अगर वैसा न कर वे राष्ट्रीय लड़ाई से अलग रहे हैं और यही कहते रहते हैं कि उनकी माँगें पूरी नहीं हुई हैं तो उनकी किस्मत हमेशा के लिए फूट जाएगी।

केरल के रहनेवाले आप लोग अपने सूबे में जितनी बड़ी कामयाबी के साथ पिकेटिंग (धरना देने) का आन्दोलन चला रहे हैं उसके लिए मैं आप सबको बधाई देता हूँ और महामंत्रियों की रिपोर्ट में जो यह दोष लगाया गया है कि राजनीतिक कार्यवाही में दक्षिण भारत उत्तर भारत से पीछे रह गया उसके लिए मुझे अफसोस है।

कालीकट में भाषण

केरल की जमीन पर पाँव रखे हमें अब तकरीबन एक हफ्ता हो रहा है और आज रात हम इससे विदा लेने जा रहे हैं। यह हमारा एक बड़ा ही सुहावना हफ्ता रहा है, किसी हद तक थकानवाला हफ्ता भी, लेकिन फिर भी एक ऐसा हफ्ता जिसने हमें बड़ी खुशी दी। केरल के मेरे दोस्तों ने जब मुझे यहाँ-वहाँ जाने और मालाबार की मुख्तलिफ जगहों की आम सभाओं में भाषण देने के लिए कहा था तब मैंने उन्हें जवाब दिया था कि मैं यह नहीं कर सकूँगा और बम्बई जाते वक्त सिर्फ मालाबार से होकर गुजर जाऊँगा, लेकिन यह करते वक्त जब मैंने आपकी इतनी ज्यादा मुहब्बत देखी तो मैं रुकने से और जो इज्जत आज मुझे बख्शने की आप मेहरबानी कर रहे हैं उससे इनकार करना मेरे लिए नामुमकिन हो गया।

जब मैं तूतीकोरिन पहुँचा तब करीब-करीब यही महसूस कर रहा था कि मैं किसी तीर्थ-यात्रा पर जा रहा हूँ। जब मैं हिन्दुस्तान के दक्खिनी छोर पर पहुँचा, कुमारी अन्तरीप पर, और जब मैं वहाँ बैठा हुआ था तो मुझे लगा जैसे मैं भारत के चरणों में बैठा हूँ और वहाँ बैठा-बैठा मैं पूरब और पश्चिम के जल को हलके-हलके भारत के चरण पखारते देखता रहा। उस वक्त मेरे अन्दर जो भाव पैदा हुआ उसे मैं बरसों तक याद रखूँगा। जबकि मैं, जो खुद कश्मीर की एक जगह का रहनेवाला था, अपने मुल्क के इन हिस्सों में घूम रहा था तब मुझे हर किसी के अन्दर यही भावना दिखाई दी कि हम सभी भाई-भाई हैं जिनका एक ही देश है और एक ही परम्परा, और जो कन्धे-से-कन्धा मिलाकर एक ही मंजिल की तरफ बढ़े जा रहे हैं। एकता का यह वह एहसास है जो हिन्दुस्तान में हर किसी के अन्दर है। जिधर भी मेरी निगाह जाती है मुझे सिर्फ भाई-ही-भाई नजर आते हैं, बहनें-ही-बहनें और सभी अपने साथी। मेरे लिए आपने अपनी मुहब्बत का दरवाजा पूरी तरह खोल दिया है। आखिर तो हम इनसान ही हैं और जितनी ज्यादा इज्जत आप हमें दे रहे हैं उससे हमारे अन्दर यही एहसास हो रहा है कि किसी तरह की कुर्बानी करनेवाले को किस कदर इज्जत मिलती है। पिछली लड़ाई में जिन्होंने हिस्सा लिया था उन्होंने अपनी इस खिदमत को कुर्बानी नहीं समझा था बल्कि उनकी जिन्दगी में यह एक खुशी लाई थी। इसलिए, अगर आप सच्ची खुशी हासिल करना चाहते हैं तो मैं आपसे

कहता हूँ कि यह आपको तभी हासिल हो सकती है जब आप हिन्दुस्तान के इस जबर्दस्त ध्येय में दिलचस्पी लेने लगें।

पिछली लड़ाई में हिन्दुस्तान की स्त्रियों ने जो हिस्सा लिया था उसके लिए मैं उन्हें दाद देना और केरल के लोगों ने लड़ाई को जो आखिर तक जारी रखा उसके लिए उन्हें बधाई देना चाहूँगा। दक्षिण भारत की बाबत कांग्रेस के महामंत्रियों की रिपोर्ट में जो बातें कह डाली गई हैं उनके लिए मुझे सख्त अफसोस है। दक्खिनी सूबों ने कुछ भी उठा नहीं रखा और कुछ ने तो शुरू से ही दमन का मुकाबला किया। जहाँ तक कि केरल-निवासी आप लोगों का सवाल है, जितना कुछ भी जाना जा सका है, इस आन्दोलन में आप लोग पहली कतार में रहे हैं। मैं इसके लिए आपको बधाई देता हूँ और आपसे अपील करता हूँ कि कांग्रेस को मजबूत बनाएँ और लड़ाई के लिए तैयार रहें।

अखबारनवीस सेंसर और जनता

अखबारी आदमी की जिन्दगी बहुत आसान नहीं है। उसकी आजमाइश होती रहती है और खतरे उसे घेरे रहते हैं। उसे सावधानी से चलना चाहिए। जहाँ तक हो सके, पूरी तरह से और सच्चाई के साथ आज की खबर देना उसका काम और उसका फर्ज है। उसे निडर होकर और साफगोई के साथ उन खबरों के बारे में अपनी राय जाहिर करनी चाहिए, लेकिन उसमें किसी के लिए दुर्भाव नहीं होना चाहिए। फिर भी अगर वह मानहानि के कानून की हद से बाहर जाएगा तो उसकी निडरता और उसकी सच्चाई उसे नहीं बचाएगी। अगर वह दूसरे कानूनों की, खास तौर पर प्रेम से ताल्लुक रखनेवाले कानूनों की हद में कहीं भी आता है, तब भी उसे छुटकारा नहीं मिलेगा।

भारत में किसी लोकप्रिय अखबार को, जरूरी तौर पर, सरकारी तौर-तरीकों का आलोचक होना चाहिए और गैर-जिम्मेदार अफसरशाही आलोचना नहीं पसन्द करती। हम नहीं जानते कि भारत के अफसर में अन्तरात्मा नाम की कोई चीज है या नहीं, लेकिन उसके पैरों में नाजुक अँगुलियाँ जरूर हैं और अगर कोई उन पर पाँव रख देता है तो उसे सजा देने की उसमें ताकत भी है। अखबारवालों के लिए हमेशा यह मसला बना रहता है कि वह भारत के सिविलियन अफसरों के साथ किस तरह से बरतें, जिनके बारे में ऐसा माना जाता है कि बादशाह की तरह वे कभी गलती कर ही नहीं सकते।

और जब लड़ाई छिड़ती है तो यह मामला बेहद मुश्किल हो जाता है जबकि सिपाही और आई.सी.एस. के आदमी के बीच सुभीते का एक गठबन्धन हो जाता है। आई.सी.एस. की मनोवृत्ति से बरतना मुश्किल है। फौजी मनोवृत्ति बदतर है, इन दोनों का मेल सबसे ज्यादा मुश्किल है।

लड़ाई के साथ जरूरी तौर पर कुछ पाबन्दियाँ आती हैं। रिसालों की गतिविधियाँ, सैनिक विन्यास और इस तरह के इन्तजामात को राज के पर्दे में छिपाकर रखना पड़ता है, वरना यह खबर दुश्मन को मदद पहुँचा सकती है। हर अखबारनवीस इसको समझता है और इसी के मुताबिक काम करता है। लेकिन सरकारों को

इससे तसल्ली नहीं होती और वे हर तरह की दूसरी खबरों और आलोचनाओं को दबा देने के हक का दावा करती हैं। वे ये नहीं समझतीं कि उनके अपने नजरिये से भी इसमें खतरा है। इंग्लैंड में पोशीदगी की इस पॉलिसी को जारी करने की कोशिश से हाल में बड़ा शोर-शराबा हुआ था, और हुक्मरानों को अपने पाँव पीछे हटाने पड़े थे।

लेकिन खबरों और आलोचनाओं को दबाने के खतरे की सबसे शर्मनाक मिसाल फ्रांस है। फ्रांस की शिकस्त से पहले, सत्तावादी शासन ने एक सख्त और सब कुछ को समेट लेनेवाला सेंसरशिप लागू किया था और उसके जरिये न सिर्फ उचित आलोचना को दबाया, जो मददगार हो सकती थी, बल्कि आम लोगों को इस बारे में पूरी तरह से अँधेरे में रखा कि क्या कुछ हो रहा है। अन्दरूनी तनाव बढ़ा, ऊटपटाँग अफवाह फैली, और जब सच्चाई का धक्का लगा तो वह मुकम्मल तौर पर और हैरतअंगेज ढंग से मुँह के बल जा गिरा।

मैं समझता हूँ कि दूसरे सभी सबकों की तरह यह सबक भी भारत के ब्रिटिश अधिकारियों के किसी काम का नहीं है, लेकिन ठीक यहीं पर सत्तावाद प्रेरणा देता है कि इन सबकों को सीखना चाहिए, क्योंकि इससे कोई रुकावट नहीं है, और सरकार के खिलाफ जो कुछ कहा जाता है जनता सहज ही उस पर विश्वास कर लेती है। निहायत बे-सिर-पैर की अफवाहों पर भी यकीन हो जाता है। जो भी हो, यह सरकार का सिर-दर्द है, हमारी जिम्मेदारी नहीं। लेकिन सार्वजनिक जीवन के व्यक्ति या अखबारनवीस के रूप में हम इस जिम्मेदारी से पूरी तरह से पल्ला नहीं झाड़ सकते। हम चाहते हैं कि सवाई जानी जाए और हम यकीन करते हैं कि गोकि कभी-कभी इससे चोट पहुँचती है, लेकिन अन्तत: यह हमेशा सुरक्षित और बेहतर होता है।

भारत में लड़ाई का सेंसरशिप बहुत सख्त रहा है और जहाँ तक लड़ाई का ताल्लुक है इसे मंजूर कर लिया गया है, गोकि इसे लागू करने के ढंग पर एतराज किया गया है और उसकी नुक्ताचीनी की गई है। लेकिन लड़ाई के इस सेंसरशिप और भारत रक्षा कानून को बहुत-सी कार्रवाइयों को अपनी जद में लेने के लिए फैलाया गया है और लड़ाई की खबरों को छोड़कर दूसरी खबरों को ज्यादा दबाया गया है। अब अचानक इसने श्री विनोबा भावे के सत्याग्रह से सम्बन्धित और उसके बाद की घटनाओं को पहले से सेंसर कराने की छालाँग लगाई है, और अब एक नया आर्डिनेंस आया है जिसमें वह सब कुछ समा जाता है जिसे इनसान की अक्ल सोच सकती है या तो यह उसके प्रकाशन पर रोक लगाएगा या छपने से पहले उसे सेंसर कराने के काबिल करार देगा।

जाहिरा लड़ाई से अभी इसका कोई ताल्लुक नहीं है, गोकि सरसरी तौर पर यह लड़ाई का जिक्र कर सकता है। इसका सरोकार 'जनता की सुरक्षा' और 'सार्वजनिक

व्यवस्था' बनाए रखने से है। ये भारत के हुक्मरानों के प्यारे जुमले हैं जिन्हें हम अपनी कीमत पर समझते हैं। बेशक, इसमें सत्याग्रह भी शामिल है, लेकिन इसमें ऐसे हर सार्वजनिक कार्य-कलाप को लपेट लिया है, जो हमारे ब्रिटिश शासकों को पसन्द नहीं है। इसका मतलब है तमाम आजाद खबरों और खयालों के इजहार की हत्या करना। जनता के लिए यह मामला संगीन है। अन्तत: अधिकारियों को पता चलेगा कि यह पलटकर उन्हीं पर आ पड़ा है, जिसका उन्होंने खयाल तक नहीं किया था।

जनता के प्रति अखबारनवीस की एक जिम्मेदारी होती है। वह यह नहीं भूल सकता कि वह एक तरह का ट्रस्टी है, और उस पर जो भरोसा किया गया है, उसका उसे दुरुपयोग नहीं करना चाहिए। लेकिन अगर हर चीज को पहले से सेंसर कर लिया जाए तो बीच में वह कहाँ आता है? क्या उसे सेंसर के या मौजूदा सरकार के प्रवक्ता के रूप में काम करना है? बेहतर यह है कि एक सरकारी गजट जारी किया जाए, जिसमें सिर्फ वही खबरें दी जाएँ, जिन्हें सरकार जनता को सुनाना चाहती है और उस खबर को तथाकथित स्वतंत्र अखबार का मुगालते में डालनेवाला और निकम्मा जामा न पहनाया जाए।

मैं मानता हूँ कि हम सरकार को अपने नजरिये का यकीन नहीं दिला सकते, न सिर्फ सत्याग्रह के, बल्कि और बहुत-से मामले के बारे में भी। हम अलग हलकों में काम करते हैं और अलग ढंग से सोचते हैं। हमारे मकसद अलग हैं। लेकिन जनता के साथ हमारा सरोकार ज्यादा नजदीक का है और यह सोचने में हमें तकलीफ होती है कि हम उस जनता को धोखा देने के बदकिस्मत एजेंट बन जा सकते हैं। आम तौर पर कोई अखबार जो खबरें देता है, उनके लिए वह जिम्मेदार होता है। आज वह खबर ऐसी हो सकती है, जिसके लिए हम किसी तरह से भी जिम्मेदार नहीं हैं, क्योंकि वह सेंसर की छलनी से गुजरकर आई है। लेकिन जनता उसे सही खबर समझेगी, जैसे हमने उसे अपनी तरफ से छापा है। हम अच्छी तरह से जानते हैं कि श्री विनोबा के सत्याग्रह से सम्बन्धित घटनाओं के बारे में मन में गलतफहमी पैदा की जा चुकी है।

इस हालत से निबटने का एक सीधा रास्ता यह है कि सेंसर के हाथों से गुजरकर आनेवाली हर खबर के पहले, आम तौर पर यह बता दिया जाए कि यह सेंसर की हुई खबर है। लेकिन सेंसर एक शर्मीली शह है। वह नहीं चाहती कि उसका नाम छपे या वह जनता के सामने आए। वह छिपकर काम करना पसन्द करती है और कंजूस जनता से अपनी मेहनत का कोई इनाम नहीं लेना चाहती, इसलिए हमसे कहा जाता है कि सेंसर का कोई हवाला नहीं दिया जाना चाहिए। उसके किसी सुझाव या हुक्म का भी जिक्र नहीं होना चाहिए, क्योंकि ऐसा न हो कि जनता नाराज हो जाए।

इसलिए यह जरूरी है कि जनता को सावधान कर दिया जाए। वह याद रखे कि सेंसर का लम्बा साया हिन्दुस्तानी अखबारों के सभी पन्नों को धुँधला बना देता है। वह यह न समझे कि हम जो खबर दे रहे हैं, वह पूरी है या किसी घटना का सही असर पैदा करती है। बेशक, अपनी ज्यादा योग्यता के अनुसार हम जनता के प्रति अपना कर्तव्य पूरा करने की कोशिश करेंगे। लेकिन सेंसर की हथकड़ियों और बेड़ियों से हमारे हाथ-पाँव बँधे हैं। जनता इसे याद रखे।

वैज्ञानिक दृष्टिकोण का विकास

संस्कृति ऐसे शब्दों में से एक है जिसका कुछ भी मतलब हो सकता है, जिसमें हर चीज का संवर्द्धन शामिल है—इतिहास का, समाज का और हर तरह के मानवीय क्रिया-कलाप का।

उदाहरण के लिए, इस देश के कुछ लोग शिक्षा को भारत में ब्रिटिश साम्राज्यवाद का प्रदर्शन कहकर उसकी निन्दा करते हैं। मैं समझता हूँ कि भारत में ऐसा कोई व्यक्ति नहीं है, जो इस तथ्य को न जानता हो कि शिक्षा की वर्तमान प्रणाली बुरी है, और जिस आधार पर यह टिकी है वह दोहरा बुरा है। बहरहाल, इसे बदलने और इसमें सुधार करने की लगातार कोशिशें हो रही हैं।

मुझे शिक्षा की वर्धा-योजना आधुनिक ढंग पर शिक्षा के सुधार की दिशा में असाधारण प्रयत्न जान पड़ती है। मेरे मत से शिक्षा की जो भी प्रणाली इस देश में प्रचलित की जाए, उसे छात्र के शरीर और मस्तिष्क दोनों ही के कार्य-कलापों को संघटित करना चाहिए।

संस्कृति का दरअसल मतलब क्या है? व्यक्तिगत संस्कृति, सामाजिक और राष्ट्रीय विकास तथा उनके जैसी और तमाम बातें। विकास भी आम तौर पर दो रूप धारण करता है। एक तो व्यक्तियों का विकास है जो निहायत जरूरी है, और जब व्यक्तियों का विकास होता है तो वे सामाजिक गुट बनाते हैं। स्वभावत: जितने अधिक विकसित व्यक्ति होंगे, हमारे सामाजिक गुट भी उतने ही ऊँचे होंगे। दूसरी ओर, जब हम कोई सामाजिक गुट विकसित करते हैं तो उससे व्यक्तियों के विकास में सहायता मिलती है, क्योंकि एक की दूसरे के प्रति प्रतिक्रिया होती है। इसलिए, हमें ध्यान रखना होगा कि दोनों प्रकार के विकास साथ-साथ हों।

सामान्यत: धार्मिक वृत्ति व्यक्तिगत विकास का मार्ग रही है। वह इस आशा से व्यक्ति का विकास करने का प्रयत्न करती है कि व्यक्ति के विकास का प्रभाव सामाजिक गुट पर पड़ेगा। हर देश में ऐसी स्थिति रही है, चाहे वह किसी भी धर्म का पालन करता हो और समस्या का सामना करने के लिए जो भी उपाय निकाला गया हो।

जो भी हो, आधुनिक प्रणाली वातावरण को सुधारने पर जोर देती है, ताकि एक विशेष वातावरण में रहनेवाला व्यक्ति अपनी पूरी क्षमता के अनुकूल विकसित

हो सके। बहरहाल, ये दोनों प्रणालियाँ समकालीन नहीं रही हैं। शायद किसी खास वातावरण के सुधार पर जोर देना आज ज्यादा जरूरी है। क्योंकि यदि वातावरण बुरा है तो आप अधिक प्रगति नहीं कर सकते। हमें सामाजिक संस्कृति के आधार पर और वह किस प्रकार का वातावरण विकसित करता है इस पर फिर से विचार करना होगा। उदाहरण के लिए, यदि आप नि:स्वार्थ भाव और सद्गुणों को विकसित करने का प्रयास करें तो उसका क्या लाभ है? जबकि आपके चारों ओर जो सामाजिक ढाँचा है, वह स्वार्थ के आधार पर टिका हुआ है और जीवन पर बुरा प्रभाव डालता है।

आज की दुनिया की ओर देखिए, अन्तर्राष्ट्रीय दुनिया की ओर। वह अत्यन्त विस्मयकारक, अनैतिक और बुरी है। आप उच्च नैतिकता के प्रभावों की आशा कैसे कर सकते हैं। जबकि वातावरणों पर अनैतिकता का निरन्तर दबाव पड़ रहा है, जिसके परिणामस्वरूप सब ओर गिरावट आई है। यह गिरावट अन्तर्राष्ट्रीय और व्यक्तिगत स्तर पर हुई है।

आज यूरोप के, अमरीका के और सारी दुनिया के बहुसंख्यक विचारशील व्यक्तियों में मानसिक पक्षाघात की गहरी भावना है। ऐसा इसलिए है कि वे अनुभव करते हैं कि उनकी सम्मिलित शक्ति की अपेक्षा बुराई की शक्तियाँ अधिक ताकतवर हैं। बुराई की शक्तियों का संकेत फासिज्म और प्रतिक्रिया से मिलता है और यह वातावरण उन्हें भलाई से बहुत दूर रहने को मजबूर करता है।

इस स्थिति से उबरने का रास्ता कैसे ढूँढ़ा जाए? आपके लिए इतनी ही कल्पना काफी नहीं है कि समस्या इतनी सरल है कि आप कुछ नारों के जरिये इसे सुलझा लेंगे। हर तरह की सरकार या राज्य, चाहे वह फासिस्ट हो, साम्राज्यवादी हो या साम्यवादी, अनिवार्य रूप से ऐसा वातावरण बनाने का प्रयत्न करता है जो उसे बनाए रखने में सहायता दे। वह अनिवार्य रूप से, शिक्षा-प्रणाली के द्वारा, अपने नागरिकों में अपना प्रभाव फैलाने की कोशिश करता है।

इसलिए अन्तत: आपको निर्णय करना है कि किस प्रकार का राज्य या समाज आप चाहते हैं। यह कहना कि आप साम्राज्यवाद को नापसन्द करते हैं, नकारात्मक बयान है। हमें निश्चय करना है कि हम किस प्रकार का वाद चाहते हैं। यह विचारों के कुछ आधारभूत सिद्धान्तों और विभिन्न प्रकार के क्रियाकलापों की स्वतंत्रता पर निर्भर है। चूँकि विभिन्न प्रकार की जटिल स्थितियाँ समाज को और व्यक्ति को प्रभावित करती हैं, इसलिए हम जिन परिस्थितियों की कामना करते हैं, सम्भवत: उन्हें विकसित करने में सहायक नहीं हो सकते।

इसलिए, हमें विचारों की स्वतंत्रता तो होनी ही चाहिए। हमें एक जनतांत्रिक प्रणाली चाहिए जो जहाँ तक कर सके, काम करती रहे। लेकिन साथ ही हमें यह भी नहीं भूलना चाहिए कि विचार की स्वतंत्रता के परिणामस्वरूप कुछ कठिनाइयाँ भी उत्पन्न होती हैं। सामान्यत: यह हमें कठिनाइयों तक नहीं ले जाता, क्योंकि जो

लोग विचार और कार्य की स्वतंत्रता का लाभ उठाते हैं, वे काफी अनुशासित होते हैं। उनके विचार अग्रगामी और उनका दृष्टिकोण दायित्वपूर्ण होता है।

ऐसा लगता है कि आज संसार के बहुत-से देशों में जनतांत्रिक प्रणाली बहुत धीमी गति से काम कर रही है। इससे परिणाम शीघ्र प्राप्त नहीं होते जबकि शीघ्र परिणाम आवश्यक हैं। इस तरह हम देखते हैं कि जिन देशों में जनतंत्र का अस्तित्व बहुत बरसों से रहा है, इस शती में वहाँ भी इसने भली-भाँति काम नहीं किया। इन कठिनाइयों का सामना होने पर हम मनचाही सूक्तियों का सहारा लेकर कोई जवाब ढूँढ़ने की कोशिश करते हैं, जिससे दरअसल कोई फायदा नहीं होता। वे सिर्फ विचारों की दूसरी धाराओं की ओर हमारा ध्यान मोड़ देते हैं।

आज मानवता अभूतपूर्व परिवर्तनों और संक्रमण-काल से गुजर रही है। हमें याद रखना चाहिए कि हम इतिहास के निहायत गैरमामूली दौर से गुजर रहे हैं। यह विस्मयकारी रूप से परिवर्तनों की अवधि रही है। इतिहास की अपनी जानकारी से मुझे सन्देह है कि जब तक कोई ऐसा समय रहा है, जो ऐसे क्रान्तिकारी परिवर्तनों से भरा हो, जैसा यह काल है जो 1914 के महायुद्ध के आरम्भ के साथ शुरू हुआ था और जो आज तक जारी है।

यह एक या दो बरसों का सवाल नहीं है। परिवर्तनों का यह संकट, आनेवाले बहुत बरसों तक हमारे साथ बना रहनेवाला है।

आजकल आप योजना के बारे में बहुत बातें सुनते हैं, खास तौर से औद्योगिक और आर्थिक जीवन में। लेकिन जो उससे भी ज्यादा महत्त्वपूर्ण है, वह है जीवन के विभिन्न क्रिया-कलापों का नियोजन जिनका भार देश अपने ऊपर लेता है, जिससे प्रत्येक काम दूसरे काम से मेल खा सके। लेकिन समस्या के प्रति नजरिया हमारा अपना होना चाहिए।

आज भारत में दो प्रकार की शक्तियों और समस्याओं में संघर्ष चल रहा है। यह कमोबेश मनोवैज्ञानिक संघर्ष है। राजनैतिक, आर्थिक तथा अन्य संघर्ष भी है। लेकिन एक मनोवैज्ञानिक संघर्ष भी है, दिमागों का संघर्ष। बहुत-सी ताकतें हमें अलग-अलग दिशाओं में खींच रही हैं। अतीत की अनेक शक्तियों ने हमें बल दिया है। कुछ अन्य हमारे लिए बोझ भी साबित हुई हैं।

अब उन विभिन्न शक्तियों पर नजर डालिए जिनके कारण इस देश में एक मिली-जुली संस्कृति विकसित हुई है। प्रत्येक संस्कृति समान रूप से एक मिली-जुली संस्कृति है, क्योंकि कोई भी संस्कृति इस अर्थ में शुद्ध राष्ट्रीय संस्कृति नहीं है कि उस पर बाहरी प्रभाव नहीं पड़ा है। निश्चय ही, राष्ट्रीय संस्कृति जैसी एक चीज का आभास है, जिसका कुछ प्रभाव देश पर है, लेकिन सामान्यत: इस संस्कृति पर भी अन्य दिशाओं का बहुत प्रभाव है, हालाँकि भारत उन देशों में से एक है, जहाँ हजारों वर्षों से मिली-जुली संस्कृति रही है। जिन विदेशी संस्कृतियों ने हमारे देश पर आक्रमण किया, उन्हें पचा जाने की बड़ी ताकत इसमें रही हैं।

आखिर में भारत को उसका सामना करना पड़ा, जिसे हम पश्चिम से आई संस्कृति कहते हैं, जिसका आधार विज्ञान और आधुनिक उद्योग है, और जिसने सारे ताने-बाने को अस्त-व्यस्त कर दिया है। पिछले लगभग एक सौ बरसों के दौरान, भारत में विविध संस्कृतियों के बीच संघर्ष रहा है। पश्चिमी संस्कृति और हमारी अपनी संस्कृति के बीच भी संघर्ष है। मेरे कहने का यह मतलब नहीं है कि दोनों में सार्वजनिक रूप से तत्त्वत: कोई संघर्ष है, लेकिन फिर भी एक भीतरी संघर्ष है। अगर राजनैतिक विजेताओं के रूप में पश्चिमी संस्कृति हमारे यहाँ न आई होती तो कोई संघर्ष न होता।

और मामलों की तरह, हम इसे भी बहुत असानी से अपना लेते, हमें इस राजनैतिक विजय से अलग इसे पहचानना चाहिए, क्योंकि विज्ञान का राजनैतिक विजयों से कोई सम्बन्ध नहीं है। यह कुछ ऐसी चीज है, जो युग की भावना का प्रतिनिधित्व करती है। इसमें कोई सन्देह नहीं हो सकता कि यदि हम विज्ञान के सबक से लाभ न उठाएँगे तो राष्ट्रीय या व्यक्तिगत रूप से उन्नति नहीं कर सकते।

जो भी हो, जब हम विज्ञान की बात सोचते हैं तो हमारे सामने एक समस्या आ खड़ी होती है। विज्ञान के बारे में हमें उद्योग या राजनीति में प्रयुक्त विज्ञान के रूप में नहीं, बल्कि उसके व्यापक अर्थ में सोचना होगा। विज्ञान क्या है? यह समस्याओं को देखने की एक प्रणाली है, सत्य को प्राप्त करने की एक पद्धति है। यह प्रयोग पर निर्भर एक ऐसा तरीका है, जिसके द्वारा हम किसी चीज को अस्वीकार कर देने को तैयार होते हैं, अगर हम उसे स्थापित या सिद्ध नहीं कर सकते।

निश्चय ही, कभी-कभी विज्ञान के नितान्त विश्वसनीय नियम भी टूट रहे हैं। आइन्स्टीन के सिद्धान्त के द्वारा न्यूटन का गुरुत्वाकर्षण सिद्धान्त बदल गया है।

मैं जोर इस बात पर देना चाहता हूँ कि विज्ञान का अर्थ जीवन की सभी समस्याओं के प्रति एक प्रकार की दृष्टि है। इसका उपयोग हमें अपने परिवार, अपने धर्म और अन्य सभी बातों में करना चाहिए। अपने जीवन के अन्य विभागों को विज्ञान से अलग रखकर आप अपने उद्योग-धन्धों में विज्ञान को लागू नहीं कर सकते। सारी स्कीम ही अवैज्ञानिक है। इसलिए अगर हम उन विभिन्न समस्याओं पर विचार करना चाहते हैं, जो व्यक्तिगत रूप में और सामाजिक गुट के रूप में हमारे सामने हैं, तो उन समस्याओं पर विचार करने का सही रास्ता विज्ञान के तरीकों को अपनाना है। यदि हम अपनी सामाजिक और आर्थिक प्रणालियों की जाँच करें तो हम देखेंगे कि ये अत्यन्त असंगत रूप से विकसित हुई हैं। अगर एक ओर उत्पन्न की अधिकता है, तो दूसरी ओर बेहद तकलीफ और कमी है।

लीग ऑफ नेशंस शान्ति और सहयोग की घोषणा करता है, लेकिन उसी लीग के सदस्य लड़ाई की तैयारियाँ कर रहे हैं और छेड़-छाड़ की लड़ाई में उलझे हुए हैं। ये ही वे लोग हैं, जो अपने लाभ की इच्छा से, खाने-पीने की चीजों का दाम

बढ़ाए रखने के लिए खाद्य पदार्थों को नष्ट कर रहे हैं अगर हम इन सारे मसलों को हल करना चाहते हैं तो हमें वैज्ञानिक और सुसंगत रूप से उनको हाथ में लेना होगा और अपने सामने एक उचित लक्ष्य रखना होगा।

मैं समाजवादी हूँ क्योंकि मुझे लगता है कि विश्व-समस्याओं के लिए समाजवाद एक वैज्ञानिक दृष्टिकोण है। यह जरूरी नहीं है कि मैं प्रत्येक दूसरे समाजवादी से सहमत होऊँ, लेकिन आम तौर पर समाजवादी रुख वैज्ञानिक है और उससे मुझे बहुत अधिक प्रेरणा मिलती है। यह इतिहास की समस्याओं को और इतिहास को समझने में मेरी सहायता करता है। यदि मैं वैज्ञानिक दृष्टिकोण से इतिहास पर नजर डालता हूँ तो तुझे वर्तमान स्थिति को समझने में सहायता मिलती है, क्योंकि वर्तमान की जड़ें अतीत में होती हैं।

इसलिए मैं चाहता हूँ कि आप विभिन्न सांस्कृतिक तथा अन्य समस्याओं पर विचार करें और अपने व्यक्तिगत जीवन में वैज्ञानिक दृष्टि का प्रयोग करें, खास तौर से इसलिए क्योंकि आप में अपने व्यक्तिगत जीवन में इस दृष्टि को त्याग देने की प्रवृत्ति है। जब आप वैज्ञानिक दृष्टि अपनाएँगे तो अपने व्यक्तिगत आदर्शों और हमारे सार्वजनिक जीवन के आदर्शों के बीच एक कशमकश देखेंगे। निश्चय ही यह कशमकश आपको अपने जीवन में सुखी नहीं बनाएगी। नैतिक जीवन का सच्चा आनन्द किसी बड़े उद्देश्य के लिए काम करना, उसे समझना, उसे पूरा करने के लिए मस्तिष्क और व्यक्तित्व की सारी संघटित शक्ति और सारा सामर्थ्य लगाना है। इस तरह के प्रयत्न से आपको सन्तोष और सच्चा आनन्द प्राप्त होगा।

हिन्दुस्तान की गरीबी और उसका इलाज

राष्ट्रीय सप्ताह आ रहा है। 6 अप्रैल को नौ बरस हुए, जब हिन्दुस्तान की आजादी की नई लड़ाई बहुत जोरों से शुरू हुई थी और 13 अप्रैल को जब हमारे हजारों भाई जलियाँवाला बाग में मारे गए थे और जख्मी किये गए थे। इस नौ बरस में बहुत-कुछ ऊँच-नीच हमने देखा। हमारा आन्दोलन बढ़ा और फिर कुछ घटा, लेकिन घटने पर भी लड़ाई जारी ही रही और अब तक जारी है। जिन बातों को दूर करने के लिए शुरू की गई थी और स्वराज्य का ऐलान किया गया था जब तक वे बातें मौजूद हैं या जारी रहें, लड़ाई खत्म नहीं हो सकती। यह झगड़ा कोई महज शान और इज्जत का नहीं है, हालाँकि इसमें हमारे देश की और देश के सब रहनेवालों की बहुत-कुछ इज्जत का सवाल है। असल में तो यह स्वराज की लड़ाई पेट भरने का सवाल है। हम भूखे हैं और खाना चाहते हैं, हम प्यासे हैं और पानी माँगते हैं, जब तक खाना और पानी हमें नहीं मिलेगा, हम कैसे शान्त हो सकते हैं।

यह सब बातें कोई जोश में कहने की या करने की नहीं है। हमें चाहिए कि हम शान्तिपूर्वक इन पर ध्यान दें और अपने देश की बीमारी की जड़ ढूँढ़कर उसका इलाज निकालें।

हर-एक को मालूम है कि हिन्दुस्तान सारे संसार में अपनी दौलत के लिये मशहूर था। दुनिया के तमाम देशों का यह खयाल था और सही खयाल था कि हिन्दुस्तान सुवर्ण की भूमि है। यहाँ दूध की नदियाँ बहती हैं। प्राचीन समय में जितने आक्रमण इसके ऊपर हुए, वे सब इसी खयाल से हुए थे कि हिन्दुस्तान अत्यन्त समृद्धिशाली देश है, वहाँ से काफी धन लूट में प्राप्त हो सकेगा। प्राचीन समय में जितने सय्याह लोग हिन्दुस्तान में आए, उन्होंने हिन्दुस्तान की समृद्धि और धन का वर्णन किया है। यूरोपियन लोग जो हिन्दुस्तान में आए थे वे भी हिन्दुस्तान की दौलत की कहानियाँ सुनकर आए थे और अंग्रेज लोग भी जब पहले-पहल आए थे तो इसी खयाल से आए थे कि इस मालदार देश से व्यापार करके धन कमाएँगे।

अंग्रेजों के आने के पहले हिन्दुस्तान बहुत मालदार था। हिन्दुस्तान की हालत आजकल कैसी है, इसके लिए बहुत-कुछ कहने की आवश्यकता नहीं। किसी गाँव में चले जाइए, दुर्बल शरीर, फटे हुए वस्त्र, छोटे और गन्दे मकान, पूरी तौर से

साबित कर देते हैं कि हिन्दुस्तान की क्या हालत है। साधारण महामारियों से लाखों आदमियों का एकदम मर जाना साफ जाहिर करता है कि उनके शरीर में इतनी भी शक्ति नहीं रही कि साधारण मौसम की तब्दीली के हमलों को भी बरदाश्त कर सकें। दरिद्रता दिन-दिन बढ़ती जा रही है। चन्द आदमी अमीर हैं और अधिकांश गरीब हैं। हिन्दुस्तान की गरीबी इतनी अधिक है कि दुनिया में आज इसके मुकाबले कोई दूसरा गरीब देश नहीं। अर्थशास्त्र के विद्वानों ने इस बात की तहकीकात की है कि हिन्दुस्तान के लोगों की सलाना आमदनी क्या है?

ब्रुसेल्स कांग्रेस में दिया भाषण

जनाब सदर साहब और दोस्तो,

भारतीय राष्ट्रीय महासभा की तरफ से इस सम्मेलन को हार्दिक बधाई देते हुए अपने राष्ट्रीय आन्दोलन को साम्राज्यवाद-विरोधी इस संयुक्त कोशिश से मिलाना मेरे लिए बहुत खुशी की बात है। साम्राज्यवाद के अभिशाप का हिन्दुस्तान में हमें पूरी तरह शिकार होना पड़ा है, जिससे हम अच्छी तरह जानते हैं कि उसका क्या मतलब है। इसीलिए साम्राज्यवाद सम्बन्धी जो भी आन्दोलन हो, उसमें हमारी दिलचस्पी बिलकुल स्वाभाविक है। साम्राज्यवाद के क्या नतीजे होते हैं, यह जानने के लिए अगर आप उसका हूबहू नमूना देखना चाहें तो यकीनन हिन्दुस्तान से बेहतर कोई मिसाल नहीं मिल सकती। हिन्दुस्तान की अन्दरूनी हालत से, जैसाकि सदर साहब ने बताया है, आपको पता लगेगा कि हिन्दुस्तान के मजदूरों का ब्रिटिश पूँजीवाद ने किस तरह दबाकर शोषण किया है। साम्राज्यवाद के किसी भी पहलू को आप देखें, हिन्दुस्तान में आपको उसकी अजीबोगरीब मिसाल मिलेगी। हमारी समस्याओं का हमसे तो गहरा ताल्लुक है ही, लेकिन मैं आपको बताने की हिम्मत करूँगा कि आप चाहे चीन, मिस्र या दूसरे दूर के मुल्कों से क्यों न आए हों, हम सबके हित पर जैसे ही हैं और हिन्दुस्तान की समस्या आपके लिए भी उतने ही महत्त्व और दिलचस्पी की है।

यहाँ हिन्दुस्तानियों के शोषण की कहानी आपको बताना, विदेशियों द्वारा किस तरह हिन्दुस्तान को कुचलकर उसका शोषण किया गया, इस पर रोशनी डालना, मेरे लिए मुमकिन नहीं है। यह एक लम्बी और दर्दनाक कहानी है। मैं जो कुछ कर सकता हूँ वह यही कि उसकी वे एक-दो ज्यादा महत्त्व की बातें आपको बताऊँ जिन्हें इस अन्तर्राष्ट्रीय कांग्रेस में खास तौर से हमें ध्यान में रखना चाहिए, क्योंकि जो काम हमें करना है उससे उनका खास सम्बन्ध है। हिन्दुस्तान में हुए विभिन्न उपद्रवों, विभिन्न हत्याकांडों और गोलीकांडों के बारे में आपने सुना होगा जिनमें से अमृतसर कांड की बात तो आपमें से ज्यादातर को मालूम ही होगी, और बहुत-से कांडों से उसे ज्यादा शोहरत मिली, इससे आप यह समझें कि अंग्रेजों के हिन्दुस्तान में पैर रखने के बाद उसके इतिहास में जो दुर्घटनाएँ हमें भुगतनी पड़ीं,

उनमें वही सबसे बुरी हुईं। वे लोग, जैसाकि आप हकीकतन जानते ही होंगे, वहाँ आए तो पहले तो इस-उस पक्ष का साथ देकर उन्होंने वहीं पैठना शुरू किया और इस तरह धीरे-धीरे वहाँ अपने पैर जमा लिये। जब से वे वहाँ आए तभी से उन्होंने बराबर फूट डालकर हुकूमत करने की पुरानी नीति से काम लिया है। वही नीति, मुझे अफसोस के साथ कहना पड़ता है, अभी भी बदस्तूर है। जिस तरह उन्होंने अपना कब्जा जमाया, उसका शुरू का इतिहास तो इतना ज्यादा अत्याचार से भरा है, जिसकी मिसाल सारी दुनिया के इतिहास में शायद ही कहीं मिले। खुद ऐसे ब्रिटिश इतिहासज्ञों तक ने, जिन्हें इस विषय में एकदम निष्पक्ष नहीं कहा जा सकता, यह माना है कि हिन्दुस्तान में अंग्रेजों की शुरू-शुरू की हुकूमत बिलकुल लूट-खसोट की हुकूमत थी। वह लुटेरेपन का ऐसा जमाना रहा, जिसमें अंग्रेजों पर कोई अंकुश नहीं था, जिससे उन्होंने बेरोक लूटपाट करके मुल्क का सर्वनाश किया। जिसे हिन्दुस्तान का विद्रोह कहा जाता है, और जो 70 साल पहले हुआ था, उसके बारे में भी शायद आप जानते होंगे। उसे हिन्दुस्तान का विद्रोह कहा जाता है, जबकि विद्रोही कामयाब हो जाते तो शायद उसे हिन्दुस्तान की आजादी का संग्राम कहा जाता। लेकिन अपने भाषण के सिलसिले में मैं यकीनन आपको जो बता रहा था वह यह कि अमृतसर में जो कुछ हुआ, वह जिसे हिन्दुस्तानी विद्रोही कहा जाता है, उसमें जो किया गया उसके सामने कुछ भी नहीं था, लेकिन तबसे ऐसी घटनाएँ लगातार हो रही हैं और अभी भी गोलीकांडों का होना कोई गैरकानूनी बात नहीं है। यही नहीं बल्कि हमारे अनगिनत साथियों और दोस्तों को मुकदमे चलाकर या बिना मुकदमा चलाए ही जेलों में बन्द कर दिया जाना बिलकुल आम बात हो गई है। हिन्दुस्तान में हमारे बहुत-से सबसे अच्छे साथी हकीकतन मामूली तौर से जेलों में ही रहते हैं, या निर्वासित हैं और अपने मुल्क में नहीं लौट सकते। हिन्दुस्तान में अंग्रेजों के उस तरीके के बारे में भी शायद आपने सुना हो, जो नया तो नहीं है, लेकिन उन्हें बहुत पसन्द है। इसमें लोगों को पकड़कर बिना मुकदमा चलाए, यहाँ तक कि कोई जुर्म लगाए बगैर ही, जेलों में बन्द कर दिया जाता है। इस पर कभी-कभार कुछ ध्यान तो जाता है, लेकिन अंग्रेजों ने हिन्दुस्तान को जो असली चोट पहुँचाई है, यानी दरअसल जिस तरह उसका शोषण किया है, वह उन गोलीकांडों, फाँसियों और हत्याकांडों से कहीं गम्भीर है, जो यदा-कदा कुछ रोशनी में आ जाते हैं। यह वह व्यवस्थित तरीका है, जिससे उन्होंने हिन्दुस्तान के किसान-मजदूरों को कुचलकर हिन्दुस्तान को आज की हालत पर पहुँचा दिया है। न सिर्फ पुराने, बल्कि काफी हाल के इतिहास में भी हम हिन्दुस्तान की खुशहाली का हाल पाते हैं। हिन्दुस्तान की जायदाद और खुशहाली के ही कारण दुनिया के विभिन्न कोनों से लोग हिन्दुस्तान की तरफ खिंचे थे, जबकि आज आप हिन्दुस्तान जाएँ तो वहाँ भी भयंकर गरीबी पर ही सबसे ज्यादा आपका ध्यान जाएगा। काफी

बड़ी तादाद में जिस तरह लोग यह नहीं जानते कि उन्हें दूसरी जून का खाना मिलेगा या नहीं और अक्सर भूखे रहकर ही भुखमरी में या अधभूखे रहते हुए धीरे-धीरे मर जाते हैं, वह बड़ा भयानक है।

यही आज की हिन्दुस्तान की हालत है। आपको इस बात का यकीन दिलाने के लिए आँकड़ों या तथ्यों का हवाला देने की कोई जरूरत नहीं कि पिछली कुछ सदियों में हिन्दुस्तान की हालत बहुत बिगड़ गई है और इतनी खराब है कि इस प्रक्रिया को रोकने के लिए कोई कड़ी कार्यवाही नहीं की गई तो राष्ट्र के रूप में हिन्दुस्तान का अस्तित्व ही मिट सकता है। शायद आप जानते होंगे कि सालों पहले—अंग्रेजों के आने के फौरन बाद—उन्होंने अपने फायदे के लिए यहाँ के उद्योगों को किस बेरहमी से नष्ट किया। उन दिनों हिन्दुस्तान की जनता के ट्रस्टीशिप के नये सिद्धान्त का जिक्र नहीं किया गया था। हमारे ऊपर किया गया अत्याचार शायद आज से बदतर तो नहीं थी, लेकिन ज्यादा खुला जरूर था। सभी हिन्दुस्तानी उद्योगों का बेरहमी से खुलेआम नाश करके शोषण किया गया। यही काफी बुरी बात थी, परन्तु बाद में तो और भी बुरे तरीके अपनाए गए। धीरे-धीरे शिक्षा की पुरानी पद्धतियों को खत्म करके, हमें निहत्था करके और सैकड़ों जुदा-जुदा तरीकों से उन्होंने हिन्दुस्तान की जनता की भावना को कुचल दिया और इस बात की कोशिश की कि असरकारक सृजनात्मक काम की उनमें कोई ताकत ही न रह जाए। मैं कहता हूँ कि यह हिन्दुस्तान में अंग्रेजों की तयशुदा नीति थी और हमारे अन्दर फूट डालने की कोशिश करके वे इसे अमल में लाए। हमें निहत्था करने के बाद वे इससे कहते हैं कि हममें अपने मुल्क की हिफाजत करने की ताकत नहीं है। इसी तरह ऐसी शिक्षा-प्रणाली जारी करके, जिसने हमारी प्राचीन शिक्षा को बरबाद कर दिया और उसकी जगह ऐसी शिक्षा दी जो हास्यास्पद रूप में कम और नाकाफी थी, साथ ही हमें झूठा इतिहास पढ़ाकर यह सिखाने की कोशिश करके कि हम अपने मुल्क को छोटा समझकर इंग्लैंड की तारीफ करने लगे, अब वे हमसे कहते हैं कि हम आजाद मुल्क होने लायक काफी सुशिक्षित नहीं हैं।

हिन्दुस्तानी आपस में लड़ते रहते हैं, जैसे हिन्दू-मुसलमान एक-दूसरे से लड़ते हैं और इसी तरह दूसरे, यह बात अक्सर कही जाती है और अंग्रेजी पत्रों में खूब बढ़ा-चढ़ाकर पेश की जाती है। इन झगड़ों के बारे में बढ़ा-चढ़ाकर तो कहा ही जाता है, इसके अलावा यह भी हमें याद रखना चाहिए कि ऐसे झगड़े पैदा करना या जहाँ वे पहले से ही हों वहाँ उन्हें बढ़ाना और जहाँ उन्हें आसानी से दबाया जा सकता हो वहाँ भी उन्हें बनाए रखने की हरचन्द कोशिश करना ब्रिटिश सरकार की नीति रही है। इससे कितना ही इनकार क्यों न किया जाए, यही ब्रिटिश नीति रही है। आज हिन्दुस्तान की क्या हालत है? हम शोषण की बात करते हैं। हमारे

यहाँ यह खूब है। शोषण भी एक ही शक्ल में नहीं, बल्कि कभी-कभी तो दुहरी या तिहरी शक्ल में भी। हिन्दुस्तान का एक हिस्सा ऐसा है, जिसे देशी राज्य कहा जाता है, जिसमें ब्रिटिश राज्य के तहत सामन्ती हुकूमत की पद्धति मौजूद है और अंग्रेज लोग दूसरे मुल्कों में उसे सामने रखकर हमारे खिलाफ कहते हैं, "हिन्दुस्तान के इस हिस्से को देखो, जिसमें एक तरह का स्वराज्य है। हिन्दुस्तान के दूसरे हिस्से क्या इससे कहीं ज्यादा आगे बढ़े हुए नहीं हैं?" मैं यह मानने को तैयार हूँ कि यह आरोप एकदम झूठा नहीं है, ये इलाके अक्सर दूसरे हिस्सों के मुकाबले बहुत पिछड़े हुए हैं, लेकिन कुछ बातें ऐसी हैं, जिन्हें बताना अंग्रेज लोग भूल जाते हैं। ये वह नहीं बताते कि खुद उन्होंने ही इन रियासतों को तरक्की करने से रोककर खास तौर पर ऐसा बना रखा है। थोड़े में कहें तो उन्हीं की बदौलत रियासतों की ऐसी हालत है। बदकिस्मती से यह सच है कि वहाँ की बुरी हालत ब्रिटिश हुकूमत के सीधे शोषण और अत्याचार के नतीजे के तौर पर ही नहीं है, बल्कि अपने नाकाबिल हुक्मरानों की वजह से भी वे तरक्की नहीं कर पाते। लेकिन दरअसल तो ब्रिटिश हुकूमत ही इसमें रुकावट है, जिसने उन्हें गुलाम बना रखा है और उन्हें कोई तरक्की नहीं करने देती।

फिर बड़े जमींदारों को लीजिए। हिन्दुस्तान के एक बड़े हिस्से में जमीन के बन्दोबस्त की पद्धति सामन्तवादी ही है, जिसे ब्रिटिश हुकूमत ने हमारे ऊपर थोप रखा है। स्वयं ब्रिटिश सरकार ही जब तक उसे बदलने को तैयार न हो तब तक उसे बदल पाना बहुत मुश्किल है। हिन्दुस्तानी राजा-महाराजाओं और जमींदारों को हमें हिन्दुस्तान में ब्रिटिश सरकार की नीति के साझेदारों के रूप में ही लेना होगा, जो समझते हैं कि वे ऐसे आजाद हिन्दुस्तान के मातहत नहीं रह सकते, जिसमें किसान शोषण से बरी हों और फिर ब्रिटिश सरमायेदारों और हिन्दुस्तानी सरमायेदारों का नापाक गठबन्धन भी हम अक्सर पाते हैं। इस तरह हिन्दुस्तान में हमें शोषण के जुदा-जुदा और तरह-तरह के रूपों का शिकार होना पड़ता है।

पिछले कुछ सालों में जो घटनाएँ हुईं, उनके पिछले इतिहास को पढ़ने से अब वह साबित हो गया है कि ब्रिटिश नीति का आधार बहुत-कुछ इसी बात पर है कि हिन्दुस्तान पर कब्जा बना रहे। आखिरकार ब्रिटिश साम्राज्य के बारे में तो हम ही बहुत-कुछ जानते हैं। एक क्षण के लिए यह सोचने की कोशिश तो कीजिए कि हिन्दुस्तान पर ब्रिटेन का कब्जा न होता तो अब तक क्या हुआ होता? उस हालत में ब्रिटिश साम्राज्य नाम की कोई चीज ही न होती। भविष्य में हिन्दुस्तान के आजाद होने पर क्या होगा, यह तो मैं नहीं कह सकता, लेकिन ब्रिटिश साम्राज्य का अस्तित्व तो लाजिमी नहीं रहेगा। इसीलिए कुदरत न अपने पूँजीवादी और साम्राज्यवादी नजरिये से हिन्दुस्तान पर कब्जा बनाए रखने के लिए वे अपनी पूरी

ताकत से सब कुछ करने की कोशिश करते हैं। उनकी सारी विदेश-नीति बहुत-कुछ इसी मकसद को सामने रखकर बनी है, क्योंकि ब्रिटेन के लिए हिन्दुस्तान को अपने नीचे रखकर विशाल प्रदेश पर अपना काबू रखना बहुत महत्त्व रखता है। इसीलिए उन्हें हिन्दुस्तान को दबाकर रखना ही चाहिए। इसी का नतीजा है कि हिन्दुस्तान को बहुत-कुछ सहना पड़ा है और वह सह रहा है। हिन्दुस्तान के कारण ही और बहुत-से मुल्कों को भी तकलीफ उठानी पड़ रही है और उठा रहे हैं। हिन्दुस्तान में ब्रिटिश साम्राज्यवाद की अभी हाल में जो मिसाल सामने आई है, उसके बारे में आपने सुना ही होगा। वह है चीन को हिन्दुस्तानी सैनिक भेजना। हिन्दुस्तान की राष्ट्रीय महासभा की जबरदस्त मुखालफत के बावजूद उन्हें भेजा गया। मुझे आपको इस बात की याद दिलानी होगी कि हिन्दुस्तानी सैनिकों का इस्तेमाल अंग्रेजों ने बहुत मरतबा दूसरे मुल्कों के ऊपर जुल्म ढाने में किया है, जो ऐसी बात है कि शर्म के साथ मुझे कबूल करनी पड़ती है। इस काम के लिए जिन कई मुल्कों में अंग्रेजों ने हिन्दुस्तानी सैनिकों का इस्तेमाल किया, उनके नाम मैं आपको बताऊँगा—सबसे पहले 1840 में उन्हें चीन भेजा गया था, और वह सिलसिला अब 1927 में भी जारी है। इन बीच के 87 सालों में बहुत मरतबा उन्होंने विदेशों में जाकर युद्ध किया है। मिस्र, अबीसीनिया, फारस की खाड़ी मेसोपोटामिया, अरबिस्तान, सीरिया, जार्जिया, तिब्बत, अफगानिस्तान और बर्मा वे जा चुके हैं। यह काफी लम्बी फेहरिस्त है।

मैं आपको यह महसूस कराना चाहता हूँ कि हिन्दुस्तान की समस्या खालिस राष्ट्रीय समस्या नहीं है, बल्कि इसका एक बड़ी तादाद में दूसरे मुल्कों पर सीधा और समूची दुनिया पर दूसरी तरह से असर पड़ता है, क्योंकि हमारे वक्त के सबसे बड़े और सबसे ज्यादा ताकतवर साम्राज्य की हलचलों पर यह असर करती है। जाहिर है कि ऐसी हालत हिन्दुस्तान में हमारे लिए सहने के काबिल नहीं है। हम इसी हालत में बने नहीं रह सकते और वह सिर्फ इसीलिए नहीं कि आजादी अच्छी और गुलामी बुरी है, बल्कि इसलिए कि हमारे और हमारे देश के लिए यह जिन्दगी और मौत का सवाल है। यही नहीं, बल्कि आपके लिए भी यह हालत उतनी ही बर्दाश्त से बाहर है। आप लोग जो जुदा-जुदा मुल्कों से, धरती के चारों कोनों से, यहाँ आए हैं, अपनी आजादी पर लगे इन भारी बन्धनों को बर्दाश्त नहीं कर सकते। अंग्रेजों द्वारा हिन्दुस्तान का शोषण, मैं कहना चाहता हूँ, उन दूसरे मुल्कों के लिए भी एक बड़ी रुकावट है, जिनका कि उत्पीड़न और शोषण किया जा रहा है (ताली) इसलिए आपके लिए भी यह बहुत जरूरी है कि हमें अपनी आजादी मिले। चीन के राष्ट्रवादियों की सुन्दर मिसाल ने हमारे अन्दर उम्मीद पैदा कर दी है और हम सच्चे दिल से जितनी जल्दी मुमकिन हो, उनका अनुकरण करके उनके पीछे चलना चाहते हैं (देर तक ताली)। हम अपने मुल्क के लिए पूरी आजादी चाहते हैं, जो

यकीनन अन्दरूनी हो न हो, बल्कि जिसमें अपने पड़ोसियों और दूसरे मुल्कों के साथ जैसे सम्बन्ध हम बढ़ाना चाहें वैसे बढ़ाने की हमें आजादी हो। हम समझते हैं कि यह अन्तर्राष्ट्रीय कांग्रेस हमें ऐसे सहयोग का मौका देती है, इसीलिए हम इसका स्वागत और अभिनन्दन करते हैं।

देवताओं के दास

"नेकनामी क्या है?" एक फ्रांसीसी दार्शनिक ने पूछा और अपने सवाल का जवाब सुझाया, "वे ही लोग जान सकते हैं, जिनसे हम परिचित नहीं हैं।" इस परिभाषा के अनुसार कैथरीन मेयो कुछ हद तक नेकनामी या बदनामी का दावा कर सकती है। यूरोप महाद्वीप में बहुत कम लोग उन्हें जानते हैं, अपने देश में वह बदनाम है और करीब-करीब भुला दी गई है, इंग्लैंड और हिन्दुस्तान में उन्हें बहुत-से लोग अब भी याद करते हैं। इंग्लैंड में शायद इसलिए क्योंकि उन्होंने हिन्दुस्तान पर ब्रिटिश शासन को जारी रखने के लिए एक नैतिक तर्क उपस्थित किया है, जिसे ढूँढ़ना मुश्किल था। हिन्दुस्तान में याद करने का एक दूसरा कारण है।

शायद किसी भी विदेशी ने हिन्दुस्तान के लोगों की नाराजी और भयंकर कोप को इतना नहीं भड़काया है, जितना कैथरीन मेयो ने। गांधी और टैगोर से लेकर नीचे तक कोई भी ऐसा नामी हिन्दुस्तानी नहीं मिलेगा, जिसने हिन्दुस्तान की जिन्दगी की मेयो द्वारा उड़ाई गई खिल्ली की निन्दा न की हो। वे लोग भी जिन्हें उन्होंने अपने तर्क के समर्थन के लिए खींच लिया था, उनके खिलाफ हो गए हैं और उन्होंने उनकी बात से इनकार कर दिया है। फिर भी वह आश्चर्यजनक आत्मविश्वास से या घमंड या हेकड़ी से अपने रास्ते पर चलती रही हैं और पिछले तजरबे से फायदा नहीं उठाया।

मुझे अच्छी तरह याद है, जब मैंने पहली मरतबा 'मदर इंडिया' (भारतमाता) पढ़ी थी। वह स्विट्जरलैंड का पहाड़ी मुकाम था और बसन्त के फूलों से सजा हुआ था, और जैसे ही मैंने पढ़ा, मुझे उबकाई आने लगी और मैं बीमार-सा महसूस करने लगा। मुझे अचरज हुआ कि मैं जो कुछ पढ़ रहा हूँ वह हमारे अपने देश के बारे में है, या किसी जंगली और वहशी देश के बारे में, जिसे मैं नहीं जानता।

मैं हिन्दुस्तान को कुछ-कुछ जानने का दावा करता हूँ। मैं उसके बहुत-से शहरों और देहातों में रहा हूँ और घूमा हूँ और उसके कुछ पुराने रीति-रिवाजों और परम्पराओं को मैंने गैर-दोस्ताना निगाह से देखा है। फिर भी 'मदर इंडिया' में जो तस्वीर दी गई थी, वह बड़ी अजीब और नई थी और अगर किसी जाने-पहचाने दृश्य की उसमें झलक थी तो वह भी बिगड़ी हुई और पक्षपातपूर्ण थी। लेकिन

किताब बड़ी चालाकी से लिखी गई थी और पहली मरतबा पढ़ने पर पाठक के मन पर अजीबोगरीब असर डालती थी।

ऐसी बात उनके इस कहानी-संग्रह 'स्लेव्स ऑफ गॉड्स' के बारे में नहीं कही जा सकती। उनका कथानक पुराना है और कहानियाँ पढ़ने में मजा नहीं आता। कभी-कभी वे पाठक को नाराज करती हैं, कभी-कभी लज्जित करती हैं, लेकिन अक्सर अपनी जाहिरा सनसनीखेज बातों से पाठक को उबा देती हैं। शायद अगर कैथरीन मेया ने उन्हें नहीं लिखा होता तो बहुत कम लोगों ने उसकी ओर ध्यान दिया होता। वे ऐसी हैं, जैसी अक्सर मिशन के अखबारों में निकलती रहती हैं और जिनका मकसद पश्चिम की नेक और अमीर बेवा औरतों को प्रभावित करना और मिशन के कोश के लिए उनसे पैसा ले लेना है।

उनमें कला नहीं है। भाषा सहज नहीं है, उनमें अति है और उनमें आंग्ल-भारत की प्रसिद्ध शब्दावली का, जिसका जनता की भाषा से कोई सम्बन्ध नहीं है, इसलिए इस्तेमाल किया गया है कि भारतीय वातावरण पैदा किया जा सके। पतित मानवता के जंगल में—जिसमें धर्म का अर्थ है व्यभिचार, नाबालिग बाल-पत्नियों के साथ बलात्कार और भ्रूण हत्याएँ और अनगिनत अछूतों को जबरदस्ती दबाना—वक्तन-फवक्तन हट्टे-कट्टे साहब और 'मिस साहिबा' खामोशी से आते हैं और अपनी लाटसाहबी के बहादुराना करतब दिखाते हैं और उन पर छाप ईसा के धर्म की कुलीनता की लगी होती है।

इसमें बारह कहानियाँ हैं और शुरू में ही हमसे कहा गया है कि "उनके विवरण असल जीवन से लिये गए हैं।" हम इस कथन की सच्चाई पर शक कर सकते हैं, क्योंकि मिस मेयो अपनी पहले की किताब में सच्चाई की पाबन्द नहीं रही हैं। लेकिन, इसके अलावा भी यह समझना मुश्किल है कि अपनी बहुत-सी कहानियों के असली वाकयात उन्हें कैसे मिल सके।

एक कहानी है—दो रानियाँ—जिसमें किसी शाही 'जनाना' की घटनाएँ दिखाई गई हैं, जहाँ खुफिया साजिशें होती हैं। मिस मेयो को किस तरह उनकी बातचीत और फैसलों की जानकारी मिल गई, यह समझ से बाहर की बात है। वह या तो बहुत भोली हैं या बहुत लापरवाह और उन्होंने तथ्य और कल्पना को मिला दिया है। 'दो रानियाँ' कहानी कमाल की है। उसके हर पन्ने पर अनहोनेपन की छाप है। यह यकीन करना काफी मुश्किल है कि उसमें दी हुई घटनाओं जैसी घटनाएँ घटित हुई होंगी। अगर वे हुई भी हों तो उनकी सच्चाई का पता कैसे लगाया जा सकता है, यह सोचना मुमकिन नहीं है।

एक और कहानी में हमें बताया गया है कि एक आदमी अपनी छोटी उम्र की पत्नी को शादी की रात ही खिड़की से सड़क पर फेंक देता है, क्योंकि जैसी वह चाहता था, वैसी वह नहीं थी। शायद मिस मेयो सोचती है कि हिन्दुस्तान के

लिए यह असामान्य घटना नहीं है, और उससे भी अजीब यह कि भीड़ लड़की को सड़क पर हड्डी-पसली टूटी हालत में देखती है, न उसकी मदद करती है, न उस पर कोई टीका-टिप्पणी करती है।

तीसरी कहानी पंजाब में छोटी बच्चियों की हत्या की जीती-जागती तस्वीर है और उनकी हत्या का तरीका है काँटों की बाड़ में उन्हें 'जिन्दा' छोड़ देना। अपराधी लोग ज्यादा सुरक्षित और त्वरित तथा कम क्रूर तरीके क्यों अख्तियार नहीं करते, यह हमें नहीं बताया गया। संयोग से एक लड़की को बाड़ में से ऐन मौके पर बचा लिया जाता है और जब वह दो-तीन साल और बड़ी हो जाती है तो उसे मारने की एक और कोशिश की जाती है। इस मरतबा चाकू से, लेकिन कोशिश कामयाब नहीं होती, क्योंकि पिता, जो कि वहाँ का प्रमुख वकील और बड़े जमींदार का लड़का है, आखिरी वक्त पर पछतावा करता है। वाकई मिस मेयो को सूचना देनेवाले 'अनानियास' के सीधे वंशज होंगे।

लेकिन जो कहानी हमें मिस मेयो के दिमाग की असली अन्दरूनी हालत बताती है और उनकी नेकनीयती में शक पैदा करती है, वह है 'विधवा'। हमें 1921 के मुसीबतों के दिनों की बातें बताई गई हैं, जबकि 'राजधानी' (कलकत्ता) की ऐन सड़कों पर खुफिया षड्यंत्रकारी और मरनेवाले खुलेआम हत्यारों से उन लोगों को आतंकित करने के लिए होड़ लगाते थे, जो कि अपनी सत्ता की चरम सीमा पर पहुँचे, नये बनाए गए सन्त, गांधी की इच्छा का विरोध करते थे और हालाँकि सन्त स्वयं अहिंसा का उपदेश देते रहे, उनका भाषण रोज-ब-रोज ऐसा भाषण था, जो घृणा और विनाश को बढ़ाता है और सीधे-सादे लोगों को खून बहाने के लिए प्रेरित करता है। नौजवान लोग, जो विदेशी कपड़े के बहिष्कार का उपदेश देते हैं, वे एक विधवा को मैनचेस्टर की साड़ी पहनने के लिए शाप देते हुए बताए जाते हैं और उस शाप के डर से वह अपने आखिरी कपड़े को उतार देती है और फाँसी लगाकर मर जाती है।

किसी भी अखबार ने बहिष्कार आन्दोलन के ऐसे भयंकर नतीजे की ओर इशारा नहीं किया है, न बहिष्कार का विरोध करनेवाले बहुत-से लोगों में से किसी ने इसका कहीं जिक्र किया है, लेकिन मिस मेयो को बंगाल के देहात की इस दुःखान्त घटना की तफसीलें हासिल करने में कामयाबी मिल गई है।

ऐसी विचित्र कहानियाँ मिस मेयो के सम्बन्ध में शक पैदा करती हैं। उनका मकसद उनके विरोध के बावजूद नेक नहीं है। उनके दिल में उस दुखी प्राणी, हिन्दुस्तानी राजनीतिज्ञ के खिलाफ दुर्भावना भरी हुई दिखाई देती है और वह उसके विरुद्ध भयंकर-से-भयंकर इलजामों को श्रेय देने को तैयार है।

हिन्दुस्तान में उनके पास जबर्दस्त अभियोगों को साबित करने के लिए काफी मसाला है, लेकिन उन्होंने जानबूझकर गलतबयानी और हठपूर्वक अतिशयोक्ति

करके अपने मामले को बिगाड़ लिया है और बहुत-से लोग जो पहले उनकी बात सुनने को तैयार थे, अब उनके बयानों को शक की निगाह से देखने लगे हैं। उनकी बारह कहानियाँ इन अतिशयोक्तियों से भरी पड़ी हैं और जिसे हिन्दुस्तान की जानकारी है वह उनकी जाहिरा गलतियों को बता सकते हैं। लेकिन अगर ज्यादातर कहानियाँ मुख्य रूप से सही हैं तो भी उनमें से कम-से-कम कुछ नमूने के रूप में नहीं हो सकती हैं।

बहरहाल, मिस मेयो क्या कहती या लिखती हैं, उससे फर्क नहीं पड़ता। लेकिन जिस चीज का हरेक हिन्दुस्तानी के लिए महत्त्व है वह है इस मुल्क के मर्द और औरतों की हालत और बहुत-से बुरे रीति-रिवाज जिनमें हम जकड़े हुए हैं। कैथरीन मेयो भले ही अतिशयोक्ति करें और झूठ बोलें, लेकिन इसमें शक नहीं कि वह जो लिखती हैं, उसका असली डंक सच्चाई के उस सारे तत्त्व में निहित है, जो उसके अन्दर मौजूद है। इससे तकलीफ होती है। सच्चाई यह है कि हिन्दुस्तानी समाज आज बुरी हालत में है और उसके गए-बीते रिवाज हमको वैसे ही जकड़े हुए हैं, जैसे समुद्र का बूढ़ा आदमी और उसमें छुटकारा पाना मुश्किल है। हम रीति-रिवाजों और परम्पराओं के नीचे क्यों कुचले जाते हैं, यह दूसरी बात है। मिस मेयो हमें यकीन दिलाना चाहती हैं कि यह सब हिन्दू धर्म की ओर 'हमारी प्राचीन संहिता के अवरोधों' के कारण है। संसार के सभी हिस्सों में धर्म बहुत-सी चीजों के लिए उत्तरदायी है और हिन्दुस्तान ने उससे बहुत दु:ख उठाया है, लेकिन दूसरे और बहुत-से महत्त्वपूर्ण कारण भी हैं, जिनसे समाज का ढाँचा बनता था। मिस मेयो जब सीखना शुरू करेंगी तो उन्हें पता लग जाएगा। लोगों की आर्थिक स्थिति का भी इसमें बहुत बड़ा हाथ है।

शायद किसी दिन जब हिन्दुस्तान का असली इतिहास लिखा जाएगा तब हम लोग इन बहुत-से कारणों के विकास, एक-दूसरे पर उनकी प्रतिक्रियाएँ और विदेशी हुकूमत के भयंकर प्रभाव का पता लगा सकेंगे। दुर्भाग्य से ऐसा इतिहास हमें कुछ समय तक नहीं मिल सकेगा, क्योंकि ऐसी हर कोशिश पर हमारे 'साहिब शासक' त्योरी चढ़ाते हैं।

जो इतिहास लिखा जाएगा, उसमें बहुत-सी बातों पर विचार किया जाएगा। वह हमें इस अजीब सच्चाई को बताएगा कि किसी समाज में जिसमें परिवर्तन और ग्राह्यता के गतिशील तत्त्व थे, वह विदेशी हुकूमत के नीचे अधिक-से-अधिक जड़ बन गया। वह इतिहास हमें यह भी बताएगा कि ब्रिटिश शासक, जो कि खुद ज्यादा उन्नत सामाजिक पद्धति के प्रतिनिधि थे, किस तरह प्रतिक्रिया और दकियानूसी के गढ़ बन गए। हिन्दुस्तान की सामाजिक प्रगति में सीधी दिलचस्पी न रखकर और अनुदार तत्त्वों को नाराज करने का खतरा लेने की हिम्मत न करके, उन्होंने अपने राज्य का सारा वजन सुधार के खिलाफ डाला। हिन्दू कानून जो कि मुख्य रूप से

रीति-रिवाजों पर मुनहसिर था और बदलती हुई हालतों के अनुरूप अपने को बना सकता था, ब्रिटिश हुकूमत के नीचे सख्त और हठी बन गया और उसे सिर्फ कानून ही बदल सकता था। और इस प्रकार उसे बदलने की हर कोशिश का अनुदार लोगों ने सक्रिय विरोध किया।

लेकिन हिन्दुस्तान की समस्या को किसी भी पहलू से समझने के लिए हमें धर्मों की ओर वापस नहीं आना है, जैसाकि मिस मेयो सोचती हैं, बल्कि उसकी आर्थिक स्थिति, उसकी जबरदस्त गरीबी और उन कारणों पर जिन्होंने उसे पैदा किया है, विचार करना होगा। क्योंकि आज हिन्दुस्तान पुराने और नये का अजीब मिश्रण है। वह उनमें से किसी की अच्छाई को कम और बुराई को ज्यादा अपनाता है। उसका सामाजिक ढाँचा, उसके परिवार की परिपाटी सामन्तशाही, खेती-बारी और पूर्वऔद्योगिक युग की निशानियाँ हैं। वे आधुनिक स्थितियों से कैसे मेल खा सकती हैं? और फिर भी आधुनिक स्थितियाँ उसके लिए वरदान सिद्ध नहीं हुई हैं।

हिन्दुस्तान के ऊपर औद्योगिक युग चुपचाप आ गया है और उसने उसको पुरानी अर्थव्यवस्था से वंचित कर दिया है, लेकिन उसे ऐसा कुछ नहीं दिया, जो उसकी जगह ले सके। उद्योगवाद का मतलब इस देश के लिये धन-सम्पत्तियाँ, रहन-सहन का ऊँचा दर्जा या शिक्षा या अच्छी सेहत या सहयोग की भावना या संगठन की शक्ति या उसके दूसरे गुण नहीं हैं। इसलिए बदकिस्मत हिन्दुस्तान, जो साथ ही सामन्तवादी और पूँजीवादी, कृषिप्रधान और औद्योगिक है, दोनों की बुराइयों और कमियों से ग्रस्त है और उनके गुण उसमें कम हो आए हैं।

इसके लिए सिवा इस तरह की सरकार के कौन जिम्मेदार हो सकता है, जिसने हिन्दुस्तान के ऊपर 170 साल से ज्यादा हुकूमत की। इस लम्बे अरसे में उसके हाथ में मनचाहा करने की पूरी ताकत और मौके थे, फिर भी उसने भूखे, निरक्षर और दुखी हिन्दुस्तानियों की पीढ़ी तैयार की, उदास और निस्तेज चेहरे और गड्ढे में धँसी हुई आँखें जिनसे आशा हमेशा के लिए दूर हो चुकी थी।

इसका इलाज ईसा के धर्म या और किसी धर्म में नहीं है जो कि लोगों को गुमराह करके गिरी हुई हालत को इस उम्मीद से स्वीकार कराता है कि उन्हें अगले जन्म में बहुत-कुछ मिलेगा। इसका इलाज सामाजिक और आर्थिक बराबरी के धर्म में है और अगर हिन्दू धर्म और इस्लाम इस सिद्धान्त को पूरी तरह से मानने को तैयार नहीं हैं तो हिन्दू धर्म और इस्लाम उज्ज्वल भविष्य की आशा नहीं कर सकते। केवल समाजवादी राज्य में लोग एक आदमी द्वारा दूसरे आदमी और एक वर्ग द्वारा दूसरे वर्ग के अत्याचार से आजाद होने की आशा कर सकते हैं।

समाज-सुधार का कानून अच्छा है और उसके लिए काम करना चाहिए और उसका स्वागत करना चाहिए। लेकिन दुनिया के सारे अच्छे कानून किसी आदमी या औरत को आजाद नहीं कर सकते, जब तक कि वे आर्थिक दृष्टि से दूसरे

के अधीन हैं। यह आर्थिक बन्धन ही हिन्दुस्तानी औरतों की मुसीबत का असली कारण है और इसे दूरे करने के लिए हमारी सारी ताकतें लगनी चाहिए। हिन्दुओं के संयुक्त परिवार की जो सामन्तवादी युग की एक निशानी है और जिसका आधुनिक स्थितियों से किसी तरह का मेल नहीं है, दूर होनी चाहिए और साथ ही बहुत-से रीति-रिवाज और परम्पराएँ भी। लेकिन आखिरी हल तो हमारे समाज को एकदम नये साँचे में ढालना है।

इस बीच हमें पूरी ताकत से हर बुराई पर अलग-अलग हमला करना चाहिए। पर्दा, जो कि सौभाग्य से दूर हो रहा है, बाल-विवाह और छुआछूत और महिलाओं की निरक्षरता। हिन्दुस्तान के बुद्धिजीवी वर्ग के कन्धों पर भारी बोझ है और हममें से बहुतों ने उच्च भाव से इसका परीक्षण किया है, लेकिन बहुत-से ऐसे लोग हैं, जिनके कामों से ज्यादा उनके शब्दों की आवाज ऊँची है, जो अपने सामाजिक अधिकार को पवित्र शब्दों या राजनैतिक अतिवाद से ढकने का प्रयत्न करते हैं। धीरे-धीरे उनका पता चल रहा है और उन्हें समझ लेना चाहिए कि राजनैतिक प्रगति को सामाजिक और आर्थिक प्रगति से अलग नहीं किया जा सकता और चुनाव बहुमुखी प्रगति या जड़ता और प्रतिक्रिया के बीच करना है।

कैथरीन मेयो ने हिन्दुस्तान की जो तस्वीर खींची है, वह गलत है। उनके लिए हिन्दुस्तान का मतलब है यौन-सम्बन्ध और इससे अधिक कुछ नहीं। हमारा धर्म लिंग है, हमारा विज्ञान कामवासना है और हमारा मुख्य मनोरंजन कच्ची उम्र की पत्नियों से सम्भोग करना है। यह एक भयंकर तस्वीर है और उसके झूठ को जाहिर करना और उसका उसी तरह जवाब देना बहुत आसान है। पश्चिमी दुनिया पर हावी यौन-सम्बन्धी स्थितियों और समस्याओं की चर्चा करना आसान है, जिन्होंने परिवार और घर को, करीब-करीब समाप्त कर दिया है और वे मनुष्य-जाति को कहाँ ले जा रही हैं, इसे कोई नहीं जानता। ऐसा करना आसान होगा, लेकिन उससे कोई खास मतलब नहीं निकलेगा। हम इस बात को समझें कि हमारी आँख का शहतीर बड़ा है और उसे हटाने की कोशिश करें। दूसरों की आँखों का शहतीर भी बड़ा है, इस जानकारी से हमें क्या फायदा होगा?

संविधान सभा में नेहरू : हिन्दी को राजभाषा बनाने सम्बन्धी प्रस्ताव पर चर्चा

भाषा : भविष्य के निर्माण का प्रश्न

मननीय श्री जवाहरलाल नेहरू : अध्यक्ष महोदय, इस प्रश्न के सम्बन्ध में इस सभा में तथा अन्यत्र बहुत वाद-विवाद तथा तर्क-वितर्क हुआ है। इस पर जो समय लगा है अथवा इससे जो भावनाएँ जाग्रत हुई हैं उनके कारण मुझे स्वयं कोई खेद नहीं है। सम्भव है कभी मुझे ये भावनाएँ प्रिय न लगती हों, किन्तु आखिर हमारे सामने जो प्रश्न है वह बहुत महत्त्वपूर्ण प्रश्न है और यह ठीक ही है कि जीवित लोग उसके सम्बन्ध में सजीव ढंग से विचार करें।

हमने विद्वत्तापूर्ण भाषण सुने हैं और ऐसे भाषण भी सुने हैं जो सम्भवत: भावनापूर्ण ही थे। मैं कह नहीं सकता कि मैं अपने को किस श्रेणी में रखूँ (हास्य)। मेरे लिए न तो पहली श्रेणी उपयुक्त है न दूसरी। इसलिए सम्भवत: मुझे आपको किसी तीसरी श्रेणी में रखना होगा। इस प्रश्न में मेरी कई दृष्टिकोणों से बहुत दिलचस्पी है। इस सभा में तथा अन्यत्र जो तर्क उपस्थित किये गए हैं उन्हें मैं सुनता रहा हूँ और मुझे इसका खेद है कि कभी इस सम्बन्ध में मैं स्वयं उत्तेजित हो उठा हूँ। मैंने इन सैकड़ों संशोधनों को भी पढ़ा है किन्तु मेरी यह धारणा रही है कि यह विषय जहाँ-तहाँ शाब्दिक संशोधन करने का नहीं है। यह उससे कहीं गहन विषय है।

मेरे मित्र तथा सहयोगी श्री गोपालस्वामी आयंगर ने सभा के सामने जो संशोधन रखा है उसका समर्थन करने के लिए मैं उठा हूँ (हर्ष ध्वनि)। मैं इस संशोधन का समर्थन करता हूँ वह इस कारण नहीं कि मैं यह समझता हूँ कि वह हर प्रकार उपयुक्त है, क्योंकि यदि मुझे पूरी स्वतंत्रता दी जाए तो मैं उसमें जहाँ-तहाँ परिवर्तन करना चाहूँगा। किन्तु मैं यह जानता हूँ कि बराबर कोशिश करने पर तथा विचार-विमर्श करने पर हम इस नतीजे पर पहुँचे हैं और उसके फलस्वरूप एक सुसम्बद्ध चीज पैदा हुई है। किसी ऐसी सुसम्बद्ध चीज में परिवर्तन करना, जिसमें एक ही विचारधारा सन्निहित हो एक कठिन कार्य हैं आप जहाँ-तहाँ परिवर्तन कर सकते हैं, किन्तु मेरे विचार से इससे न तो मूल संशोधन का उद्‌देश्य पूरा हो सकेगा और न

परिवर्तन करनेवाले का ही। यदि पहले संशोधन को पसन्द नहीं किया जाता है और उसे स्वीकार नहीं किया जाता है तो अच्छा यह होगा कि कोई अन्य सम्बद्ध संशोधन उपस्थित किया जाए। यदि मुझे मौका दिया जाता तो मैं सम्भवत: उस संशोधन के कुछ अंगों पर जितना जोर दिया गया है उससे अधिक जोर देता किन्तु जो बातें हुई हैं उन सभी को ध्यान में रखते हुए मेरे विचार से यह संशोधन न केवल अधिक-से-अधिक समझौते का द्योतक है किन्तु इस कठिन समस्या का बहुत सोच-विचार के पश्चात् निकाला हुआ हल भी है।

आपके सामने जो विभिन्न संशेधन हैं उनमें से किसी के सम्बन्ध में मैं नहीं बोलने जा रहा हूँ और न उस संशोधन का विश्लेषण ही करने जा रहा हूँ जिसका मैं समर्थन कर रहा हूँ। मैं आपका ध्यान कुछ अन्य बातों की ओर, कुछ अन्य आधारभूत बातों की ओर आकृष्ट करना चाहता हूँ जो इस सभा में तथा देश में इस प्रश्न सम्बन्धी विवाद से उत्पन्न हुई हैं। आखिर यह शब्दों का संघर्ष नहीं है, यद्यपि यहाँ वह संघर्ष शब्दों से प्रकट किया गया है। यह विभिन्न दृष्टिकोणों का, विभिन्न दिशाओं की ओर लगी हुई दृष्टियों का संघर्ष है।

यह प्राय: कहा जाता है और हम अवश्य ही एक नवयुग के द्वार पर खड़े हैं। प्रत्येक युग का अन्त होता है और वह एक नये युग को जन्म देता है। किन्तु संसार में और विशेषत: भारत में इस समय जो घटनाएँ घटित हो रही हैं उन्हें देखते हुए यह प्रकट होता है कि हम एक जन्म-मृत्यु के चक्र के साथ संलग्न हैं। जब इन दो घटनाओं का संयोग होता है तो बड़ी-बड़ी समस्याएँ उत्पन्न होती हैं और जिन लोगों को इन्हें हल करना होता है उन्हें ऊपर-ऊपर की बातों से विमोहित न होकर आधारभूत प्रश्नों के बारे में सोचना होता है। मैं कह नहीं सकता कि इस सभा के सभी माननीय सदस्यों ने इन आधारभूत प्रश्नों पर पर्याप्त विचार किया है या नहीं। बहुत-से सदस्यों ने अवश्य ही किया होगा। इन आधारभूत प्रश्नों का अपना अस्तित्व है। हमारा उद्‌देश्य क्या है? हम क्या करने जा रहे हैं? हम किधर जाना चाहते हैं?

भाषा हमारी बहुत ही निकट सम्बन्धिनी है। समाज में जो बातें विकसित हुई हैं उनमें से उसका सबसे अधिक महत्त्व है और वास्तव में इसी से अन्य बातें विकसित हुई हैं। भाषा एक बहुत बड़ी चीज है इससे हमें अपना ज्ञान होता है। जब भाषा का विकास होता है तो हम उसके द्वारा अपने पड़ोसी को जानने लगते हैं, अपने समाज को जानने लगते हैं, और अन्य समाजों को भी जानने लगते हैं। भाषा से एकता उत्पन्न होती है और फूट भी पड़ती है। यह दो भाषा-भाषियों तथा दो देशों को एक-दूसरे के नजदीक भी ले आती है और उन्हें एक-दूसरे से दूर भी कर देती है। इसके ये दो गुण हैं इसलिए जब आप एक भाषा के सम्बन्ध में विचार करें तो आप इन दो गुणों पर भी विचार करें।

मुझे इस सम्बन्ध में कुछ भी सन्देह नहीं है कि यहाँ हम सभी लोग भारत की एकता को सुदृढ़ बनाना चाहते हैं। इस सम्बन्ध में कोई मतभेद नहीं है। किन्तु इस भाषा के प्रश्न का तथा इसके सम्बन्ध में लोगों के दृष्टिकोणों का, विश्लेषण करते हुए कुछ लोग विचार कर सकते हैं कि इससे एकता उत्पन्न होगी और अन्य लोग यह विचार कर सकते हैं कि यदि इसको ठीक प्रकार हल नहीं किया गया तो यह विघटनकारी सिद्ध हो सकता है। इसलिए मैं यह चाहता हूँ कि यह सभा इन बड़ी-बड़ी बातों को ध्यान में रखकर इस प्रश्न पर विचार करे और हम अपने-अपने दृष्टिकोणों से विमोहित न हों।

हमारे राष्ट्रपिता बड़े बुद्धिमान थे। उन्होंने हमारे राष्ट्र के भविष्य को प्रभावित करनेवाले सभी महत्त्वपूर्ण प्रश्नों पर विचार किया था, और इस प्रश्न पर भी विचार किया था। उन्होंने इस प्रश्न पर बहुत विचार किया और अपने जीवन भर वे अपनी सलाह बराबर देते गए। उससे यह प्रकट होता है कि जैसे प्रश्नों के सम्बन्ध में भी उनकी दृष्टि उन आधार-स्तम्भों पर रहती थी जिन पर हमारा राष्ट्र टिका हुआ है। आपको स्मरण होगा कि वे जिस वस्तु को भी खर्च करते थे वह एक आधारभूत वस्तु होती थी। वे हमारे अस्तित्व के ऊपर की बातों पर अपना समय तथा अपनी शक्ति नष्ट नहीं करते थे। इसलिए उन्होंने अपने निराले ढंग से इस प्रश्न पर विचार किया था। एक महान साहित्यिक होते हुए भी, यद्यपि उन्हें ज्ञात नहीं था कि वे एक साहित्यिक भी हैं, उन्होंने इस प्रश्न पर कभी किसी साहित्यिक की दृष्टि से विचार नहीं किया था। वे हमेशा भारतीयों के तथा भारतीय राष्ट्र के भविष्य के बारे में सोचते रहते थे और एक-एक रखकर उसका निर्माण करते रहते थे ताकि हमें अपने दोषों से मुक्ति मिल सके। चाहे वह दोष विदेशियों के प्रभुत्व का हो, अथवा गरीबी का, अथवा हमारे ही बीच की असमता, विभेद, अस्पृश्यता आदि के दोष हों वे प्रत्येक पर ऊँचे स्तर से विचार करते थे और इस सम्बन्ध में सोचते रहते थे कि अमुक-अमुक कदम से हम जाग्रत तथा शक्तिशाली भारत का निर्माण कर सकेंगे अथवा उससे फूट पड़ेगी और हम अशक्त हो जाएँगे।

उन्होंने सबसे पहले हमें यह शिक्षा दी कि यद्यपि अंग्रेजी भाषा एक महान भाषा है—मेरा भी यही विचार है कि अंग्रेजी से हमारा बहुत हितसाधन हुआ है और उसके द्वारा हमने बहुत-कुछ सीखा है तथा उन्नति की है—किन्तु किसी विदेशी भाषा से कोई राष्ट्र महान नहीं हो सकता। आखिर क्यों? क्योंकि कोई भी विदेशी भाषा लोगों की भाषा नहीं हो सकती। उससे दो श्रेणियाँ स्थापित हो जाती हैं। एक श्रेणी उन लोगों की जो विदेशी भाषा की शैली के अनुसार विचार करते हैं और कार्य करते हैं और एक श्रेणी उन लोगों की जो दूसरी ही दुनिया में बसते हैं। इसलिए राष्ट्रपिता ने हमें यह शिक्षा दी कि हम अपना अधिक-से-अधिक काम अपनी ही भाषा में करने का प्रयास करें।

उन्हें कुछ अंश में सफलता भी प्राप्त हुई और वास्तव में कुछ ही अंश में प्राप्त हुई। सम्भवत: इस कारण कि देश की स्थिति के कारण उससे अधिक सफलता प्राप्त करना कठिन था। किन्तु यह एक तथ्य है कि उनके बराबर शिक्षा देने पर भी तथा इस सभा में उपस्थित कई माननीय सदस्यों के हमारी भाषाओं की उन्नति के लिए प्रयास करने पर भी हम अपना बहुत-सा राजनैतिक तथा अन्य प्रकार का कार्य अंग्रेजी भाषा में ही करते रहते हैं। किन्तु यह सच है कि हम स्वयं तथा हमारे करोड़ों लोग एक विदेशी भाषा के सहारे बहुत आगे नहीं जा सकते हैं। इसलिए चाहे अंग्रेजी भाषा कितनी ही महान क्यों न हो—और वास्तव में वह महान है ही—हमें अपना राष्ट्रीय कार्य, अपना सार्वजनिक अथवा निजी कार्य, जहाँ तक सम्भव हो सके अपनी विभिन्न भाषाओं में तथा विशेषत: उस भाषा में करना है जिसे आप सारे भारत में प्रयोग में लाने के लिए चुनें।

इसके अतिरिक्त राष्ट्रपिता इस पर जोर देते थे कि यह भाषा उन लोगों की भाषा होनी चाहिए और केवल विद्वान लोगों की भाषा नहीं होनी चाहिए। इसका अर्थ यह नहीं है कि विद्वान लोगों की भाषा मूल्यवान अथवा आदरणीय नहीं है। हमें विद्वत्ता की, कवियों की, महान लेखकों तथा इस प्रकार के अन्य लोगों की आवश्यकता है। किन्तु आधुनिक युग में अतीत काल से भी अधिक सार इस तथ्य में है कि यदि कोई भाषा लोगों की भाषा से दूर हुई तो वह महान नहीं हो सकती। वास्तव में जब विद्वानों का जनसाधारण से यथोचित सम्बन्ध स्थापित होता है तभी कोई भाषा महान तथा सशक्त होती है। भारत में हमें दो भाषाओं के उदाहरण मिलते हैं, यद्यपि मैं इन भाषाओं से अनभिज्ञ हूँ। रवीन्द्रनाथ ठाकुर ने यह सम्बन्ध बँगला में स्थापित किया और इस प्रकार उस भाषा को पहले से कहीं अधिक महान बना दिया। गांधी जी ने गुजराती भाषा पर इससे भी अधिक प्रभाव डाला। अन्य लोगों के भी उदाहरण हैं किन्तु ये महापुरुष थे।

जिस भाषा को हम सारे भारत के लिए स्वीकार करें उसके सम्बन्ध में, अथवा किसी भी भाषा के सम्बन्ध में, चाहे वह सारे भारत की भाषा हो या न हो, हमें यह ध्यान में रखना चाहिए कि हम शुद्धता तथा स्पष्टता के प्रेमियों के हाथी-दाँत के बने हुए महल में निवास न करें। भाषा के सम्बन्ध में यद्यपि शुद्धता तथा स्पष्टता के प्रेमियों का अपना स्थान है और उन्हें बने रहना चाहिए किन्तु भाषा को शुद्धता प्रेमियों अथवा इसी प्रकार के अन्य लोगों की पटरानी बनाना एक खतरनाक बात है क्योंकि तब उसका जनसाधारण से कोई सम्बन्ध नहीं रह जाता। इसलिए आपको दोनों बातों की आवश्यकता है। आपको शुद्ध, स्पष्ट, गम्भीर और व्यापक अर्थवाली भाषा की भी आवश्यकता है और ऐसी भाषा की भी आवश्यकता है जिसका जनसाधारण से निकट सम्बन्ध हो और जो जनसाधारण पर ही आश्रित हो।

इस विषय के सम्बन्ध में जिस अन्तिम बात की ओर राष्ट्रपिता ने हमारा

ध्यान आकर्षित किया था वह यह है कि यह भाषा भारत की सम्यक् संस्कृति की प्रतीक होनी चाहिए। जहाँ तक हिन्दी का सम्बन्ध है उसमें उस सम्यक् संस्कृति का प्रतिनिधित्व होना चाहिए जो उत्तर भारत में विकसित हुई, जहाँ मुख्यत: हिन्दी भाषा का ही बोलबाला रहा। उसमें उस सम्यक् संस्कृति का भी प्रतिनिधित्व होना चाहिए जो उसे भारत के अन्य भागों से प्राप्त हुई। इसी कारण राष्ट्रपिता ने हिन्दुस्तानी शब्द का प्रयोग किया। उन्होंने यह शब्द किसी विशेष अर्थ में प्रयोग नहीं किया बल्कि इस साधारण अर्थ में प्रयोग किया कि यह वह सम्यक् भाषा है जो लोगों की भाषा है, और उत्तर भारत में विभिन्न वर्गों तथा अन्य लोगों की भाषा भी है। इस भाषा की ओर उन्होंने लोगों का तथा राष्ट्र का ध्यान आकर्षित किया। यह कहना छोटा मुँह बड़ी बात होगी कि मैं उनके विचारों से सहमत हूँ अथवा असहमत हूँ किन्तु लगभग तीस वर्ष से भाषा के सम्बन्ध में मैं अपने तुच्छ ढंग से इसी मत का समर्थन करता रहा। जिस मत का मैंने अपने सारे राजनैतिक जीवन में समर्थन किया है उसका अब परित्याग करने के लिए यदि यह सभा मुझसे कहे तो यह मेरे लिए एक कठोरता होगी।

केवल यही नहीं, मेरा यह विश्वास है कि भारत के हित में, भारत को एक शक्तिशाली राष्ट्र बनाने के हित में, एक पृथक् राष्ट्र नहीं और ऐसा राष्ट्र भी नहीं जो संसार से अलग रहना चाहे किन्तु ऐसा बनाने के हित में जो अपनी आत्मा को पहचाने और जिसे आत्मविश्वास हो और जो संसार के साथ सहयोग करके, अपना जीवन व्यतीत करें, महात्मा जी का दृष्टिकोण ही सबसे ठीक दृष्टिकोण था। मेरे विचार से अच्छा यह होता है कि इस प्रस्ताव में इस पर अधिक जोर दिया जाता किन्तु जो कुछ हुआ है और जिस प्रकार यह प्रस्ताव रचा गया है उसे देखते हुए मैंने इसका स्वागत किया विशेषतया इसलिए कि इसके एक भाग में उन बातों की ओर ध्यान आकृष्ट किया गया है जिन्हें मैं बता चुका हूँ। जैसाकि मैं कह चुका हूँ मेरे विचार से अच्छा यह होता कि इसकी ओर विशेष रूप से ध्यान आकृष्ट किया जाता। चाहे जो भी हो ध्यान आकृष्ट किया ही गया है, इसलिए मैंने यह प्रस्ताव स्वीकार किया है। यदि दुर्भाग्य से इस ओर ध्यान आकृष्ट नहीं किया जाता तो मेरे लिए इस प्रस्ताव को स्वीकार करना कठिन हो जाता।

इस समय कई बातों के सम्बन्ध में यह कहा जा सकता है कि एक नये युग का उदय हो रहा है। और इस प्रस्ताव के सम्बन्ध में भी यही कहा जा सकता है कि इससे भारत में भाषा-सम्बन्धी क्रान्ति का सूत्रपात हो सकता है। यह एक बहुत ही बड़ी क्रान्ति होगी और इसका बहुत दूर तक प्रभाव पड़ेगा। हमें बड़ी सावधानी से उसे ठीक रूप देना है तथा उसे ठीक साँचे से ढालना है और उसे ठीक दिशा की ओर ले जाना है। भाषा का निर्माण मनुष्य करते हैं किन्तु फिर वह भाषा भी उन मनुष्यों का तथा उनके समाज का निर्माण करती है। यह प्रश्न क्रिया और प्रतिक्रिया

का है। यह कहा जा सकता है कि यदि कोई भाषा एक अशक्त भाषा हो, अथवा अस्पष्ट भाषा हो, अथवा केवल अलंकारयुक्त ही हो तो आप इन गुणों को उन लोगों में भी प्रतिबिम्बित पाएँगे जो उस भाषा को बोलते हैं। यदि भाषा अशक्त है तो वे लोग भी बहुत-कुछ अशक्त ही होंगे और यदि वह अलंकारयुक्त ही है और कुछ नहीं है, तो वे भी अलंकारयुक्त ही हो जाएँगे। इसलिए इसका महत्त्व है कि आप उसे किस दिशा की ओर ले जाएँ। यदि कोई भाषा निराली होती है तो उस भाषा को बोलनेवाले लोगों के विचार तथा कार्य भी निराले हो जाते हैं।

जब मैंने आरम्भ में कहा था कि इस तर्क और बहस के पीछे विभिन्न दृष्टिकोण हैं तो मेरा आशय यही था। आपकी दृष्टि किस ओर है? इस नवयुग के द्वार पर खड़े होकर क्या आप पीछे की ओर ही मुँह मोड़े रहेंगे और उसी ओर टकटकी लगाए हुए रहेंगे अथवा क्या आप अपने आगे भी देखेंगे? यह एक महत्त्वपूर्ण प्रश्न है और इसका उत्तर हममें से प्रत्येक व्यक्ति को देना है क्योंकि इस समय देश में स्वभावत: अतीत की ओर ही टकटकी लगाकर ही देखने की प्रवृत्ति दिखाई दे रही है। प्रश्न यह नहीं है कि हम अतीत से सम्बन्ध विच्छेद कर दें। यह एक अन्तर्गत तथा खतरनाक बात होगी क्योंकि अतीत से ही हमें अपना वर्तमान स्वरूप प्राप्त है। हमारी जड़ अतीत ही में सुस्थिर है। यदि हम अतीत से सम्बन्ध-विच्छेद करते हैं तो हमारी जड़ ही उखड़ जाती है। हम दूसरों की नकल करके बहुत आगे नहीं बढ़ सकते किन्तु यह भी सच है कि जड़ तो जमीन में हो और विकास आकाश की ओर हो तो आप हमेशा जमीन और जड़ों की ओर ही न देखते रहें। आगे भी बढ़ा जाता है और हमेशा पीछे ही नहीं हटा जाता। चाहे आप यह चाहें या न चाहें किन्तु संसार की शक्तियाँ तथा धाराएँ आपको आगे ढकेलेंगी। यदि आपकी दृष्टि पीछे की ओर होगी तो आप बार-बार ठोकर खाकर गिर पड़ेंगे।

इसलिए इस प्रश्न को हल करने में यह एक आधारभूत बात है कि आपकी दृष्टि किस ओर है—आगे की ओर अथवा पीछे की ओर? लोग संस्कृति आदि की चर्चा करते हैं और ठीक ही कहते हैं क्योंकि किसी भी राष्ट्र का सुदृढ़ सांस्कृतिक आधार होना आवश्यक है और जैसाकि मैं कह चुका हूँ। उस संस्कृति की जड़ें लोगों की प्रकृति तथा उनके अतीत में सुस्थिर होनी चाहिए। चाहे कोई संस्कृति कितनी ही अच्छी क्यों न हो, उसकी अच्छी-से-अच्छी नकल करने पर भी कोई व्यक्ति सुसंस्कृत नहीं हो सकता क्योंकि उसकी संस्कृति होगी आखिर नकली ही। उसे स्वीकार करना ही होगा। आप अवश्य ही अपनी जड़ें उस महान शक्तिशाली संस्कृति में जमाये रखें जिसका उदय सहस्रों वर्ष पूर्व हुआ था और जो इतनी बलशालिनी हो उठी थी कि बाहर से तथा अन्दर से प्रहार-पर-प्रहार होने पर भी तथा हमारे गलित पलित हो जाने पर भी, सजीव रही तथा हमें शक्ति प्रदान करती रही। यह संस्कृति बनी ही रहनी चाहिए। किन्तु साथ ही जब आप एक नवयुग के

द्वार पर हैं तो हमेशा अतीत की ही चर्चा करके आप उसमें ठीक ढंग से प्रवेश नहीं करेंगे। हमारे सामने कई प्रश्न हैं, उनमें से एक प्रश्न भाषा का भी है।

संस्कृतियाँ भी कई प्रकार की हैं एक संस्कृति राष्ट्र की तथा लोगों की होती है, जिसका अपना महत्त्व है, और साथ ही युग की भी संस्कृति होती है जिसे युगधर्म कहते हैं। यदि आप युगधर्म के अनुरूप नहीं चलेंगे तो आप अपने युग के साथ कदम नहीं मिला सकेंगे। चाहे आपकी संस्कृति कितनी ही महान क्यों न हो यदि आप युगधर्म के अनुरूप न चलेंगे तो आप युग के साथ नहीं चल सकेंगे। हमारे देश के तथा अन्य देशों के बुद्धिमान लोग यही शिक्षा देते रहे हैं। एक संस्कृति होती है राष्ट्रीय संस्कृति और एक संस्कृति होती है अन्तर्राष्ट्रीय संस्कृति। इसके अतिरिक्त एक संस्कृति ऐसी होती है जो परम तथा सनातन होती है और उसके कुछ परम आदर्श होते हैं जिनका अनुसरण करना आवश्यक होता है। एक संस्कृति परिवर्तनशील होती है जिसका सामाजिक महत्त्व के अतिरिक्त अन्य कोई महत्त्व नहीं होता। उसका किसी विशेष काल, किसी पीढ़ी अथवा युग के लिए महत्त्व होता है। किन्तु वह बदलता अवश्य है। युग में परिवर्तन होने पर भी यदि आप उसी को अपनाए रहते हैं तो आप पिछड़ जाते हैं और आप बदलते हुए मानव-समाज के साथ कदम मिलाने में असमर्थ हो जाते हैं। सामाजिक संस्कृति और विभिन्न राष्ट्रों की संस्कृति भी होती है।

पहले चाहे जो भी स्थिति रही हो किन्तु आज इसमें कुछ भी सन्देह नहीं है कि एक शक्तिशालिनी अन्तर्राष्ट्रीय संस्कृति आज संसार भर में व्याप्त है। यदि आप चाहें तो आप उसे यांत्रिक युग की अथवा उद्योग-धन्धों और वैज्ञानिक विकास पर आधृत संस्कृति कह सकते हैं। क्या यहाँ कोई ऐसा माननीय सदस्य उपस्थित है जो यह कह सकता है कि इस संस्कृति को स्वीकार न करने से अथवा अपने लिए उपयोगी बनाने पर और उसकी आधारभूत बातें मानकर भी स्वीकार न करने से केवल पुरानी विचारधाराओं की बार-बार दुहाई देते रहने से हम अधिक उन्नति कर सकते हैं? यदि मुझे क्षमा किया जाए तो मैं यह कहूँगा कि अपने इतिहास में एक समय चूँकि हमने संसार की संस्कृति से जिसमें मैं युद्ध-कौशल तथा अन्य सभी बातों को सम्मिलित करता हूँ, सम्बन्ध विच्छेद कर लिया था इसलिए हम पिछड़ गए और अन्य लोग हमसे उत्कृष्ट न होने पर भी केवल इस कारण हम पर विजयी हुए कि वे सामाजिक संस्कृति के साथ चलते थे। वे आए और उन्होंने हमें पराजित किया तथा बार-बार हम पर अपना प्रभुत्व स्थापित किया। अंग्रेज आए और उन्होंने हम पर अपना प्रभुत्व स्थापित किया। क्यों? वह इसलिए कि उनकी संस्कृति सामाजिक संस्कृति थी और वह हमारी प्राचीन संस्कृति से उत्कृष्ट थी। वह भले ही आधारभूत तथा सनातन बातों के सम्बन्ध में हमारी संस्कृति से अधिक उत्कृष्ट न रही हो किन्तु युगधर्म की दृष्टि से वह हमारी संस्कृति से अधिक

उत्कृष्ट थी। वे आए और उन्होंने हमें पराजित किया तथा इतने अधिक काल तक हम पर अपना प्रभुत्व जमाये रहे।

वे अब चले गए हैं। क्या हम अपने विचारों को तथा अपने कार्यों को फिर उसी प्रकार की संस्कृति के अनुरूप बनाने जा रहे हैं जिसके कारण हम गुलाम हो गए? इसमें कोई सन्देह नहीं कि प्रत्येक माननीय सदस्य कहेगा 'नहीं'। किन्तु फिर भी मैं कहूँगा कि जो कुछ मैं कह रहा हूँ उससे इस विचारधारा का निकट सम्बन्ध है। यह विचारधारा सदी की ओर ले जाती है। यदि आप पीछे की ओर ही देखते रहें, यदि आप उसी प्रकार की चर्चा करते रहें, जिस प्रकार की चर्चा माननीय सदस्य कल और आज करते रहे हैं तो वह उसी परिणाम की ओर ले जाएगी। जहाँ तक मेरा सम्बन्ध है मुझे उस परिणाम पर पहुँचने में हिचकिचाहट ही नहीं होती है बल्कि मैं उसका विरोध भी करना चाहता हूँ क्योंकि मैं समझता हूँ कि वह भारत के लिए हानिकर है। आपको तथा मुझे भारत के लोगों पर तथा भारतीय राष्ट्र पर अटल विश्वास है, मुझे विश्वास है कि चाहे भारत के सामने इस समय कितनी ही कठिनाइयाँ क्यों न हों किन्तु वह अवश्य ही उन्नति करेगा और तीव्र गति से आगे बढ़ेगा। किन्तु यदि हम भारत के पैरों को जीर्ण रीति-रिवाजों से जकड़ देते हैं और वह ठोकर खाकर गिर पड़ता है तो इसके लिए दोषी कौन है? हमारे सामने यह आधारभूत प्रश्न है।

इसके अतिरिक्त एक अन्य दृष्टि से भी आप इस भाषा के प्रश्न को देखिए। अभी हाल तक, मैं कहूँगा एक पीढ़ी पहले तक फ्रेंच यूरोप की तथा अन्य बड़े-बड़े भूभागों की राजनयिक तथा सांस्कृतिक भाषा थी। यूरोप में ही अंग्रेजी, जर्मन, इटालियन तथा स्पेनिश के समान महान भाषाएँ थीं और इसके अतिरिक्त एशियाई भाषाएँ भी थीं। किन्तु फिर भी यूरोप में राजनयिक तथा सांस्कृतिक प्रयोजनों के लिए फ्रेंच ही प्रयोग की जाती थी। आज उसे यह प्रतिष्ठित पद प्राप्त नहीं है। किन्तु आज भी राजनयिक तथा सार्वजनिक कार्यों में उसका बहुत महत्त्व है। किसी ने भी फ्रेंच पर आपत्ति नहीं की। किसी अंग्रेज, रूसी, जर्मन अथवा पोल ने फ्रेंच भाषा पर आपत्ति नहीं की। इस प्रकार यह सभी भाषाएँ विकसित होती रहीं और आज यह कहा जा सकता है कि सम्भवत: जिस उच्च राजनयिक पद पर फ्रेंच प्रतिष्ठित थी उस पद पर अंग्रेजी आ रही है।

फ्रेंच के पूर्व यूरोप की राजनयिक भाषा लैटिन थी। इसी प्रकार भारत में बहुत काल तक संस्कृति तथा राजनयिक भाषा संस्कृत रही है। यह भाषा जनसाधारण की भाषा नहीं थी किन्तु विद्वान तथा शिष्ट लोगों की भाषा थी और राजनयिक प्रयोजनों आदि के लिए काम में आती थी। यदि हम पिछले एक हजार वर्ष के इतिहास को देखें तो हमें ज्ञात हो जाएगा कि केवल भारत में ही नहीं, सारे दक्षिण-पूर्वी एशिया में, और केन्द्रीय एशिया के कुछ भागों में भी विद्वानों की भाषा संस्कृत ही थी। यद्यपि उस सीमा तक नहीं थी जिस सीमा तक भारत में थी। सम्भवत: सभा को यह

विदित है कि इस समय संस्कृत के जो सबसे प्राचीन नाटक उपलब्ध हैं, वे भारत में नहीं मिले बल्कि गोबी रेगिस्तान की सीमा पर तुर्फान प्रदेश में मिले।

संस्कृत के पश्चात् भारत की तथा एशिया के बहुत बड़े भाग की सांस्कृतिक तथा राजनयिक भाषा फारसी हुई। भारत में उसे यह पद इस कारण प्राप्त हुआ कि यहाँ का शासन ही बदल गया किन्तु साथ ही वह एशिया के एक बहुत बड़े भाग की सांस्कृतिक तथा राजनयिक भाषा हो गई। वह इस कारण 'पूर्व की फ्रेंच' कही जाती थी और अब भी इसी नाम से जानी जाती है। जब ये परिवर्तन हो रहे थे तो अन्य भाषाओं का भी विकास हो रहा था। यूरोप के लिए फ्रेंच और एशिया के लिए फारसी बहुत ही उपयुक्त सिद्ध हुई। अन्य देशों तथा राष्ट्रों ने भी इन भाषाओं को स्वीकार किया। सम्भव है भारत ने उसे मुख्यत: इस कारण स्वीकार किया हो कि नये शासकों का उस पर प्रभुत्व था किन्तु ऐसे देशों ने भी उसे स्वीकार किया जिन पर उनका प्रभुत्व नहीं था और जिनकी वह भाषा भी नहीं थी क्योंकि फारसी इन प्रयोजनों के लिए एक उपयुक्त भाषा समझी जाती थी। इन लोगों की भाषाओं का विकास हुआ।

हमने अंग्रेजी इस कारण स्वीकार की कि वह विजेता की भाषा थी। जब हमने उसे स्वीकार किया तो इस कारण नहीं स्वीकार किया कि वह एक महत्त्वपूर्ण भाषा है यद्यपि वह उस समय भी एक बहुत ही महत्त्वपूर्ण भाषा थी। हमने उसे केवल इस कारण स्वीकार किया कि हम पर अंग्रेजों का प्रभुत्व था। उसने हमारे लिए विदेशी विचारधारा, विदेशी विज्ञान आदि के द्वार खोल दिये और उसके द्वारा हमने बहुत कुछ सीखा। अंग्रेजी भाषा द्वारा हमने जो कुछ सीखा है उसके लिए हमें उसका कृतज्ञ होना चाहिए। किन्तु साथ ही उसने हम अंग्रेजी जानने वालों और अंग्रेजी न जाननेवालों के बीच एक बहुत बड़ी खाई पैदा कर दी, जो किसी भी राष्ट्र के लिए घातक सिद्ध होती। सम्भवत: हम आज इसे सहन नहीं कर सकते हैं। इसी कारण यह समस्या भी है।

अंग्रेजी चाहे कितनी ही अच्छी और महत्त्वपूर्ण भाषा क्यों न हो किन्तु हम इसे सहन नहीं कर सकते कि एक वर्ग अंग्रेजी जाननेवाले विद्वानों का हो और एक बहुत बड़ा वर्ग अंग्रेजी न जाननेवाले लोगों का हो। इसलिए हमें अपनी ही भाषा को अपनाना चाहिए। किन्तु अंग्रेजी, चाहे आप उसे राज-भाषा कहें अथवा अन्य कोई भाषा, अथवा चाहे आप उसका विधि में उल्लेख करें या न करें किन्तु भारत में अंग्रेजी एक महत्त्वपूर्ण भाषा के रूप में और एक ऐसी भाषा के रूप में रहनी चाहिए जिसे बहुत-से लोग सीखें। और हो सके तो अनिवार्य रूप से सीखें। आखिर क्यों? इस कारण कि अब अंग्रेजी भाषा का उस समय से कहीं अधिक महत्त्व है जब अंग्रेज यहाँ आए थे। इसमें कोई सन्देह नहीं कि इस समय कोई भाषा अन्तर्राष्ट्रीय भाषा हो सकती है तो वह अंग्रेजी ही है। वह इस समय अन्तर्राष्ट्रीय भाषा नहीं है किन्तु इस समय वह संसार में सबसे वृहत् तथा व्यापक भाषा है। यदि हम संसार

के अन्य देशों से सम्पर्क रखना चाहते हैं और हमें सम्पर्क रखना ही चाहिए तो बिना विदेशी भाषाओं को सीखे हुए हम उनसे सम्पर्क कैसे रख सकते हैं? मुझे आशा है कि हममें से बहुत-से लोग विदेशी भाषाओं को सीखेंगे जैसे कि रूसी भाषा को जो बहुत ही सुन्दर तथा सुसम्पन्न भाषा है, स्पेनिश भाषा को जिसका भले ही आज अधिक महत्त्व न हो किन्तु आगे चलकर दक्षिण अमरीका का विकास होने पर उसका महत्त्व बहुत बढ़ जानेवाला है। फ्रेंच भाषा जो हमेशा एक महत्त्वपूर्ण भाषा रही है और आज भी है, जर्मन भाषा इत्यादि। मुझे आशा है कि हम इन सभी भाषाओं को सीखेंगे। किन्तु यह एक तथ्य है कि सुविधा की दृष्टि से तथा कार्य साधन की दृष्टि से भी अंग्रेजी का हमारे लिए सबसे अधिक महत्त्व है और हममें से बहुत-से लोग उसे जानते भी हैं। यह एक अनर्गल बात होती कि हम जो कुछ जानते हैं उसे भूलने का प्रयास करें अथवा हमने जो कुछ सीखा है उससे हम लाभ न उठाएँ। किन्तु उसका अवश्य ही गौण स्थान होगा और उसे थोड़े-से लोग ही सीखेंगे।

श्री एन. गोपालस्वामी आयंगर ने सभा के सामने जो प्रस्ताव रखा है उसे इन सब बातों को ध्यान में रखकर रचा गया है। मैं कह नहीं सकता कि इस भाषा का भविष्य कैसा रहेगा। किन्तु मुझे विश्वास है कि यदि हम हिन्दी भाषा को समझदारी से प्रयोग करें, अर्थात् दो प्रकार उसे समझदारी से प्रयोग करें, और उसे ग्रहण करनेवाली न कि बहिष्कार करनेवाली भाषा बनाएँ, और उसमें भारत के सभी भाषा तत्त्वों को सम्मिलित करें, क्योंकि उन्हीं के कारण वह बनी है, और उसमें कुछ पुट उर्दू का अथवा हिन्दुस्तानी का भी रखें—स्मरण रहे, विधि द्वारा नहीं बल्कि साधारण विकास द्वारा—और, मैं कहूँगा उसे उन लोगों पर जबरदस्ती नहीं थोपें जो उसे नहीं चाहते हैं तो मुझे इस सम्बन्ध में कुछ भी सन्देह नहीं है कि उसका विकास होगा और वह एक महान भाषा हो जाएगी। मैं कह नहीं सकता कि वह अंग्रेजी का स्थान कहाँ तक ले लेगी किन्तु यदि हमारे साधारण कार्य से वह अंग्रेजी को बिलकुल ही बाहर निकाल दे तो फिर भी संसार से सम्पर्क बनाए रखने तथा अन्तर्राष्ट्रीय जगत के व्यवहार के लिए हमारे लिए अंग्रेजी का महत्त्व रहेगा।

अब मैं फिर इस प्रश्न के सम्बन्ध में जो आधारभूत दृष्टिकोण है उसके बारे में बोलूँगा। क्या आपका दृष्टिकोण जनतंत्रात्मक होने जा रहा है अथवा प्रभुत्वमूलक? मैं यह प्रश्न हिन्दी के प्रेमियों से पूछता हूँ क्योंकि यहाँ तथा अन्यत्र मैंने जो भाषण सुने हैं उनमें से कुछ ही यह ध्वनि थी कि हिन्दी भाषी प्रदेश ही सभी बातों के लिए भारत का केन्द्र रहा है और अन्य प्रदेश तो भारत के सीमावर्ती प्रदेश रहे हैं। यह दृष्टिकोण गलत ही नहीं खतरनाक भी है। यदि आप इस प्रश्न पर समझदारी से विचार करें तो आपको स्पष्ट हो जाएगा कि यह दृष्टिकोण जितना हानिकर हो सकता है उतना अन्य कोई दृष्टिकोण नहीं। यदि लोग अथवा लोगों का कोई वर्ग किसी भाषा का विरोध करें तो आप उसे जबरदस्ती उनके गले के नीचे नहीं उतार

सकते। आपको इसमें सफलता नहीं मिल सकती। आप जानते हैं कि सम्भव है कोई विदेशी विजेता तलवार के बल से इस प्रकार का प्रयास करे किन्तु इतिहास इसका प्रमाण है कि उसे फिर भी कभी सफलता नहीं मिली। भारत के जनतंत्रात्मक वातावरण में तो इसकी सम्भावना ही नहीं है। आपको भारत के उन विभिन्न प्रान्तों तथा समूहों का सद्‌भाव प्राप्त करना है जिनकी मातृभाषा हिन्दी नहीं है। आपको उन लोगों की भी सद्‌भावना प्राप्त करनी है जो किसी अन्य रूप में हिन्दी को अर्थात् उर्दू या हिन्दुस्तानी को, बोलते हैं। चाहे आप जीतें या न जीतें किन्तु यदि आप कोई ऐसा प्रयास करेंगे जो अन्य लोगों को प्रभुत्व स्थापित करने अथवा जबरदस्ती किसी चीज को स्वीकार कराने के लिए किया हुआ प्रयास प्रतीत होगा तो आपका वह प्रयास निष्फल रहेगा।

अब मैं एक-दो शब्द हिन्दुस्तानी, उर्दू और हिन्दी के बारे में कहना चाहता हूँ। इस संशोधन में हमने 'हिन्दी' शब्द को स्वीकार किया है। मुझे 'हिन्दी' शब्द पर कोई आपत्ति नहीं है। मुझे वह पसन्द है। मुझे इस सम्बन्ध में थोड़ा-सा भय था कि अन्य लोगों को सम्भव है इसके सीमित अर्थ का ही बोध हो। मुझे इसका भय था। किन्तु मैंने यह विचार किया कि जिस प्रकार 'हिन्दी' शब्द को मैं पसन्द करता हूँ उसी प्रकार अन्य लोग भी पसन्द करेंगे। मैं जानता हूँ, यहाँ उपस्थित कई माननीय सदस्य जानते हैं, तथा संयुक्त प्रान्त के प्रतिनिधि जानते हैं कि वे बड़ी आसानी से उस भाषा को बोल सकते हैं जो उर्दू कही जाती है और उतनी ही आसानी से उस भाषा को बोल सकते हैं जो बहुत-कुछ शुद्ध हिन्दी कही जा सकती है। वे दोनों भाषाएँ बोल सकते हैं। यह ठीक ही है कि हम दोनों भाषाओं को जानें और उनमें दिलचस्पी रखें। इसका परिणाम यह है कि उनकी शब्दावली बहुत ही सुसम्पन्न तथा सुन्दर है। मैं कह नहीं सकता कि आपका भी यही अनुभव है या नहीं। हम यह देखते हैं कि कुछ विषयों के सम्बन्ध में हम अपने विचार हिन्दी में अधिक उपयुक्त ढंग से व्यक्त कर सकते हैं और कुछ विषयों में उर्दू में अधिक उपयुक्त ढंग से व्यक्त कर सकते हैं। किन्हीं विषयों के लिए वह अपेक्षाकृत अधिक उपयुक्त है। मैं यह कहना चाहता हूँ कि मैं इन दोनों माध्यमों को चाहता हूँ क्योंकि इनसे हिन्दी, जो देश की राजभाषा तथा राष्ट्रभाषा होने जा रही है, सशक्त होगी। हमें लोगों से सम्पर्क बनाए रखना चाहिए। यह एक अच्छी बात है। यदि आप यह करेंगे तो आप अन्य सभी मार्गों को भी खुला रखेंगे। भाषा का विकास इसी प्रकार होता है। यदि किसी व्यक्ति से दबाव पड़ने का भाव न रहे और यह भी भाव न रहे कि जबरदस्ती की जा रही है तो भाषा करोड़ों लोगों के हृदयों में स्थान पा जाती है। लोग धीरे-धीरे उसे ढालते हैं और एक रूप देते हैं।

अंकों के प्रश्न को ही लीजिए। मैं आपसे साफ बातें कहूँगा। मैंने इस प्रश्न पर पहले कभी विचार नहीं किया। किन्तु जब यह मेरे सामने आया और मैंने इस पर

विचार किया तो मुझे तुरन्त विश्वास हो गया कि इन अंकों को अपनाना ही हितकर है। इन अंकों की उत्पत्ति भारत में हुई और इन्होंने एकरूप धारण किया और अब ये अन्तर्राष्ट्रीय व्यवहार में प्रयोग में आते हैं। मुझे इसका पूरा विश्वास हो गया कि इन्हीं को अपनाना हितकर है। किन्तु यह स्मरण रखना चाहिए कि हिन्दी अंकों का निषेध नहीं किया गया है। कोई भी व्यक्ति उन्हें जब चाहे तब प्रयोग कर सकता है। किन्तु राजकीय कार्य में, जिसमें बैंक सम्बन्धी, लेखा-परीक्षा सम्बन्धी तथा जनगणना सम्बन्धी आँकड़े काम में आते हैं तथा आँकड़ों के खाने बनाने होते हैं, इन अन्तर्राष्ट्रीय अंकों को प्रयोग में लाने से लाभ होगा और इससे और लाभ भी होंगे। इन अंकों से आपके तथा अन्य देशों के बीच कम-से-कम एक दीवार हट जाती है। इसका इस समय बहुत महत्त्व है क्योंकि विज्ञान के विकास में तथा विज्ञान को व्यवहार में लाने में अंकों का बहुत महत्त्व है। मैं यह कह चुका हूँ कि आप हिन्दी अंकों का भी प्रयोग कर सकते हैं। जो कोई हिन्दी अंकों को सीखेगा वह उन्हें पढ़ भी सकेगा और जब चाहे लिख भी सकेगा। किन्तु यदि आप इन अन्तर्राष्ट्रीय अंकों को राजकीय प्रयोजनों तक ही सीमित करने की बात सोचें तो मैं यह बता चुका हूँ कि आप कठिनाई में पड़ जाएँगे।

आपको इस पर आपत्ति ही क्या है? क्या आप यह चाहते हैं कि भारत आधुनिक विज्ञान तथा कला में प्रगति करे। मैं यह विश्वासपूर्वक कह सकता हूँ यदि हम इन प्रयोजनों के लिए अन्तर्राष्ट्रीय अंकों का प्रयोग नहीं करेंगे तो हम पिछड़ जाएँगे। हम बच्चों के तथा युवाओं के मस्तिष्कों पर बहुत भार डालेंगे और हमारे दफ्तरों में तथा अन्यत्र हमारा काम बहुत बढ़ जाएगा और उस काम का संसार से कोई सम्बन्ध नहीं रह जाएगा। इसलिए व्यावहारिक दृष्टि से तथा भावनाओं की दृष्टि से भी इन्हीं अंकों को स्वीकार करना उचित होगा। इसके अतिरिक्त हम किसी विदेशी चीज को नहीं स्वीकार कर रहे हैं, हम अपनी ही चीज को स्वीकार कर रहे हैं, भले ही उसमें थोड़ा-बहुत परिवर्तन हो गया हो। इसके अतिरिक्त छपाई में भी इनके कारण हमें सुविधा होती है। सम्भवत: यहाँ कई माननीय सदस्यों का पत्रों से तथा मुद्रण से सम्बन्ध है। मैं आपसे पूछता हूँ कि क्या इन अंकों को हिन्दी अंकों की अपेक्षा अधिक आसानी से कम्पोज नहीं किया जा सकता है और छापा नहीं जा सकता है?

मेरा निवेदन है कि चूँकि हम अंकों के प्रश्न पर आकर रुक गए हैं इसलिए इसका इस आधारभूत दृष्टि से महत्त्व है कि आखिर हम किस ओर देख रहे हैं। जहाँ तक मेरा सम्बन्ध है मैं हिन्दी अंकों को जानता हूँ और मैं उन्हें आसानी से लिख भी सकता हूँ और पढ़ भी सकता हूँ इसलिए मुझे स्वयं कोई कठिनाई नहीं है। किन्तु जिस प्रकार यहाँ तथा अन्यत्र यह विवाद खड़ा किया गया है और इस प्रकार का तर्क-वितर्क किया है, उसे देखते हुए मेरे हृदय में यही विचार उठा कि इस विवाद के पीछे एक भिन्न ही विचारधारा है। यह विचारधारा विज्ञान को तथा विज्ञान और

आधुनिक संसार जिन बातों के प्रतीक हैं उनको प्राचीन दृष्टि से देखने की है। यह पीछे देखना ही है। यह विचारधारा, मेरे विचार से, भारत के लिए घातक है। जिस महान राष्ट्र का हमने स्वप्न देखा है, और जिसके लिए हमने श्रम किया है, उस लक्ष्य तक यह विचारधारा हमें नहीं पहुँचने देगी।

हम एक नवीन युग के द्वार पर खड़े हैं। इसलिए यह बहुत आवश्यक है कि हमारी दृष्टि के सामने भारत का यह चित्र स्पष्ट हो। हम किस प्रकार का भारत चाहते हैं? क्या हम एक ऐसा आधुनिक भारत चाहते हैं जिसकी जड़ें उस अतीत में सुस्थिर हों जिससे हमें प्रेरणा मिलती है, जिस आधुनिक भारत में आधुनिक विज्ञान तथा आर्थिक संसार की सभी बातों के लिए स्थान हो, अथवा क्या हम किसी ऐसे प्राचीन युग का आविर्भाव चाहते हैं जिसका वर्तमान युग से कोई भी सम्बन्ध न हो? आपको इन दो दृष्टिकोणों में से किसी एक को अपनाना है। यह प्रश्न दृष्टिकोण का है। आपको इसका निर्णय करना है कि आप पीछे की ओर देखते रहेंगे अथवा आगे की ओर देखेंगे।